Dust & Shadow

An Account of the Ripper Killings by Dr. John H. Watson

福爾摩斯與開膛手傑克

Lyndsay Faye 琳西・斐——著 吳妍儀——譯

新福爾摩斯探案系列

福爾摩斯與開膛手傑克

Dust and Shadow: An Account of the Ripper Killings by Dr. John H. Watson

作　　者	琳西・斐（Lyndsay Faye）
譯　　者	吳妍儀
封面設計	莊謹銘
編輯協力	林婉華
業　　務	李再星、林佩瑜
行銷企畫	陳彩玉、林詩玟
總 編 輯	劉麗真
總 經 理	陳逸瑛
發 行 人	涂玉雲
出　　版	臉譜出版 臺北市中山區民生東路二段141號5樓 02-25007696
發　　行	城邦文化事業股份有限公司 英屬蓋曼群島商家庭傳媒股份有限公司城邦分公司 臺北市中山區民生東路二段141號11樓 讀者服務專線：02-25007718；25007719 服務時間：週一至週五上午09:30～12:00；下午13:30～17:00 24小時傳真專線：02-25001990；25001991 讀者服務信箱E-mail：service@readingclub.com.tw 劃撥帳號：19863813　戶名：書虫股份有限公司 城邦讀書花園網址：http://www.cite.com.tw 臉譜推理星空網址：http://www.faces.com.tw
香港發行	城邦（香港）出版集團 香港灣仔駱克道193號東超商業中心1樓 電話：852-25086231／傳真：852-25789337 Email：hkcite@biznetvigator.com
馬新發行	城邦（馬新）出版集團 Cite (M) Sdn Bhd 41, Jalan Radin Anum, Bandar Baru Sri Petaling, 57000 Kuala Lumpur, Malaysia. 電話：603-90578822／傳真：603-90576622 Email：cite@cite.com.my
二版一刷	2023年06月 版權所有，翻印必究 ISBN 978-626-315-290-8

城邦讀書花園
www.cite.com.tw

定價450元
（本書如有缺頁、破損、倒裝，請寄回本社更換）

國家圖書館出版品預行編目資料

福爾摩斯與開膛手傑克／琳西・斐（Lyndsay Faye）作；吳妍儀譯. -- 二版. -- 臺北市：臉譜出版：家庭傳媒城邦分公司發行, 2023.06
　面；　公分. --（新福爾摩斯探案系列：4）
譯自：Dust and Shadow: An Account of the Ripper Killings by Dr. John H. Watson
ISBN 978-626-315-290-8（平裝）

874.57　　112005151

〈推薦序〉

當福爾摩斯遇見開膛手傑克

呂仁（推理作家）

真實世界的連續殺人魔

史上最惡名昭彰的連續殺人魔當屬開膛手傑克，他在一八八八年的短短四個月內，在倫敦的白教堂區連續殺害了五名妓女，由於無法確定究竟哪些案件是開膛手傑克所犯下，有沒有因傑克在稍早技藝不純熟時所犯下的案件以至於未被歸類、或是案件爆發後有沒有模仿犯搭便車行凶，因此普遍看法是認定這段期間其中的五件案子爲其所犯下。

開膛手傑克的眞實身分究竟是誰？一直以來是史家、學者關心的研究焦點，候選人也相當多，以職業來分，有解剖知識的醫生、有綽號「皮圍裙」的製鞋匠、有深諳警力調度的蘇格蘭場員警；若以皇室陰謀爲主體的看法，則會是英國維多利亞女王的皇孫愛德華王子，以及皇家醫師威廉·葛爾爵士；具體被懷疑的還有某位短暫停留倫敦的美國醫師、某個殺死三名妻子的當地罪犯、某個死亡後凶案就停止的溺斃者、某個有精神病史的猶太移民等等。

開膛手傑克最大的謎團是「眞實身分爲何」（who）以及隨之而來的「爲何犯案」（why），而非「如何作案」（how），因此傑克只要隱藏自己就算成功。傑克並非難以捉摸、極端聰明的犯罪天才，而是他熟悉作案的地理環境，這些受害的低級妓女沒有室內空間可接客，只好使用陰暗的角落與狹窄的巷道（五起命案僅有最後一樁為入室殺人案），因此一旦傑克被辨識出真實身分是誰，故事就告終結，所有懸疑煙消雲散。

針對開膛手傑克所寫的作品，若以推理迷較為熟知的現有中譯出版而言，目前有島田莊司的《開膛手傑克的百年孤寂》、派翠西亞．康薇爾的《開膛手傑克結案報告》與詹姆士．卡奈科的《定稿：開膛手傑克的獨白》，三部作品就各有各的傑克人選，更不用提百年來傳聞過的名單了。列出同時代的可疑人選並一一附會犯案動機與可能性，成為逆推開膛手傑克真實身分的一種做法，前述的愛德華王子就屬此類。據研究者指出，愛德華王子為凶手的說法直到一九六〇年代才出現，而在實際的開膛手傑克調查中則是從未出現過這個推論。

除了真實世界的嫌疑犯之外，鬼迷心竅的推理迷甚至懷疑起神探福爾摩斯與搭檔華生醫師了。

虛構世界的頂級神探

福爾摩斯作為世人心中頂級神探之地位毋庸置疑，甚至認定其存在的真實性。然而，當小說角色與現實世界模糊之際，與開膛手傑克身處同時代的福爾摩斯與搭檔華生醫師，竟也被認為可能是開膛手傑克的真實身分人選。

福爾摩斯的初登場探案是一八八七年發表的《血字的研究》，而開膛手傑克犯案的一八八八年四個月之間，就華生有記述出來的案件裡，福爾摩斯至少辦了《四簽名》這個案子。這段時期應該是他鋒頭正健之際，而根據華生的記載，福爾摩斯對解剖學知識為「精確」、對女性普遍不甚有好感、會矇騙蘇格蘭場、對倫敦街道十分熟悉、加上他擅於易容變裝，就這些條件看來，福爾摩斯活生生是個完美的開膛手傑克人選。

若把虛構世界的福爾摩斯放入眞實世界的連續謀殺案，這裡要解決兩個問題：一是福爾摩斯如何對決開膛手傑克？二是福爾摩斯是不是開膛手傑克？而這兩個問題有時是互為表裡。以開膛手傑克慣於掩飾身分的特性，若雙雄對決，就不是正面衝突，而是你跑我追，絕不會有正典中福爾摩斯對決莫里亞提這種光明正大的衝突戲碼。再者，若福爾摩斯就是開膛手傑克，那就更有理由上演你追我跑了，畢竟一人分飾兩角的話，兩角就不能同時出現在同一個場合了。

不只是研究論文或仿作小說，「福爾摩斯就是開膛手傑克」這個概念也被放在桌上遊戲之中。德國 Hurrican 公司在二〇〇六年推出的 Mr. Jack 遊戲，就是偵探抓傑克的遊戲，不僅福爾摩斯，就連華生、雷斯垂德巡官、葛爾醫師都是開膛手傑克的候選人之一，這些候選人完全符合開膛手傑克可能是醫生、可能是警官，這些有行凶技術、對案件熟悉、且擅於隱匿行蹤（不論是易容變裝或以警官、醫生身分出現都不易遭懷疑）的特性。

正典中缺一角的英倫罪案拼圖

福爾摩斯最活躍的時候，正是開膛手傑克肆虐倫敦東區之際，福爾摩斯未能親手逮住他實在是非常可惜。而作者柯南・道爾本人又是怎麼看待這樁連續殺人案呢？據指出，他曾說過開膛手傑克可能假扮成為女性，另有一說是他認為開膛手傑克是由某個女性凶手扮成的，兩種論點都是此裝扮比起男性模樣，不但不易引起注意且容易獲得信任，可以不動聲色地接近被害人。

柯南．道爾不讓福爾摩斯解決開膛手傑克一案的理由顯而易見，在正典中福爾摩斯抓到了開膛手傑克固然大快人心，但若凶手在故事裡就逮，現實世界裡眞凶卻繼續虐殺或成爲千古懸案，那福爾摩斯的臉要往哪裡擱？所以柯南．道爾不處理這個問題是可以理解的。而這一個缺角，使得福爾摩斯足跡踏遍的英倫罪案拼圖缺了好大一塊。

正因爲正典不解決、也無法解決，因此福爾摩斯對決開膛手傑克這個空白，成爲後人各類型仿作致敬的重要題材。後人還可以編造一堆爲何福爾摩斯不解決此案、華生不提及此案的原因。

電影圈很早就處理過兩者對決的題材，《恐懼的研究》（*A Study in Terror*, 1965）與《午夜追殺》（*Murder by Decree*, 1979），分別由John Neville與Christopher Plummer飾演福爾摩斯，這兩位都不是影史中的福爾摩斯熟面孔，也都只在大銀幕上扮過一次神探而已。如果光看不過癮，玩家可以扮演福爾摩斯來抓開膛手，電腦遊戲公司Frogwares Studio在二〇〇九年推出了《福爾摩斯vs.開膛手傑克》（*Sherlock Holmes vs. Jack the Ripper*），這也是該公司推出的第六款福爾摩斯遊戲。

小說界對於兩者的對決較量也開始於電影《恐懼的研究》，電影一九六五年上映，艾勒里．昆恩一九六六年推出小說版本，這小說版本並非單純的電影小說，而是改編成爲作中作的形式，讓偵探艾勒里．昆恩重新推理了當年福爾摩斯所解決的案件。其他尚有Michael Dibdin的《*The Last Sherlock Holmes Story*》（1978）、Edward Hanna的《*The Whitechapel Horrors*》（1992），以及這部由臉譜出版琳西．斐的精采仿作——《福爾摩斯與開膛手傑克》（*Dust and Shadow: An Account of the Ripper Killings by Dr. John H. Watson*, 2009）。

百年懸案的終結——《福爾摩斯與開膛手傑克》

讀者對於仿作最大的恭維，大概就是閱讀時讚嘆「好像」了吧！仿作作家想要說服讀者「我這是貨眞價實的福爾摩斯探案喔！請把我當成正典的一部分，瞧瞧我學得多像！」的方法不外乎是外在形象的模仿：如讓福爾摩斯推理眼前人物的背景、讓他易容變裝、吸菸斗、拉小提琴、做實驗、拿槍轟牆壁、提提古柯鹼（時移勢易，古柯鹼這檔事提提就成，不用眞的注射進去），只要提到上述的種種外在形象之一，不管是不是粗淺地寫寫皮毛，大抵就能在讀者心裡植下「啊！這是福爾摩斯探案」的印象。

在琳西．斐的《福爾摩斯與開膛手傑克》裡，上述所有的福爾摩斯特色都巧妙帶入了，眞的好像。尼可拉斯．梅爾在仿作《百分之七的溶液》（臉譜出版）中聲稱發現了華生遺稿，以編輯的身分整理並出版之，還煞有介事地寫了一篇序來說明遺稿發現經過。琳西．斐的《福爾摩斯與開膛手傑克》原文書名也加了副標題「華生醫生的開膛手連續謀殺案紀錄」，並杜撰一篇華生醫師於一九三九年寫下的本案前言，說明爲何福爾摩斯對決開膛手傑克的案件必須保密，他又如何必須完成這部記事。這些做法在在是要說服讀者這部福爾摩斯探案的可信度。

對於罪案實錄（true crime）這種文類不感興趣的讀者，或許對於開膛手傑克的惡行興趣缺缺，但結合虛構人物與已知史實的小說寫法，可使原本平鋪直敘的犯案紀錄立體起來。

以《福爾摩斯與開膛手傑克》來說，福爾摩斯從第一具屍體出現後，就受蘇格蘭場所託介入案件偵辦，因此福爾摩斯與華生就帶領讀者逐案親臨現場檢視證物，把當時倫敦東區這個無底深淵，透過華生忠實之筆來描述；而史實中著名的數封開膛手傑克所寄來的信件也一一送到福爾摩斯的眼前；連凶案附近遺留的圍裙與詆毀猶太人的牆上留言都收入書中；福爾摩斯與華生也曾一度被市民認爲是開膛手傑克而陷入危險境地；被懷疑是傑克的皮圍裙與皇孫愛德華王子也在本作中提到了。讀完書後，不僅享受了推理小說的解謎破案，歷史上開膛手傑克一案的來龍去脈也隨之清晰了起來。

作爲一部福爾摩斯仿作，《福爾摩斯與開膛手傑克》逼眞地重現了華生筆下的福爾摩斯探案；作爲一部開膛手傑克研究報告，《福爾摩斯與開膛手傑克》給了開膛手傑克爲何犯案、如何犯案、是誰犯案的解釋；作爲福爾摩斯正典中缺一角的英倫罪案拼圖，《福爾摩斯與開膛手傑克》同時解決了「爲何華生醫師沒有記載福爾摩斯辦理開膛手傑克一案？」與「爲何開膛手傑克在犯下衆多罪案後銷聲匿跡？」兩個問題。居然可以在一部作品中同時完成上述諸多目的，琳西．斐的《福爾摩斯與開膛手傑克》著實精采。

對仿作作家而言，史料運用愈多，下筆必定愈加綁手綁腳；相對地，若運用多且得當，則讓福爾摩斯解決開膛手傑克一案可信度大增。看作家如何運用「歷史事實」與「虛構人物」這兩類既有素材，揉合鑲嵌成爲一幅新作品，實在是充滿樂趣的閱讀經驗。而福爾摩斯正典缺了的英倫罪案拼圖，在後世作家各自努力之下，七拼八湊補了起來，讀者終於可透過作家之筆，看到福爾摩斯與華生擔負起原先應盡的義務，維持倫敦街頭該有的正義！

目錄

獻給吉姆・李蒙[1]

以及他的五篇小品作業

1 Jim LeMonds，作者高中時的英文寫作老師。李蒙老師知道他的學生都有很棒的寫作能力，所以他只要求學生交五篇作業，但每篇至少要得到乙下才能過關。這些學生的作業通常會被退四、五次，他退件時都會寫下詳細的編輯意見，幫助他們進步。

起初，開膛手一案在我朋友福爾摩斯心頭留下的創傷，似乎跟倫敦市蒙受的傷害一樣重。我曾在長夜將盡的時分，撞見警醒了一整晚的他躺在沙發上，小提琴擱在腳邊，皮下注射器從他修長的指間落下。然而，這兩種止痛藥方都趕不走我們追捕了兩個多月的男人所留下的魅影。由於發生的事也讓我深受其害，所以就算我想全力照顧他的健康，能做的卻不多，無法驅除他的恐怖印象，和那些讓他全身僵硬的可怕念頭，好比他認爲要是當時他有某種超凡入聖的天才靈感，也許就能夠做得更好。

最後，我下定決心，爲了自己的心靈平靜著想——而不是爲了出版，我應該把這件事情寫下來。我下筆的心情極其沉重，只有記錄萊辛巴赫瀑布事件的掙扎可以相比。對我來說，那些日子過得很不愉快；至於福爾摩斯，因爲湧入的案件來勢洶洶，多到讓他躲都躲不掉，所以他下床走動了。他曾不只一次靠在書桌旁對我說：「跟我一起去調查塔林頓的案子吧，我親愛的朋友，你犯不著寫這個。你知道的，這世界已經忘記他了。有一天我們也會忘了的。」

然而極其罕見的是，福爾摩斯竟然錯了。這個世界並沒有遺忘那個人，直到今天也還沒忘；要是有哪個孩子聽見哥哥姊姊提起陰魂不散的開膛手傑克，卻不會全身血液爲之一凜，那他實在是個勇敢的小伙子。

我盡量以我慣用的愼重傳記體例來完成這份紀錄。我是在許多年前寫下的，那時還會有人問起福爾摩斯在此案中做了什麼。不過我們在開膛手謀殺案中扮演的角色，很快就變成少數人才會關心的話題。只有顯然是我朋友破解的案件，才會引來感激的大眾連番稱讚，至於一個沒有結尾的故事根本就不成故事；然而，爲了倫敦，也爲了我們自己著想，開膛手事件的眞相必須徹底保密。

雖然我的行動可能抵觸我自己的最大利益，但我就是沒辦法燒掉福爾摩斯與我共享的任何一樁案件紀錄。我打算把這些文件留給我那位能幹的律師處理，同時把這封特別的信箋放在文件盒的最上方。可是，無論我再怎麼聲明，我還是無法確保後人會遵守我的要求，不發表這份紀錄。總之，這個故事將會清楚呈現出人類作惡能耐的最大極限，此外我也絕不容旁人指控我美化事實，或者危言聳聽。事實上，我期盼的是，當這些記載呈現在某人眼前時，開膛手傑克就只剩褪色的記憶，留在那個缺少公義、充滿暴力的時代。

我寫下這個故事的唯一企圖，就只是想讚美我朋友取之不盡、用之不竭的才能與高潔的心志；我希望這些美德會讓他在五十年以後都還顯得卓然出眾。然而我很樂意補充的是，就在我下筆的時候——在新戰爭與新災難的浪潮席捲世界之際——充滿善意的後輩已經在歷史上爲偉大的夏洛克・福爾摩斯先生留下一席之地了。

約翰・H・華生醫師

一九三九年七月

序幕

一八八七年二月

「親愛的醫生啊，今晚我恐怕需要你的協助了。」

我放下《科瓦報》，中斷正在讀的一篇談論地方選舉的文章，一臉疑惑地抬起頭。「福爾摩斯，我很樂意幫忙。」

「穿暖些，氣壓計的數字看起來夠保險了，可是風還是冷得刺骨。要是你不介意把你的左輪手槍放進口袋裡，我會很感激的。畢竟我們是再怎麼謹慎都不為過，而你的手槍又是很有效率的說服工具。」

「晚餐時，我不是聽你說我們要搭早班火車回倫敦嗎？」

菸斗冒出的煙霧逐漸籠罩住福爾摩斯的扶手椅，他在薄紗般的煙霧中露出神祕的笑容。「你是說，我提到你我在城裡的生產力比在赫勒福郡這裡高得多，所以我們應該回去？嗯，的確是有三件重要性不等的案件在倫敦等著我們。」

「那失蹤的鑽石怎麼辦？」

「我已經解開謎團了。」

「親愛的福爾摩斯！」我大喊道，「我要向你祝賀。不過話說回來，鑽石到底在哪裡？你把它的下落告訴藍斯頓爵爺了嗎？你捎話去通知旅館裡的葛里格森探長了嗎？」

「親愛的伙伴，我說的是我解開了，而不是解決了。」在我們雅致的起居室裡，福爾摩斯笑著從緞布椅子上起身，同時把他的菸斗放在爐柵上。「工作在等著我們。至於那個案子，從來就不是什麼謎案，雖然我們在蘇格蘭場的那些朋友似乎都還陷在五里霧中。」

「我也同樣覺得難以理解，」我坦白說道，「從私人金庫被偷走的戒指，庭園的南邊莫名其妙少了一塊草皮，還有男爵本人悲劇性的往事……」

「親愛的華生，你是有幾分才華，不過你運用這分天賦的時候少得驚人。你剛剛正指出了整件事情裡最明顯的幾個重點。」

「不過我要老實說，我完全不明白怎麼回事。你打算今晚跟那個犯人對決嗎？」

「讓人訝異的是，其實並沒有人做出眞正的違法行爲。不過呢，今晚你我應該盡可能多穿點羊毛衣物，能弄到多少就穿多少，這樣才能當場見證罪行。」

「當場見證！福爾摩斯，你指的是什麼罪行？」

「如果我沒有神智不清的話，那應該是盜墓罪。如果你方便的話，就在將近一點左右的時候跟我在庭院裡碰頭。我想到時候大部分的僕役都睡了，所以，如果我是你，就會小心行動，別讓人看到。不必要的拖延可能眞的會帶來很大的不幸。」

他一說完，就消失在他臥房裡了。

一點還差十分的時候，我把全身裹得暖洋洋地離開大宅。這天眞的冷到刺骨，草地上凍結的濕氣有如滿天星星。我一眼就看見我的朋友，他正漫步在一條以歐式嚴謹風格精心維護過的氣派道路上。他全神貫注地看著天空中清晰散布的點點星辰。我清清喉嚨，福爾摩斯就點點頭，走向我這裡。

「親愛的華生！」他輕聲說道，「所以你也寧可冒險忍受嚴寒，而不願意錯過莫文丘的夜景？或者說，至少管家是這麼假定的吧？」

「我不認爲傑文斯太太還能清醒到可以做出什麼假定。」

「漂亮。咱們就來看看，一趟輕快的散步是否能對抗這種嚴寒的氣候吧。」

我們循著小徑前行，剛開始這條路是朝著花園的方向，但很快就轉了彎，沿著附近懸崖的曲線前進。沒過多久，福爾摩斯就帶著我穿過一個長滿苔蘚的鉸鍊門，把黑石南屋的田產留在背後。我覺得我們的計畫中有個很嚴重的不妥之處，所以我忍不住問道：「你是用某種方式找出盜墓罪跟剛被偷的傳家寶之間的關聯了？」

「爲什麼說是剛被偷？記住，我們沒有證據能證實那東西失蹤多久了。」

我邊思索，邊呼出一口有如幽靈瘴氣般的白霧。「我同意。可是如果眞有盜墓事件，我們不是應該加以防範，而不是等著揭發？」

「我很難這樣想。」

福爾摩斯每到快結案的時候就愛保密，雖然我完全習慣了，但他那種專橫又善辯的態度，還是很折磨我的神經。「可以肯定的是，你很快就會知道，破壞草坪的詭異行爲跟褻瀆神聖的長眠之所有什麼關係。」

福爾摩斯瞥了我一眼。「你認為挖一個墳墓需要多久時間？」

「一個人嗎？我說不上來耶。如果沒什麼其他限制或條件，或許一天可以完成吧。」

「要是你必須徹底保密呢？」

「我想應該會需要更多天。」我緩緩回答。

「在我想來，必要時，可能需要用一樣長的時間把墳墓填回去。而且，要是不能讓任何人發現這個計畫，我認為人天性中的狡猾會找出方法來避人耳目。」

我驚訝地倒抽一口氣，突然間答案清楚了：「福爾摩斯，你是要告訴我那片不見的草皮——」

「噓！」他悄聲說。「那邊，你看到沒？」我們爬到一處長滿樹木的山脊頂端，距離大宅的地產範圍約有半哩遠。此刻我們正俯瞰一片雜草叢生的窪地，這裡是與鄰近城鎮相交的邊界之地。福爾摩斯細長的手指一指。「觀察那個教堂。」

在明亮月光下，隔著墓園樹叢，我看見了一個男人彎著腰的形影，他正把最後幾抔土放到一個小小的白色墓碑上。他用手背揩了揩額頭的汗水後，便直接朝著我們走來。

「是藍斯頓爵爺。」我低語道。

「就在這個山脊頂端的下方。」福爾摩斯話一說完，我們就撤退到雜木林裡了。

「他差不多完成了。」我的同伴注意到這一點。「華生，坦白說，對於這件事，我同情的是犯了罪的這一方，但你應該待在這塊岩石後面，自己做判斷。我打算單獨去跟男爵對質，要是事實證明他還講理，那就更好了。如果他不講理……動作快！蹲低些，盡可能保持安靜。」

我躲在一塊大石後面，輕輕握住我大衣口袋裡的左輪槍。我才剛注意到一根火柴嘶一聲燃起，便聞到福爾摩斯的煙味。隱約的腳步聲突然在斜坡上低沉響起，我發現福爾摩斯眞是很仔細地選擇了我的藏匿位置，因爲我雖然藏在岩石背風處，但這顆石頭跟相鄰的大圓石之間的一道裂縫，給了我一片得以看見事件現場的狹長視野。

男爵爬上了山脊，進入了我的視線範圍。此刻即便空氣凍得要結霜了，他卻在出汗，並且大口地喘著氣。他抬眼望向眼前的樹林，瞬間驚恐地止住步伐，並從他軟毛鑲邊的斗蓬裡抽出一把手槍。

「是誰？」他用啞著嗓子質問。

「藍斯頓爵爺，我是夏洛克·福爾摩斯。我必須跟你談談。」

「夏洛克·福爾摩斯！」他喊道，「這種時候你在這裡幹什麼？」

「我也可以問你同樣的問題，爵爺。」

「這跟你無關係，」男爵這麼反駁，但他在驚慌之餘變得措辭尖銳起來。「我剛才去拜訪別人。有位朋友——」

福爾摩斯嘆了口氣。「爵爺，我不能放任你這麼替自己作僞證，因爲我知道你今晚的差事跟活人無關，與死人倒有點關係。」

「你怎麼可能知道這點？」男爵說道。

「爵爺，我無所不知。」

「那麼，你已經發現了她的墓地！」他的手抖得厲害，手上的槍對著地面畫出一個個小小的圓圈，就好像他不確定那把槍的用途是什麼。

「我今天早上去過一趟，」福爾摩斯態度和緩地承認了。「根據你的自白，我知道你曾經愛過伊莉諾拉．勞利。你認爲自己這樣做很聰明，因爲你們之間有過太多次幽會與書信往來，你判斷這些事在她死後根本藏不住。」

「我確實是這麼想——所以我全都告訴你了！」

「從你的家人發現戒指不見的那一刻起，你的手段就很高明，」福爾摩斯繼續往下說，他那雙有著催眠魔力的灰色眼眸片刻不離男爵的臉，但我知道，其實他跟我一樣，注意力都集中在那把手槍上。「你請華生醫生跟我來協助警方；你甚至堅持，要我們在塵埃落定以前繼續待在黑石南屋。我還要更進一步稱讚你辦事眞的非常仔細。」

男爵憤怒地瞇起了眼睛。「那我就直說了。我對你跟你的朋友殷勤有禮到了極點。爲什麼你要這麼做？爲什麼你要去她的墳墓那裡？」

「理由非常簡單，就因爲你聲稱不知道那座墳墓在哪。」

「我爲什麼要承認我知道？」他質疑道，「沒錯，她對我來說比全世界還重要，可是——」他停頓了一陣，好克制住自己。「福爾摩斯先生，我們之間的愛是一個被悉心守護的祕密，而我對一個受僱偵探提起這事，就已經是自貶身分了。」

「像你這種地位的男性，不會貿然向陌生人提起這種痛苦又私密的事情，除非事屬必要。」福爾摩斯強調。「你賭上這一把了。在我們初次於倫敦會面時，你以爲用這種誠懇的態度就能斷絕我對這個案件的興趣。倘若你面對的是一位不那麼出色的調查員，你的坦白應該會替你爭取到足夠的時間了結此事。就連你編的那個故事，說什麼叛逆鄉下少年趁夜色在田莊撒野都講得十分可信。然而你上星期天晚間的衣著，卻向我透露了許多事情。」

「我已經跟你說過了。那是我的狗撲向一隻雉雞，然後被卡在某位村民的陷阱裡。」

「如果只有你的褲子沾滿泥巴，我就會接受這說法，」福爾摩斯很有耐性地回答，「可是你手臂後方卻沾了更多的泥土。當一個男人用手肘撐著自己，爬出一個幾乎跟他等高的地洞時，會弄髒的就是這邊。」

藍斯頓男爵一臉狂亂地對著福爾摩斯舉起手槍，但我的朋友卻仍舊輕聲繼續往下說。

「你對伊莉諾拉．勞利的愛無比熾熱，以至於你從家族金庫裡拿了你祖母的婚戒，你知道這樣做很安全，因爲你們幾乎從不清點那裡的財產。後來你把這個禮物送給勞利小姐，全心全意打算迎娶這位地方商賈的女兒。有人告訴我，能跟她的美貌相提並論的，就只有她的慈悲心腸了。」

這時男爵的眼神黯淡下來，微微低下了頭，雖然槍還是對準了福爾摩斯。「假如她沒有從我身邊被奪走，我就會那麼做。」

「今天早上我跟勞利小姐以前的女僕談了很久。伊莉諾拉．勞利小姐病倒時派人帶話給你，說她跟父母要遠赴歐陸求診。」

「那些專科醫生根本什麼都做不了。」男爵很清楚這點，卻也因著悲憤握緊了空無一物的拳頭。「到她回來的時候，旅行的壓力與緊張只是讓她的病情惡化得更快。她透過我們的祕密通信管道送來一張紙條，告訴我她仍像過去一樣愛著我。那是打從我們都還小的時候就開始了，她是我們家乾貨供應商的女兒。但是短短三天內她就……」一陣情緒激動似乎讓他整個人動搖了，他舉起手抹過額頭。「任何一種命運的安排都比那樣的結果更好。就算我死了都比較好。」

「但事實是，那位女士過世了。」我的朋友充滿同情地回答，「而沉浸在悲傷中的你，還來不及想起她把你給的信物縫在衣服襯裡中，那信物就跟她一起入土了。你冷靜下來之後就想到，那件傳家寶你肯定是拿不到了。」

「那時候我自己都病倒了。我陷入瘋狂；有大半個月，我就只是過去那個我的殘影。我不在乎任何事，不在乎任何人。」男爵口氣木然地說道。「然而我弟弟接二連三地做出種種蠢事，簡直像是日曆上的日期一樣，總是一樁樁接著來，我的家族不像我母親讓我們以為的那樣富裕了。」

「那麼就是出於家計的考量，失落的鑽石才浮上檯面。」

「要不是這樣，我絕對不會從她身上取回戒指，無論她是死是活都一樣。上帝救救我吧！我弟弟帶給我們所有人的不幸，比起我自己的災難根本不算什麼。『盜墓賊』這種稱號，對藍斯頓這個姓氏會有什麼樣的影響呢？」他喊道。然後，藍斯頓爵爺用盡他的克制力讓自己冷靜下來，他挺直了身體，藍色眼眸閃爍著詭譎的光芒。「或許毫無影響，」他接著這麼說，他的口氣裡帶有一種嶄新而冰冷的精確性。「或許除我之外唯一知情的人，今夜就會死去。」

「這種狀況不太可能發生吧，爵爺？」我的朋友平靜地說出他的意見。

「你可能會這麼想，」他的客戶咆哮道，「可是你低估了我的——」

「我沒有蠢到單槍匹馬地前來見你，」這位偵探說道，「我的朋友華生醫師很好心地陪我一起來。」

我小心翼翼地從岩石露頭後面現身。

「所以你還帶了你的同夥！」男爵大叫道，「你就是想毀了我！」

「藍斯頓爵爺，你必須相信，我無意對你造成任何一絲傷害，」福爾摩斯抗議道，「我的朋友跟我已經準備發誓，只要戒指歸回原處，我們就不對任何人透露這件事的隻字片語。」

「戒指在這裡。」男爵把手放到胸前的口袋上。「你是認真的嗎？這眞是難以置信。」

「如果我忽略客戶的最佳利益，我小小的事業很快就會觸礁了。」我的朋友如此強調。

「只要我歸還戒指，警方、我的家人或是其他人就什麼都不會知道？這遠超過我應得的了。」

「我不會告訴他們。我向你保證。」福爾摩斯嚴肅地宣告。

「我也是。」我補上一句。

「那這樣就夠了。」男爵就像是暈眩似的朝前垂下了頭，彷彿是悲傷到力竭。

「這不是我第一次對重罪從輕發落，恐怕也不會是最後一次。」我的朋友以同樣讓人鎮靜的語氣坦白招認。

「我至死都會感激你的緘默。的確，你在這整起事件裡表現出無懈可擊的謹愼，我對你的讚賞，遠超過我對自己的評價。」

「在這方面，我無法同意你的見解。」福爾摩斯開口要說話，但男爵痛苦地接著說下去。

「伊莉寧可孤獨地死去，也不願背叛我的信任。但是我給了她什麼？」

「好了，爵爺。在這種事情上鑽牛角尖不怎麼實際。你的行動是爲了你們家族的利益，而且到頭來你的祕密安全無虞。」

「你是對的，」他悄聲說道，「紳士們，你們可以繼續往主屋走。這件事了結了。你們完全可以相信，此後我會更加沉默。」

我轉身要走，但福爾摩斯突然發出的嘶啞叫喊讓我又猛然轉身。就在福爾摩斯拚了命跳出去抓住男爵的時候，手槍擊發了。我的朋友抱住了爵爺的身體，慢慢讓他躺在凍結的土地上。我立刻趕到他們身邊。

「快過來吧！他的呼吸——你能不能——」

可是藍斯頓爵爺已經是人力無以回天的狀態了。在我鬆開他領口時，他低低的發出一聲顫抖的嘆息，然後就不動了。

「福爾摩斯，他——」

「他死了。」我的朋友把手伸過去蓋住男爵的眼睛，這起悲劇帶來的震驚讓他平和的動作更加遲滯。「要是我先——可是在別的狀況下，藍斯頓爵爺當然會害自己露出馬腳！不，不行，葛里格森探長是個蠢蛋，但要是一堵磚牆就出現在他面前，他還是看得出來。現在只有我可以把那枚戒指放回保險箱裡。」他迅速蹲下，然後從死者上衣背心的口袋裡拿出一條閃閃發亮的鍊子。

「想想他拿回戒指時，看到的是什麼場面。」我驚懼交加地低聲說道。

「華生，願上帝幫助我們。」我的朋友雖然外表平靜，內心的震驚卻是我前所未見的。「我不希望他的歷史在任何人身上重演。」

我們靜默地跪在樹木的黑影之下，慢慢感到刺骨的寒意侵來。

「我們要怎麼跟他們說？」

「至少方向是很清楚的，」福爾摩斯衡量著狀況。「你跟我就在田產後方聽到一聲槍響，然後考量到時間甚晚，就先獨自前往探查，結果發現男爵已經回天乏術。全部過程就是這樣。」

我點點頭。「我猜想傾家蕩產可以解釋一個生性敏感的男人為何自殺，可是戒指怎麼辦？」

「至於戒指，我準備做更進一步的努力，」福爾摩斯輕聲回答，「男爵認為他的生命威脅到他的祕密，而我絕對無意讓他的死亡也成為同樣的威脅。」

我們帶著那令人哀傷的負荷回到大宅，而後引起的驚慌更讓人同情到不忍卒睹。哀慟之情席捲了舉家上下，藍斯頓夫人因為痛失長子，難過到幾乎忘記她母親的戒指。我們發現自己在這一片混亂中毫無用處，於是次日早晨我們就早早起床，到旅館稍停一下，向葛里格森探長與他從倫敦帶來的警員道別。他們一行人住在一組套房裡，簡單的會客室就權充辦公室。探長以他自己的獨特方式，對我們突如其來的告辭表達出相當程度的憂傷。

「好吧，好吧，我想你做得相當正確。一旦你知道某件事情是你應付不來的，那還不如光明磊落地認錯了事。不過呢，福爾摩斯先生，這一局我可是打算奉陪到底。眼前還有這麼多事情可做，我是沒法半途放棄這個案子。」

「那麼，你已經找到新的線索了嗎？」我的朋友冷淡地回應。

「呃，已故的男爵有個弟弟，他是個賭徒兼浪子——這是我的消息來源說的。」

「我實在不認為有這種可能——」

「然後再加上這起自殺事件！」葛里格森探長振振有詞地說。「在這種狀況下，真的非常可疑。」

「怎麼說？」

「怎麼，當然有罪啊！如果不是有罪在身，一個人幹嘛要自殺？說眞的，福爾摩斯先生，從這一切發展來看，如果你留下來，就會知道這是怎麼回事。」

「我聽說倫敦有那件珠寶的消息。」福爾摩斯滿不在乎地聳了聳一邊肩膀。「某位石匠朋友提到的事，給了我有充分的理由回倫敦去看看，而且我發現科瓦這裡的證據實在太微薄，以致我不得不去追蹤這個新線索。」

「先生，請見諒，」房間另一頭有個聲音插了進來，「這裡也有很多線索啊。」

福爾摩斯轉過頭去，看著那個冒險說出這番話的警官。「你眞這麼想嗎？」他冷冰冰地問道。「當事人甚至無法確定事發日期是不是在最近十二個月內，這種狀況下，我會說這個案件幾乎破不了。」

這番斥責逗得葛里格森輕笑出聲，他補上一句：「好啦好啦，小子，我帶你來是爲了讓你瞧瞧眞正的專業人士是怎麼辦事的，雖然福爾摩斯先生可能也有些零星的建議。但我想你還是認眞聽就好，意見就保留在你心中吧。」

這位警官看起來鎭定如常。「可是那片被破壞的草皮呢？」

「草皮？」葛里格森大笑出來。「從那裡能看到什麼？你講得好像園藝也跟這事有關似的！」

「我自己覺得那點挺奇怪的，不過那是在我見到該爲此事負責的那幾個男孩之前，」福爾摩斯迅速說道，「昨天我穿過你們旅館的馬房庭院，稍微散了一會兒步。因此我有機會接觸到年輕的佛格斯·麥克阿瑟，還有他的幾位同伴。在男儐相躺在那裡呼呼大睡的時候，他們正忙著用獸指擦賓客的馬鞍。如果這世界上光靠創意就能成功，那這批年輕人很快就足以統治大英國協了。」

我的朋友優雅地起身，從門邊的一張小長椅上拿回他的帽子。「要是我在倫敦發掘到的任何消息，會立刻傳遞給你的。」

「喔，那好。我不懷疑你會這麼做，不過我想再度聽到你的消息以前，我們應該就已經解決這整件事了。雖然如此，我還是很感謝你。」

「再見了，葛里格森探長，也向你的同事告別。他們比你所知的更有前途。」福爾摩斯最後一次點頭致意，然後牢牢關上我們背後的門。

「回倫敦囉。」我思索著。

「對，赫樂福郡對我們兩個來說再也沒別的用處了。」我的朋友這麼回答。「不過我很有信心，可以透過神祕買家來找出戒指的所在。」他拍拍自己胸前的口袋，嚴峻的臉上出現一絲飄渺的微笑。

我們回到倫敦沒多久，福爾摩斯就打電報給藍斯頓夫人，把找到她母親家傳戒指的消息告訴她。這一家人的不幸遭遇不但蓋過了找回戒指的歡欣之情，也抹去了他們當初對戒指爲何失蹤的好奇，而這點顯然讓我的朋友感到滿意。雖然很可惜的是，葛里格森的案件一直懸而未決，但一等到戒指在蘇格蘭場員警護送下，從倫敦安返黑石南屋以後，那位好探長的心情就振奮起來了，他甚至還稱讚這位私家偵探有著「不尋常的好運道」。

兩週後，當我躺在長沙發上舒服且專注地讀著一本醫學期刊時，我聽到福爾摩斯熟悉的腳步聲充滿活力地登上了樓梯。進入客廳後，他困惑地把一封信拿到燈前，然後用一個漫不經心的動作，把信扔到靠近書架旁的龐大文件堆上。

「福爾摩斯，我相信你手下有幾位貝格街雜牌軍[1]比那疊龐然大物還要矮。」我這麼評論。

「嗯？」他心不在焉地表示疑惑。「喔，我不這麼想。從你上次見過小葛雷夫斯以後，他有了相當驚人的成長。」

我微笑了。「那到底是什麼？」

「那封信嗎？」福爾摩斯伸出他精瘦有力的手臂要拿回信件，他在那玩意的上方停頓了一會兒，然後才交給我。這封信是用鮮紅的墨水寫成，筆跡怪異雜亂，內容如下：

福爾摩斯先生：

你是個聰明人。不是嗎？無論你是像惡魔一樣聰明，或者根本就是惡魔本尊，你都還沒聰明到讓無名氏先生看不到你。對，我把你看得夠清楚了，而且我可能會跟你在地獄相見

時間比你想像中還要快，福爾摩斯先生。

1 指福爾摩斯經常僱用來刺探情報的一群街童。

我惱怒地抬起頭。「福爾摩斯，這封信分明就是在威脅恐嚇！」

「語氣相當不友善。」他勉強承認，同時從他的波斯拖鞋深處掏出菸草。

「你打算怎麼做？」

「怎麼做？什麼都不做。你的信件往來或許不像我這麼頻繁。而我在檢視信件過程中，雖然急切盼望能找到一個案件值得我花時間心力，但是碰到的卻都是愛幻想的老處女閒扯瞎聊，或者窮極無聊的新婚夫婦抒發他們的情感。上個星期我從布萊頓收到一個不可多得的範例，我一定要讓你看看——」

「你對這封古怪的信，連一丁點興趣都沒有嗎？」

「憑著我的壞名聲，我認識的罪犯已經夠多了，所以我不認爲這種事情只是偶一爲之。」福爾摩斯不耐煩地反駁。「這封信寫在便宜的大裁尺寸紙張上，從倫敦東區投郵，沒有指紋或其他可以比對身分的特徵。我能拿它怎麼辦？不過筆跡是夠怪異的了。我幾乎沒見過這樣的字跡。」他仔細審視著那一頁信紙。

「你能採取哪些步驟？」我再問了一次。

「親愛的華生，我採取的是所有步驟中最好的一個——把那玩意兒丟進字紙簍裡。」他把那張紙朝著他書桌的方向扔，然後硬是把話題轉向理查·歐文在比較解剖學領域中的貢獻。

直到第二天下午，我看到福爾摩斯攤放在書桌上的備忘錄，才知道他非但沒有丟掉那封信，甚至還將它小心翼翼地貼在「雜類信件」項目下。我本來打算問福爾摩斯是否找到什麼線索，但我的同居人突然帶著來自錢伯威爾的緊急求助信出現，把這件事徹底趕出我的腦海之外。

01 兩宗罪行

我逐年記錄夏洛克．福爾摩斯先生的公私生活，有些人恭維我的這些嘗試，甚至以學者的研究方法探究至今；而他們已經論證過，我在精確編年史的方面屢有閃失。有人好意找藉口替我開脫，說是因爲筆跡潦草或者文學經紀人的粗心大意，這些用心我雖然感激，卻必須先承認，我的錯誤不管多驚人，全都是故意的。這當中一方面是來自福爾摩斯的堅持，一方面是我自己天生的謹慎，常常讓我無法做到對傳記作者來說十分寶貴的精確度。有時我爲了掩飾大案而被迫改變瑣碎小案的日期，或是更動人名與情境細節，但是我仍盡力保持事件的核心眞相，要是少了這一點，寫什麼都成了無的放矢。然而在這一樁案件中，任何含糊其辭的做法都會顯得荒謬，因爲知道這些事實的不只有倫敦人，而是全世界都關注。所以我應該根據福爾摩斯跟我的遭遇，寫下全盤眞相，絕不省略與此案有關的任何細節，畢竟在我跟我這位傑出友人受邀破解的所有案件之中，以這一連串的罪行最令人痛心。

事實證明一八八八年是夏洛克．福爾摩斯相當重要的一年，因爲就在這一年，他爲歐洲某皇室提供了寶貴的服務，同時繼續先發制人，遏阻了詹姆斯．莫里亞提教授的行動。就我的朋友所知，這位教授對倫敦黑社會的控制力變得愈來愈明顯了。當年有幾件備受矚目的調查行動，讓大衆見識到福爾摩斯卓越的能力，其中包括故障油燈引起的駭人事件，還有維多莉亞．門多薩太太的頂針神祕失蹤及其後果。吾友的聰明才智一度在晦澀的專業研究中枯萎，但在那一年卻發光發熱，帶來相當令人滿意的好名聲。

儘管隨著福爾摩斯無所不知的美名水漲船高，日子也跟著忙碌起來，但是在八月初，銀行休假日的次日傍晚，我們還是閒閒沒事家中坐。福爾摩斯正在分析一種美洲蛇毒的化學成分，最近證實了這種毒幾乎是無跡無痕的；而我則埋頭細讀當天的報紙。讓我高興的是，向來最難以捉摸的倫敦陽光，正在建築物上空發光發熱，窗邊還有一陣生氣蓬勃的微風飄送——我打開其中一扇窗當成安全措施，以免福爾摩斯的化學實驗出什麼差錯。就在這時，最新出刊的《星報》裡有則新聞吸引了我的目光。

「我實在難以理解，」我自言自語地說，「是什麼會使一個殺人犯這樣徹底地褻瀆人體。」

福爾摩斯完全沒抬頭，就評論道：「也可以這麼論證，對人體最極端的褻瀆行為，就是終結它在塵世的用途；也就是說，所有殺人犯都分擔了這個特定罪狀。」

「但這眞是相當過火。報上說白教堂區發現某個身分尚未查明的可憐女人，她被亂刀刺死。」

「很可悲，但這稱不上是離奇事件。我猜她在那一區工作，以便換取飲食和每天的棲身之地。這種可憐的失足婦女，特別容易刺激與她們結交的男性犯下衝動的罪。」

「福爾摩斯，她被刺了二十刀啊。」

「然而按照你無懈可擊的醫學評估，一刀就夠了。」

「唔，是的，」我的聲音顫抖著。「顯然這惡棍在她喪命之後，還繼續砍殺她好一陣子，或者至少血跡模式表明如此。」

偵探微微一笑。「我親愛的華生，你眞是最有同情心的紳士。雖然你可能會原諒在絕望或復仇煎熬中犯下的衝動罪行；我知道你這麼做過。但是對於這樣病態的殘虐行為，你卻看不出任何可取之處。」

「你可以這麼說。」

「坦白說，我也無法想像自己憤怒到全無理智，連續痛擊我的受害者。」他這麼承認。「有更進一步的消息嗎？」

「警方還一無所知。」

福爾摩斯嘆了口氣，把他的科學研究材料推到一旁。「我的大善人啊，要是你我有這種能耐讓整個倫敦安全就好了，但現在就讓我們放下自己的沉思，別去想我們的市民同胞能墮落到什麼地步，轉而去好好探究我們能否趕上皇家亞伯廳七點半開演的〈布拉姆斯E小調四號交響曲〉吧。我哥哥邁克羅夫特要我注意那位第二大提琴手；要是我在這位紳士的地盤上觀察他的時候有你作伴，我會很感激的。」

後來，夏洛克．福爾摩斯花了整整五天的時間，辦完那樁第二大提琴手案，而且才一結案，就得到來自英國政府內閣部門的重重酬謝；他哥哥邁克羅夫特正是該部門的重要成員。我自己對於邁克羅夫特．福爾摩斯的高層要職略有所知，那在當時是需要嚴格保守的祕密，因為他偶爾會動員弟弟參與國安層級的重要調查行動——對於這類事件，無論夏洛克還是我，本該是連一點蛛絲馬跡都不應得知。總之，相當遺憾的是，隨後幾週除了最平庸無奇的罪行以外，什麼都沒發生。這段時間我的朋友陷入憂鬱懶散的狀態，我的生活也因此受到了極大壓力，更別提我們的房東哈德遜太太有多難受了。福爾摩斯老是主張，要是他這種情緒又發作時，我們應該徹底放任他不管，但身爲一個醫師，我很怕又看見他那支小小的、保存得完美無瑕的皮下注射器，還有事關重大的藥局之行。而且這些物品與現象都向我保證，要是我不採取任何步驟限制我的朋友，他就會在幾天或幾週之內開始自我毀滅。因此，我只好徒勞無功地掃視報紙，又徒勞無功地試圖說服福爾摩斯，無論是不是在白教堂區，一個女人都不該被刀戳那麼多次。最後，我甚至發現自己有那麼一瞬間抵觸了良心，偷偷渴望著某種聳動的不幸事件降臨。

在那個關鍵的星期六，九月一日的早晨，我早早起了床。吃過早飯後，我坐下來抽一管菸，這時福爾摩斯大步走進起居室，全身穿戴整齊地讀著《每日新聞》。他蒼白臉龐上的紅潤色澤顯示他出過門了，而我更令我寬心的是，我看見在他銳利的凝視中，並未顯露出那可鄙藥物所留下的絲毫痕跡。他線條分明的額頭專注得起了皺紋，他把攤開的報紙擺在餐桌上，然後在頃刻間就打開了七、八份其他的報紙，並迅速地在每份報紙裡鎖定同一則報導，一看完就隨手擺在某樣家具上。

「早安，福爾摩斯。」我話雖如此，但我們的起居室卻陷入危險，隨時可能會埋在劈啪作響的報紙風暴之中。

「我出去過了。」他這麼回答。

「是。」我淡然回應。

「華生，我希望今天早上你已經開過葷了。」

「你在說什麼？」

「看來在白教堂區，褻瀆遺體是一門愈來愈興旺的事業。親愛的伙伴，他們又發現一具屍體了。她慘遭謀殺以後，腹部還被劃開了。」

「死因是什麼？」

「她的脖子幾乎被砍斷。」

「老天爺啊。她在哪裡被發現的？」

「似乎是在囤貨路，這案件立刻引起我的興趣。我原本認爲另一樁案子是個奇特的異常狀況，不過現在又有一樁跟著來了。」

「第一樁案件已經夠糟了。」

「那女孩的名字叫作瑪莎・塔布蘭，而且先前的報告弄錯了，她總共被刺了三十九刀。」他冷靜地陳述事實。「昨天早上的受害者，她的名字是瑪麗・安・尼可斯，所有報導都說，她被移除了部分內臟。」

「我是不是可以期待你會追查此事？」我問道。

「要是沒有人諮詢，那就不在我的權限之內——」

就在此刻，哈德遜太太進門了，並且以沉默的譏諷表情打量著我們剛剛裝飾過的家具。我們的女房東心情並不是頂好，因爲先前福爾摩斯以他那種滿不在乎的幽默感，用莓果小杓盛裝化學物質放在他的燒燈上溶解。這項活動所引起的不快，至今還沒有消弭到能讓哈德遜太太滿意的程度。

「有兩位紳士要見您，」她在門口說道，「雷斯垂德探長和另一位先生。福爾摩斯先生，您需要我從碗櫃裡拿出任何東西嗎？或者您已經什麼都不缺了？」

「哈！」福爾摩斯喊道，「雷斯垂德偶爾會把時間拿捏得恰到好處。眞的用不著費事，哈德遜太太，我的餐具夠用了。如果我需要一隻長柄醃菜叉之類的東西，我會拉鈴。要是妳願意的話，就把探長帶上來吧。」

帶著一副刻意表現的高姿態，哈德遜太太走出了房間。片刻之後，雷斯垂德探長跟一位同伴進了房間。福爾摩斯常哀嘆說我們這位小頭銳面、精瘦俐落的探長欠缺才智，不過雷斯垂德的勤奮還是贏得我們的尊敬，但他極度缺乏想像力的思維，給福爾摩斯帶來不少精神壓力。這一回，雷斯垂德一如我過去所見，衣衫依舊凌亂，人也是焦慮不安。他的同伴穿著深色花呢西裝，稍微修剪過的鬍子是一道讓人印象深刻的八字鬍。這人有一副蒼白、靦腆的外表，他的雙眼也怯生生地在福爾摩斯和我之間梭巡。

我的朋友迅速一瞥就把他們看明白了。「雷斯垂德，你好嗎？我們會很樂意提供咖啡給你們兩位，如果必要的話，更強烈的東西也行。很榮幸能夠認識您，醫生，怎麼稱呼您……？」

「路威林在此恭候差遣，先生。」我們的訪客相當不安地回答。

「路威林醫生，我向你保證，是我恭候您的差遣。請原諒我叫出你的職稱，不過那是因爲最近你的右手受了一些輕傷，而且包紮的方式讓我相信，你完全是靠自己的左手幫忙包好的。然而這種布料，只有醫學單位才有。要是我們這裡的醫生變得這麼散漫，竟然要求一位紳士自己包好繃帶，我會十分吃驚的。」

「先生，每一點您都說對了。眞是厲害。」

福爾摩斯簡潔地把頭一點。「這是我的朋友兼同事，華生醫生。」

「很高興能見到你們。我樂於會見任何願意直探這起恐怖事件底細的人。」

福爾摩斯揮揮手，招呼雷斯垂德跟我們這位緊張兮兮的新朋友入座，即便此刻椅背上仍然蓋滿了報紙。接著我的朋友也坐進他的扶手椅裡。

「我猜想，你們是爲了囤貨路的事情而來，」他提出這個看法，「路威林醫生，你昨天忙得不可開交嗎？」

「我的診療室在白教堂路一五二號，到案發現場只要幾分鐘的時間，」他承認如此。「昨天早上快要四點的時候有人來喊我。那時我剛剛才完成驗屍的工作。」

「請稍等一下。雷斯垂德，雖然我跟過去一樣很高興能見到你，但是天啊，你爲何等了一整天才來諮詢我的意見？」

「兩小時前我才被指派來辦這個案子！」雷斯垂德這麼抗議。「剛開始是史普拉特林探長，接著是海爾森。而我可是一分鐘都沒浪費，一接手就立刻帶著路威林醫生來了。」

「探長，請接受我的道歉吧。」福爾摩斯微微一笑。「你行動迅速又毫不馬虎。這還眞是難得一見啊。」

「並不會比那具屍體更難得一見。如果你看過今早我在停屍間目睹的景象，也就是這位路威林醫生昨天看到的……」雷斯垂德搖搖頭。「你的方法可能有點脫離常軌，但是爲了盡快了結此案……福爾摩斯先生，這案子有些地方非常詭異，要是我搞錯了就請你糾正，但通常你會在這個時間點上加入辦案吧。」

福爾摩斯往後靠向他的椅子，半閉著眼。「這樣很好。路威林醫生，請照著你處理的經過，說明來龍去脈吧。」

「呃，福爾摩斯先生，」路威林醫生遲疑地開口了，「就像先前說的，我在白教堂路行醫。我從倫敦大學畢業之後，就在那裡開業。那條主要幹道看起來相當體面，而且每天來到我診間的病人大多都是有著相同的病痛，流行性感冒、風濕、瘧疾，這些都算是些最一般的病症。可是，像我這樣住在倫敦東區，我偶爾會碰上我工作中某種比較令人不安的狀況。有一次，我的一位老病人帶著嚴重的刀傷闖進診間，因爲他一時大意，閒晃到一處角落，遇上幾個混混搶他皮夾。我想，我之所以醫治我最貧困的那些鄰人，就是因爲診所恰恰在貧民窟的旁邊，但問題在於他們沒那個財力。要是生了病，他們會找街頭的江湖郎中，弄點一便士的琴酒或鴉片酊濃縮劑；要是受了傷，通常都是碰上某些不幸的事故，而他們大多覺得躲起來忍一陣子痛，會比冒險跟警察打交道來得安全許多。

「三週前在喬治巷大樓發生的恐怖謀殺案，在我心頭留下很深的印象。那個案件凶殘的程度，令我們震驚。但是昨天我被叫去見證的景象，我簡直是驚恐到難以形容了。」

福爾摩斯舉起一隻手提醒對方注意。他說道：「拜託你，照實說明你所見到的一切。」

「在白教堂區，一離開大路就有許多偏僻小道，以骯髒又不見天日而出名，囤貨路就是其中一條。屍體位在一處馬棚入口，就在一扇破舊大門底下。除了屍身以外，我沒看見任何不尋常的東西，不過對於這一點，探長也許有別的看法。」

「我也希望是這樣，」雷斯垂德說道，「但是如你所說，屍體就是唯一不尋常的東西。」

「那麼屍體如何？」福爾摩斯催促道。

「超過三十歲了，」路威林醫生一邊說，一邊用手帕擦著他的額頭。「她有一頭棕髮，前排牙齒掉了幾顆，可是看起來，似乎不是最近才發生的事。她的身體幾乎都還有溫度，只有四肢例外。有人殘忍地在她喉嚨上劃開兩刀，她幾乎可說是被斬首了。除了喉嚨，她的上半身幾乎毫髮無損，可是下半身……福爾摩斯先生，她簡直是被扯得四分五裂。裙子被掀起來，露出了軀幹和刺穿她下腹部的野蠻刀痕，內臟全都暴露在外了。」

我驚駭地望著醫生，但對福爾摩斯來說，震驚情緒仍然不及吸收專業資訊重要。「你是說，她的胸部未受損傷嗎？當然了，至少她的衣服是浸滿了血吧？」

「她穿著一件棕色洋裝，而且我可以向你保證，那件衣服完全沒有污漬。」

「如果是這樣，在她脖子上的傷口出現以前，她就已經倒地了。她現在在哪裡，雷斯垂德？」

「在停屍間。名字是瑪麗．安．『波麗』．尼可斯，她在蘭貝斯濟貧院有一位自稱叫瑪麗．安．夢克的朋友指認了她。襯裙上的救濟院標誌指引我們到那邊去確認她身分。她的衣服破舊，頭戴黑色女帽，還隨身帶著梳子、手帕和一面鏡子。十之八九，那些就是她名下的全部財產了。」

「路威林醫生，你認為死亡時間是什麼時候？」

「我在凌晨三點五十五分抵達。她斷氣不可能超過十分鐘。」

「是誰發現這個可怕的景象？」

「一個叫做查爾斯．克羅斯的車夫，他正要去工作。」雷斯垂德看著他的筆記說道。「依我看，他只是剛好路過。這個可憐人嚇壞了。尼爾警員隨後就趕往現場，並且找來了路威林醫生，希望能夠救她一命。當然，爲時已晚。」

起風了，我們靜靜坐在那裡。我納悶了一會兒，不知道波麗．尼可斯的家人是否聽說她駭人的遭遇了，然後我又想到不知道她有沒有家人可以通知。

「雷斯垂德，」最後福爾摩斯說道，「警方運氣如何，是不是已經釐清本月初的瑪莎．塔布蘭謀殺案？」

雷斯垂德困惑地搖搖頭。「調查才剛剛重啓。我自己沒有參與那個案子，不過我們全都認爲那是一次出了嚴重差錯的幽會。老天爺啊，福爾摩斯先生，你該不會認爲這兩件事有關聯吧？」

「不，當然不。只是根據我的專業，我相信在步行相距不到十分鐘的範圍內，連續發生兩件如此粗暴的罪行，值得我們好好注意。」

路威林起身去拿帽子。「可惜我沒什麼別的消息能告訴你們的。不過，我恐怕得回診所去了，不然我的病人可能會開始納悶我出了什麼事。」

「路威林醫生，麻煩請留下名片。」福爾摩斯一邊說，一邊心不在焉地握著他的手。

「當然。祝你們大家好運。如果我還能提供任何協助，請務必讓我知道。」

在路威林醫生離開以後，雷斯垂德面色凝重地看向福爾摩斯。

「福爾摩斯先生，我一點都不樂見你老是提起瑪莎．塔布蘭案。怎麼可能同一個人跟這兩位女士都鬧翻？波麗．尼可斯比較可能是被吃醋的情人、幫派份子或者某位醉到亂發飆的恩客殺死。」

「你可能是對的。不過我要請你遷就我一下，讓我知道這兩件罪行的詳情。」

雷斯垂德聳聳肩。「如果塔布蘭引起你的興趣，我當然沒有異議。對我來說，要蒐集那些文件應該不難。今天下午我就可以替你準備好。」

「我會立刻檢視證據。」

「福爾摩斯先生，你有完整的權限，只要在停屍間或犯罪現場報我的名字就行。之後，我會在蘇格蘭場等你們兩位。」探長點點頭，然後就自行離開了。

我的朋友走向壁爐，從幾乎空了的花瓶裡倒出一支雪茄，然後開始極其專注地吸菸。「這個塔布蘭謀殺案非常奇怪。」他下了這個評語。

「你是指尼可斯謀殺案嗎？」

「我指的就是我說的。」

「福爾摩斯，先前你幾乎沒在想這個案子。」

「每天早上我都期待看到他們已經破案的消息。男人通常不會捅無助的女人三十九刀，然後就徹底消失。這麼暴戾的行動背後，一定有聳人聽聞的動機。」

「然而這樣的女人必定有很多相好，而且他們大多都難以追蹤。」我指出這一點。

「顯然如此，」他反駁道，「但同樣明顯的是，白教堂區爲掠奪者提供了很多地理的優勢。太陽一下山，那裡幾乎伸手不見五指，而且該處設有屠宰場，身上有血跡的男性可以大方來去，而無人聞問。比較沒那麼明顯的是，這兩起死亡事件地點時間很相近，這其中是否有我們必須擔心的地方。」

「這當然是一個讓人難過的巧合。」

福爾摩斯搖搖頭，伸手拿他的枴杖。

「一具受到惡意毀損的屍體是很讓人難過，但兩具就完全是另一回事。而且我們恐怕沒有時間可以浪費了。」

02 證據搜查

我們必須立刻去察看波麗·尼可斯的遺體，所以趕忙搭出租馬車前往老蒙太古街救濟院附設醫院的停屍間。我們一路朝著倫敦東區乒乒乓乓地疾馳而去，沿途上建築物不斷後退，變得愈來愈小，那些房屋正面都蒙上了累積幾十年的煤煙。然而在我們抵達白教堂路的時候，我一如往常被這地方的喧囂吵鬧給震懾住了。有個傳教士站在街旁的琴酒吧與一群吵雜的男性小販之間，對著一小批正在奚落他的居民大喊大叫，拚命要爭取他們的注意。光線與塵埃在滿載的乾草馬車後面閃閃發光；放滿新鮮皮革的貨車上方，有死去的牛隻在掛勾上晃盪。雖然這裡最寬的幹道上人來人往，熱鬧得很，但我仍爲著轉進窄巷所看到的悲慘景象而戰慄——一群爲了搶奪街角位置賣火柴的孩子怒罵爭吵著，一些男女酒徒靠在門框上，時間才剛過中午就已經醉到站不穩了。

停屍間本就是個陰鬱的地方，常在此出入的只有跟教區簽約處理屍體的人，那是他們唯一的維生方式。而此地的特色就是完全不適合當成醫療設施。雷斯垂德已經預先通知過我們要來，所以在找到那堆混亂木條拼湊的工作檯以後，我們立刻親眼見到讓路威林醫生極端不安的景象。

在粗糙木條做成的檢驗桌上躺著一個女人，稍微超過五呎高。雖然她的臉有著細小的五官，看似歡悅的高顴骨，還有情感敏銳的額頭，但這張臉卻有著疏於照料與生活操勞的深刻痕跡。她的脖子確實幾乎被割斷了，野蠻又毫無目的的撕裂傷讓她的腹部洞開。

我正要問福爾摩斯靠他那雙銳利的眼，是否看出什麼不尋常的事物，他卻突然急切的大喊一聲，並俯身撲向那具屍體。

「我們還是來得太遲了！華生，屍體已經被清洗過了，」他喊道，「經過最愚蠢又最有效的清洗！」

我點點頭。「但你知道的，這做法很常見。有些人甚至宣稱，如果不清洗就看不清楚傷口。」

福爾摩斯輕蔑地哼了一聲。「華生，我告訴你，爲了找回人爲疏失或講究衛生過了頭而弄丟的線索，害我花掉了不少時間，如果蘇格蘭場願意按時賠償，我肯定今天下午就能退休了。但事實是，我被迫蒐集剩下的零星殘渣。你有沒有看到什麼路威林醫生不小心忽略的事？對於犯罪的元素，他知道得遠不及你深入。」

「的確，福爾摩斯。」

他的眼睛閃著淘氣的光芒。「來吧，我親愛的伙伴。就算這種類型的專門知識不怎麼討人喜歡，但還是很値得敬佩。」

我仔細檢查這個不幸的可憐女人。她有個可悲的人生終點；要是殺害她的人認爲最好先割開她的喉嚨，再把怒火發洩到毫無生氣的軀殼上，那還眞算是一種恩典。

「她的脖子被砍到深及脊椎處，撕裂了兩條大動脈，還有七道莫名其妙的割傷刺穿了她的腹部。她看來沒有受到別種類型的侵害，因爲我沒看到最近交合過的跡象，刀傷邊緣平滑，而且是刻意爲之。福爾摩斯，你怎麼看？」

沉思中的偵探俯視著她。「注意下巴附近的污點。他先讓她失去意識，然後在地上劃開她的喉嚨，因爲她手臂上沒有抵抗攻擊者所造成的瘀傷，這也解釋了路威林醫生所說的，她上半身沒有血跡。從其他刀傷的乾淨程度來看——你很敏銳，也注意到了這點——我們也可以推論，在刀傷造成的時候，她已然死去、昏迷或以其他方法壓制，而無法掙扎，要不然傷口就會是鋸齒狀或者撕裂傷。我相信所有傷口都是用同一個武器造成的，應該是一把保養得很鋒利的六吋或八吋刀刃，可能兩側刀鋒都開了。他殺了她，幾乎在一片漆黑中把她切得四分五裂，然後才逃跑。如果把他做這麼多事的時間考慮進去，這做法其實嚴重威脅到他個人的安全。」

「這究竟是為什麼？波麗．尼可斯跟殺她的人之間到底發生了什麼事，使得這人如此憤怒？」

「對啊，確實是問題。來吧，華生，我們到囤貨路去。如果有幸得到神助，就有機會發現警方還沒踩上去或是掃進垃圾桶的東西。」

在我們抵達謀殺現場的時候，白教堂路的擾攘喧囂漸漸消退，取而代之的是北方鐵路橫衝直撞的聲音。匆促搭建又保養不良的粗陋雙層房屋，沿著囤貨路的一側延伸出去；毫無裝飾的倉庫正面空無一物，像個哨兵似的站在另一側。福爾摩斯從出租馬車上跳下來，走近一群記者跟警察，我付錢給車夫，同時要他答應等我們回來。

「當然了，福爾摩斯先生，」在我走近的時候，一個年輕警員回話了，同時碰了一下他的圓帽帽簷。「我們正要刷洗這整塊區域，但如果您有這個意思，我們可以給您十分鐘時間。但我們是沒發現什麼不尋常的東西。」

在福爾摩斯那身清瘦骨架上，每一條肌肉都活躍起來了。只有在犯罪現場，這股精力才會如此勃然煥發。他開始動手工作。這位大偵探在無案可辦時有多懶散，在有案可追時就有多積極。

將近二十分鐘以後，他不耐煩地邊用枴杖戳著馬棚牆壁，邊走回到我站的地方。

「有任何進展嗎？」

福爾摩斯抿起薄唇，搖搖頭。「從地上的血跡來看，我相信她不是從另一個地方移過來的，知道這一點很有價值。爭吵是在這裡結束的。除此之外，我只能告訴你那邊的藥劑師最近被搶過，有兩位有錢有閒的紳士在那塊泥巴地上打消一個賭注，還有就是你左邊那位警員養了一條㹴犬，而且是個單身漢。所以呢，華生老友，到最後我們的進度沒有比當初多多少。」他向那些員警揮揮手，請他們繼續他們的工作。

「我猜你剛才提到的那幾點，可能跟犯罪本身沒什麼關係，不過你是怎麼推論出來的？」

「什麼？」他灰色的眼眸忙著掃視著周圍那些建築物的上層。「喔，對……因為破窗旁邊的舊門有個新門鎖，在方頭男靴腳印之間有明顯的掙扎痕跡，旁邊有一張被撕成兩半的昂貴黑桃J紙牌，而且安德森警員的褲腿簡直慘不忍睹。對，這些事情跟我們的調查無關。不過，我們還是能用得上這些訊息。尤其那扇窗戶的角度正好符合我們的需要。」

我好奇地抬起頭。我們背後是布朗與伊荀羊毛倉庫，還有許奈德製帽工廠，兩間都徹徹底底是為了製造業而建的廠房，以致根本不配用建築這個字眼。至於福爾摩斯指的那扇窗戶，是屬於一棟廉價公寓，位置幾乎就在我們的正上方。我的朋友毫不浪費時間，立刻大步向前叩門。

起初我以為他神祕的意圖會遭到拒絕，因為根本無人應門。然後這位偵探露出他慣有的諷刺微笑。「緩慢的腳步聲……我想是個女人。嗯，而且有一隻腳微跛。很抱歉，我還沒法告訴你是哪隻腳。喔，那位女士來了。」

門倏地打開，猛然伸出一張滿布皺紋的臉，纖細脆弱的白色髮絲在她臉旁營造出一輪光暈。她那副樣子活像是一隻從自家洞穴裡探出頭來的鼴鼠。而她的眼鏡已經髒到讓我看不出有什麼用處。她打量著我們，眼神就像是看著兩隻粗野的流浪狗，同時她的手也握緊了楞杖。

「你們想幹嘛？我不出租房間，要是你們想找我那幾個兒子還是我丈夫，他們都出門幹活去了。」

「眞是運氣不佳啊，」福爾摩斯嚷道，「我聽說你們認識一個有辦法弄到貨車的男人。」

「是啊，先生，」她答話了，同時又把眼睛瞇得更小，「可是我家老公七點以前不會回來的。」

「天哪！麥爾斯，我們今天可不能休息哪，」福爾摩斯苦著臉說道，「爲了那些貨物，我本來打算不計代價弄到貨車，但這會兒我們只好去問別家了。」

「哎，等等。你們今天就需要貨車嗎？」

福爾摩斯低下頭，他那張瘦削如鷹一般的臉湊近老婦人，說：「我有某些……必須運送的物料，那恐怕是比較適合男人的工作。敢問太太妳是……？」

「葛林太太。」

「當然了，妳是他媽媽。妳確定葛林先生會出門很久嗎？喔，眞可惜啊。我想妳沒有處理這種事的經驗吧？」

她噘起她那張皺皺的嘴，暗自思量一會兒之後，就示意我們進屋去談。我們進入一個光線微弱、空間狹小的客廳，裡面沒有任何一樣多餘的家具。我們坐了下來。

「我必須承認，」福爾摩斯開口了，「因為最近發生的事，我提高了警覺。」

葛林太太的眼睛像小蠟燭般亮了起來。「喔，你說的是那樁謀殺案，對吧？冒昧問一下，你叫什麼名字啊？」

「我是沃辛頓先生，這位是我的同事麥爾斯先生。」

她一臉睿智的神情，點點頭回答：「真是惡劣的案子。」

「多嚇人啊！妳住得這麼近，一定聽說了什麼。」

「先生，我可沒有喔。雖然我可以告訴你，我一向睡得很淺。但昨夜我只醒了一次，而那僅僅是因為我家的貓跳到樓下的欄杆上了。」

「我的天呀。那當然了，妳是因為睡在樓下所以才聽得到囉？」

她驕傲地搖搖頭。「不，其實不是。我跟女兒睡二樓。但是在夜裡，我很敏感的，先生。」

「那麼妳一定被吵到了！妳家的窗戶正俯視著那個地方。」

「要是那樣我就會看見什麼或者聽見什麼，可是我卻安安靜靜地一覺到天亮。怎麼說呢，真讓人發毛。不過您是什麼時候需要貨車啊？」

「老實說，葛林太太，我真的不想跟令郎以外的人討論我的貨品。我實在很難向妳形容，我有多信任他的判斷力，我只能用最熱忱的態度讚美他的出身與教養。我們晚一點會再回來。」福爾摩斯親切地向那位婦人道別，而她帶我們到門口的時候，我發現她是跛著右腳走路。

「你混進別人家門的手段挺有效的嘛。」回到馬車之後，我指出這一點。

福爾摩斯微微一笑，但他凝視的目光飄遠了。「那沒什麼，在這個社區，就算一家只有一個男丁，那家人也會認識某個能夠弄到貨車的男人。只要用的代名詞夠模糊，你幾乎就立於不敗之地。」

「眞可惜，她什麼都無法告訴我們。」

「恰恰相反，」我的朋友輕聲回答，「她告訴我們很多事。」

「你的意思是？」

「雖然此案的手法很冷靜，但我卻期望這只是一樁駭人聽聞的衝動性犯罪。葛林太太的房間可以俯視案發地點，而我又知道尼可斯並沒有被移動過。如果葛林太太很容易醒，尼可斯又未曾被移動過，那就是葛林太太什麼都沒聽見，也就代表沒有發生爭執。如果沒有爭執……」

「那麼凶案就是預先計畫好的，」我接著說下去，「而要是凶手早有預謀——」

「那麼這個案子就比我本來想的還糟。」福爾摩斯做了個嚴肅的結論。「車夫，請開到白廳！到蘇格蘭場。」

我們從建築物後方進入蘇格蘭場總部，然後快步走上那道熟悉的樓梯，去找雷斯垂德探長。我們這位同伴的辦公室，就算在狀況最好的時候也很難說是個聖地，但在那天下午，我們發現這個沒有窗戶的房間幾乎要被凌亂的筆記、地圖跟備忘錄給埋起來了。聽到我們來了，雷斯垂德探長從位置上抬起頭來，堆出一臉假笑。

看來探長在蘇格蘭場的避風港裡恢復了一點冷靜，也恢復那種愛插手管事的態度，他這個態度常常惹毛我那位相當虛榮的同伴。就我多年來的觀察，他們雖然合作辦過種種瑣碎或重大的案子，也都是熱愛正義之士，並且重視彼此的才能——雷斯垂德是不屈不撓，福爾摩斯則是內在的聰穎；但這兩人一碰面，就會有意無意地惹火對方，而且免不了到最後雙方都氣惱又自大。雖說在他們共同偵辦的案件中，福爾摩斯總是把所有功勞讓給雷斯垂德，可是對雷斯垂德來說，福爾摩斯始終是他對抗謎團中，最初也是最後的防線。

「福爾摩斯先生，我們手頭上有個殺人狂的想法實在是有點誇張，你不覺得嗎？我已經爲你準備好塔布蘭案的證據了，但是我認爲，你應該會看出這不太可能是同一個人幹的好事。」

「我不記得我說過這是同一個人犯下的罪行，我只說兩個案子都很奇怪，又彼此相似。」

雷斯垂德繼續一本正經地翻找他那些文件。

「很好，福爾摩斯先生。你愛怎麼說就怎麼說吧。我會繼續謹守事實。死者是瑪莎．塔布蘭，一個不幸的女人，八月七日在喬治巷大樓被發現時身中三十九刀。我們花了一整個星期才找出死者身分，最後是由她的前夫亨利．山繆．塔布蘭確認的。他們育有兩子，但她把琴酒看得比孩子更重要，所以她拋棄了他。當他發現她是怎麼補貼自己收入的時候，就停止支付她的生活費。也實在怪不得他要這樣做。」這時探長小心翼翼咳了一下，才繼續他的報告。「她最後一次被人目擊時，是跟一位酒醉的中士結伴而行。不論這位士兵是什麼人，這個案子都對他十分不利。塔布蘭跟那傢伙閃進一條巷子裡，那是我們所知的最後一件事。」

「我們要感謝誰提供了這些訊息？」

「班奈特警員，他的巡邏範圍包括喬治巷大樓；還有一位『珍珠．普爾』小姐。在午夜之前的某一刻，普爾小姐跟塔布蘭太太在『兩釀造師』酒吧裡遇見一對御林軍衛兵。他們在酒吧裡喝完酒以後，就配成兩對，各自帶開到暗巷裡去了。我相信你推論得出他們爲何這樣做。」

「謝謝你，這確實在我的能力範圍內。這位班奈特警員是怎麼說的？」

「當天凌晨兩點，他就在喬治巷大樓北側走近一位年輕的御林軍衛兵。那傢伙告訴班奈特，他在等一個跟著某個女孩離開的朋友。差不多三小時以後，有一個叫作約翰．瑞夫斯的人跑向班奈特，帶來他發現屍體的消息。班奈特說，屍體被擺成凌亂又充滿挑釁意味的姿勢，估計的死亡時間是接近凌晨兩點。所以現在你看得出來，這個案子跟另一案沒有任何關係了吧。」

「雷斯垂德啊，你眞的必須一步步引導我走向結論，因爲對我來說，你這些推論很令人不解啊。」福爾摩斯喃喃說道。

探長沾沾自喜的樣子顯而易見。「你看不出這一點，眞讓我失望。瑪莎．塔布蘭跟著這位中士躲進喬治巷的陰暗角落，打算做她的生意。另一個年輕衛兵在等他的同僚回來，可是他沒有回來。原因是他跟塔布蘭起了衝突，跟她打起來，然後殺了她，把她的屍體留在喬治巷大樓的平臺上。」

「這樣清楚多了，」福爾摩斯笑著說道，「事實上，我有幾個問題要問。首先，他們在吵什麼你可有任何概念？」

「當然了，福爾摩斯先生。他是個正在休假的年輕士兵，但是很有可能本來只是個流氓。她被發現的時候身無分文，所以在我看來情況很明顯，他們是爲了錢而起爭執。」

「天哪。他付不出錢來嗎？」

「他們經常出入酒吧，所以很可能用光了他寥寥無幾的銅板。在瑪莎．塔布蘭要求報酬，他又付不出來的時候，她就變得非常強硬。」

「據我了解，有人用一把摺疊小刀戳了她將近四十刀。」

「對，我們也知道。可是只有一道傷口是致命傷，有人以類似刺刀的刀鋒砍到她胸骨上，而這點也再度暗示了那名士兵涉案，」雷斯垂德得意洋洋地宣布，「最後，她在接近凌晨兩點的時候死去，這代表塔布蘭被殺以前沒時間再邂逅別人了。」

福爾摩斯的兩手食指相對併成尖塔狀，抵在嘴唇前方。「雷斯垂德，我必須恭賀你，因爲你的假說並沒有直接抵觸任何已知的事實。然而，不幸的是，這個假說完全無法涵蓋所有事實。可是，我的好探長，你以前還有過更糟的表現，而且你說的這個理論還指出了幾個醒目的重點。」

「如果可以，請告訴我這理論有什麼不對？」雷斯垂德質疑道。

「我立刻就爲你說明這項理論的諸般優點。首先，塔布蘭被人看到她跟那位士兵一起進去巷子；而她很有可能之後就一直待在那裡，直到屍體被人發現。」

雷斯垂德的表情就像是正打算說幾句誇讚自己的話，卻被我朋友給硬生生截斷了。

「我還沒講完呢。對我來說最有意思的是，用來摧殘塔布蘭遺體的刀子，跟了結她性命的刀子是不同種類的。我想，在這種不拘形式的活動之中，一把刺刀能夠移動的有效範圍並不大，不過針對這一點，我還沒定論。現在呢，免不了要講到你的理論有何缺陷。動機在錢的謀殺是極其講求實際的罪行，有著最明白的動機跟最平淡無奇的做法。你認爲這個衛兵殺死了瑪莎．塔布蘭，是爲了讓她閉嘴不要再討錢，然而他卻沒逃離現場，反倒把刺刀放一邊，改拿出他的摺疊小刀繼續戳她的胸部、鼠蹊部跟腹部，難道這是因爲他不確定自己是不是已經殺死了對方。」

「那我倒要向你挑戰，請你提出另一個能夠涵蓋所有事實的解釋，」雷斯垂德喊道，「雖然我們對這位士兵一無所知，但根據我們的了解，他可能是一個極端扭曲病態的人。」

「哈！你是對的。他可能眞是這樣。你能告訴我其他證人的行蹤嗎？這位名叫『珍珠．普爾』的小姐，還有另一個衛兵在哪？」

暗自惱怒的雷斯垂德翻閱他的檔案。「這位珍珠．普爾小姐，不但她的住址不是永久性的，還在兩度指認嫌犯時，證明找上她完全是浪費我們的時間。至於那位大兵，呃，他憑空消失了。」

「要是可以的話，我想再問一個問題。」

「請說？」雷斯垂德回答的口氣，透露出他的好性情正受到非常嚴重的考驗。

「那位警員該不會剛好注意到那位衛兵軍帽上的條紋顏色吧？」

「是白色的，」他厲聲回答，「所以他當然是冷溪衛隊的成員。而現在既然整個衛隊都睜大眼睛在找人，要找人指認嫌犯不會有什麼困難的。醫生，等他找到嫌犯以後就打電報給我，可以嗎？福爾摩斯先生，祝你今天順利。」

探長惱火地把我們背後的門「砰」一聲關上，而福爾摩斯也大步走向蘇格蘭場的大門。雖然這時沒幾個警察有空停下來交談，但仍是有幾個企圖理解這事件的人，都壓低了聲音竊竊私語著。我不清楚我的朋友在想什麼，但在我看來，雷斯垂德的解釋顯然偏離眞相甚遠。

「福爾摩斯，瑪莎．塔布蘭謀殺案太過野蠻了，應該不會只是爲了幾便士大打出手吧？」

「我同意。」福爾摩斯這麼回答，這時我們已走回街頭，身邊環繞著讓人寬心的茂密樹木與厚實紅磚。「無論誰要爲此事負責，我可以確定的是，當時他受制於一股強烈的情緒。」

一陣清風吹過蘇格蘭場的開放空間，令人精神爲之一振。福爾摩斯招來一輛出租馬車，疲憊的我們搭車回貝格街去。

「華生，我還沒弄清楚，」我的朋友一面沉思，一面用他修長的手指敲著馬車廂壁。「我不會看錯的。這件事遠比表面上看來還要古怪。雖然雷斯垂德不遺餘力地提醒我們，這些謀殺案沒有關聯。可是檢視一下尼可斯的案件，這位凶手極其渴望把死去的女人切個四分五裂，而在塔布蘭的案件裡，凶手則堅持把凶器放到一邊，以便開始用另外一把刀冷靜地戳刺他的受害者。」

「我們能怎麼做？」

「我必須考慮眼前的選項。畢竟我們對這些女性知道得太少。跟她們的朋友與情人談談，也許會有些收穫。」

「至少能比今天早上獲得的更多。」

福爾摩斯點點頭。「這是最奇特的。我們竟然沒挖掘出什麼必須立刻加以調查的線索。我想我們應該要另闢蹊徑。」

03 瑪麗・安・夢克小姐

第二天早上我迅速梳洗完畢，因爲我聽到從樓下傳來聲音。進入客廳時，我發現福爾摩斯靠在餐具櫃上，雙手插在口袋裡跟一個男人談話；從此人的外表來看，他的衛生狀況跟心情都很差。

「喔，華生，」我的朋友喊道，「我正要找你，我們有位貴客來訪。請容我向你介紹住在舊肯特路的威廉・尼可斯先生：要是你還沒從他的指尖上看出他的職業，他是位印刷機的修理師傅。」

我們的客人是個身高中等、飽經風霜的男子，有著天藍色的眼睛和茂密的灰色鬢角。他那雙沾著墨漬的強壯雙手在顫抖，由此我可以判斷，近期的事件讓他相當不安。

「請坐，尼可斯先生，請接受我們對尊夫人之死的哀悼之意。我毫不懷疑，雖然時間尙早，但華生醫生會很樂意開些能讓你精神好些的藥品。你眞是受了相當大的折磨。」

我倒了一杯白蘭地給尼可斯先生，帶他到沙發上坐下。他慢慢啜飮著酒，然後轉回去面對福爾摩斯。

「我已經好幾年滴酒不沾了，」他坦承，「因爲我知道這玩意的害處。沒有人比我更清楚了。波麗・沃克年輕時是個很甜美的女孩；可是講到她的酗酒問題，還有其他的壞習慣……波麗・尼可斯就變成一個糟糕的女人了。先生們，這是千眞萬確的。」

福爾摩斯瞥了我一眼，我趕忙找出我的筆記本。「尼可斯先生，要是這樣做不會讓你太難過，我希望你能詳細告訴我們你對亡妻所知的一切。」

他聳聳肩。「我能說的都沒什麼幫助。我已經三年多沒見過那女人了。」

「眞的？你們兩個徹底斷絕往來了？」

尼可斯先生皺起嘴唇，考慮著他要說的話。「福爾摩斯先生，我不是什麼聖人，我自己也有必須補償的過錯……我以前有過別的女人，波麗對此非常不滿，甚至打包了東西離家出走。我只能說到這裡，因爲據說你知道某些你不該知道的事情。總之，她走了倒好，至少對我來說是這樣。波麗幾乎沒有不喝酒的時候，每次她喝開來，孩子們和我都跟著倒楣。福爾摩斯先生，我們有五個孩子，我認爲有時候這對她來說是個壓力，她不是賢妻良母的類型。她徹底跟我分手的時候，我資助了她一年，可是我知道她變成什麼樣子以後，就不再給她生活費了。」

「我懂了。但是孩子怎麼辦？」

「喔，福爾摩斯先生，是我在照顧那幾個年幼的。她一走上那條歪路，我就不讓她的髒手碰他們一下。」

「因爲你個人在道德品格上無可挑剔，所以就斷絕跟她的所有接觸了？」

我很擔心福爾摩斯的譏諷會冒犯尼可斯，不過我們的訪客用粗啞的聲音說：「好吧，福爾摩斯先生，她有找過我。她企圖欺騙有關當局，讓他們來逼我付贍養費。可是他們看出來，我不該負責照顧像她這樣的殘花敗柳。她的男人一個換過一個，救濟院也是一間換過一間。他們沒一個人想跟她長久下去。福爾摩斯先生，這麼說很抱歉，但她的死並未帶給我應有的震撼。」

福爾摩斯舉起鉗子，用來自爐火的餘燼點燃他的菸斗，同時冷漠地揚起一邊眉毛。「我本來認爲，至少她的死法會讓她的親友稍微想想她。」

聽到這句話，尼可斯的臉色變得蒼白了些。「是的，當然了。我看到她的樣子了。我不希望任何人是這種死法。」

「我很高興聽到這句話。」

「不過這對我來說眞是強人所難。我敢說到頭來是我要替葬禮付錢，她爸爸並不富有，她自己又一文不名。」

「沒錯、沒錯，我確定這段時間對你來說很辛苦。你確實不知道有關她的敵人或者其他任何有助於我們調查的進一步資訊？」

「福爾摩斯先生，到目前爲止，就我所知，波麗唯一的敵人就是琴酒。」尼可斯露出一副「你懂吧」的表情說。

「但我確定你會同意，琴酒不必爲她的死亡負責，」福爾摩斯有點急躁地說，「現在呢，尼可斯先生，我必須把全副精力奉獻給我的思維與我的菸斗，所以恕我不送客了，祝你今天早上一切順利。」

我在尼可斯先生背後關上門的時候，我的朋友喊道：「華生，他還眞是個好丈夫啊。至少他讓自己擺脫嫌疑了。要爲嫉妒而犯罪，對受害人還得有一定程度的關心才行。」

「葬禮費用對他的衝擊，似乎比他妻子的死亡還大。」

福爾摩斯很有智慧地搖搖頭。「我不難想像爲何波麗．尼可斯會逃離他的控制。如果她完全就是他說的那樣，他們一定是很吸引人的一對。」他在壁爐上點燃他的菸斗，然後就朝他的臥房走去。

「那麼今天的行程是什麼？」我往外喊道，同時吃起了哈德遜太太放在銀製早餐盤上送來的炒蛋跟番茄。

福爾摩斯披著他的長大衣出現，然後在火爐上方的鏡子前面調整他的領口。「老弟，我會把時間花在蘭貝斯，然後找出在死者過世時真正與她相熟的那些人。瑪麗．安．夢克小姐指認出尼可斯，所以我們必須去找她。你有任何預約行程嗎？」

「我已經取消了。」

「那就趁我叫出租馬車的時候把你的蛋吃完。蘭貝斯濟貧院，這個還沒有人探索過的區域正等著我們去。」

我們迅速趕到蘭貝斯濟貧院。對那個地方我的第一印象是，這是一座監獄，而不是一個從水深火熱中拯救倫敦貧民的慈善機構。獨裁式高壓監控的建築結構，灰色正面外觀，又完全不見一絲綠地，這些都默默顯示出此地徹底奉獻給嚴謹與秩序了。瘦骨嶙峋的夏克頓小姐領我們進去，她告訴我們夢克小姐確實接受濟貧院提供的庇護，但是她太愛喝酒，自視又過高，是一個只要有心就可以顯得很聰明，可是一不小心就會下場悽慘的女性，還有她目前人在走廊那頭的公共休息室裡挑麻絮。

沿著那條毫無特色的走廊前進時，我瞥見一排接一排的吊床，掛在共同寢室區的柱子上。我們最後到達一個寬廣的房間，裡面都是年紀老少不等的女人，她們穿著濟貧院分發的廉價制服，正在拆散舊繩索，以便再利用那些能夠回收的麻纖維。福爾摩斯問起瑪麗．安．夢克，然後監者很快就派她來見我們，同時指示我們帶她到前廳去進行訊問。

「就是這裡了，那麼，兩位紳士想找我做什麼？」在我們到達這個狹窄卻家具齊備的會客區時，夢克小姐這麼質問。「如果要問關於波麗的事，除了我已經講過的之外，我什麼也沒看見。」

在這樣惡劣的環境下，我本來預期會看到一個飽受蹂躪的生靈，但她遠非如此。我們面對的是一個嬌小的年輕女子，她光彩照人的眼睛和柔滑的頸項，讓我猜她不可能超過二十五歲。她非常苗條，不過穿著機構發給她的不合身衣服，讓她顯得更加纖瘦。從頭套裡散落出來的是濃密黑色捲髮，雙手則因拆散粗繩而磨破了皮。拜倫敦短暫夏日之賜，她皮膚上有很多雀斑；她還有一種敏捷靈巧的氣質，綠眼眸也顯示出她的性情愉快明朗，再加上她挺起肩膀表現出公然挑釁之意，讓我忍不住想，算凶手的運氣好，沒選上夢克小姐當他的受害人。

福爾摩斯露出同情的微笑。「請坐下，夢克小姐。我的名字叫作夏洛克．福爾摩斯，這位是我的朋友與搭檔，華生醫生。我們知道自己的要求強人所難，但如果妳願意再次描述妳跟尼可斯太太往來的細節，我們會非常感激的。」偵探伸出他的手，要扶她入座。

夢克小姐對這番殷勤表現立刻大笑出來。「喔，要是你不在意跟我這種格調的女孩同座，我就不反對。你不是警察……我可以從你的鞋子上看出來。那麼好吧，伙計。你們到底想幹嘛，我又跟這事有啥見鬼的關係？我跟波麗混熟大約有一年多了，但這不表示我能告訴你們是誰做掉她。」

夢克小姐滿不在乎的態度並未蒙蔽我的雙眼，我看得出來她相當關心她的朋友；因爲她說完話的時候，雙眼在我們腳下的破波斯地毯上游移著。

「夢克小姐，在尼可斯太太死之前，妳最後一次見到她是什麼時候？」

「上星期我離開濟貧院四天，然後在煎鍋酒吧看到她。我們喝了一、兩杯，她碰上一位紳士，我就自己離開了。」

「你知道她那時候住在哪裡嗎？」

「她通常住在斯羅街，不過跟她分租房間的那兩個姑娘，連續三天晚上都擠不出半毛錢，所以她們肯定是被攆出去了。波麗以前也在外面露宿過，不過她知道要是執法單位抓到她睡在公園，就會立刻把她送回這裡，所以她在佛勞爾迪恩街的白屋找了個舖位。如果一個女人出於必要，帶了朋友跟她回家，那兒是不會介意的。」

「尼可斯太太是什麼樣的女人？就妳所知，她有仇人嗎？」

夢克小姐嘆了口氣，用她嚴重磨損的男性工作靴踢著椅腳。「一個都沒有。波麗不是會跟人結仇的類型。她會清掃她租的小房間，還會保持整潔，而且她說話的口氣總是很和藹。福爾摩斯先生，她眞的是個好人，不過你可能也知道，她陷入醉鄉的次數跟她戒酒的次數一樣頻繁。在缺乏琴酒跟食物的濟貧院裡，待超過一星期她就受不了了。我想你可能不知道，但不久之前，波麗在萬茲沃斯找到當女僕的工作。她把自己的房間跟伙食都安排好了，而且她覺得自己狀況夠好了。不過他們一家是很虔誠的那種人，福爾摩斯先生，等到她撐了兩個月沒喝一滴酒的時候，她終於受不了那個地方了。」

「妳是從尼可斯太太那裡得知的嗎？」

「這一點很容易就看出來，」她回答道。「她有一件新的連衣裙，卻沒錢付房租。我一問她就都說了。她第二天就當了那件衣服。」

「在用光典當洋裝的錢以後，她就回到濟貧院了嗎？」

「對，回到濟貧院，」夢克小姐頗有幽默感地回答，「也回歸每個女人都能做的工作。」

「確實如此。還有，就妳所知，有沒有誰有任何理由希望致她於死地？」

聽到這句話，我們這位同伴臉色明顯脹紅了，並且回答道：「希望致她於死地？福爾摩斯先生，事情不是那樣的。在白教堂區，我們所有人都自負風險，設法求生。過不了多久，我就會受夠了蘭貝斯，想辦法離開這裡。先生，我們連一根火柴、一塊布或一面鏡子都不能有，而且我們甚至不能有自己的盥洗用水。我很快就會再回到街上，就像波麗一樣。而在我這麼做的時候，我也一樣要碰運氣。在這些地區，某個才剛吻過妳手的傢伙就會是殺了妳的人。」

福爾摩斯輕柔地回答：「要是妳將來遇到像這樣的男人，又希望擺脫他時，我希望妳跟我聯絡。不過我還是想問尼可斯太太是否曾經被某人騷擾，或者有沒有人讓她害怕。」

我朋友的話語，還有他開口時的誠懇態度，顯然打動了對方。夢克小姐費勁地呼出一口氣，在膝上扭絞著雙手，然後才回答：「我啥都不知道，福爾摩斯先生，可是上天明察，我眞的希望我知道。殺死波麗對任何人都沒好處。只有惡魔才會幹出這種事。」

說來難以解釋，雖然夢克小姐的話粗俗無文，我卻爲之動容。在她的叨唸之中有某種說不出的感覺，讓人不得不敬重。

「這是我的名片，夢克小姐。」福爾摩斯起身要離開的時候這麼說。

「對我這種人，這玩意兒有什麼用？」

「嘖嘖，夢克小姐，妳跟我一樣能夠閱讀。妳進入房間的時候，雙眼掃過掛在牆上、繡工精緻的勵志小語。如果我沒弄錯的話，你看的應該是〈天國八福〉的第三句[1]。然而，文盲的眼睛永遠不會被文字所吸引。」

「好吧，」她承認了，露出微笑。「那我該拿這張名片怎麼辦？」

「如果妳回想起任何細節，或者發現自己在思考任何有關本案的事，請讓我知道。」

她笑出聲來，並在我們往外走向門廳的時候跟上我們。「我該派我的男人送上這則訊息嗎？或者我坐著四馬大車登門拜訪？」

福爾摩斯把一隻手指放到他嘴唇上，然後平靜地交給她一克朗。「如果妳設法瞞著舍監把這個藏起來，」他邊說邊打開沉重的外門，走下臺階，踏出戶外，「然後又沒把這點錢花在其他消遣上，妳就有辦法在妳覺得必要的時候打電報給我。祝妳午安，夢克小姐。」他說著伸出他的手。

「你啊，眞是個怪人，」她跟偵探握手時，這麼說，「你是個私探對吧？我在報上見過你的名字。唔，既然你沒別的線索可以繼續追查，我至少要告訴你，我們整天躲著的是什麼人。那個人的稱號叫作『皮圍裙』。相信我，不會有人逮到我在暗巷裡跟他作伴的。」

在我們通過把濟貧院的可憎鐵門以後，我忍不住說出我的觀察：「這個年輕女孩似乎很聰明。」

在福爾摩斯的犯罪方程式中，女性只是無可預測又讓人困擾的因素，所以我本來預料他會徹底駁斥我的說法。但他卻帶著愉悅的表情回答：「我親愛的伙伴，你眞是女性特質的鑑賞家。她不但聰明，還有留心瑣事的好眼力，以及複述這些事的好記性。再者，她對這一帶知之甚詳，要是她打算動用關係，她還有些熟人可以幫助我們。」

「就因爲這個理由，你才讓她來聯絡你嗎？」

「事實證明，她的觀察天賦非常有用。我寧願有十個她，也不要五十個蘇格蘭場成員。」

「我眞不想讓雷斯垂德聽到這句話。」我大笑出來。

「親愛的伙伴，我向你保證，我並沒有冒犯的意思。」福爾摩斯也回以清脆的笑聲。「就像夢克小姐一樣，那位好探長也有很多值得推崇的美好特質，這點很明白。不過我得說，他們兩人的特質不太可能重疊。」

九月六日下午，波麗·尼可斯的葬禮在小伊爾佛德墓園裡舉行。那天天氣很糟糕，上天以大量的雨水哀悼死者。就我所知，尼可斯太太的父親、孩子跟離異的前夫都出席了，此外，沒多少人出席。至於那些過去在公開場合認識死者的追悼者，大多是來這裡談她那令人震驚的死法。

那天我有些瑣碎事務，必須到銀行一趟，不過我是在極不情願的狀況下離開我們舒適的客廳。等我渾身濕透地回到貝格街時，我發現福爾摩斯坐在桌前，用指尖捏著一份報紙讀，手上還

1譯注：《聖經·馬太福音》五章五節：「溫柔的人有福了，因爲他們必承受地土。」

拿著一杯茶。

「親愛的華生，你身上肯定散發出很想提振一下精神的氣息。」他這樣招呼著我。「請容我倒杯茶給你。皮圍裙那條戰線上有了些許的進展，夢克小姐的預期完全無誤，嫌疑落到這個無賴頭上了。」

「是啊，我在昨天的《星報》上讀到關於他的描述了。」

「我這裡有。喔！矮小、粗壯、三十歲後半，黑髮加八字鬍，還有粗厚的脖子。至於說到他安靜、陰險又令人反感的部分，幾乎沒有穩固的事實基礎。你看得出來，各報已經沉迷於種種歡樂又有創意的形容詞了。文章有一半是徹底的瞎猜。」

「你支持這個說法的可信度嗎？」

「唔，就算考慮到新聞界的本質是大驚小怪，這件事還是值得探究。華生，我最好承認，我其餘的調查方向都一無斬獲。出事的那一夜，波麗．尼可斯被她寄住的廉價旅社趕出去，但她似乎很有信心能賺到錢，因爲她有一頂新的黑色女帽。她從一個酒吧轉向另一個酒吧，凌晨兩點半，最後一次被人目擊的時候她已經喝得爛醉。一小時後，人們就發現她的屍體。」

「那麼瑪莎．塔布蘭案呢？」

福爾摩斯兩手一攤，表示放棄。「珍珠．普爾，那位女士的密友，已經憑空消失。那些士兵也同樣消失了。找他們很費力，不過我還是著手調查了。」

「你有什麼計畫？」

「我應該把目光投向那位皮圍裙，因爲夢克小姐似乎認爲他很危險。我已經查出他的身分，雖然警方還在琢磨此事——他是個製鞋匠，名字叫做約翰・派澤。華生，恐怕他並不是史上手法最細膩的罪犯。他精通的是一種相當粗糙的技術——引誘無助的女人，然後威脅她們不想挨打就得給錢。這名惡棍去年被定了罪，要服六個月苦役。理由是他刺傷他的同行，一個替靴子做最後加工的師傅，因爲那人膽敢跟他在同一個社區裡做生意。」

「那麼，你認爲他有能耐犯下尼可斯太太謀殺案嗎？」

「我需要更多資料。我打算今天下午去拜訪他。」

「你會需要協助吧？」

「不用不用，我親愛的伙伴，喝完你的茶，待在家等我回來說這個故事逗樂你——這樁差事實在不値得我們兩個一起浪費精力。」

那天晚上，我朋友回來時身上全被雨水淋濕了，但他在爐火前舒展他那雙長腿時，卻默默在發笑。我遞雪茄盒給他時，忍不住好奇地看了他一眼。

「你今天下午過得很愉快？」

「從許多方面來看，這個下午都讓人覺得非常爽快。這種低等暴徒，還眞是我從前沒碰過的類型。我拜訪了派澤先生，表明我很同情他短短時間內就被點名當作尼可斯案的頭號嫌犯。我相信這話可能嚇著他了，但他擺明是從案發以來就一直躲在家裡避風頭，所以他先前必定得到某種暗示，知道地方上的氣氛對他不利。對於他在製靴方面的收入以及他賺外快的辦法，我們做了一番非常有意思的討論。我想我說的一、兩句話可能冒犯了他，因爲他的拳頭朝我這裡一揮，我則被迫把他放倒在木頭地板上。他抗議說他有不在場證明，我則對其眞實性表示懷疑。然後我就告辭了，接著我立刻打電報，把他的全名跟地址告訴雷斯垂德。」

「那麼你認爲他有罪嗎？」

「不，親愛的華生，我恐怕得說他是無辜的。你想想，約翰．派澤是個懦夫，他所謂的生意，不過就是搶劫一貧如洗的女人。那麼他還有可能犯下如此大膽的謀殺案嗎？進一步來說，如果約翰．派澤是靠威脅那些弱小的人度日，他會讓這些人對暗巷與陰森的陌生人怕得要死，而損及他的生計嗎？派澤這麼做只會失去他的收入。」

「那你爲什麼打電報給雷斯垂德？」

「我都快想不起來，之前這麼討厭一個人是多久以前的事了。如果我們走運，他會在幾天後被捕，這樣至少讓他不能在街上撒野。不過呢，我並不後悔去見他，」福爾摩斯若有所思地說，「他闡明了一個很重要的看法，這一點我先前幾乎沒注意到。」

「什麼看法？」

「派澤和他的同類不論去哪都很引人注目。因此我要大膽的推論，要是有人對波麗．尼可斯的屍體做出那些行爲，然後往外走進人煙稠密的街道，卻未引起任何議論，那麼他的外表肯定是相當平淡無奇。不過，這只是一個起頭，雖然是完全抵觸蘇格蘭場或者我們親愛的報界打算進行的調查方向。至於現在，拜夢克小姐之賜有了這麼個趣味十足的下午之後，咱們來專心對付那塊牛肉吧。天寒地凍還得跟暴力犯罪攪和，確實很考驗一個人的聰明才智啊。」

04 漢伯瑞街恐怖事件

在我朋友跟皮圍裙短兵相接的兩天後，一聲嗚咽哭喊在早上六點半打斷了我的睡眠。這喊聲雖遠，卻十分嚇人。下一秒鐘我猛然清醒過來，離開房間時匆忙點亮手上的細蠟燭，急欲確定這可憐的哭聲發自何處。

走到靠近樓梯底部時，我在剛剛驚醒、昏昏欲睡的混亂狀態下，聽見福爾摩斯的聲音與讓人緊張的警笛聲混合在一起。我急忙打開通往客廳的門，看到福爾摩斯就坐在那裡，倉促間他也只穿了襯衫跟睡袍。他懷中摟著一個衣服破爛、年紀不過六歲左右的孩子。

「我知道你很幸運，有優秀的性格，」福爾摩斯對那男孩說，「你的表現很出色，我非常以你為榮。喔！還有一件事。這位是華生醫師。你記得華生醫師，不是嗎，霍金斯？」

發現屋裡另外有人，嚇得這位營養不良的街童急轉過頭，而我立刻認出這個有著蒼白的五官和愛爾蘭裔黑色捲髮的孩子，就是尙恩．霍金斯。他是福爾摩斯那班貝格街雜牌警探隊裡最年輕的成員之一。

「霍金斯，」福爾摩斯輕聲說道，「你快把發生的事情告訴我，這點極其重要。你希望我幫忙，不是嗎？好啦，我想是這樣沒錯。我必須知道你手頭上的所有情報，可以吧？我知道這很困難，不過我請求你試試看。坐到我旁邊這張椅子上……不不不，背打直，就像你的拳擊手爸爸一樣。現在，全部告訴我吧。」

「我發現一個女人被殺了。」小霍金斯顫抖著說出這句話。

「我明白了。這種事情正好是我能夠解決的，不是嗎？你在哪裡發現她？」

「在我住處旁邊那幢建築物的庭院裡。」

「對了，你住在東區。漢伯瑞街二十七號，對嗎？」福爾摩斯這麼說道，他看向我的灰色眼眸流露出十萬火急的認真表情。「所以你看到一個女人被殺。霍金斯，我知道你很害怕，不過你必須假裝你是從敵後帶著情報回來。」

這小伙子深深吸了一口氣。「我今天早上離開住處，想去看看河岸邊有沒有什麼別人留下的東西。在你這邊沒有案子交辦的時候，我就會碰碰運氣，到河邊去拾荒。我把一根尖棍藏在後院裡，掛在一個勾子上，那時候我正爬上去拿那根棍子。我眺望隔壁院子的圍牆時，看到了她。她整個人被切得碎碎的，」這孩子哭著說，「所有應該在身體裡面的東西全跑到外面去了。」說到這霍金斯已經哭得淚如泉湧。

「現在好啦，你在這裡絕對安全。」福爾摩斯邊說，邊伸手撫摸這男孩的頭髮。「你非常勇敢，還能坐在一位紳士的雙座馬車後面一路來到西敏斯特，而且你非常聰明，所以沒被逮到。我願意為你跑一趟。我該到漢伯瑞街去嗎？」

這小伙子拚命點頭。

「好，華生醫生跟我會馬上動身。在我下樓的時候，我會叫哈德遜太太替你準備早餐，而且我會告訴你媽媽，你睡在我家沙發上。過來吧。只要我告訴哈德遜太太，她款待的是漢伯瑞街的英雄，她就會再高興不過了。霍金斯，你做得眞的很好。」福爾摩斯意味深長地瞥了我一眼，然後閃進他的臥房裡。我更衣的速度比我朋友慢不到半分鐘，接著我們告訴哈德遜太太，要把那位小客人當成剛從海外經歷瀕死激戰歸來那般全力款待他。然後，我們就衝上我們所能攔到的第一輛馬車。

等到黎明雲彩如骷髏手指般留下一條條痕跡的時候，我們的車夫用盡四蹄盟友所能跑出的最快速度，載著我們到了漢伯瑞街。我們大步走向聚集成群的警員、憂心忡忡的居民，還有激動的記者，他們一臉震驚的表情蓋過了他們心中急欲提出的問題。他們一瞥見我朋友的身影，眼睛就亮了起來，可是他只是從他們身邊掠過，當他們是一大群雞。

一個鬍子剃得乾乾淨淨的年輕警員，看守著建築物後院泛灰的木門。「抱歉，紳士們，但我不能放你們過去。這裡出了命案。」

「我名叫夏洛克．福爾摩斯，這是我的同事華生醫師。正是你提到的這件事讓我們來到這裡。」

這位警員安心之情溢於言表。「我明白了，福爾摩斯先生。請走過這道門，然後到那邊的院子裡去。先生，雷斯垂德探長會安排好讓您看到……遺體。」

我們匆忙沿著陰暗小路穿過建築物，到達後面的院子。在那條有霉味的通道盡頭，福爾摩斯推開迴旋活門，接著我們走下幾個不太平整的臺階，進入一片空地，上面鋪著扁平的大石頭，青草則從石塊空隙往上冒。被害女子的頭就在我們腳邊，她的屍身則跟小霍金斯提到的矮牆平行。我一眼就看出那個小伙子爲何會嚇到命都快沒了。

「親愛的上帝，他做了什麼啊，」福爾摩斯低聲吐出這句話，「早安，雷斯垂德探長。」

「早安！」這位身材精瘦的探長說道。「早安，他竟然這麼說！奉上帝與惡魔之名，請問你為什麼會到這裡來？墨菲！見鬼了，你還要上哪去？不用打電報了，人已經在這兒的福爾摩斯先生可是有千里眼呢。」

「我向你保證，我的方法夠普通了。實際上，我們有位同僚就住在這個社區裡。」

「在這一片混亂中。好吧，不管了，墨菲，你可以讓我們來處理了。監督巴克斯特控制住一切。」

那位警員離開時，雷斯垂德一臉難以置信地搖搖頭。「福爾摩斯先生，請原諒我這麼說，但你身上真的有些地方不太自然。不過幸好上天垂憐！你趕來了，真是謝天謝地。華生醫師，如果你有心情的話，請你試試能從她身上看出什麼。外科醫生還沒到，我又已經用盡才智了。」

我提醒自己，我在解剖室裡從未失去過勇氣，希望能藉此堅定我的意志，走去看看那個躺在破裂扁平石塊上的不幸之人，並試著釐清她到底發生了什麼事。她看來簡直像是屠宰場的犧牲品，而非謀殺案的受害者。

「她的頭幾乎要脫落了。臉上有瘀傷，傷口腫了起來，這表示她可能是在喉嚨被切開以前先被勒到窒息。屍僵才剛剛開始出現。我認為她是在今天早上大約五點半左右遇害。她的腹部完全被剖開，大腸、小腸都從體內扯出來了。你可以看到他把腸子從腹腔拿出來，然後把這些東西擺在她肩膀上。至於其他的傷勢……」我相信必定是在此時，突如其來的噁心感讓我說不下去了。因為當我更仔細低頭檢視屍體時，一股冰冷如刺的恐懼傳遍我的脊椎。我踉蹌站起，無意識地凝視著這個院子。

「華生，怎麼了？」我聽到福爾摩斯精準、強勁的男高音，彷彿跨越一道深淵而來。

「這不可能……」

「華生，什麼事情不可能？他做了什麼？」

「福爾摩斯，她的子宮。」我生怕自己控制不住聲音，說不出話。「被拿走了。子宮不見了。」

一切變得很安靜，只有貨車在外面路上經過的隆隆響，還有隔壁尙恩．霍金斯住處的庭院裡，某隻痲雀高踞樹頭的高聲啁啾。福爾摩斯焦慮地舉起他那蒼白的手掠過高聳的前額，然後自己上前看了。仔細觀察一陣子之後，他直起身，就像過去一樣絲毫不洩露心中感情，但從他那雙深邃的眼睛可以看得出來——也許只有我看得出——他對我剛剛發現的那項事實，深感厭惡。福爾摩斯把他的帽子跟手杖都交給我，然後開始用他那有條不紊的方法檢視現場。

雷斯垂德發出帶點哽住的聲音，細瘦的身體一沉，重重坐到一個爛板條箱上。他看來一副深受打擊的樣子。「不見了？」他重複一遍。「看在老天分上，這種東西不可能不見啊。他徹底淘空她的內臟了？華生醫師。你肯定是看漏了吧？」

我搖搖頭。「整個子宮，還有大部分的膀胱都被拿走了。」

「拿走！拿到哪裡去？這完全沒道理。子宮肯定在這裡的某個地方吧？也許是在一小塊爛木頭下面？」

「我相信不是這樣，」福爾摩斯從院子另一頭喊過來，「我完全沒看到半點痕跡。」

在這個極爲不妙的事實揭露以後，雷斯垂德的肩膀更往下垮了。

我的朋友沒花多少時間就完成了他的詳細探查，但是對雷斯垂德和我來說，從初次踏進那個可怕的柵欄之後到現在，彷彿已經過了一年。那個空間是露天開放的，卻在我們所受的教養經驗之外，隔絕所有珍視人類的行爲準則。最後，福爾摩斯總算向我們走了過來。

「屍身屬於一個還未確認身分的風塵女子，年齡大約五十歲。她在兇手的陪伴下自願走進院子，而兇手從背後靠近，跟她扭打一會兒之後才劃開她的喉嚨。在他劃下致命傷以後，還望向院子之間的圍牆，以確定附近沒人。在他開始破壞遺體以前，他拿走了死者口袋裡的一塊細棉布跟兩支梳子。然後，他用一把非常鋒利而狹長的刀刃支解他的受害者。完工以後，他從來路逃逸，並以某種方法拿走他的……戰利品，而不留下任何蛛絲馬跡。」

「眞是恐怖，」雷斯垂德喃喃說道，「這肯定不是人幹的。」

「雷斯垂德，親愛的伙伴，別這麼害怕嘛。從尼可斯案發生以來，我們已經有了重大進展。」

「尼可斯案？所以你認爲是同一個人下的手？」

「不這麼想的話，就太蠢了。」福爾摩斯很不耐煩地回答。

探長絕望地哼了一聲。「對於這些謀殺案，警場根本毫無線索，更別提——」他突然間停了下來。「聖喬治在上！我們可是有線索的！那個穿皮圍裙的可怕製靴匠！福爾摩斯先生，不就是你本人把他的住址交給我們！」

「雷斯垂德，這樣做很欠考慮——」

「外科醫生來啦！菲利普斯醫師，早安。我恐怕得先去處理官方事務了。」

「再等一下我就能替你省下一些麻煩。」福爾摩斯激動地喊道。

「要是你還需要什麼別的，錢德勒探長就在外面。就這樣了。我必須立刻動身。福爾摩斯先生，華生醫師，祝你們今天好運。」這位探長像是才剛剛直視過罪惡的真面目，就匆忙動身去追他的新線索了。

「來吧，華生，」福爾摩斯說道，「這裡實在沒什麼好指望的。我們得試試看能不能在鄰居身上取得更多的線索。早安，菲利普斯醫師，我們留下的大約就是現場原狀了。」

隨著法醫吐出含糊誓詞的聲音，我們離開了。匆忙穿過通道的途中，我悄聲問道，「福爾摩斯，拜託請告訴我，你可以看穿這一切。到底是誰有能耐做出這種事？一個邪惡的幫派？柏克與海爾[1]再世？我開始認爲，這種謀殺行爲的重要性不及損毀屍體了。」

我們從通道另一頭冒出來的時候，福爾摩斯停下來點起一支菸。「咱們來瞧瞧，住在二十九號跟二十七號的鄰居有沒有任何相關訊息可以提供吧。」

事實證明要訪問漢伯瑞街所有驚恐的居民，又不至於老是繞著這宗罪行的詳情打轉，簡直是椿苦差事。這宗罪行極端聳動，吸引許多記者來打探，所以這些細節早就像瘟疫似的傳開了。福爾摩斯跟我被迫回答的問題，與我們提出的問題幾乎一樣多。我朋友灰色眼眸只有兩次微微亮起；第一次是他得知二十九號一樓有一家賣貓食的店家；第二次是有個叫卡多齊的年輕男子說，

1 在一八二七年到一八二八年之間，威廉·柏克（William Burke）與威廉·海爾（William Hare）把他們刀下十七位被害人的屍身賣到愛丁堡醫學院。因爲這些謀殺案導致取得屍體的其他方法獲得合法地位。

他聽到有人喊道：「不！」然後在大約五點半的時候，分隔庭院的圍牆那邊發出咚的一聲，這跟我估計的死亡時間相符。我們的最後一個任務，是以簡短但充滿感謝的語氣，向霍金斯急到全身發抖的母親說明他的作爲與行蹤。

剛過下午的時候，我們再度踏上人行道，我朋友離開的方向很明確，卻也很難理解。福爾摩斯展現出他特有的堅強意志，但我卻是心煩意亂又疲憊無力，我已經承受了這麼多，幾乎難以消受更多的不確定了。

「福爾摩斯，我能不能問一下，我們要去哪？」

「這一個月來，我已經看夠了赤貧女子被大卸八塊。我們需要協助。」

「誰的協助？」

「一個專門翻新裝潢音樂廳的人，名叫喬治．拉斯克。」

「他是你的舊識嗎？」

「他是個商人，住在哩尾地。我有一次爲他出了點力，他會回饋這番恩惠的。」

哩尾地之所以得名，是因爲此地正好就位在古倫敦市區邊界往東一哩處；這一區在十九世紀後半有相當大的成長。新的道路、建築與庭院，在倫敦接連不斷，彼此催生，而福爾摩斯是這一帶每條大街小巷的行家。以前有過一次特殊的狀況，那次事件牽涉到紡織工芬徹奇，還有他那個惡名昭彰的織針，當時福爾摩斯對隱密巷弄的知識，救了我們兩個的命。所以，當福爾摩斯帶著我穿過一連串迷宮似的通道，往東走出白教堂區，最後在一條林蔭大道上冒出來時，我一點也不意外，眼前會出現一棟有白色柱子的體面大屋。

我的同伴大步踏上石階，敲敲那扇光澤閃亮的門，然後用眼神對我示意，要我過去跟他一道。「你一定要幫忙我，讓談話維持在重點上，」他悄聲說，「拉斯克先生是一位口才便給的紳士，他的意見滔滔不絕有如泰晤士河，習慣自在地奔流。」話聲方落，一位年輕女僕出來接待我們，帶著我們進入一間裝潢精美、周圍擺著許多獎章的客廳，但裡面只有一隻風度儼如帝王的橘色貓兒。我們坐了下來，等待我們的東道主。

他沒過多久就出現了。喬治．拉斯克先生把門甩得大開，然後喊道：「呦，這不是夏洛克．福爾摩斯先生嗎？老天在上，能看到您眞是太好啦！我不介意告訴您，先生，要是您沒當場發現那些木材商實際上想幹什麼，我現在就成了個窮光蛋。這位肯定是華生醫師了。有人能為全世界記錄福爾摩斯先生的功績，眞是讓我高興萬分，很榮幸能見到您。」

拉斯克先生這個人有著神情坦蕩、表情豐富的五官，還有一雙敏銳的棕色眼睛，雖然從他大大的眼袋、身上那件剪裁樸實的深黑外套來判斷，我認為他最近剛失去某個珍愛的人。他臉上的濃密八字鬍垂到接近下巴邊緣，神情透出一股成功企業家的信心。他的頭髮往後梳得油亮，露出天性善感的額頭，而且我立刻佩服起他整個人流露出的機警舉止與輕鬆自信氣質。

「那是個非常簡單的問題，」福爾摩斯一邊握著拉斯克先生的手，一邊說，「我很高興能幫上忙。」

「簡單！那個問題一點也不簡單。無論如何，福爾摩斯先生，那件事對我來說有莫大的好處。但是請坐吧，紳士們，快告訴我為何我有幸接待你們。」

「拉斯克先生，」我們一坐定，福爾摩斯就親切地開口了，「恐怕我們的慰問來得正是時候。

才過了這麼短的時間，你必定還感受到強烈的喪妻之痛。」

福爾摩斯推論出這件傷心事，拉斯克先生卻完全沒露出驚訝的神情，雖然他的額頭突然一縮，透露出他不太想提這件事。「福爾摩斯先生，蘇珊娜是個很了不起的女人，我沒見過比她更優秀的母親。不過我跟孩子們會撐過去的。現在呢，福爾摩斯先生，請告訴我是什麼風把你們吹到這來。」

「你知道最近在白教堂區附近發生一連串的謀殺案嗎？」

「當然知道啦，福爾摩斯先生。還有請容我這麼說，這個國家持續支持的價值觀讓我感到羞恥。窮人一定要有人照看，不然他們就會在街頭相咬相吞，他們一直都是這樣。福爾摩斯先生，如果我們信不過世上最偉大的帝國能夠滿足國內最低階層的需求，我就不知道這個世界最後會變成什麼樣子。怎麼說呢，如果我們考量到財富……」

「拉斯克先生，我毫不懷疑要是由你處置，你會做很多解決人類總體問題的事情，」福爾摩斯很有技巧地插嘴，「然而我出現在你面前，是為了特定的問題。今天早上在史皮塔費爾茲市集附近，又發生一樁悲劇。」

拉斯克先生看來真的很難過。「你該不會是說，又發生了另一樁謀殺案吧？」

「就是今天清早，在漢伯瑞街二十九號。這整樁殺人事件愈來愈嚴重了。」

「福爾摩斯先生，你嚇著我了。我幾乎不敢問下去了，但這種事情是怎麼發生的呢？」

福爾摩斯簡短重述了我們今早調查的細節。拉斯克先生的眼睛愈瞪愈大，但在我朋友總結這個可嘆的故事以後，他迅速接受了擺在他眼前的事實。

「所以說，我們要怎麼處理這件事？我無法在這個殘忍惡魔逍遙法外的時候袖手旁觀，我不是這種人。這樣做違反了社會契約本身的結構。福爾摩斯先生，你該指導我。我要怎麼做？」他堅定地說道。

一聽到這句話，福爾摩斯蒼白的臉上有了一絲血色，同時得意地看了我一眼。「拉斯克先生，我就知道可以仰仗你。我需要行動者，而你果然沒有讓我失望。拉斯克先生，你千萬別猶豫，無論如何都要組織一個委員會。」

「委員會？」這個生意人震驚地問道。

「拉斯克先生，我需要您號召許多跟你一樣的人，他們被這些罪行給嚇壞了，希望能夠終結這一切。除了那些勇不可當的員警以外，我還需要一群便衣人員巡邏街道，並且直接把他們的發現回報給我。」

「我懂了，我懂了，」拉斯克先生熱切地回答，「我們應該全心協助英國法律延伸至貧民窟，要把市民組織起來部署到白教堂區。老天在上，蘇珊娜也會支持這件事的！那惡徒查爾斯·華倫爵士[2]利用中產階級的讚許欺壓窮人已經夠久了。這個委員會將會讓正義的天秤平衡過來。委員會會幫助那些婦女同胞，而她們唯一的罪惡就是一直苦於——」

「拉斯克先生，我們正是那麼想的。」我打斷了他，福爾摩斯則是輕推一下我的手臂，沉默

---

2 Charles Warren（1840-1927），英國大都會區警察廳廳長。一八八七年，特拉法加廣場的「血腥星期天」暴動中，他採取的做法遭到當時的自由派大力抨擊。

地表示感激。

喬治．拉斯克用力點頭的樣子，真的很像一隻活潑的海獅。現在他開始踩著白手起家之人慣有的堅定步伐，在地毯上踱方步。「很明顯，我應該找費德洛夫過來。」他一邊說，一邊數著指頭清點候選人。「哈里斯跟明斯克會是很寶貴的人才，傑考布森、亞布蘭斯跟史東也是。」

福爾摩斯笑出聲來，他只有在既開心又欣慰的時候，才會發出這種短促的聲響。「拉斯克先生，醫生跟我應該放手讓您來規畫名單。我建議您召集那些候選人，說明這個計畫，然後等到時機成熟，您就順理成章地擔任他們的領袖。」

「我會立刻召集他們！福爾摩斯先生，我可能要花上幾天時間，才能徹底組織好這個委員會，不過一旦成立了，您可以放一百二十個心，我們會全心投入您提出的這個目標。」

我們起身告辭，拉斯克先生在道別時緊握著我們的手，並且用優美的言詞再三要福爾摩斯放心。我們出了門，再度看到太陽在寧靜大街上撒下的點點光影，但這會兒已經沒別的東西能讓我們分心，不去想那天清晨所看到的邪惡景象。在我們下樓梯時，我可以從福爾摩斯慎重的步伐中看出來，他處於內向退縮的心理狀態，而他肩膀的動作勝過千言萬語，透露出我們經歷過的事情對他影響多大。

「你的計畫似乎暗示，會有更多的殺戮出現。」

「我們只能期盼我的恐懼是多餘的。」

「就我的經驗來說，從來不是這樣。」我指出這一點。

「如果這是我頭一回犯錯，我也會非常開心。」

「讓拉斯克先生參與眞是神來一筆。在這種狀況下，徵召雜牌警探隊幾乎說不上妥當。」

「的確如此。他們或許會有很多發現，但會不會有什麼不良後果？就算像先前這麼幸運，有小霍金斯迅速來通報，付出的代價還是太高，實在太高了。我寧願透過電報得知這個消息，而不是讓那孩子去看到那麼悲慘的景象。」

「我完全同意。」

「我只希望，」在我們突然拐進一條寬闊的街道時，他說道，「我們自己也能經得起這個挑戰。我的方法是建立在一個基本事實上——太陽底下無鮮事。但我必須承認，我實在無法揣度到底是什麼引發這樣歇斯底里的獸行。」

對這個問題，我沒有冒昧回答，因爲我也沒有答案。回貝格街的路上，那三位女性的死亡一直縈繞在我們心頭。

05 徵得盟友

我們及時到家，得以親眼見到小霍金斯吃光他的午餐。就我所知，這是好心的哈德遜太太準備過最豐盛的冷食午宴。把他託付給一位猶豫不決卻價錢可親的出租馬車夫以後，我們坐下來享用同樣豐盛的午餐。福爾摩斯只花了約莫三分鐘隨便吃了幾口，就用他纖細的手指夾著叉子晃了幾下，然後便把叉子扔到瓷盤上。

「這就像是企圖用沙子建造金字塔，」他輕蔑地說，「這些要命的碎片就是兜不攏。我無法相信倫敦突然出現三個手法一樣殘酷的殺手，還全都選在白教堂區逞凶。在人口這麼稠密的地區，一幫粗人要想偷偷幹他們那些變態勾當已經不太可能了，更別提選在漢伯瑞街院落的範圍內。這種事情發生的機率簡直微乎其微。」他突然間起身。「華生，我要出門。如果這些罪行有關聯，就是在這些女人身上。但我們連最新的受害者是誰都不知道；在這樣一團混沌之中還要提出理論，眞是荒謬。」

「你什麼時候會回來？」他消失在臥房裡的時候，我喊道。

「華生，我的好朋友，對於這個問題的解答，我現在連猜都沒法猜。」他這麼回答。

「要是你需要我的話——」

「別擔心，到時我會爬上樹舉白旗求救。英格蘭肯定會期待每個人都盡到他們的責任。」頭一點、手一揮，這位私家偵探就離開了。那一整天我都沒再見到他。

這些事件讓我極其不安，以至於我耗掉大半夜盯著天花板。在漫長的等待之後，晨曦從鄰屋的磚牆上揚起金黃色的腦袋，這時一股無可抗拒的衝動催促我非出門不可。值得感謝的是，我答應過一位醫界後輩，在他離開倫敦去度週末到星期一回來以前，幫他去探望某位臥床病人。我建議這位年事已高的希索克羅夫特太太，千萬別讓蓖麻油進她房間，也不可停止服用感冒藥水。我很確定這說法讓她很震驚。幸好我沒對她造成任何傷害，因爲她絕不容下身邊有傻瓜或心不在焉的人，而在她聲如洪鐘地宣布，我朋友安斯楚德到時會聽說我怎麼治療她時，我千鈞一髮地躲過被揪著耳朵扔出門的命運。

回牛津街的路上，我停下腳步買一份《泰晤士報》，看看福爾摩斯有哪些進展。我很快地找到那一欄報導，因爲這份報紙並不怎麼關心別的事情：

安妮．查普曼，別名「小篩」——因她跟一位製篩匠同居，而得到這個別號。她原是某位老兵的遺孀；這位老兵約在一年前過世，死前定期一週給她十先令。她跟瑪麗．安．「波麗」．尼可斯屬於同一階級，也住在史皮塔費爾茲與白教堂間的廉價出租房間裡。別人形容她是個結實、身材勻稱的女人，個性安靜，而且「曾經有過好日子」。參與尼可斯謀殺案特別調查的蘇格蘭場探長雷斯垂德，已著手調查最新的案件，這兩宗罪行顯然是出自同一人之手。他與知名私家顧問偵探夏洛克．福爾摩斯先生會談的結論是，專家同意這些罪行互有關聯。儘管有許多誤導之詞與謠言，但屍體發現地點肯定就是謀殺案現場，而且犯人也並非幫派分子。許多居民害怕若沒有早日逮捕犯人，將會有更多暴行接踵而至。

對於雷斯垂德的新看法，我抑制住一絲微笑，然後趕忙把報紙夾在腋下，匆匆衝上樓查看我朋友回家了沒。他不在，不過有張紙條用我的拆信刀釘在壁爐架上，那是留給我的：

親愛的華生：

我正在調查貓食交易神奇的內部運作流程。因此我建議你等候夢克小姐來訪。

夏．福

我必須承認，福爾摩斯的午後之約讓我有些驚訝，也有些好奇。我花了一小時，把我在漢伯瑞街做的筆記整理得稍微清楚些，而就在我放下筆，伸展雙腿的時候，哈德遜太太把頭探進房裡。

「有個年輕女人要見福爾摩斯先生。您在等她嗎？她說她是夢克小姐。」

「哈德遜太太，立刻請她上來吧。她是我們的同伴。」

哈德遜太太微微揚起眉毛，然後離開。一分鐘後，門「砰」一聲打開，瑪麗．安．夢克小姐嬌小的身形出現了，這次她穿著自己的衣服——用七、八種回收利用的釦子細心扣起的暗綠棉質馬甲，搭上以高超技巧修改過的男性背心，配一件上面有花紋的深藍及膝長外套，裡面還露出大量蓬鬆的裙擺，最外層是一件老舊的綠色羊毛裙，但反覆穿用太多次，導致顏色幾近黑色了。她那頭奔放的秀髮牢牢夾住了，並用一條狹長棉布往後紮到頭頂，但還是有些許滑落的跡象。她走近我身邊，伸出她的手。

「夢克小姐，很高興能再見到妳。請坐下。」

她照做了，入座的姿態透露她不是一直都過著現在這種生活。然而她很快又站了起來，一邊端詳著壁爐上林林總總的稀奇玩意兒，一邊緊張兮兮地用兩手輪流拋接著一個古老的槍頭，然後才開口說話。

「我不知道福爾摩斯先生爲什麼邀我來喝茶，也不明白他怎麼會知道我住過米勒大院。不過呢，」她微笑著補充說明，「我想福爾摩斯先生總是爲所欲爲，還知道一大堆他不該知道的事。」

「妳說得非常正確。但現在我恐怕無法回答妳任何一個問題，不過搖鈴要茶肯定在我的權限之內。」

在提到這樣寶物的時候，她眼中出現一絲光芒，但她很快就把那道光芒藏在刻意裝出來的淡漠神情底下。「喔，如果福爾摩斯先生不覺得被冒犯就行。他在電報裡確實是說四點鐘，我提早到了。我想，那可能是英國史上第一封送到米勒大院的電報，而我靴子裡還藏著他給的錢，可以付給車夫。我都不記得上次坐出租馬車是什麼時候的事了。用一根羽毛就能把我那些吃驚的同伴打翻在地；我離開時還對著窗外揮揮手。」夢克小姐想著想著就笑出聲來，我也忍不住跟著她笑了。

「既然福爾摩斯先生叮嚀我，在他來以前要讓妳舒舒服服的，我想立刻來些茶點還不賴，妳不覺得嗎？」我一邊問，一邊拉了叫人鈴。

「茶啊，」她懶洋洋地說，「用上好瓷器端上來，我打賭會是這樣。也許還有奶油。喔，華生醫生，我很抱歉，」她尷尬地喊出來，「那麼，嗯，我口袋裡有些茶——我是說，剛好夠三個人用。我昨天晚上走了好運。你想要來一點嗎？」夢克小姐掏出一個皮革製的小袋子，裡面裝著灰撲撲的棕色茶葉。從包裝看來，那東西對於物主來說，顯然是極爲珍貴。

「夢克小姐，我確定妳在我們家作客時，福爾摩斯先生會婉拒這樣慷慨的餽贈。哈德遜太太來了。」

我們的房東太太確實到了，她使勁托住一個托盤，裡面放的三明治之多，遠超過平常沒什麼胃口的福爾摩斯與謹慎節制的我會要求的分量。

「這就跟我還是小女孩的時候一樣！我記得像這樣的托盤——分層式的，這樣說沒錯吧？華生醫生，可以由我來倒茶嗎？」

「當然可以，」我微笑道，「但如果妳不覺得這個問題太冒昧，夢克小姐，請告訴我，妳在哪裡出生的？」

「就在英格蘭。」她立刻就回答了，同時以驚人的優雅姿勢倒了茶。「媽媽是義大利人，我爸爸說服她拋棄自己的家人，跟他一起走。我們曾擁有過土地，不過遺囑有爭議……如果我的記憶正確，那年我七歲。上天明鑑，他們兩個都已經過世好幾年了。霍亂打倒了他們，一個接一個。所以我成了現在這樣，看到一頓像樣的午茶就大吃一驚。」

雖然她面帶微笑，我卻忍不住怪自己眞不該挑起這個痛苦的話題，而正當我張開嘴巴，希望能說點恰如其分的話時，福爾摩斯走進來了。

「哈囉，哈囉，我們這裡來了個稀客呀？」他喊道，「夢克小姐，十分歡迎妳來。我應該先前把時間花在——唔，也許我最好先往自己臉上潑點水，然後直接回來加入你們。我先前去了一個極其糟糕的地方。」他消失了一下子，再回來時又跟平常一樣整潔了。他迅速伸出精瘦的手探進裝菸草的拖鞋裡。

「要是我點燃菸斗，妳應該會諒解。這個槍尖引起了妳的興趣嗎？這是個非常古老的東西，但是在一樁非常現代的罪行裡，這東西成為置人死地的工具。」

原本我好不容易驅散了夢克小姐的焦慮情緒，但她一看見我的朋友，那些情緒就全回來了。「福爾摩斯先生，感謝您好心地請我喝茶，但我已經盡我所能回答所有問題了，說眞的，我都回答了。」

「我毫不懷疑。不過，我邀妳來這裡不是為了偵訊妳。我帶妳來，只是要簡單問妳一句，夢克小姐，妳是否認為妳能夠出一分力，讓白教堂殺手就逮？」

「我？」她喊出聲來。「你怎麼會期待我能幫得上忙呢？波麗在墳墓裡屍骨已寒，而另一個姑娘的內臟被塗得滿地都是。」

「但我恐怕必須說的是，夢克小姐，我認為這男人很可能會繼續殺戮，直到他被捕為止，」這位偵探回答，「雖然毫無疑問，迅速找到他對我們全都很有利，但我想妳對波麗．尼可斯的感情，應該會鼓勵妳扮演更主動的角色。」

「說眞的，福爾摩斯，我想不出來你指的到底是哪種角色。」我反駁道。

福爾摩斯慵懶地吸了一口菸斗，而這一向都代表他是更專注而非放鬆。「夢克小姐，我建議妳接受我的僱用。我可以花費大半時間在倫敦東區建立人脈，掌握謠言最新的脈動，但我怕沒辦法勉強自己到這地步。可是妳卻處於一個理想的位置，可以在無人注意的情況下聽見、看見一切。」

「你要僱用我去刺探消息？刺探什麼消息？」夢克小姐難以置信地問道。

「刺探這個街區本身的消息。要藏木於林，沒有一個掩護地點比熟識妳也信任妳的在地酒館更好的了。」

福爾摩斯非比尋常的建議，讓夢克小姐翡翠綠的眼睛瞪大了許多。「但為什麼要我一個女人去打探白教堂區？為什麼不找個男人，或者受過偵察訓練的人來？」

「我不認為有僱用其他偵探的必要。夢克小姐，妳的見識比那些人更多。至於費用，這裡是供妳開銷的五鎊預付金，而我認為一週一鎊對妳來說應該夠用了，對嗎？」

「對我來說夠用嗎?!」夢克小姐喊了出來，隨即低下她尖尖的下巴。「可是如果我蹺掉我的日常工作，我要怎麼跟人解釋？」

福爾摩斯沉吟了一會兒，說，「我想妳可以說，妳吸引到一位充滿詩意又熱情的西區顧客，他決定用比較全面的條件買下妳的服務。」

這個建議逗得夢克小姐發出一連串銀鈴似的笑聲。「你知道嗎？你瘋了。這下子我也要開始胡言亂語了——我是什麼角色，竟然要幫忙抓住『刀客』？」

「他們是這樣叫他的嗎？」我的朋友微笑了。「夢克小姐，我想不到其他更適合的人選了。」

「這樣嘛，」她毅然說道，「如果你有這個意思，我完全贊成。如果我可以幫忙逮住殺死波麗的凶手，那就是個好工作。紳士們，這個月我不用再靠抽布條賺錢啦。」

「她的意思是，從偷手帕得來的收入。」福爾摩斯低聲說道。

「喔，對，」我說，「我了解。」

我們說好了，夢克小姐的偵察範圍是在白教堂與史皮塔費爾茲的街坊內，她會記下當地人的所有推測，並且每週到貝格街向福爾摩斯報告兩次，對外的說法則是去拜訪她的紳士追求者。我注意到，夢克小姐下了樓梯走向街角等出租馬車時，整個人一副充滿決心的樣子。

福爾摩斯癱在沙發上，而我則是想盡辦法要點燃我的菸斗。

「華生，記住我的話，事實會證明她很有用。」他一邊這麼聲稱，一邊拋給我一個火柴盒。「Alis volat propriis[1]，如果我沒弄錯，話是這樣說的。」

「福爾摩斯，她不會有事吧？」

「我希望不會有事。跟她平常工作的陰暗巷弄相比，酒館就像教堂一樣安全。順便一提，我今天早上設法取得一點進展了。」

「我正要問你，貓吃的肉跟這件事到底有什麼關係？」

「雖然我還沒確定安妮・查普曼——我發現最新的受害者叫這個名字——跟波麗・尼可斯或者瑪莎・塔布蘭有沒有任何關係，不過她卻倒楣到落入白教堂殺手的魔掌。而這回殺手帶走的紀念品，可能是我聽過最令人厭惡的一項。」

「我也這麼認為。」

「那麼，前面提到的紀念品，讓你想到什麼？」福爾摩斯炯炯有神的雙眼和眉毛抽動的樣

---

1 拉丁語，意思是「她靠自己的翅膀飛翔」。

子，讓我十分期待聽到他的發現。

「你是要告訴我，你找到線索了？」

「親愛的華生，再想一想，看看你是否能發現某項值得注意的事實。雷斯垂德在一連串事件所引起的恐懼之中，似乎還沒掌握這一點。」

「對我來說，每一樣邪惡的事實都已經充分檢視過了。」

「喔，好啦，華生，再努力一下吧。如果你是凶手，你做掉你的受害者，把她剖開來，還拿掉了她的子宮。」

「喔，當然啦！」我喊道，「他到底拿這個見鬼的東西做什麼了？」

「好極了，華生。那個惡棍肯定沒把子宮裝進褲子口袋，輕輕鬆鬆地從巷子走出去。」

「那貓食呢？」

「我去找了，今天早上我發現有一些貓吃的肉藏在二十七號院落的某顆石頭下面，這想必讓你完全明白了。你還記得嗎，我很想知道漢伯瑞街二十九號一樓前房的哈迪曼太太，那天早上生意忙不忙？」

「我知道了！凶手買了一包貓食。」

「說得對，親愛的華生。你說得讓我覺得像是親眼所見。」

「然後他倒出貓食，把那個血淋淋的器官放進貓食的包裝袋裡，然後沿著街道離開，完全沒引起懷疑。」

「親愛的老友，你就快要精通演繹法的藝術了。」福爾摩斯說。

「不過他是誰呢？」

「哈迪曼太太的敘述相當引人入勝，她說：『他是個看起來很普通的男人，中等身材，以很獨特的方式表現他的禮貌。』她覺得自己以前見過他，不過想不起來她以前有沒有賣過貓食給他。跟我們先前的推論一致的是，他顯然不是個會引人注目的男人。而且貓食的事再度點出凶手是有預謀的，對我來說，這點令人相當不安。」

「他是鬼迷心竅了嗎？為什麼會要這樣殘暴恐怖的戰利品？」

「我根本不知道能告訴你什麼。唔，無論如何，這是我們目前找到最好的線索。不過，當夢克小姐在過濾淤泥的時候，我們應該試著研究這個穿著寒酸的傢伙，看他還有沒有更多的細節可以挖。這人對紀念品的品味既不成體統，又難以理解。」

06 給老闆的一封信

次日早晨，我撥旺客廳裡慢慢變小的爐火時，福爾摩斯發出一串震耳欲聾的驚呼。他愕然不動地坐著，一份報紙擺在他面前的桌上，他手裡還抓著一只咖啡壺。

「這人腦袋糊塗啦！唔，如果這傻瓜就想白費力氣、水中撈月，就這麼幹吧，我們也幫不上忙了。」

「出了什麼事？」

「雷斯垂德喪失理智，逮捕了約翰．派澤。」

「當然，這是拜你的提示所賜。」我提醒他。

「我電報裡跟他說了，那裡根本什麼都沒有！」福爾摩斯抗議道，「就連《標準晚報》都無法相信他跟這檔事有任何關係。」

「那麼，那份三流小報還說了什麼別的嗎？」

爲了強調，他猛然一振報紙，朗讀道：「目前看似有某個披著人皮的下流生物，在白教堂地區的貧民窟裡作祟。他的雙手沾滿了一連串屠殺的『血腥證據』……哈！……令人震驚的變態產物……獸性大發的惡徒……就像吃人惡虎對人肉那樣不知饜足。」

「我親愛的同伴，看在老天分上，快別唸了。」

「這又不是我寫的。」他淘氣地說道。

一記短促的敲門聲預告我們的聽差來了。「福爾摩斯，你有電報。」我用眼睛掃過那封信的時候，忍不住笑了。「拉斯克先生現在是白教堂守望相助委員會的主席。他來信致上他的忠誠與衷心的關懷。」

「太棒了！喔，我眞的很高興看到某些活躍分子把精力用在造福人群的方向。好友，我們應該效法他們，我們必須多知道一點這位貓食買家的事情，而且愈快知道愈好。」

但在接下來的一整個星期，福爾摩斯獲得的成果非常有限。雖然我們盡了力，但是凶手沒留下任何實質跡證，我們也找不出那個消失在清冷九月早晨空氣中的男人到底是什麼身分。幸好組織健全的守望相助委員會，很快就安排好鄰里警戒與夜間巡邏，但他們沒碰到多少危機，只有和惡意欺凌外國人的暴民起了幾次衝突。那些暴民常常隨意毆打任何一個他們看來「外表狡猾」或「舉止不端」的倒楣移民。白教堂區的每個居民，從最盡心盡力的慈善工作者到最底層的竊賊，全都異口同聲主張：不可能有哪個土生土長的英國人會這樣殘殺一個可憐的女人。

安妮．查普曼在九月十四日星期五祕密地下葬了，就在大約一週之前，波麗．尼可斯回歸無垠宇宙的同一座貧民墓園裡。「*Pulvis et umbra sumus*（吾人不過塵與影矣）[1]，」福爾摩斯當晚這麼說道，同時他若有所思地盯著爐火，把那雙修長手臂收起的雙膝上。「華生，你跟我，安妮．查普曼，甚至是尊貴的賀拉斯本人——都是塵埃與塵埃之下的陰影，僅此而已，別無其他。」

雖然在安妮．查普曼死後的那幾個星期，福爾摩斯不斷在哀嘆，隨著時間過去，犯罪痕跡就

1 譯注：這是羅馬詩人賀拉斯（Horace）的詩句。

更加冷卻，但我知道至少他相當滿意自己在夢克小姐身上的投資，而成果也確實豐碩。由於福爾摩斯自己追蹤的線索只得到貧瘠的結論，所以我們相當期待跟夢克小姐會面，至於她看來也很享受這份新工作。我朋友隨興的魅力常常掩蓋住他冷酷、尖銳的專業素養，不過他似乎是眞心高興見到她，我更是滿心期待她的造訪能爲氣氛低迷的客廳注入充滿熱情活潑的氣氛。

九月二十三日，波麗．尼可斯的死因調查庭只有一無所知這個結論。接下來的星期三，同一位驗屍官也在安妮．查普曼死因調查庭上做出總結，這回他提供一個新穎的意見——某個貪財的醫學生殺了她，然後偷走器官，打算賣給某個不顧道德的美國醫生。第二天的《泰晤士報》還認眞地報導了這個消息，結果導致福爾摩斯對著天花板默默地狂罵一陣，然後找出他的手槍，絕望地跌坐在椅子裡，用子彈對著牆打出一個小小的皇冠，位置就在我們壁爐左側他先前勾勒出交纏字母VR的上方。

「親愛的伙伴，我得提醒你，對女王陛下的姓名縮寫再做任何進一步的裝飾，都會是不敬的畫蛇添足？」我小心翼翼地調整姿勢，到福爾摩斯背後去打開窗戶，希望能看見夢克小姐的身影。

「你質疑我對女王的忠誠嗎？」

「我質疑你使用槍械的方式。」

福爾摩斯悔恨地嘆了口氣，然後把槍擺回他的抽屜裡。「夢克小姐隨時都會抵達。或許她會帶來更進一步的證據，駁斥那個有邪惡美國買主收購女性生殖器官的說法。」

「眞希望如此，福爾摩斯！」

這位偵探微微一笑略表歉意後，立刻因爲一陣熟悉的腳步聲，而凝神細聽那位嬌小女子穿著沉重的男性工作靴爬上樓梯，跨越客廳，穿過開著的門。

「天哪，這是怎麼回事？失火啦？」夢克小姐一邊咳嗽一邊質問。我觀察到她花了點錢，爲她外套底部鑲上一點銀色緞帶。我也挺開心地發現，她那小巧的身軀沒那麼形容枯槁了。

「福爾摩斯偶爾會把我們的客廳誤認爲射擊場，」我語帶挖苦地說，「請坐，夢克小姐。」

「你喝了幾杯，對吧？」夢克小姐點點頭。「我的某位朋友每當好好享受了一瓶琴酒，就會隨便亂開槍。你喝的是比較好的東西，不是嗎？我猜是威士忌？」

我藉著清走沙發上的報紙，掩飾臉上忍不住浮起的微笑，可是福爾摩斯卻直接大笑出來，然後大步走到餐具櫃那裡去拿玻璃杯。

「在我看來妳的意見非常有啓發性。我想，每個人應該都來一杯威士忌加蘇打水。」

夢克小姐握著她那杯酒坐在火爐邊時，很滿足地說道，「該死的冷天氣，簡直要把眼珠子凍到掉出來了。無論如何，紳士們，我賺到我這星期的住宿了。」

「怎麼說？」福爾摩斯往後一靠，閉上眼睛問道。

「我找到那個士兵了，就是這樣。」

福爾摩斯又坐了起來，興奮之情溢於言表。「妳指的是哪個士兵？」

「嫌犯的朋友呀。這小伙子把同伴弄丟了，而那個同伴很有可能刺死了頭一個遇害的姑娘，瑪莎．塔布蘭。」

「太好了！告訴我詳細的經過。妳知道，妳可以先打電報告訴我這麼重要的消息。」

「今天早上才發生的，」她驕傲地回答，「我路過騎士軍旗酒店點了大杯琴酒好讓自己更清醒點，每天早上我都是這樣做，同時賺取我的生活費，不過這些你都知道了。那是個空氣渾濁、煙霧瀰漫的地方，而且那時候客人都走光了，可是我勉強看出有個士兵窩在角落裡。我正想要晃過去跟他稍微聊一下，不過在我起身以前，他就看到我了，並走到吧檯旁來找我。他的身材很好，有強壯的下巴，上翹的深色鬍鬚，還有藍色的眼睛跟沙棕色的頭髮。

「他說：『哈囉，妳好。』

「『哈囉，你也好，』我說，『要跟一個寂寞的姑娘分享一杯琴酒嗎？』

「『我不覺得妳會寂寞太久。』他微笑著說道。

「我暗想，要是他只求這個，可以更直接一點，因為我不需要他多管閒事。他肯定是看出我不太高興，就趕忙殷勤地說：『小姐，這是個恭維。』

「『那就好。我會讓你坐在這裡，等到你想到更好的話為止。』

「『這個建議真是太慷慨了。』他說著就坐了下來。

「這個對話剛開始進行得有一搭沒一搭的，可是既然我們在喝大杯琴酒，他又是個好騙的傢伙，很快他就開始吹噓他多有錢了。『我上星期剛放假，就直接回倫敦了。我們這批人上次進城已經是兩個月前的事了，』他這麼說，『我很急著想找到我一個弟兄。』

「『你那同伴欠你什麼嗎？』我問道。

「『不是這樣的。但我還是必須找到他。』

「『那是為什麼？』

「『妳知道嗎，他犯下謀殺案。』

「嗯，你可以拿身上最後一毛錢來打賭，在我聽完整個故事以前，我是絕對不會讓他離開我的視線。我盡可能裝出一副震驚的樣子——這倒不難，因爲我確實相當驚愕。

「『謀殺！他爲啥這麼幹？搶劫搶昏頭了嗎？還是跟人幹架了？』

「『恐怕比那還要糟。我的朋友是個非常危險的傢伙。』

「『什麼意思？幫派分子？』

「他搖搖頭，然後若有所思地低頭說道：『就我所知，他是獨自行動的。』

「我坐著等他繼續說，而當他看出我仔細聽著他的每句話時，他說道：『妳知道嗎，我們上次來這裡的時候，有個女人被殺了。那是我朋友幹的，或者說我是這麼相信的。而我要很遺憾地說，他成功逃走了。』

「『你嚇到我了！』我驚呼一聲，因爲我禁不住認爲他在講的是瑪莎．塔布蘭；突然間，光是看著他就讓我全身發涼。『你眞該覺得可恥，現在白教堂市集的每個姑娘都聽怕了關於刀客的謠言，你竟然還跟我講這種故事。』

「『妳不相信？我是句句實言。』他這麼說，『我在軍團裡有個朋友，我從沒碰過比他更好的伙伴。他樣樣都好，卻有著空前火爆的脾氣。上次我們在城裡的時候，他在這裡碰到一個姑娘。剛開始的時候，一切看起來無傷大雅。我們逛過一間又一間酒吧，但後來他就把帶她到一條暗巷裡去了。我在那裡等了好幾分鐘。他們卻一直沒有回來，那時我就知道事情不對了，可是我還是繼續等。總之，我已經告訴妳故事的結尾了。從那個可怕的晚上以後，我再也沒看到強尼．布萊克史東，但就算這是我人生中的最後一件事，我也要找到他。』

「接著他安靜了一會兒。但很快他又回過神來，注意到我坐在那裡。『我沒嚇到妳吧，有嗎？我並不想給妳添麻煩，但這件事害我心情沉重。我的任務很清楚，那就是必須有人找到他，而且動作要快。』」

「等一下，」福爾摩斯插嘴說道，「這個衛兵，他相信他失蹤的同僚也必須爲其他謀殺案負責嗎？」

「看來這個問題很困擾他，」夢克小姐冷靜地回答，「所以我試著要向他多套些話，但我看起來想必太過激動，以致他覺得他講夠了，就此閉嘴。他只是一直跟我說他很抱歉讓我不安了。在那之後，連要弄到他的名字都麻煩得要死。我只好讓自己看起來有點頭暈的樣子，並且對他說：『我得回家囉……』然後他就攬著我的手臂，帶著我往外走。我在門階上一個踉蹌抓緊他的夾克，他則是像個體面紳士一樣扶著我站好。不過就在那一瞬間，我已經從他的兜裡撈到寶了。」

「妳偷了他的皮夾？」福爾摩斯難以置信地說。我必須坦承，我很感激他這麼一句驚嘆之詞讓我搞懂她做了什麼。

「請見諒，」她臉紅了，「我太習慣這樣講話，不過這個工作用不著落切口[2]。沒錯，我摸走他的皮夾。他的名字叫做史蒂芬．鄧樂維。」她說完了。

福爾摩斯跟我驚異地面面相覷。「夢克小姐，」我的朋友說道，「妳做得很棒。」

她微笑了，顯得有點害羞。「這招確實幹得夠漂亮，我也很自豪。」

「可是，我擔心妳在偷走那傢伙皮夾的同時，也斷了一條很重要的後路。」

「喔，福爾摩斯先生，別擔心這個，」她大笑著回答道，「我把皮夾放回去啦。」

在那時候，我們聽到樓下傳來一陣悶糊糊的爭執聲。在我們猜出聲音來源以前，兩隻腳伴著兩根枴杖的奇特聲響急迫地逼近我們的客廳。幾秒後，福爾摩斯認識的熟人中最奇特的一位，就像一陣冬季強風似地颳進房間裡。

中央新聞社的羅蘭·K·范德溫大約三十歲，身材高得不尋常，幾乎跟福爾摩斯相當，但他看來沒那麼高是因為孩提時代罹患的小兒麻痺，讓他直不起腰來。他有一頭放蕩不羈、幾近白色的亮金亂髮。這種髮型再加上孱弱的腿，還有靠枴杖支撐的小跳步，造成他在我心中有種剛剛被電擊過的深刻印象。我記得范德溫曾在某次業餘拳擊賽時，看過福爾摩斯打拳，而他對我的朋友有著極高的評價，偶爾他還會打電報通知福爾摩斯一些在通訊社裡剛傳開的消息。雖然如此，范德溫親自跑來還是很令我震驚。而他也在迅速爬上樓梯以後，呼呼地喘著氣。他那隻總是蓋在破舊條紋大衣下的右手，抓著一張小小的紙片。

「福爾摩斯先生，我有件拖延不得的事情要跟你討論，但我在樓下卻碰到嚴重的阻礙，你的房東太太真是非常粗魯又固執。天啊！她又來了！夫人，我已經解釋過，他忙或不忙，對我來說真的是完全不重要。」

「沒關係，哈德遜太太，」福爾摩斯喊道，「范德溫先生很少在上流社會走動。要是可以的

2「落切口」（voker Romeny）指的是講倫敦貧民階級的語言，也稱為江湖黑話，福爾摩斯很可能經常在其專業領域上頻繁運用。

話，請妳諒解，現在就讓我們自己談吧。」

哈德遜太太用她緊握著的那條茶盤擦拭巾指了指手，再用像是看見有毒昆蟲似的眼神瞪了范德溫先生一眼，然後才轉身下樓煮飯去。

「范德溫先生，你每次來訪，都免不了打擾我們居家生活的平衡。當然，華生醫師你已經認識了。但請容我介紹我們的新幫手，瑪麗·安·夢克小姐。現在，不管你得到的是什麼，就拿出來讓我們瞧瞧吧。」

我們全都聚集在桌子旁，仔細看著范德溫先生帶來的奇特書信。我大聲讀出這封用鮮紅色墨水寫成的信，內容如下：

親愛的老闆

我一直聽說警察逮到我了，可是他們沒抓到我呀。他們一副很聰明的樣子，還講什麼**走對了**路，害得我大笑。關於皮圍裙的笑話，我眞是笑壞了。我要攻擊妓女們而且我會剝她們的皮，直到我被扣住。上一個工作成果很棒。那位女士連尖叫都來不及。他們現在怎麼可能抓到我。我很欣賞我的工作成就而且還想重新開始。你們很快就會聽說我玩的那些有趣小遊戲。我把上次幹活弄到的某個很不賴的**紅色**玩意兒，裝在一個薑汁汽水瓶裡好用來寫字。可是那玩意兒變得太濃，跟黏膠一樣，反正是不能用了。我希望紅墨水夠合適了，**哈哈**。我下一回要把女士的耳朵切下來，送到警官那裡去。這只是爲了好玩，要是你，不會嗎？先扣住這封信等我多做一點活，再原文照登。我的刀子這麼好又這麼利，如果我有機會，立刻就會開工。祝好運。

開膛手傑克敬上

（希望你不會介意我用的這個名號）

附註：在我把所有紅墨水從手上弄掉以前，沒辦法把這封信拿去寄，眞可惡。到現在還是弄不掉。他們現在說我是個醫生了。**哈哈**

「你看得出來，這不太是我們讀者會寄來的一般信件。」范德溫先生一邊說，一邊粗魯地癱坐到椅子裡。「要是他多講點穀物稅，少講點怎麼削掉小姐們的耳朵，我就不會來煩你了。」

福爾摩斯捏著信紙邊緣到他桌子前，小心翼翼地用放大鏡檢視那封信。

「有信封嗎？」

「早知道你會問。信封在這裡。」

「投郵日期是一八八八年九月二十七日，當天就收到了，是從倫敦東區寄來的。地址寫得散亂不平均——你看，他根本不管這行字跡是否整齊。」

「我擔心的不是這封信本身引人注目的風格。問題在於這個瘋狂的混蛋——夢克小姐，要是冒犯了妳，我很抱歉——他竟然要我們扣住這封信，等他『多做一點活』再登。我這輩子還是第一次像這樣不知所措。」

「你眞令我意外啊，范德溫先生。」

「是眞的！這眞是讓人非常不安。不過，福爾摩斯先生，就我所知，詭異的信箋跟晦暗不明的陰謀，正是你拿手的範圍。你現在肯定已經找到他的行蹤了吧？」

「我想我很樂意拿我實際的能力，去交換范德溫先生想像出來的能力，」我的偵探朋友回答，「但事實上，我根本沒搞懂他在玩什麼遊戲。」

「他玩的遊戲夠清楚了。就寫在那裡——我相信是在第二行：『攻擊妓女們』。」

「不，不，我是說信箋本身。你應該已經注意到奇怪之處是：如果寫信的人不是凶手，爲什麼他要求先留住這封信，等他再度殺人以後再發？普通的搗蛋鬼都會希望信件能立刻刊登，因爲他只想嚇嚇大家、看到自己的傑作付印。」

「這裡面有什麼能幫助我們追蹤到寫信的人嗎？」我問道。

福爾摩斯聳聳肩。「這個男人受過一般程度的教育。底線不平整、字跡往下斜的特性都指出他情緒不穩定又難以捉摸。他寫的字母『rs』都很有決心，『rs』則表現出智力水準，他的大寫字母中顯現的自信心讓人困擾。信封沒有提供什麼訊息，只指出了發信地點，雖然蒙克頓精品的商標浮水印很清楚，卻肯定不是追蹤此人身分的線索。」

「蒙克頓精品的浮水印，可不是嗎。不過，讓我們談點眞正的問題吧，福爾摩斯先生，」范德溫先生慢條斯理地說，「我該拿這玩意兒怎麼辦？我已經盡到好公民的責任，把信帶到這裡，但我怕一般市民在早餐時間看到這種東西會不知所措。」

「我可以留著這份文件進一步研究嗎？」

「所以你是建議我現在暫時扣住不發？你表達的方式也眞夠迂迴。好，福爾摩斯先生，我就把這個東西留在你手裡，後天再取回。到時候我會把這封信轉交給蘇格蘭場。好好利用它吧。我沒別的疑慮，只是覺得事實會證明這玩意兒是絕佳的火種。」范德溫先生費了番工夫，把自己從椅子上撐起來，然後下了樓梯。

福爾摩斯在深思中喝乾了他那一杯酒。「夢克小姐，妳有沒有可能再見到這個鄧樂維先生？」

「我們約好星期六晚上在女王頭酒店見面。時間是九點整。」夢克小姐很天眞老實地回答道。

「幹得好！夢克小姐，妳的幫助眞是難以衡量的大。華生醫師和我會在白教堂區附近提供支援。在此同時，我打算好好研究這封信，直到我看穿藏信中的所有祕密爲止。這位作者可能並不是我們要找的人，但不論這位『開膛手傑克』是誰，肯定値得好好調查。」

07 白教堂之約

接下來那天的大半時間，福爾摩斯都不在家，回來時也只說明天晚上我們要跟夢克小姐在東區見面。無論是案件本身還是那封神祕的信，他都不肯多說，而在我不智地逼問他問題時，他轉而開始討論建築如何反映一個國家的理想，硬是不肯偏離那個雖然有趣卻無關案情的主題。

次日下午狂風肆虐，陣雨灑在玻璃窗上，強勁的濕冷空氣穿過有裂縫的門，鑽入屋子。我朋友晚餐吃得興高采烈，甚至還在我們出發之前，喝了一瓶波爾多酒。

「我把東西還給范德溫先生了，」福爾摩斯在倒酒給我的同時說道，「我這番努力並未獲得他的感謝。那個憤世嫉俗的可憐人對自己的同類全無耐性，但他還算正直，而且如你所知，有時他是個無價之寶。」

「今晚我們應該達到什麼目標？」

「我們應該在夢克小姐背後保持適當距離，看看那位神祕大兵追蹤他朋友強尼·布萊克史東的運氣如何？我還沒見過此人，但他已引起我極大的興趣。」

「哪方面的興趣？」

「當然了，鄧樂維並不完全如他所說的那樣。」

「是嗎？」我問道，「我們還沒見過他呢。」

「對，可是她見過，而且要是她講得夠精確，這位鄧樂維先生簡直就是滑溜得跟魚一樣。你想想，一個女人被殘殺了，要是你當時在現場，而且你知道是誰幹的，或者說，你認為你知道，你會不向任何人洩漏隻字片語，也不通知警察或者長官出了什麼事？」

「他聲稱他們是好友。」

「這就更讓人摸不著頭腦了。他沒請假去找他那位墮落的同袍，或者到在私人廣告欄刊登尋人啟事，卻拍拍屁股離開倫敦，一直到再回來時才心急火燎地要找人？他不可能同時既極端忠誠，又粗疏隨便。華生，你聽好了，我們沒多少時間，現在將近七點。我們應該把這杯佳釀喝完，然後換上晚禮服。」

「晚禮服？在白教堂區？」

「那樣打扮會讓我們不起眼得多，而且我們可以把你的左輪手槍跟我的牛眼燈藏在外套下。我向你保證，晚禮服是避免耳目的最佳辦法。我們最好看起來像是操守可疑的時髦人士，而不要像是有神祕目的的紳士。除此之外，華生啊，」他那雙灰色眼眸中閃出一絲幽默感，「畢竟你是個見過世面的人。我們必須用上你的技巧，因為在這片屬神的綠色大地上，沒有比才能未得發揮更悲慘的了。」

我們打扮得高尚優雅，就像目標是歌劇院而不是倫敦東區。在暮色加深的夜晚時分，街道上剛燃起的煤氣燈，透過雨絲成行的玻璃窗射出昏黃光線，但隨著我們愈往東行，燈光變得愈少。最後，在遠離大批磚房之後，出租馬車載我們轉進白教堂大街。燈光從各家酒吧流洩出來，照亮了那些水果小販，他們努力要在一日將盡的時候，出清剩下的貨物。在一間歌舞表演廳前，街頭風琴師跟他吱喳吵鬧的猿猴同伴站在坍塌的街角上。到處都有抽雪茄的男人靠在門邊呑雲吐霧，也到處都有女人在溜達，梳著鬆垮髮髻、跟鄰居閒磕牙的家庭主婦；別有圖謀的女士們走來走去，以避開當地駐警的注意。當然也有些富貴閒人厭倦了音樂會與晚宴，帶著看破世情的沉著姿態，在一個個誘惑肉體間懶懶閒逛。這一帶是貨眞價實的馬蜂窩，非法與合法的活動轉個不停，這種粗糙混亂感讓我不覺得像是在倫敦，反倒像是我服役時在加爾各達與德里見到的繁忙市場。

我們往北方轉向商業街後，可以看到街上小鋪裡油膩獸脂蠟燭的微光把屋前一灘灘水窪照得閃亮。老鼠從嘎啦作響的車輪底下急奔過去；在雨中，通往荒廢樓梯間的一道道門像是打呵欠似的張大了口。我窺看門內，卻什麼也看不到。白教堂大街熙來攘往的光與熱，已經被四處瀰漫的黑暗取代。這片黑暗如此沉重，以致貧乏的照明似乎更加增了黑暗的重量。我大聲地對福爾摩斯提出疑問：在這樣的地方，能夠犯下什麼樣的惡行而躲過懲罰。

「住在這些屋子裡，想活下去就免不了要放過某些犯罪跡象，或者同流合污，」我的朋友回答，「看這邊，我們剛剛經過的街道，佛勞爾迪恩街是我們已知世界中最危險的地方之一，而這個地方不在非洲蠻荒地帶，只距離你我安放帽子的地方，幾哩路之遠。」

光看一眼他指的那條路，就證明他是對的。雖然剛下過雨，空氣還是滯重，幾乎沒有一扇完好的窗戶，全都是後來用紙張或廉價碎布草草補上的痕跡。

「這裡就是我們的目的地。我想最好在入夜前，先跟線人確立聯繫。跟我來，還有我得要請你盡量別引人注意。」

就像我在別處提過的，福爾摩斯那種妄自尊大的態度，偶爾會考驗他少數幾位朋友的耐性。

然而在轉入商業街與時尚街交叉口，看到那個稱為女王頭的那個場所時，我立刻明白他的意思了。這兒擠滿了紳士（如果極廣義的延伸這個字眼），不過是最粗魯的那些；還有好些抹著口紅的女士，她們用笨拙的姿勢把嬰兒抱在懷裡，趕在回家前到此小酌一杯；還有瑪麗．安．夢克小姐，她坐在靠近門口的吧檯旁，看到我們進來時，掃了我們一眼。

「那一位怎麼樣，米多頓？」福爾摩斯掃視整個房間以後，大聲地說道。「她看起來夠好的了，還有漂亮的頭髮。朋友，你挑不到比那更好的了，至少在這些地方找不到。」

我驚愕的表情想必讓許多顧客注意到了，他們被福爾摩斯的話給逗笑了。

「喔，別裝了，伙伴，我們可沒有一整個星期好混。注意啦，」他用比較低沉的聲調對夢克小姐說道，「我朋友快要離開倫敦到澳洲殖民地去了，而且——唔，如果妳懂我的意思，他應該要記得英格蘭是個友善的地方。妳現在沒有約吧？」

夢克小姐打量著我們，卻沒有答腔。

「嗯，好，沒關係，」福爾摩斯口氣溫和地說道，同時遞給她半鎊金幣。「這個嘛，我猜這比妳一個月賺的還多，而且我很期待妳能好好賺上這一筆。我們會留在這裡喝上一杯，然後再各自前往馬路那頭的泥水匠紋章客棧去。等到事都辦成了會再給妳一塊厚金[1]，我想這樣應該能說服妳跟我們在那裡碰面了？多謝啦，親愛的姑娘。」

從店主那裡買了兩杯啤酒跟兩杯琴酒以後，我們在房間後方的一張長椅上坐下來。我們啜飲

[1] 一個半鎊金幣。福爾摩斯是向她提議，如果她跟福、華二人在約定的地方見面，就再給她半鎊。

著啤酒，琴酒則擱著沒動。

「我認爲我們是打算讓夢克小姐有個扎實的理由，在她覺得必要的時候甩開鄧樂維。」我冷淡地說道。

「正是如此。親愛的米多頓，我要向你致歉，但除了這樣指派任務以外，我編不出別的理由可以更有效地保護她。」

「你向來引以爲傲的想像力變得這麼貧乏？」

「好啦，親愛的伙伴！要是沒有一點小玩笑來緩和一下，這個調查眞是夠陰沉的了。不過我說，看看現在是誰來啦——不，別朝門口瞧，拜託你，」他輕柔地制止我，「透過那個絕妙位置的鏡子反射出的影像，你也可以看個清楚。」

史蒂芬．鄧樂維的臉在老舊的鏡子裡變得扭曲，他友善的藍眼睛掃視擁擠的房間。他看上去很和氣，上翹的莊重鬍子搭在討喜的嘴和方正的下巴上。福爾摩斯打量鄧樂維時，故意擺出他那種隨性疏懶的態度。不過我知道，在這位前任衛兵大步走進屋內，向我們那位嬌小朋友打招呼時，福爾摩斯正在記錄他眼前的每個細節。在他們坐下時，夢克小姐朝我們點點頭，這立刻讓她的同伴開始問她問題。

福爾摩斯微微一笑。「現在鄧樂維看見我們了，咱們離開吧。」我們走出酒吧，在帶著濕氣的強風直接打上我們臉龐時，他繼續說道：「我親愛的同伴，要能徹底確保夢克小姐安全無虞的辦法，就是讓她好像另有約會。我得提醒你，這約會不能是瞎掰出來的，要是確定的事實，還有她的同伴也要是意外地發現此事。倘若她之後沒出現，就會有人惦記著她，鄧樂維也清楚這點。」

我們緩緩沿著商業街前進，這時天空開始變清澈了。我一離開女王頭那個密閉空間，也就恢復冷靜了。我說：「我毫不懷疑，你知道每種可能的結果。」一陣平和的沉默之後，我們朝著跟夢克小姐會面的地點漫步過去。

再度踏上白教堂大街時，霧濛濛的空氣中瀰漫著有如嘉年華般的喧囂與淡漠。要是我們想把口袋裡錢輸個精光，每個街角都找得到賭紙牌、賭九柱戲，或者各種類型的大膽騙局。我必須坦承，在經過交叉口，進入商業路那片混亂地帶時，要不是福爾摩斯顯然很清楚他的方向，我實在懷疑我們走的路線是否安全。的確，我相信只有靠我朋友那股自信滿滿的氣質，才能讓我們在沿著凹凸不平的鵝卵石街道漫步時，不至於受到傷害。

我雖然不能替泥水匠紋章的歷史拍胸脯做保證，但這裡可能一度是當地的公會會館，因為這家店把自家商號的旗幟張揚地掛在低低的門楣上。我跟福爾摩斯到達的時間大約是十一點，但我們沿路得努力擺脫那些做夜間生意的姑娘殷勤地探問。因此，當我們得以走進那間擁擠小酒館時，我也稍稍寬心了。

福爾摩斯在此雖是個生面孔，但半小時內，他就跟店裡每個不快樂的酒鬼都成了交心密友。雖然蠟燭的煙和不小心灑出來的琴酒浸透了這個地方，但當我發現福爾摩斯在這兒就跟在自家書房一樣自在時，我也就沒那麼排斥這裡的空氣了。我坐在椅子裡往後一靠，試著觀察周遭。我右方近處有個年長的男人，從他的刺青來看，我想他是個水手。這人對著一個捲髮男孩誇口說，他在亞洲各個港口都有女人隨叫隨到，數量之多遠超過他認識的那些討海人。我們面前坐著的一個女人，據她那一身黑色服裝來看，她應該在服喪，然後我想到這一帶的居民頂多只有一組成套的服裝。

已經過了一個小時，我們的伙伴卻還是芳蹤杳然，這時我有些擔心地瞥了福爾摩斯幾眼，他只回應我一次，而且只是按了按我手臂，要我寬心。我的朋友再度向酒吧店主女兒敬酒時，夢克小姐終於出現在門口。她一瞥見我們就衝過來，跳進最近的一張椅子裡。

「我敢用生命打賭那傢伙有鬼。」她開心地宣布，同時從衣服裡掏出福爾摩斯的那半鎊金扔還給他。他把錢幣放進背心口袋，然後低頭去看她的鞋子。這舉動實在相當莫名其妙。

「嗯，好，」他揚起目光敦促道，「請回報吧。他告訴妳什麼？」

「差不多有一個小時，他都不願意談起他那個士兵朋友。就只問我本來在幹嘛、你們是誰，我就瞎掰了些故事告訴他，好讓一切看起來都沒啥大不了。到最後他鬆口了，說他找到辦法追蹤強尼．布萊克史東的下落。」

「這位紳士變得愈來愈吸引人啦，」福爾摩斯這麼評論，「妳有什麼更進一步的發現？」

「我只知道他住哪裡！」她悄悄說道。

「妳怎麼做到的？」我喊道。

「嗯，在我離開他要去見我的老相好時，我親了他一下，點點頭就走了，但其實我是閃進一條小巷，好看看他往哪兒去。他出來後，直接沿著商業街前進，最後到了愛倫街，走過一、兩條巷弄後，他進了一間廉價出租房屋。我偷看到前門口有個女人，於是我給她一先令，讓她說說他有哪些類型的訪客。『一個都沒有，』她這麼說，『不過他幾乎都不在家，鬼才知道他在幹嘛。就我所知，他對妳來說是夠忠實的了。』唔，我沒打算在那附近待到他再出門。不過我會帶你們去看他的房間，而且只要給那個看門的女人幾便士，她就會告訴我他在或不在。」

「夢克小姐，這眞是個絕佳的主意，我明天可能會自己去跟蹤他。現在保持安靜，這樣我們的離開才不會引人注意，請握著我朋友米多頓的手臂，帶著我們離開酒吧。」

08 追緝凶手

我們朝著西南方前進，這一路往鄧樂維住處的途中，我們得不斷閃避成堆的廢棄物跟到處溢流的廢水。夢克小姐終於不必擔心其他酒吧顧客的注視了，但她很友善地先捏捏我的前臂再鬆手。我們三人並肩而行，路過一間寄宿學校，然後又經過一間兩層樓的穀倉，裡面聽來像是紳士俱樂部正在大肆慶祝。這時一輛小馬拉的貨車駛進一扇敞開的大門，擋住了我們的去路。有個戴眼鏡跟無指手套的駝背男人坐在那輛蔬果販賣車的狹小座位上，他很不耐煩地對著牲口大喊大叫。但更讓他驚訝的是，小馬竟緊張兮兮地嘶鳴吐著氣往後退。他再次催促小馬前進卻遭遇同樣的抵抗，所以我們只好繞到馬路中間，以便跨到對面去。

我們繼續走了幾步，福爾摩斯突然喊道：「等等！華生，那轡繩！那男人手裡的轡繩是鬆的，不是嗎？」他沒等我回答，腳跟就往後一轉，朝著大門和那匹焦躁頓腳的小馬飛奔過去，那匹馬的主人已經暫時拋下前進的計畫，走進俱樂部裡去了。

夢克小姐用困惑的眼神望著我。「轡繩是鬆的沒錯，但那代表什麼意義？」

我本來打算回答，可是某種直覺引我全速追著福爾摩斯而去，闖進兩棟建築物之間的長形空間。牆壁聳立的角度遮蔽街道上的光線，我只好勉強靠著走廊另一頭開口的微光，分辨出我朋友高高的身形。

我用伸手摸索著冰冷牆壁前進，同時喊道：「福爾摩斯！到底是怎麼回事，福爾摩斯？」

短蠟燭點亮後的火光，照出我朋友細瘦的手，還有一小片石牆。「華生，是謀殺。」

福爾摩斯手上的燭光照出了重點，我遲鈍的感官之前沒看出的景象，讓我嚇得倒抽一口氣。躺在那的是一個非常瘦弱的黑衣女人，約莫兩小時前我才在泥水匠紋章酒店注意過她。她的眼睛睜大，彷彿難以置信地瞪著從她頸上大傷口流向地面的成行鮮血。

我立刻跪下來察看還能做些什麼，可是她已經斷氣了，就差不多在我們抵達之前的幾秒鐘。一發現這點，有個念頭猛然閃進我腦子。我急忙抬頭看福爾摩斯，同時抽出左輪槍指向後面封閉的院子。他點了一下頭，一手拿著牛眼燈，一邊小心翼翼地往前走完通道剩下的十五呎路，踏進陰影幢幢的院子裡。

攻擊來得太快，我根本很難確知發生了什麼。有個黑影顯然是伏貼在後面的牆壁等待，並集中所有感官留意我們的動靜，他從福爾摩斯背後衝出來，朝著我左眼附近揮來強勁的一拳，把我打得暈頭轉向，同時他趁機跌跌撞撞從通道靠近馬路的那邊奔出去。我記得的下一件事是在不到半秒內，福爾摩斯大喊：「留在這裡！」他放下牛眼燈，拔腿去追那個殺死不知名女子的凶手。至於那名女子，雖然我的眼睛痛得淚眼模糊，但我還是靠著牆伸出手輕柔地為她闔上眼睛。

對於自己竟然蠢到被攻擊，我相當懊惱，但事後想起來，這個地勢對我們來說十分不利。從狹窄通道進入一個未知區域，簡直是送上門去捱打。我很快就停止抱怨，轉而思索我能做什麼。

在接近大門時，我幾乎跟一個從小馬貨車那裡走過來的工人撞個滿懷，那輛貨車還在原來的地方，那隻小馬似乎在對這一連串事件激憤地甩著頭。貨車駕駛先前顯然進門去了，現在隨身帶回幾支點亮的蠟燭，還有他的幾位同伴，其中好幾個都有著異國臉孔，但全都穿著體面，而且疑心重重地對我怒目相向。

「我的小馬很害怕，所以我停下來看看怎麼回事。」他用帶著口音卻不難理解的英語說話。「他通常不是這樣子的。然後我看到一道黑影。你……是你躲在那兒？藏在庭院裡？」

「不是，」我回答，「但是那裡發生可怕的事情了。我們必須立刻叫警察來。」

這一小群男人彼此交換著眼神。「我是路易·戴舒茲先生，」貨車駕駛說，「我們是國際工人教育俱樂部的成員，那道門後……這是我家，我妻子——我們就住在這個院子外頭。我必須進去看看出了什麼事。」

我點點頭，讓到一邊去。戴舒茲先生靠近那具屍體，然後對著受害者腦袋周圍那一小灘血泊發出一聲小小的驚呼。

「這不是我太太，」他喊道，「這女人被殺了！他說得對，我們必須找警察。」

幸運的是，我們沒有費太多力氣，因為就在我們穿越街道走了大約十碼後，夢克小姐怒沖沖地繞過街角，背後還跟著一個極端頑固的警員。

「你最好快走，不然我就會開始尖叫，直到你去做你該做的事。天殺的，你難不成以為我故意浪費時間，跟愛在自己小圈圈裡打轉的條子搭訕？」她一看到我，就猛然停了下來。「喔，華生醫生，」她邊嚷，邊朝我跑來，把那個警察遠遠甩在後面。「你的眼睛在流血。我就知道出事了，巷子裡有什麼？福爾摩斯先生怎麼了？」

「又發生一件謀殺案，福爾摩斯去追凶手了。」我這麼回答，有一半是為了跟夢克小姐說明，另一半則是為了讓那個驚異萬分的警員理解狀況。我說這話的時候，突如其來的恐懼攫住我，我開始擔心會不會有一種微乎其微的可能性，那個惡徒竟能勝過夏洛克．福爾摩斯？一想到這，我更懊惱自己沒跟他同去了。

「你看見做出這事的男人嗎？」夢克小姐問道。我點點頭。「而且那裡……那裡有另一個女人？她死了，你剛剛有提到這點，但她是不是……？」

「我們闖進去，驚動了殺她的人。所以發生在安妮．查普曼身上的那種事情，在這裡都沒發生。」

「這還眞是幸運啊。」夢克小姐喘了口氣。「對了。你要我看看她嗎？可憐的人。或許我認識她。」

我考慮了一下這個建議，但眼下必須趕緊把握時間，所以只得答應她。至於那個一臉震驚的警察對此也沒意見。先前我已經把牛眼燈放在屍身旁邊，所以當我們一走近籠罩屍身手臂與頭顱輪廓的刺眼光暈中，夢克小姐就難過地咬緊下唇，但她緩緩搖頭表示不認識死者。我牽著她的手臂，帶她離開。

「妳還好嗎，夢克小姐？」

「過一陣子就會好的，醫生。」

「或許請教育俱樂部的某位男士護送妳進屋去。」

我本來以爲看來勇敢卻臉色煞白的夢克小姐會表示反對，或是那些很想弄懂我與這個寒酸打扮的年輕女人有何關係的俱樂部成員會表示抗議，但結果什麼都沒發生，倒是有個戴夾鼻眼鏡的瘦子伸出手臂讓夢克小姐扶，帶她進入俱樂部。

「你是華生醫師？」年輕警察問道。他的臉色紅潤，有著金黃色鬍鬚跟短短的下巴。「我是蘭姆警員。我們必須封鎖這地區，在把事情處理妥當以前，誰也不可以離開俱樂部。但願上帝幫忙，讓福爾摩斯先生這次就抓到這惡魔。」

我也這麼強烈期盼著。我告知蘭姆警員，兩小時前我在泥水匠紋章酒吧見過死去的女子，然後一臉憂慮的戴舒茲先生也跑來描述他的小馬如何驚恐，以致他衝進男性俱樂部求助。這時大部分的鄰居都驚醒了，新案件的消息迅速在家家戶戶之間傳開，其他的警察也陸續抵達現場。

過了二十分鐘以後，我變得很焦慮；再接下來的二十分鐘，我焦躁地在人行道上踱步，同時納悶著，這麼死寂的深夜在曲裡拐彎的陌生環境裡，真的能找到人嗎？而且這人一開始走的路徑根本就沒人看到。又過了將近一、兩刻鐘以後，我下定決心要去鄰近的巷道找一找，才剛剛邁開步伐，一隻堅定的手就放在我肩膀上制止了我。

「很抱歉，華生醫師，我知道福爾摩斯先生還沒回來，」蘭姆警員堅定地說，「但是讓你離開你……嗯，你發現的犯罪現場，是違反了警察辦案的程序。」

「福爾摩斯此刻正設法要逮捕該為這些邪惡暴行負責的人，而我是要去盡我一切所能地幫助他。」

「我尊重你的想法，先生。但如果你根本不知道該往哪找的話，你就不可能找得到福爾摩斯先生。」

「他可能非常需要我們的幫助啊！」

「要是我們對他身在何處毫無概念，就完全幫不上他。」

「我至少可以確定他在不在附近。」

「先生，你這樣做會違反蘇格蘭場的辦案程序。」

「就算已經是晚上十一點了，我還是不覺得我們有需要去破壞蘇格蘭場規定。」一個熟悉的聲音嘲諷著說。

「福爾摩斯！」我心頭一寬，猛然轉過身去。相隔不到五碼外，他就站在那裡，用一種奇怪的僵硬姿勢支撐自己緩緩前進。「那個凶手，你碰到他了嗎？他不見了嗎？」

「恐怕兩個問題的答案都是肯定的。」我的朋友這麼回答，然後在踏出另一步的時候，他似乎失去平衡，輕輕晃了一下。

「我的上帝啊，福爾摩斯，出了什麼事？」我衝到他身邊，抓住他的手臂。他沒有抗議，反而重重靠在我身上，這讓我更加擔憂了。

「快幫我把他扶進屋裡去。」我對警察下了指示。

「謝謝你，華生，我相信你跟我就可以應付了。你所說的『屋裡』，在某種程度上應該比較隱密吧。」

我瞥一眼那間喧鬧的男性俱樂部，從窗戶就看得到那些人正在比手畫腳地回答警方盤問。我隨即明白福爾摩斯的意思，扶著他走向這片圍地南側的建築物，我剛剛得知這裡稱為達特菲院。在兩戶人家的起居空間之間夾著一個門廳，福爾摩斯蹲低身體坐在一個骯髒的平臺上。在比較亮的照明之下，我終於看到他的右肩滲出大量血漬。

「老天在上，福爾摩斯，要是我早看到這個，我絕不會讓你還多走這兩步路。」我喊道，同時小心翼翼脫掉他的大衣與晚禮服外套，這兩件衣服都吸飽了鮮血。

「我知道你會這麼做。」他喃喃說道。在我進一步嘗試查看傷勢時，他偶爾會皺起眉頭。「順便一提，我很高興看到你沒事。但你剛剛挨的那一下，相當重。」

我甩開大衣，開始用福爾摩斯的摺疊小刀割裂我的晚禮服外套。我的這件衣服相對來說比較乾淨。「那沒什麼，是我自己不小心。快喝下這個，」我把我的扁酒瓶交給他，同時下令。

福爾摩斯抖著手接過酒瓶。「我也很少碰到身手這麼快捷或靈活的對手。」

「我不想聽任何解釋，而且嚴格說來，我不該讓你開口說任何一句話。」對我朋友下這麼強烈的禁令，讓我自己都感到驚訝；除了醫學上的緊急事件以外，我從來沒有挑戰過他的權威。

「毫無疑問你是對的，醫生。可是請容我跟這位警員說明一下。在我們缺席的狀況下，蘇格蘭場可能需要聽取他的證詞。」

「那簡短一點，」我吼道，「出了什麼事？」

「這傢伙被逼急了以後，比魔鬼還邪惡。他朝著某個偏僻的廢棄倉庫方向奔去，我想是為了避免我對路人喊叫求助，要他們幫我制止他。他對那些街道瞭若指掌，而且在這方面他確實比我強，因為我前一次在這裡辦案已經是好幾個月前的事了，有一、兩道新設的門和被木板蓋住的巷道讓我吃了一驚。我大約追了四分之一哩路後，他衝進一座迷宮似的巷弄之中。我盡全力跟上，因為我很清楚，一旦他甩開我，就永遠找不到他的蹤跡了。但是，最後我還是追丟了，或者該說是我以為是如此。」

「你忍一下。」我下了命令，同時把一個倉促間完成的傷口敷布壓到福爾摩斯肩膀上。他又更蒼白一些了，但卻一聲都沒吭。

「我追到一個非常狹窄的十字路口，交錯的鋪石走道濕答答的，」福爾摩斯繼續說道，「他似乎轉過一個轉角，因爲東側跟西側岔路在幾碼內又轉向了，所以我唯一的選擇就是猜猜看。」

「你從來不瞎猜的。」

「確實不，」他隱約帶著笑意承認了，「即便在這種狀況下我也不瞎猜。我傾聽。我沒聽見奔跑聲。我立刻想到，這廝可能穿過門，從後面的出口逃了，這就能解釋爲什麼我沒有聽到腳步聲。我怎麼也不可能沒完沒了地等下去，所以短暫觀察這塊區域以後，我很不情願地往回走。」

「就在我經過一個往內深陷的出入口時，我的眼角瞥到刀光一閃，而那導致你現在努力救治的不幸事件就發生了。他是在十字路口前就停下了，我眞是要詛咒自己愚蠢，竟然沒注意到腳步聲在不久前就已經消失了。不過我的反射動作相當快，所以很有效地避開了那一擊。」

「福爾摩斯，你受了很嚴重的傷！」

「那把刀原本是瞄準我的咽喉，知道這點之後你應該願意承認，我有可能表現得更糟吧。不管怎樣，在我能重振旗鼓以前，他就又跑了。我追了上去，但後來我發現自己並不是處於最佳狀態，就回來這裡了。」

「的確，很難說你是處於頂尖狀態。」我表示同意。綁妥這個臨時替代用繃帶後，我只能感謝當時在阿富汗缺醫療補給品時常常這樣做。「這是我現在唯一能做的了。把你的手臂滑進這個吊帶，然後我們就要去醫院了。」

「前者沒問題，但後者不行。工作還沒做完。你還有菸嗎？我弄丟我的菸盒了。」

我張嘴想要抗議卻又閉上了，我知道我根本沒法把福爾摩斯從一樁謀殺案調查裡拉開，這就像我無法命令世界逆轉一樣。遞給我朋友一支菸、一根火柴的同時，那位一直在旁做筆記的蘭姆警員站了起來。

「順便一提，福爾摩斯先生，你是怎麼懷疑事情不對勁了？」

「華生沒告訴你嗎？一隻小馬在街上後退，拒絕接近那條通道。」

「許多小馬都很容易受驚，也不喜歡進入一片黑暗的新場所。」

「對，不過這匹小馬是要回家。馬主人的轠繩鬆鬆地擱腿上；所以，小馬停下來是因爲看見某樣牠不喜歡的古怪東西。」

「我懂了。」警員說。他語氣裡帶著幾分懷疑，我一聽就有些不快。「至於那個殺人犯，你能描述他一下嗎？」

福爾摩斯閉上眼睛，然後靠上牆壁。「最該被詛咒的厄運是，我完全沒看見他的面孔。他的脖子跟嘴巴全裹起來了，奔跑時還壓低了頭。他穿著一件大衣，英式剪裁，深色布料；鞋子很沉重，還有一頂陳舊的布製帽子。他把一個用報紙包起來的包裹夾在左手臂下面，但看來並不怎麼重。華生，你看清楚他了嗎？」

我悶悶不樂地表明我沒看見。

「所以，福爾摩斯先生，意思是，雖然你跟你的朋友今晚在兩個不同的地方見到這個人，卻都無法指認他？我是說，這似乎不太可能，不是嗎？」

「唔，警察先生，」我的朋友一邊回答，一邊用腳把剩下的菸踩熄。「我必須問的是，你覺得一個人有沒有可能把砍碎阻街女子當消遣？我們顯然已經脫離可能性的領域了，不是嗎？來吧，別浪費時間了。讓咱們來瞧瞧，在蠻力不管用的地方，是不是能靠著理性有所獲得。」

09 雙重案件

再次接近屍體所在的那條骯髒通道時，應該早已過了午夜兩點。福爾摩斯看起來一臉煞白，卻仍瘋狂地執著於調查。那警員一直想跟我使眼色，我猜他是想要我帶福爾摩斯離開現場，但他只能看到一張冷硬如石、不動如山的側臉。

「有東西被動過了嗎？」

「我們已經搜索過周圍，看有沒有共犯。但現場保持著蘇格蘭場掌控此地時的樣子。」

我的頭突然痛了起來，史無前例的痛，然而不管當時這對我來說有多緊迫，提及此事可能跟正事無關。但是在有些暈眩的狀態下，直到我同伴的深灰眼眸燃起熊熊決心走近那位警員爲止，我都無法精確觀察到他究竟有什麼盤算。

「死者大約四十到四十五歲，不過艱苦的生活讓她的年紀有些難以確定。她是自願跟著凶手走到這條小巷。她抽菸，偶爾會用掛鎖，並不是徹底的酒鬼。在這事以前，她已經遇過非比尋常的暴力對待了。她還跟凶手一起享用了一些葡萄。順便一提，凶手慣用右手，身高五呎七吋，對這一區相當熟悉，而且是英國人。」

蘭姆警員眨了一下眼睛，然後瞇了起來。「先生，因爲我的長官不在場，我必須記錄你的……斷言背後有何證據。」他說完他的論點，似乎對自己應對得宜頗爲滿意。

「你眞的必須這樣嗎？」福爾摩斯輕聲說道。「她吸菸，因爲她手裡留著一包口香丸[1]。她是自願跟著殺她的人走，因爲如果她逃跑，那包糖應該會掉。再者，不久之前我剛好在酒吧裡看到這個女人，她那時候外套上並沒有別著這朵襯著白色鐵線蕨的紅玫瑰。凶手顯然花了點時間向她示好，還有你應該可以觀察到葡萄梗就在屍體旁邊，之後他帶她進到這條小巷。她或者她認識的人一定有個掛鎖，要不還有什麼別的鎖頭能符合我在她身上找到的鑰匙呢？她以前曾遭受過暴行，施暴者還把一只耳環從她耳垂上扯下來。還有，她要是個酒鬼，無疑就會典當掉她的兩把梳子。」

「我看不出這些事情有什麼了不起。」蘭姆警員低聲嘀咕，同時盡可能迅速地記錄下來。

「對，要是你看得出這些，我反倒會非常驚訝。」

「呃……」警員動搖了。「對，福爾摩斯先生。如果你願意等一下我的長官——」

「如果你的長官能在場，我會很高興，不過恐怕——」

「我想他們快到了，先生。」

蘭姆警員說得對。苦惱至極的雷斯垂德探長來了，他幾乎是跑向我們。在他後面是一輛出租馬車，還有一輛警車，裡面冒出更多蘇格蘭場的援軍。

「夏洛克．福爾摩斯本人在此！」身材細瘦的探長這麼吼道，他顯然很高興有機會釋放他的怒氣。「我沒有理由質問你爲什麼在這裡。我很感激，眞的，深深感激。因爲要是你不在這裡，

1 一種用來清新口氣的喉糖。

我要怎麼解釋一晚上發生兩樁謀殺案？兩樁謀殺，就在半哩範圍內！如果不靠夏洛克·福爾摩斯，這位經驗豐富的偵探理論家，誰能解釋這種事呢？」

「兩樁謀殺案確實需要一個解釋。」我的朋友這麼回答，但如果我沒提到他一聽這消息就為之一驚，那我就是在作偽證，畢竟我自己也顧不得面子驚呼了一聲。

「你的手臂是出了什麼見鬼的事情？」

「雷斯垂德，要是可以的話，請回到雙重謀殺這個閃閃發亮的有趣主題吧。」福爾摩斯尖刻地回嘴。從他這番警告的力道看來，他一貫的冷靜粉碎了。

「喔，就算不是雙重命案，都夠有意思了，」雷斯垂德冷笑著回答，「當然，兩樁謀殺案在警方心中會顯得更有價值，尤其這兩個案子在一小時內接連發生，更別提兩地距離才不過二十分鐘的腳程！」

「喔，眞的啊？」我朋友只能設法插入這句話。

「福爾摩斯先生，你可以儘管講什麼『喔，眞的啊』之類的話，可是你必須明白一點：你現在在調查的謀殺案，既不是兩案之中最令人反感的，也不是最急迫的。」

我懷疑我同伴還有沒有力氣說話，所以插嘴說道：「我們是在這個罪行進行時發現的。在我們打斷他行動以後，這凶手又做了什麼？」

雷斯垂德看起來就好像要吞掉自己腦袋似的，而同時被吞噬的還有他對福爾摩斯的信心。「別這樣處心積慮跟我作對，」他厲聲罵道，「你是打算告訴我，你對今晚的第二位受害者一無所知？沒聽說內臟被掏掉，沒聽說她臉被割掉，更別提腸子在她身上被搞得一塌糊塗。」他以暗藏惡兆的冷靜語氣繼續往下說：「你們一點也沒聽說其他加諸於她的暴行？如果是這樣，拜託上帝幫忙，就算這是我這輩子做的最後一件事，我也要把眞相從你身上榨出來！」

「雷斯垂德，」我的朋友抗議了，「我向你保證，你說的事情我全都不知道，可是我會自己找一輛出租馬車去現場，希望這樣能夠對你有點幫助。第二樁案件發生在哪裡？」

「福爾摩斯，我不容許——」我開口說。就在福爾摩斯走向馬車的時候，他鋼鐵般的氣力終於讓他失望了，他抓住車窗做爲支撐。

「你得要去醫院，而且這一點我不容你有意見。」我信誓旦旦地說道。

「醫院！眞要命，他到底怎麼了？」雷斯垂德要求知道答案。

「他追著凶手跑，然後差點被謀殺。如果他再多勉強自己一刻，我都不敢想會出什麼事。車夫，你該去倫敦醫院！」

「車夫，我相信貝格街比較好。」福爾摩斯喊道，而我半抬著他進了雷斯垂德的出租馬車。我的舉動就像是要跟他一起去。

「你不准陪我去。」

「爲什麼？」我這麼質問，他這反應讓我覺得受傷。

「你要去第二個殺人案的現場。你要帶著夢克小姐，她的眼力是無價的。你們兩個要記錄看見的每一件事情，我們再度見面時，你們要仔細告訴我所看到的事。注意別讓夢克小姐受傷。」在進行這些指示的期間，他間歇停頓幾次，以便凝聚開口說話的力氣，但這些話對平息我的恐懼毫無幫助。

「我會保護夢克小姐的安全，同時你也可以——」

「當然不行。在我休養生息的時候，你得負責調查的工作。華生，絕對要小心。開車吧！」他喊道。出租馬車奔入濛濛黑暗之中，只留下我、一個歇斯底里的探長、幾個警員，還有無所畏懼的夢克小姐。她才剛剛從男士俱樂部裡走出來，神情沉著又堅定。

「那是福爾摩斯先生嗎？」在他的馬車走遠的時候，她這麼問。

「是的。」我簡短地說，「他身體狀況不好。剛剛還發生了另一樁謀殺案。」她的手猛然抬到嘴邊，但她立刻恢復自制。「謝謝你，還有我們最好趕快走，否則就要付出慘重代價了。」

雖然我心煩意亂，卻毫不懷疑夢克小姐說得有理。「雷斯垂德，另一個犯罪現場在哪裡？」

「就在此地西邊的米特廣場。」雷斯垂德回答時，仍然一臉驚慌地瞪著福爾摩斯的馬車消失的那一點看。「湯瑪斯探長已經抵達了，所以我可以親自帶你們過去。可是我必須警告你們，蘇格蘭場在那裡沒有管轄權。那宗謀殺案是在倫敦市內犯下的。」

跟西區的西敏斯特市彼此相對，倫敦市做爲大都會區東區的中心樞紐，被侷限在只有一平方哩的土地上。那裡不歸蘇格蘭場保護，而是由倫敦市政府管轄，他們自己組織起一小批警力來負責治安工作。不管福爾摩斯跟倫敦市警裡的多少人打過交道，我是一個也不認識，所以我很感激並接受雷斯垂德陪我們過去的提議。

「咱們走吧，」伴隨深切焦慮而生的強悍精神，我堅定地說，「我們不能再損失任何時間了。」

「等一下，」雷斯垂德訝異地看了夢克小姐一眼，「這位年輕小姐到底是誰？妳住在這裡嗎？」

「先生，我名叫瑪麗．安．夢克，」她表明身分，「我受僱於夏洛克．福爾摩斯先生。」

探長朝著天空翻了個白眼，又搖搖頭，不過他也沒再多做別的。「肯定是這樣，小姐，毫無疑問。可是我得先警告你，醫生，如果這位小姐真要出席的話，她會被當成是福爾摩斯先生的同事，而不是蘇格蘭場人員，否則明天一早我就人頭落地了。總之，全部給我進馬車車廂裡，然後回到米特廣場去。醫生，我希望你有足夠的力氣面對這種狀況。我相信有一層地獄是專門給這個混蛋獨享的，否則宇宙就再沒公義可言了。至少這點，我很肯定。」

我們沿著商業路往西，然後沿著白教堂大街走，抵達女王陛下廣大領土的古老核心。沒有人說話。福爾摩斯缺席造成的陰影，甚至比第二樁謀殺消息的影響更巨大。先不管我對朋友安危的嚴重焦慮，白教堂殺手至少證明了在讓大眾心生畏懼的威脅之中，他是最可怕的一個。然而，偵辦中少了福爾摩斯，我們能夠靠什麼來對抗他呢？我這輩子從來沒有碰到如此怪異的處境，但我咬緊牙關、下定決心，無論我必須做什麼，都要盡到我最大的力量。

我們沒有太多時間可以擔憂，因爲這趟車程只有五分鐘。馬車在杜克街停下，之後穿過猶太大會堂，閃進一個被遮蔽住的小出入口。當我們進入一個寬廣的廣場時，立刻看到一群陰鬱的倫敦市警環繞在屍體旁，遮住了屍身。她躺在一排無人居住的小屋前，那些屋子的窗戶都空蕩蕩的像是張大了口，而且四處爬滿增添衰敗感的野草藤蔓。

有個體格高大、眼神銳利又有軍人風度的男人，穿著剪裁時興的一般服裝。他一聽到我們的腳步聲就轉了過來。

「這是謀殺案調查，」他這麼宣布，「你們不能進入廣場，免得擾亂證據。」

「我是大都會區警方的雷斯垂德探長。」雷斯垂德頗為猶豫地伸出他的手。「你是亨利．史密斯少校[2]，對吧？說實話，先生，我們正在調查伯納街發生的另一件謀殺案，全部的跡象都顯示這是同一凶手的傑作。」

史密斯少校低聲吹了個口哨。「聖喬治在上，探長，你嚇著我了。而你是？」他轉向我問道。

「約翰．華生醫師。另一起事件發生時我在場。」

「華生醫師，我聽過您的大名。你說那時你在那裡，難道你撞見了正在行凶的殺人犯？」

「沒錯。」

「那麼那個男人已經被捕了？」

「我們相信他逃脫了，然後犯下你在這個廣場發現的第二樁暴行。」

「先生，你的故事相當匪夷所思。不過請見諒的是，華生醫師，既然您親自到了這裡，現場又有這麼多不凡的人物，那麼我要問的是，夏洛克．福爾摩斯先生在哪裡？」

我猶豫了一下。「他遇到凶手，並且受到攻擊。他已經被送去醫院了。」我指向夢克小姐，補充說明道：「這是福爾摩斯先生和我本人的助手，協助我們這次的調查。」

「先生，我是瑪麗．安．夢克。很榮幸見到您。」

「這是我的榮幸。唔，那麼現在我們彼此認識了，」史密斯少校繼續說下去，顯然他並不願多想夢克小姐出現在此是否得體。「瓦金斯警員在巡邏時發現死者。他的整個巡邏範圍要花上大約十三分鐘才能走遍，而他向我保證，他在一點三十分察看廣場的時候，並沒有屍體。然後瓦金斯警員立刻要遠處倉庫的守夜人去求援，接下來就沒有離開過屍體。華生醫師，在這個可憐人被抬到停屍間以前，我們很歡迎你先自行觀察。」

「夢克小姐，如果妳願意，請看看這個廣場有沒有任何不同於平常的事物。」我這麼提議時，別有深意地看她一眼。

當她四處查看時，雷斯垂德跟我穿過成群的警方人員，走上前去。探長一隻手準備寫筆記，另一隻手拍上我肩膀，然後點點頭。我屈身跪在死者旁邊。

「她的喉嚨被割開來，從一邊耳朵直劃到另一邊。兩邊眼皮、臉頰跟鼻尖上都有嚴重的刀傷。腹部完全被切開了，腸子被抽出體外，掛在右肩上。受重傷的部位有胰臟、子宮內層、還有結腸……」我停下來深吸一口氣。「我們必須等驗屍報告才能確定全部的傷害程度。我可以告訴你們，這個可憐女人的血液噴濺形式顯示，軀體毀損是在她死後發生的。」

一陣短暫的寂靜爲我的談話下了標點。雷斯垂德把筆記本塞進外套的同時，重重嘆了口氣。「很明顯，這頭野獸是在遇到福爾摩斯先生以後，又把他骯髒的衝動施加在第一個出現的人選身上。我知道最近的幾樁謀殺案都很醜惡，醫師，但這一件……這怪物已經是處於徹底瘋狂的狀

2 Henry Smith（1835-1920），眞實人物。當時官階應該是Chief Superintendent，實際職權是代理局長，但他以前是軍人，因爲大家習慣稱他「少校」。後來晉升到市警局局長，還封了爵位，並出版當年辦案的回憶錄。

態。」

一隻細緻的手擺在我的肩膀上，把我從陰暗的想像中拉出來。

「醫師，她的耳朵。」

夢克小姐在一旁低頭看著慘遭褻瀆的屍體。她高亢的語調透露出她處在何等壓力之下。「你看到她的耳朵了嗎？」

「是。一小部分的右耳被切掉了。」

「你記得那封信嗎？」

夢克小姐的話語讓那封信的內容如潮水般湧回我心裡，如在眼前。「當然了！」我喊道，「信裡提到像這樣的軀體毀傷。夢克小姐，妳記得確切的說詞嗎？」

「我下一回要把女士的耳朵切下來，送到警官那裡去。這只是爲了好玩，要是你，不會嗎？」她壓低聲音，迅速回答。

「若是能告訴我究竟是誰收到這封信，我會非常感激。」史密斯少校平靜地說。

「這是上星期四送到中央新聞社的，」我回答，「這封信指出，如果可能的話，他會切掉下一個受害者的耳朵，然後把耳朵送給警方，就像夢克小姐剛說的那樣。」

「可不是嗎！據我所知，這封信並沒有被登出來？」

我搖搖頭。「福爾摩斯把信還給中央新聞社了。那封信上面的署名是『開膛手傑克』。」

「這是眞的，」雷斯垂德咬著牙說道，「不過我們認定那是個騙局。現在這瘋子似乎不只是到處亂跑，把妓女切成碎片，他還替自己取了個筆名，並且把他的行程表寄給報刊雜誌。」

「表面上看是這樣。」

雷斯垂德用手掌輕拍著頭。「我快要受不了。我們連著好幾星期都被報紙罵得體無完膚，現在他又一個晚上犯下兩件大案，還平安脫身？全國都會騷動起來的！」

「探長，你鎮定點，」史密斯少校斥責道。「這兩起案件都是剛犯下的。一個人犯下這種罪行，不可能完全沒留下個人身分的蛛絲馬跡。很可能今晚我們就能把『開膛手傑克』繩之以法。」

我發現夢克小姐剛才晃到別處去了，現在她又走回我旁邊，臉上帶著困惑的表情。「我似乎沒辦法在這裡找到。」

「找到什麼，夢克小姐？」

「她的圍裙，」她一邊指，一邊回答，「她不可能原來就穿這樣。如果圍裙上有個紅色的洞，我就不會這麼驚訝，但是繫繩被乾淨俐落地割斷了。她一定是修補過那件圍裙，或者曾經拿布料去當舊貨賣。」

史密斯少校走過來查看。「夢克小姐，妳的推斷完全正確。瓦金斯警員，」他喊道，「把話傳出去，有人從屍體上拿走一片圍裙，很可能就是凶手拿的。」接著他轉過身，跟雷斯垂德探長進行一場安靜、公事公辦的對話。

時間已經超過三點。我既沒有工具，也沒有驗屍的權限，而且福爾摩斯肯定很清楚，我在地上爬來爬去、觀察菸灰與腳印的能力，不會比我救治傷患、起死回生的能力強。倫敦市警已經完成他們的調查，看起來似乎只有相當貧乏的發現。我疑惑地想，他們是否錯過整件事的關鍵，而我是否該負起責任，試著找出對福爾摩斯來說顯而易見的一根樹枝、一片碎紙或一抹污泥？這時一股壓倒性的自卑感籠罩著我。

就在夢克小姐與我一同告辭，要結束這個言語難以形容的漫漫長夜時，我們聽到一個警察飛奔而來的沉重腳步聲。

「史密斯少校，那裡有發現！」他胸口起伏不已，設法擠出話來。「那片不見的圍裙，有個都會區警員在巡邏的時候看到了，他回報給里曼街警局，警局打電報給查爾斯．華倫爵士。先生，我們的人丹尼爾．霍斯在現場，不過留言是出現在大都會區的地盤上。在高斯頓街。查爾斯爵士想要把那玩意擦掉！」

「好小伙子，什麼留言？你冷靜點，慢慢說。」

「先生，是凶手的留言。他用那塊破圍裙擦他的刀。圍裙是在地上發現，就在他塗鴉的簡短訊息下面。」

「聖喬治在上，我們必須立刻去看看。」

「我們在多賽街的弟兄，也發現一條線索了，少校。那裡有個血淋淋的臉盆，凶手可能就是在那裡洗手。」

「我立刻陪同你們去多賽街。」亨利．史密斯少校立刻回答。「雷斯垂德探長，高斯頓街就進入你的管轄範圍了。如果你可以好心地帶上你的同伴，去那裡看看能發現點什麼，並且跟我們的人霍斯說明一下最新發現，我就欠你一次。華生醫師，請代我向福爾摩斯先生表達我的關心。」他在匆匆轉身離開廣場以前，補上了這句話。

雷斯垂德那雙距離很近、像雪貂一樣的眼睛閃爍著希望的光芒。「管他是不是局長，我才不讓查爾斯爵士在我看到任何證據以前就毀了它。還有你，醫生，你也該記下這一筆。等福爾摩斯康復時，他肯定會想知道那則留言的內容。」

10 毀滅線索

前往到那裡的途中，我突然領悟到現在是順著凶手的逃逸路徑走，這點讓我產生一股悚然的預感。十分鐘的路程搭車只要三分鐘就到了，我們一下子就抵達高斯頓街上了。凶手顯然是沿著史東尼巷逃跑，穿越了米多賽斯街之後繼續前進到被堵住的溫沃斯街，然後才閃進更加隱蔽的高斯頓街。

到達入口的時候，丹尼爾·霍斯警探在漆黑一片的路中站崗，有如塔樓上的石像怪。這時候我們看到一副怪異的景象。一位蘇格蘭場探長露出不屈不撓的微笑站在那裡，手上握著一大塊海綿，同時還有一些大都會區警察與市警也靜靜站在一旁，顯然是在等上級過來仲裁一場敵意很深的爭執。

「我還是要說，佛萊探長，」霍斯警探大聲宣布，就好像要把先前爭論的要點講給我們這些剛到的人聽，「破壞對付這惡魔的證據，是嚴重違背了科學調查中的所有概念。」

「但霍斯警探，我堅持要這麼做，」佛萊探長固執地說，「放著這種訊息不管會挑起民眾的騷動，這是違背了良心與英式禮儀的原則。警探，你要違反英式禮儀嗎？」

雙方看起來好像快要大打出手了，這時雷斯垂德探長細瘦的身材介入了兩人之間。「就現在來說，如果你們願意好心站到一邊去，我應該能決定這事要採取什麼做法。」

雷斯垂德用手舉起提燈，把燈光照向黑色磚牆。那則醒目的謎語是以怪異的傾斜字跡用粉筆寫在牆上，內容如下：

魷太人是
做什麼事
都不會被責怪
的人種

「你看出麻煩在哪了，雷斯垂德探長。您是雷斯垂德，對吧？」佛萊探長平靜地說。「暴動正在醞釀，這種時候就是會發生這種事。到時候我可是不會被困在暴動中。不過，也沒有證據顯示就是凶手寫下這些字眼，也可能是某個心理不平衡的年輕人寫的。」

「那片圍裙在哪裡？」雷斯垂德問了一個警員。

「先生，那片圍裙拿到商業街警察局去了。上面的黑色污痕確實符合擦一把骯髒刀鋒會製造出的痕跡。」

「他肯定是故意留在那裡的，」我對雷斯垂德說道，「因爲過去他從沒留下任何痕跡，他現在丟下那塊染血的布，很有可能是爲了讓大家注意這個讓人不安的風涼話。」

「華生醫師，我的意見跟你相同，」雷斯垂德低聲回答，「如果能夠的話，我們必須防止他們毀掉這個留言。」

「先生，請問你說什麼？」佛萊探長問道。

「這裡一定要拍照！」霍斯警探喊道，「而且要讓市警有機會察看。」

「我的命令是從查爾斯爵士那裡來的，先生。」佛萊探長姿態高得讓人看了就火。

「這個留言可以先用一塊黑色布料蓋住。」一位警員說道。

「這個想法非常好，」雷斯垂德點點頭，說，「請容我們保存這一項證據。」

「我尊重你們，但我不認爲這符合查爾斯爵士的要求。」

「你們可以只擦掉最上面那一行，這樣就沒人猜得透這是什麼了。」夢克小姐說道。

「要是這樣呢，」我提議，「只把『猶太人』這幾個怪字擦掉，其他的留下來？」

「老天在上，這還眞是棒！」雷斯垂德嚷道，「建議愈來愈好了。這就沒有被看穿原意的危險了。」

「還是乾脆這樣，」佛萊探長用同樣讓人快發瘋的客氣語調回答，「我們全都來編雛菊花環，然後把花環掛上去，這樣就可以擋住那些字，不讓民衆看見？」

「先生，我無意不敬，」霍斯警探吼道，「但再過一小時，光線就亮到能照相了。太陽隨時都會升起。我們可以先用你們想到的任何一樣東西蓋住那玩意，直到日升。總之我求求你們，別把這種線索白白扔到一邊去。」

「這個困難的抉擇不是由我來做。」

「不，確實不是，決定由我來做。」一個聲如洪鐘的強勁男中音響起。查爾斯．華倫爵士本人的出現，讓我嚇了一跳。他是戰功彪炳的皇家工兵軍團與外交殖民部老將，曾經嘗試救出我心目中的一位英雄——無與倫比的戈登將軍；當時他甚至在喀土木絕望地以寡敵衆。他的穿著有條不紊，完全不像是在大半夜被恐怖案件吵醒的狀況。他那高聳渾圓的額頭曲線顯得意志堅定，梳得一絲不苟的海象鬍鬚看來權威十足，而那只單片眼鏡背後的眼神則顯示他頑強的決心，並且讓我擔心，我們這是自討苦吃。

「我是從里曼街警察局來的，」他如此聲明，「而且我從那一區聽來的消息，讓我很不高興。你們收到的命令是，在襯裙巷市場的交通被這個反猶太的可惡塗鴉搞得大亂以前，把它塗掉。」

「長官，請原諒我這麼說，」雷斯垂德探長插嘴了。這一刻我眞是非常感激他能夠在這裡。「或許我們還有不這麼極端的選項。」

「不這麼極端的選項？這裡表達出來的唯一一種極端情緒，就寫在牆壁上，而且即將要徹底抹除。」

「長官，這位警探已經派人去找攝影師——」

「做什麼？」

「這則留言或許能提供給倫敦市警使用，長官。」

「我才不管替倫敦市警叫攝影師來之類的芝麻小事。他們不必為了暴動的事情向內政部負責，不過要是那個荒唐的句子還留在那裡，我毫無疑問得要負責回應。」

「查爾斯爵士，也許我們可以遮掩它，只要過個半小時——」

「我絕不姑息，也不討價還價，」這位前任軍事將領斬釘截鐵地說，「你叫什麼名字？」

「偵察探長雷斯垂德，查爾斯爵士。」

「好吧，雷斯垂德探長，你對警察工作表現出值得讚賞的熱情。在我看來，你的確把百姓的最佳利益放在心上。所以，你現在可以從你的同僚手上接過這只海綿，然後把這個惡毒的塗鴉擦掉，這樣你就可以回歸眞正的偵察工作了。」

雷斯垂德的嘴唇抿成嚴峻的一線，眉毛打結、怒火中燒的霍斯警探則用手掌猛拍了一下牆壁，站到一邊去。雷斯垂德拿起那塊濕答答的海綿，別有深意地瞥了我一眼。

「沒關係，醫生，」夢克小姐悄聲說，「我已經在大家大吵大鬧的時候把字跡抄下來了。」

我向雷斯垂德點點頭，他接著就開始抹消這個奇特的線索。等他擦完以後，他就把潮濕的海綿推到佛萊探長胸前，然後轉頭面對他的局長。

「查爾斯爵士，遵照您的命令，事情已經完成了。」

「很好，你撥開了一個可能點燃社會動亂火種的強勁火花。我在別處還有事要處理，各位紳士，我很感謝你們。繼續做你們的事吧。」這樣說完以後，查爾斯．華倫爵士就大步往警察局的方向走去，人也開始散開。

雷斯垂德看著一片空白的牆壁，一臉沉痛不安。「華生醫師，霍斯警探，麻煩借一步說話。」我們三個人朝等待的馬車那裡走去，夢克小姐則跟在三、四步距離之外。

「我並不羞於承認，這件事辦得不好。」雷斯垂德開口時表現出一股尊嚴，而我從未在這位性急的老鼠臉警官身上見過這等神情。「華生醫師，我期望你把這個留言的複本轉送給大都會區警察與倫敦市警雙方。」

「我會立刻去辦。」

「你知道，我以前從沒見過查爾斯爵士，」他邊回想邊說，「而且我也不急著再重複這次經驗。雖然他是對的，這樣做是會對我們有點好處，整個地區也不致陷入動亂。」

「是沒錯，但是那根本不是重點。」我憤怒地開口，雷斯垂德卻立刻舉起一隻手制止。

「我並不是會編造新奇理論的人，華生醫師。雖然福爾摩斯先生很犀利，甚至有時候我認為，他待在貝德蘭精神病院就跟在貝格街一樣合適。但我是個相信事實的人，那個用粉筆寫的字句，就跟我見識過的其他事實一樣可靠。霍斯警探，祝你晚安。毫無疑問，你會告訴你的上司，我們別無選擇。」

那位倫敦市警探顯然在努力壓抑自己的怒氣，他對我們一鞠躬後轉身離開。

「雷斯垂德，」我大膽開口了，「我簡直說不出我有多高興你在這裡，但我們恐怕必須離開了。我們有一大堆事情必須向福爾摩斯回報，而且我很擔心他的狀態。」

「相信我，華生醫師，我也為此心頭沉重。我必須回到達特菲院去，不過我會把馬車留給你。要是福爾摩斯在這裡一直待到結束，這一晚就能稍微有點不同。下次我們的警察局長又想要除掉證據的時候，我願意出五十鎊讓夏洛克．福爾摩斯站在我這邊。要是你願意幫我轉達這話，我會很感激。」雷斯垂德對我們兩個輕碰一下帽子示意，然後就大步走向黎明時分的頭一道明亮光線。

就在那時，我注意到夢克小姐顯得格外蒼白又緊張。我握住她的手臂。

「夢克小姐，妳還好嗎？」

「沒什麼特別好說的，醫師，」她回答，「詭異的運氣帶我們一路涉入這麼深。可是，華生醫師你這輩子有沒有想像過這麼可怕的事？就像他做的這種事？」她很快就把她的臉藏進手心裡。

「不，我從沒想過，」我平靜地說，「親愛的，我的想法就跟妳一樣。跟我一起上馬車，我立刻送妳回租屋處。妳找到比較好的住處了，不是嗎？」

「醫師，如果你可以在大花園街讓我下車，我會很感激的。我在那裡租了房間。福爾摩斯先生一定會想要知道一切，我們應該要仔仔細細地告訴他，只是別趁現在。我現在沒辦法承受。」

我搖搖頭，扶著她進入那輛四輪馬車，同時搜尋著可以安慰人的話，但那些話才到嘴邊，就在靜默的同情中消失了。夢克小姐整個晚上都在外面受凍，追著一個畜生跑，這傢伙最大的衝動就是殘殺像她那樣的女人。她把頭埋在我那件大衣的翻領上，我們在沉默中度過那段短短的車程。很快地，就抵達她住的那條街道，我看著她走到門口。

「這一天剩下的時間，妳必須好好休息。等妳休息夠了，再過來貝格街。我無法形容我有多敬佩妳的勇氣，夢克小姐，而且我相信福爾摩斯也會說一樣的話。」我離開了她，回到出租馬車上時既沮喪又氣餒，這時第一道眞正的陽光偷偷地灑在石板路的縫隙之中。

我才剛跨上家門前的淺臺階，氣喘吁吁地把鑰匙插進鎖孔，還來不及轉動時，門就倏地打開了。出現的是哈德遜太太親切熟悉的臉孔，眼鏡擱在她頭上，左邊衣袖的鈕子還扣錯了。

「喔，華生醫師！」她抓著我的肩膀大喊，「一想到你這一晚上遭遇了什麼！還有福爾摩斯先生！看到他幾小時以前剛抵達這裡的樣子——喔，華生醫師，是誰對他做了這種事？對於這個話題，他一個字都不願意透露。我才剛剛把廚房裡的血跡清理掉。」接下來，這位勇敢的女人啜泣了起來，壓抑良久的淚水滑下臉龐。

「哈德遜太太，妳會知道一切的。」我迅速地回答，同時拉起她的手。「但首先請告訴我，福爾摩斯有任何危險嗎？」

「我說不上來，醫生。我在夜裡被可怕的砰砰敲門聲叫醒。在我看見福爾摩斯先生的時候，我以為他是弄丟了鑰匙，但他靠在門框上的樣子那麼奇怪，手臂又包在黑色破布裡，我馬上知道有事情不對勁了。我趕忙讓他進來，可是他幾乎走不到兩步路，就跌撞靠到欄杆上，然後抬頭看著通往你們房間的樓梯，就好像那是一片山壁似的。他說：『哈德遜太太，如果妳允許，我想到廚房去。』他一進廚房，就直接跌到一張椅子上。『立刻去找個醫生來，』他用他那種威嚴的派頭說道，『這個街區裡不可能就只有華生一個醫生。有個傢伙住在二二七號——有一大叢深色頭髮，靴子補過三次，經過的時候會留下三碘甲烷消毒水的味道。如果妳願意行行好，就去把他叫來。』然後他的頭往後一仰，像是昏過去了。我太驚慌了，不願意留下他一個人，所以我派聽差去了，比利很快就帶回那個人。他的名字叫作莫爾．艾加，而且他真的是個醫生。他們兩個帶著福爾摩斯先生到他房間去。比利在樓梯上來回跑了四趟，把我煮好的熱水拿上去。不過那是好幾小時以前了，艾加醫生則是完全沒下來過。」

我一次跨兩格，急忙往上爬了十七階樓梯到我們的客廳去，然後發現一個高大、英俊、五官圓潤的年輕男子，他有個意志堅定的下巴，大量濃密的波浪狀棕髮，還有一雙深邃、善於思考的棕色眼眸。他穿著深色花呢西裝，十足紳士派頭，我還注意到一頂款式優雅的圓頂禮帽隨手扔在短沙發上，只不過他衣服的手肘跟膝蓋部位已經快磨穿了，帽子邊緣也開始磨損了。我進去時，他正在對照我們壁爐上的時鐘跟他自己的手錶。我匆促進屋的舉動，引得他抬頭看我。

「莫爾．艾加醫師在此爲您服務，」他誠懇地說道，「我有幸在隔壁房間替您的朋友縫合傷口。他雖然失去了大量的血液，但我相信他會安然無恙地恢復過來。」

「感謝老天，」我寬心地鬆了口氣，癱倒在最近的一張椅子上。「這是我今天晚上聽到的第一個好消息。艾加醫生，請原諒我這麼疲憊，但我眞的是累壞了。哈德遜太太告訴我，我們是鄰居。」

「我們確實是！我就住在只隔兩道門的地方。我才剛開始執業，這或許會降低你對我的信任，但你肯定會檢視我的診治結果，並且確保你的朋友一切安好。你是大名鼎鼎的福爾摩斯先生的醫師，華生醫師，沒錯吧？」

「我只是他的傳記作家。夏洛克．福爾摩斯實在太不關心自己的健康狀況。」我這麼回答，然後熱切與他握手。

艾加醫師大笑。「我不意外，」他回答，「天才常常對身體方面的小事漫不經心。不過這個傷勢實在不能說是小事。我們不必擔心肌肉損傷，但組織創傷範圍相當大，而且如你所知，失血相當嚴重。」

「我的朋友會非常感激你的。」

「福爾摩斯先生用不著如此。或許等你們兩個都恢復時，可以再跟我說明受傷時不尋常的周邊狀況。不過就現在來說，你們兩位都該靜養。我注射了一些嗎啡，醫師，但如果你這邊也有東西的話，我就不把我自己的補給品留下來了。我想你應該有辦法拿到新的繃帶和諸如此類的東西。貧困使我變粗魯了，或者說，是講求實際破壞了我的禮貌。無論是哪種狀況，我都要致歉。

華生醫師，但願你有個比較美好的早晨。」這位年輕醫師說完便自行告退，下樓去了。

我靜靜地走進福爾摩斯的臥房。牆面上，隨手釘著惡劣罪犯的肖像，他們從各種角度不懷好意地窺視我。我的朋友雖然蒼白得像死人，卻規律地呼吸著，而且終於失去意識，昏睡了。我闔上門，卻沒關緊，然後回到樓下跟哈德遜太太說幾句話，讓她寬心。接著，我從我床上拿來一條被子，從餐具櫃裡倒出一杯分量十足的白蘭地。

當陽光從窗臺流洩進來，穿過遮得密實的窗簾，灑滿整個房間時，我在能夠聽見病人呼喚的沙發上安頓下來，緩緩陷入夢鄉。

11 米特廣場

我醒來時，驚訝地發現幾乎又入夜了。我全身無力，坐起身後看到腳邊有個托盤，上面有一些冷肉跟一杯冷湯，這些食物對我的心情起了神奇的作用。我肯定是精疲力竭地睡了一整天，但我還是很懊惱自己沒去探望福爾摩斯的狀況。探頭到他房裡時，我很安慰地看到一支點著的蠟燭和另一個動用了一部分的茶盤，那顯然是盡責的哈德遜太太提供的。我下樓去，希望盥洗更衣能夠讓我恢復點活力，但我做完這些事以後，腦袋裡昏昏然的鈍痛又回來找我。我替福爾摩斯換了繃帶，然後再度癱到沙發上，希望明天早上我們倆都能更好一點。

鳥還在歌唱，但在我的眼睛再度顫動著張開時，光的強度讓我知道現在已是早晨過了大半。有一陣子，茫茫然的恐懼感讓我迷惑憂心，一個人身上發生太多事而無法立刻回想起來的時候，就會出現這種感覺。再休息了一、兩分鐘後，那一切又全部回到我心靈的最前線，催促我立刻加緊腳步趕到福爾摩斯的臥房。

我猛然打開他房門時，迎接我的景象讓我露出釋懷的微笑。夏洛克．福爾摩斯坐在那裡，頭髮亂成一團，電報散落在腿上，報紙滿滿地蓋住了他的床，他左手笨拙地拿著一支菸，並試圖過濾他那一大堆信件。

「喔，華生，」他向我打招呼，「別費事敲門了，就進來吧，我親愛的伙伴。」

「抱歉，」我大笑，「我聽說你臥病在床。」

「鬼扯，我壯得跟石頭一樣。而且說實話，此刻我相當厭惡自己。」他用更沉靜的聲音補上這句話，臉上一邊眉毛的抽搐讓我明白，他深切的不滿超過他所說的。「但是這不打緊。到目前為止，哈德遜太太跟比利把我所需要的一切都帶給我了。我的朋友，現在你必須坐在那張扶手椅上，跟我說這可怕的混亂是怎麼回事。」

我照做了，從我們對他的不幸遭遇感到如何沮喪，到第二個女孩的耳朵是什麼狀態，還有我們的好警官雷斯垂德跟他的警察局長之間起的爭執，我一樣也沒省略。福爾摩斯聚精會神地閉起眼睛聽，我則是緊繃著心神試圖想清楚每個細節，等我講到莫爾．艾加醫生，還有我回到家裡的狀況時，一定過了整整一小時。

「我們失去了星期天的時間，這點眞是不可饒恕！毫無疑問，我不在場的時候，警方已經把兩個犯罪現場裡所有有用的證據都掃光了，關於粉筆留言的事完全是個悲劇。」福爾摩斯口氣苦澀地說，「從我下出租馬車，到今天早上大約九點之前，我幾乎記不起任何事情。當然，好幾個月前我就推敲出貝格街二二七號鄰居的職業，但是哈德遜太太提到叫醫生那檔事，對我來說只有模糊記憶。」

「我一直不確定我該跟著你回來，還是繼續待在東區。」

「醫生，就跟過去一樣，你的盛情可感，但要是你那時不在東區，你要怎麼向我解釋從今天早上到現在收到的七封急信？」

「七封！我洗耳恭聽了。」

「讓我照著我的閱讀順序，把這些信講給你聽。首先是勇敢的雷斯垂德探長捎來一張字條，上面都是祝福，同時要求拿到你拚命要保存卻徒勞無功的那個怪異筆跡摹本。」

「夢克小姐已經給我了。我應該立刻把副本送出去。」

「下一個，白教堂守望相助協會的會長喬治．拉斯克先生，用夾雜一堆恭維之言的信通知我，他已經去函給女王，請求提供賞金。」

「老天爺！倫敦會變成瘋人院吧。」

「我想的跟你一樣。在此我們有封非常體貼周到的短信，來自亨利．史密斯少校，他把倫敦市那位受害者的驗屍結果附在裡面了。我們會很快回到那件事情上。親愛的伙伴，請你再幫我倒一杯咖啡，因爲我們隔兩道門的鄰居大大限制了我平常的活動力。不過對此我深表感激。第四封，是來自我哥哥邁克羅夫特的電報：『白廳大亂，一有機會，我就來探望。快點痊癒；你這時死掉就太不方便了。』」

「我完全同意。」

「第五封，夢克小姐要求我們用電報告訴她方便見面的時間。」

「這證明了她是個非常堅毅的女人。」

「我對此感激至極。第六件，羅蘭．K．范德溫的名片，他同樣需要有聽衆。最後是一位記者荒謬可笑的來信，他自稱知道的事情比理應知道的還多，所以爲了喚醒公衆意識的利益，他要求我接受他的專訪。」

「這完全不值得你親自處理。」

「我也傾向置之不理，雖然他的措辭裡有種不祥之兆。你自己瞧瞧。」

這張紙是用打字機打在一張便宜的灰白色紙張上，邊緣有些深色的污痕。

夏洛克・福爾摩斯先生：

爲了公眾利益和你個人的名譽，我強烈建議您在辛普森酒館與我會面，以便商談某些嚴重的問題。今晚十點鐘我會單槍匹馬等您來。

雷斯里・塔維史托克

我翻來覆去查看手裡這封提出莫名要求的信。「福爾摩斯，信件作者根本沒說他是記者。」

「他不用說，因爲這點對於打字機專家來說實在太明顯了。你觀察這臺特定機器的特徵。就算不爲別的，塔維史托克先生也該爲這臺機器的狀況感到難爲情，因爲那些小寫y幾乎沒有尾巴，小寫d往上的部分狀況很糟，還有另外九個其他的點，都顯示出字體一直被磨損。」

「當然除了新聞業以外，還有其他職業也會嚴重耗損打字機吧？」

「但沒有一行會讓一個人的指尖這樣密切地接觸廉價報紙油墨。我還可以舉出另外幾個論點，不過恐怕我們必須先回到星期六晚上的血腥事件上，至於那位神祕記者就隨他去吧。這裡是史密斯少校寫的解剖報告提要。華生，能否請你大聲唸出來，這樣我比較可以確定我手邊的事實。」

「『在抵達黃金巷的時候，我們看到死者的一片耳朵從她衣服上掉了下來。肝臟有三個大小不等的切割傷，鼠蹊部有一個戳刺傷，子宮、結腸和子宮上方的內膜、胰臟跟左邊腎臟的動脈都有很深的割傷。我要很遺憾地說，凶手把左邊腎臟徹底拿出體外帶走了。』這眞是太卑劣了，福爾摩斯！」我厭惡地喊道。「他又拿走另一個可怕的紀念品。」

「我料到會是這樣。」

「可是，福爾摩斯，腎臟是嵌在許多其他重要器官後面，更不要說有一層體膜護著它了。他一定不怕被人打斷，才會不帶別的，偏偏帶著腎臟逃走。」

「嗯！這確實很值得注意。請繼續。」

「『腹部區域沒有凝血，表示這些行動發生的時候她已經徹底死亡了。隨信附上死者過世時的所有物與衣物完整清單。』在信件署名處，亨利．史密斯少校致上敬意，並表示遺憾你本人無法出席解剖。」

「我可以向少校保證，他的遺憾完全比不上我自己的。」福爾摩斯嘆了口氣。「我不介意告訴你，我已經搞得一團糟了。」

「我們真的無以爲繼了嗎？」

「唔，我大概不會這麼說。我們知道這封『開膛手傑克』來信可能是凶手的傑作，因爲像是切割耳朵這種細節，極不可能同時出現在惡作劇與實際狀況中。我們知道他有鐵打的神經，可以找出並切除一顆腎臟。我們知道一種很有效的方法，可以用一個空包裹把器官帶到貨車上，因爲我毫不懷疑，我在他腋下看到的那個包裹，是用來運送一種非常不祥的物體。而我自有理由懷疑這個『開膛手傑克』，非常強烈厭惡你謙卑的僕人，我。」

「這到底是什麼意思啊？」

「華生，你是否還記得我去年三月從科瓦回來以後收到的信？」

「在藍斯頓傳家寶失竊事件之後嗎？我記得有這麼回事情。」

「我仔細察看過筆跡。雖然經過僞裝，但我很確定那是出自同一個人的手筆；那種尾端勾起的筆畫很有暗示性，不過從他在下行線條上施加的壓力，就可以總結這件事。這就表示他寫信給我是……」

「在任何一件謀殺案犯下以前！」

「正是如此。」福爾摩斯在沉思中望著我一眼。「如果你肯違反良知幫我準備一劑嗎啡，醫師，我想我不會拒絕的。但要是你寧可讓我自己來，我也能自己準備，不過……」

我把我朋友的酒瓶放到壁爐上四散的菸斗通條之間，然後替他去準備那個樸素的小針筒，在此同時我忍不住想這個狀況有多詭異。在我轉回去面對福爾摩斯的時候，我憂慮地看著他試圖擺脫被褥，卻沒多大進展。

「福爾摩斯，見鬼了，你以爲你在做什麼？」

「替自己做出門的準備。」他這麼回答，並且扶著最近的那根床柱試著起身。

「福爾摩斯，你失去理智了嗎？你不可能還期待——」

「不可能還期待找得到證據？」他惱怒地回嘴。「華生，這個該死的事實我太清楚了。」

「你的狀況——」

「完完全全無關！無論如何，我都假定我能請到一位醫術高明的醫生陪同我前去。」

「如果你以爲我會願意讓你離開房間，那麼你就不只是身體受重傷，連精神也錯亂了。」

「華生，」他換了一種完全不同的聲音說話。令我驚訝的是，這種語調是我從沒聽到過的，是比他平常愼重的聲音還要更低沉，更悲傷。「我害自己落入這種難以忍受的狀態。五個女人喪命了，五個。你的意圖值得讚佩，但是請花點時間想像一下，要是接到第六名死者的消息，我會是什麼感覺。」

我瞪著他看，同時權衡著醫療與私人考量。最後我說道：「把你的手臂伸過來。」一看見他手上像迷你星座一樣四散的細小針孔，我就像往常一樣心痛，但在我注射藥劑時，我努力不讓這種感覺洩漏出來。

「謝謝你，」他說道，同時開始虛弱地走向他的衣櫥。「我會在樓下跟你碰面。如果你不想看起來跟周遭環境格格不入，我建議你穿著你從軍時的舊大衣。」

我猶豫地穿上一件舊羔羊皮外衣，還有我眞正服役時鮮少需要的沉重外套，然後衝下樓梯去招來一輛四輪馬車。如果福爾摩斯決心造訪犯罪現場，最好立刻就做，這大半是爲了他的健康著想，而不是爲了剩下的任何證據。

出租馬車多得很，但在我回來時，福爾摩斯卻坐在二二一號前門臺階上。他穿著除役海軍軍官鬆垮垮的外衣，航海帽、厚長褲、粗布工作服、領巾一應俱全，還配上一件水手式呢絨大衣，他設法把左手臂套進衣服裡，另外半邊則蓋在他的手臂吊帶上。

「你想要隱藏身分嗎？」我扶著他坐進馬車裡時問道。

「如果眞有哪個鄰居願意說些有用的八卦，他們會更樂意講給兩個休假領半薪的愛國人士聽。」他又消沉地補上一句，「況且，英國紳士的打扮幾乎不可能靠一隻手臂完成。」

在前往東區的路上，福爾摩斯似乎在打瞌睡，我則是盯著窗外不安地沉思著，這時候我發現從上一次出門以後，倫敦已經有所改變。粗黑大寫字體印刷的紙張構成了名符其實的暴風雪，四處張貼在每個能貼的地方。我很快分辨出來，那些傳單全都寫著蘇格蘭場對一般民衆發出的呼籲，敦促大衆站出來提供任何有用的資訊。

我們在杜克街轉向北邊，然後前往米特廣場的其中一個出入口。這時車夫猛然停下車，然後開始低聲抱怨「愛找刺激的人」表現出「跟禿鷹一樣體面的人性」。但是在他看到我給他的錢幣面額以後，他變得比較甘願了，並且同意在原地等我們在廣場裡辦完事。

在我們跨越長長的通道時，夏洛克．福爾摩斯用力撐著他的手杖前進。他不時掃視巷道地面與牆壁的樣子，就像是從高處尋找獵物的老鷹一般。米特廣場是個露天開放空間，而不是我記憶中的骯髒死巷，市政府把這裡維護得很好，但周遭卻環繞著毫無特徵的建築物，事實證明這兒的房子沒幾間值得賃居。那些有人用的倉庫也有人看守，因爲在兩個晚上以前我們目睹屍體的地方，有一小群男人聊得正專心。

「我想那個可憐的女人是在西南角被發現的吧？」福爾摩斯問道。

「是啊，市警在那裡發現她。我不願意去想她那時處於什麼狀態。」

「非常好。我會先搜尋廣場其餘地區跟周圍的通道，因爲我們不太可能仔細觀察那個區域，而不引起任何不必要的閒話。」

在他進行詳盡的研究時，我跟著他沿著狹窄的教堂道離開廣場，然後由這條路通往米特街，再從剩下要探索的最後一條通道，經過聖詹姆士道與柑橘市場再回到原地。雖然福爾摩斯才工作了約莫半小時，但光是保持直立姿勢引起的疲勞，就已經開始在他憔悴的臉上造成明顯的影響。

「就我記憶所及，」他說道，「我在伯納街離開你以後走的路徑，是往北穿過葛林菲爾街、菲爾蓋特街，然後是大花園街，接著就是環繞著齊克森街的小型迷宮，我就是在那裡碰上我們的獵物。然後我自己走回伯納街，同時他卻詭異地前進到這裡，來到空蕩蕩的商業區。我想他是沿著老蒙太古街走，那條街接著變成溫沃斯街，然後再度變窄，成了史東尼巷。最後，那條巷子帶著他來到我們站著的地方。然後在這裡我們交了好運，因為特殊性對調查人員來說相當有用，而且他做了一件十分荒謬的事情。他殺死一個女人，然後在有三個獨立出入口、內有數量不定的看守人員的空曠廣場上，替她開膛剖腹。不過有人來了，華生。這只是遲早的問題。如果你不介意的話，讓我來發言。」

有個中年男子朝我們走來。他留著一臉灰白夾雜的落腮鬍，頭戴一頂破爛圓頂禮帽，壯得跟匹拉車馬一樣。他臉上帶著試探性的微笑，但眼神多疑又有所掩飾，這兩種神情交錯出現。

「兩位先生請見諒，但我禁不住注意到，你們在這個廣場出入的次數多得不尋常。我在想，你們願不願意說說你們來這裡辦什麼事。」

「那就請先告訴我，是誰想知道。」我的朋友盛氣凌人地瞪著眼說道。我心裡暗暗好笑地注意到，這種句法顯然是威爾斯風格。

這男人叉起他強壯的手臂，說「我想你是有這個權利問，雖說我沒有義務要回答，畢竟開膛手還在逃。但我可以告訴你，我是山繆爾．列維森，隸屬於某個維護此地和平而成立的團體。我們是白教堂守望相助委員會，你如果還願意講講道理，就會在我叫警察來以前，先告訴我你在這裡做什麼。」

福爾摩斯的雙眼熱切地亮了起來。「我聽說過你們，」他喊道，「而且你正是我一直希望得到的援手。事情是這樣的，昨天我稍微多逛了幾間酒吧，我不該這樣，但我不介意告訴你，在快早晨時，有人告訴我，我距離另一個可憐人被殺的地方才四分之一哩。大白天聽到這些只覺得荒唐，不過那時候我有股不得了的衝動，就想看看那個地方。我幾乎才進了廣場，就聽到有人在我背後——我知道那傢伙是個混混加惡棍，他亮出一把刀，說他要我的錢或者我的血。嗯，我向來碰上打架不是退縮的，所以我抽出刀子，但是我喝太多了，那個殺千刀的惡徒立刻就砍了我一下——在這邊，就在肩膀上。等我拖著身體回家時，我還沒發現我在打鬥中弄掉了菸斗。那根菸斗跟著我跑過好多趟旅程，我不來附近找找無法安心。菸斗柄是磨亮的木頭，還有我刻上去鳥兒之類的花紋。」

「各位？」列維森先生對著他的同伴喊道，「有誰在地上看見任何可能屬於他的東西嗎？很抱歉，先生，看來到現在還沒有人撿到它。」

「喔，眞可惜。不過我本來就只抱著一點點希望。」福爾摩斯斜眼望著謀殺現場。「你們有比我的菸斗更重要的事情要想。屍體是在那些房子前面發現的嗎？」

「對，在教堂道對面。」

「街坊鄰居有聽到什麼嗎？」

「很不幸，那些建築物都沒人住。」

「喔，那實在太可惜了。說眞的，這裡看起來有夠空曠的。」

「基利與東吉倉庫那邊晚上有人看守，還有個警員就住在那裡，但是沒有人聽見任何聲音。」

「警察就在廣場另一邊？」福爾摩斯輕輕吹了聲口哨。「如果早知道是這樣，我才不會讓我的菸斗掉在這裡。」

「你怎麼有可能先知道這點——除非你是夏洛克．福爾摩斯，那個怪胎。」

這男人被自己這個句話逗得大笑起來，福爾摩斯也很快回了一個短暫的微笑。「你是說那個非官方的探子？你該不會認得他吧。」

他的問題激起另一陣歡暢的笑。「認得他！」列維森先生咯咯笑道，「那就好玩了。我想我們的會長拉斯克認識他，不過他是個小心謹慎的男人，他會避開夏洛克．福爾摩斯。如果我是拉斯克，我也會避開他。」

我內心交戰著，一方是我急不可耐的好奇心，一方是福爾摩斯面無血色地急切需要柺杖的景象，這時候我冒險開口：「我們是不是最好先回家去？」

「對，確實是，好傢伙，送你朋友回家吧，」列維森先生親切地說，「先生，關於你那根菸斗的事情我很遺憾，不過你看起來實在太過憔悴了，不適合出門。」

「這是沒錯，我有過比較健康的時候，」福爾摩斯這樣回答，「我要多謝你剛剛的協助。」因爲我的朋友變得愈來愈虛弱，我們慢慢地往回走向那個狹窄的入口。在我穩穩地攙扶著福爾摩斯的手臂時，他並沒有抗議。

「那傢伙到底是什麼意思？」

我的同伴搖搖頭。「我根本摸不著頭緒，」他回答道，「但我們應該很快就會知道了。」

12 陰森的文字

等我扶福爾摩斯上樓的時候，他已經精疲力盡了，所以我馬上爲他注射一劑嗎啡，送他上床睡覺。後來我爲了想好好整理思緒，一時卻不知上哪好，就信步往攝政公園走去。寬廣公園裡的棕色落葉像冰雹似的散落一地。

我們的米特廣場之行，似乎只喚起更多令人迷惑的障礙。爲什麼我們的獵物知道他已經引起警覺以後，還要再開殺戒呢？爲什麼他要在那裡動手？不是隨時都可能有人從三個方向的其中一處打斷他？最重要的是，我想到那個委員會成員針對我朋友所發的古怪言論。雖然蘇格蘭場低調不提他們諮詢一位自命專業的業餘人士，但是在一般人眼中，卻鮮少有人比福爾摩斯更受人敬重，而且隨著他接二連三解決的每一個案件——少數幾個案例中，他甚至得到全副功勞——只是他那種不守成規的沉默天性，使他拒絕了無數次祝賀性質的邀約，不論邀約者是貧富貴賤，他都一視同仁。所以，到底是什麼樣的離奇謠言，讓公衆輿論對他產生敵意？

我一定閒晃了超過一小時，沉浸在漫無目的的猜測之中。我漫步走回貝格街，才剛轉過街角，就從半個街區的距離外，觀察到一場憤怒的爭執在家門口上演。

「毫無疑問，有個可悲的狀況傷害到偉大福爾摩斯先生完美的健康狀況，」羅蘭·K·范德溫先生吼道，「可是好心的夫人，這樣就是我該死了嗎？而且只有在聽到這話就大受影響的人面前，我才會用該死的這種字眼。如果他的狀況竟然讓我不能去拯救他的人格，那我就眞的是該死了！」

「午安，范德溫先生，」我嚴肅地說，「我想跟你私下說句話。我警告你，我注意到你粗俗的話語不但無視於禮節，也無視於福爾摩斯脆弱的健康狀態。哈德遜太太，我會應付這個人。」

他們兩位都偷偷向我投來一個感激的眼神（幸好他們都沒注意到對方的表情）。隨後我陪著范德溫先生上樓去，看著他費勁走完進入我們客廳非走不可的最後幾步路。進屋後，我撥動煤炭，挑燃火焰。

「我說，她該不會是波吉亞家族[1]的遠親吧，是嗎？我從來沒有見識過這麼多形容詞，堆成小山一樣往我身上招呼。我打算說的是這個，醫師，」范德溫繼續往下說，他粗啞的聲音突然變小了，還瞥向福爾摩斯的房門，「那傢伙不會就這樣死在我們身邊吧，會嗎？」

「絕對不會！」那位偵探用尖銳的男高音從他臥房裡喊了出來。

「這是再普通不過的知識了，」我們走進房間，范德溫先生正要坐進扶手椅時，福爾摩斯如此說道，「如果稍微掩飾子音s，聲調低沉的語音會比講悄悄話更難聽見。[2]」

「所以這是真的囉？」范德溫伸手順過他那一頭亂髮，回應道，「你被開膛手傑克撂倒了？」

「我正在死亡邊緣徘徊，」我的朋友尖酸地回答，「所以，我請你直接講重點。」

「我只是想告訴你，我對最近一期的《倫敦紀事報》感到遺憾。我對那則報導完全無話可說。」

「真是好極了。我還沒讀完今早出刊的報紙。華生，能請你找一下嗎？」

我在混亂的房間裡搜尋了一陣，試圖找那份刊物，最後終於從報紙的漩渦中把它抽出來。那篇文章用常見的俗氣大寫字體拼出標題〈凶殘的打鬥〉，內容如下：

本報已掌握到這樁惡名昭彰的雙殺案近期將有更深入的內情曝光。這些訊息將會增加我們對凶手的了解，而他野蠻凶殘的行爲已使我們的街坊人人自危。就在今天之前，大家還不清楚福爾摩斯先生——這位獨具一格又行蹤隱密的顧問偵探——當天晚上就身在雙屍案的案發地區。據我們所知，當天他花時間廝混的對象是一些職業可疑的小姐們，也就是常在黑街罪惡巢穴裡陪客的那些女性。同樣也有證據顯示，達特菲院謀殺案的「發現」者正是福爾摩斯先生，而且後來爲了追蹤不知名嫌犯，他在第二名受害者慘死的期間不見蹤影。這不見蹤影的幾分鐘是否會導致嫌疑指向倫敦最出名的低調人物，這點還有待觀察，但可以確定的是，福爾摩斯先生回到第一宗謀殺現場時，身上血污狼籍。此外，三週前福爾摩斯先生不待警察召喚，就抵達安妮．查普曼慘遭殘殺的現場，而那位奇特的紳士對於他爲何出現在當地，並沒有提出令人滿意的解釋。若說有誰暗示福爾摩斯先生把他賦予自己的使命——對抗所有形式的罪行——轉了個方向，去對抗一文不名的可憐人，那將是最低級的揣測；但我們可以更加肯定地說，對於這位脫離傳統的執法者，必須有人詳細地盤問他在案發當晚的活動，以及他爲何能夠離奇的未卜先知。

1 譯注：Borgia，這個家族從十四世紀起發跡，權傾一時，歷代出現過三名教皇，全盛時期以無惡不作出名，尤其擅長下毒謀害敵人。

2 譯注：意思是范德溫剛才講的悄悄話，是弄巧成拙，旁人很容易就能聽見。

讓我驚訝至極的是，聽到這份垃圾的結論時，福爾摩斯把頭往後一仰，用他那種含蓄、無聲的方式痛快地笑了，直笑到他整個人乏力為止。

「我可沒看見你注意到的趣味，或許要像你這麼有智慧才感覺得到。」范德溫先生這麼說。

「我也一樣，福爾摩斯。」

「喔，別這樣，華生！這真的實在太可笑了！」

「這是毀謗！」

「眞是妙極了。這篇文章澄清了一個小謎團，因為這篇文章是由謎樣的雷斯里·塔維史托克先生所撰寫的。但是它也呈現出一個新的謎團。這篇文章在事實方面無可指摘，可是塔維史托克怎麼會知道那些細節？在報界還沒聽說第一樁謀殺案以前，我就像一袋橘子似的被車子運走了，你也離開了現場。你想夢克小姐可能接受訪問，談及當晚的事件嗎？」

「可能性很低。」

「或許是一般的蘇格蘭場警員亂放話，說他們古怪的業餘援軍常常混跡於名聲不好的酒吧？」

「這更不可能了。」

「我想你應該不會放棄平常的習慣，從過分華麗的傳記直接轉向低級小報吧？」

「你可以拋開這個念頭了。」

「這篇文章裡有某種成分是我不了解的，」福爾摩斯坦承，「這篇文章惡毒得奇怪。」

「我看不出那有什麼特別的。記者很少會擔心自己太惡毒，」范德溫先生糾正他的看法，「你懂吧，他們太過在意要讓報紙賣錢了。」

「我忍不住想，記者的工作應該是報導新聞，而不是要賣報，」福爾摩斯陰沉地回答，「無論先前怎麼說，我無法想像有哪一個記者會這麼沒來由地自行寫下這種廢話。」

「你對我這一行比我還要有信心，不過這或許是因爲你不常待在那種環境裡。雖然如此，你認爲他有個相當靈通的消息來源倒是沒錯。我不知道還有誰在追蹤你那一晚的行動，除了你朋友跟蘇格蘭場——這些警察倒是很勤奮，盡力去封住那些大嘴巴。講到你的盟友，他們不會是虛情假意的吧？」

「我不認爲他們會那樣。」我的朋友斷然聲明。

「很好。在這種狀況下，我想我們已經討論夠了地方報紙爲你製造的話題了。接下來該想的是，我們在案發後的早晨接到的一張明信片。這張明信片讀起來不怎麼愉快，不過我也不知道什麼能逗你開心了。」

福爾摩斯看到那張明信片的時候，臉色立刻變了，這透露出他有強烈的興趣。細細端詳明信片的正反兩面以後，他把那張紙丟給我。

我給你暗示的時候，並不是在搞笑，親愛的大老闆。明天你最好留心大膽老傑克的作品。這次是雙重案件，第一號鬼叫了一下，所以沒法順利了結。沒時間把耳朵拿下來給警察。多謝留住上一封信直到我再度動手爲止。

開膛手傑克

「愈來愈奇怪了，」福爾摩斯沉思著。「一開始筆跡似乎不一樣，但是更仔細檢查，就會發現只是下筆倉促又情緒激動。你打算怎麼處理這個漂亮玩意？」

「各家報紙會爭先恐後要登這封信。前一封信的副本已經由《每日新聞》刊出了。每個男人、女人跟小孩，現在都管那個瘋狂的惡魔叫開膛手傑克。」

「我注意到了。你希望達到什麼成果？」

「毫無疑問，我們該讓報紙賣錢。此外，我還沒絕望，有可能某人會認出來。」

「你已經幫上大忙了。」

「唔，警告你是我的責任，而我已經做到了。我也決定豁免自己的罪責，在這兩方面我都要恭賀自己。我會自己離開，謝謝你，華生醫師，勞煩你花個十分鐘陪我下樓。祝你們二位今日一切順利。」

福爾摩斯就著他床邊的蠟燭，點燃了菸。然後他帶著精明的微笑瞥向我。「你看到這些威脅信件的重要性了嗎？」

「這些信有提供什麼具體線索嗎？」

「沒有，但它卻指出一種趨勢。在第一個案件裡，這些信是來自本地；兩封的郵戳都是來自東區，這進一步證明我們要找的人很熟悉白教堂區，或許就住在那裡。不過更有意思的是，這些信件刊出時，將會達成一種非常特殊的目的。」

「福爾摩斯，是什麼目的？」

「恐懼，我親愛的同件。最可悲的恐懼。要是我還以爲這個案件的調查仍舊像以往一般黑暗，那我就是大錯特錯了，因爲從今晚開始這案子變得更加黑暗陰森了。」

13 夢克小姐的調查

我不認爲福爾摩斯是爲了增加效果而誇大其辭，而且很快地喬治．拉斯克送來消息，說東區好幾處都爆發了暴動；幸好沒有鬧出人命，只是到處都流露出無能爲力的憤怒。一股毛骨悚然的恐懼幾乎掌握了半個倫敦，而且從地理上來說，這股歇斯底里正在迅速蔓延中。民衆提議的解決方案從四面八方湧入蘇格蘭場，我記得其中還包括讓男性警員喬裝風塵女子的提議，或是在整個白教堂區鋪滿警報線路，鋪設通電警告按鈕。

第二天早上，在福爾摩斯的要求下，我前往東區接夢克小姐過來。爲了安排我們的計畫，她必須出席。至於這些計畫包括什麼，這位偵探一字不提，但光是知道有這樣的計畫存在，我心裡就輕鬆些了。

我來到夢克小姐因經濟寬裕些而租下的一樓房間。伸手敲她房門時，我預期她仍會有些陰沉的緊張反應。但在房門一開，我看到的是，火爐上熱著一壺茶，而她不但衣著整潔，綠色眼眸還流露出一抹嶄新的智慧光彩。她照常以模仿來的優雅和習慣性的賣弄風情態度邀請我坐下，然後自己坐到另一張椅子上。這兩張椅子都擺在她那張粗略磨光過的桌子旁。

「你會願意冒險做我剛才做的事嗎？」她咧嘴一笑，同時倒給我一杯茶。我用笑容鼓勵她繼續說。

「我跟史蒂芬．鄧樂維一起出城去了，就是這樣。」

我略微不安地往前靠。「夢克小姐，妳肯定知道與他同行有多危險。之前我們本來在追蹤鄧樂維先生，到最後遇上了……」

「開膛手傑克？」

「確實是，雖然他應該取個更好的名字。夢克小姐，我不願去想可能會發生什麼事。」

「唉，我知道。」她嚴肅地表示同意。「醫師，這件事很妙。我本來以為我會害怕到再也不敢出門。星期天大半的時間，我每聽到一點吱嘎聲跟耳語都會嚇一跳。可是說來邪門，現在我雖然還是害怕，但卻因為太過憤怒，而根本不會去注意那些事。」

她直接盯著我的臉看，而在那一刻，夢克小姐跟我彼此互相理解了。我曾經旅行過許多土地，那是就算她再怎麼有想像力也不想到的景象。而她則是過著某種生活，其中的苦難是我完全無法揣度的。但我們能夠彼此了解，而且我知道，在我們愈來愈危急的冒險行動中，不管我們怎麼要求她，她都會盡她最大的能耐去做。

「非常好。妳見到了史蒂芬・鄧樂維。妳看起來相當開心，所以這趟任務肯定不是徒勞無功。」

「你記得他的房東太太怎麼說的嗎，他出門的時間多得沒道理，而且還從沒有過一個意中人？」

「對，她向妳保證過，他完全忠心耿耿。」

夢克小姐大笑。「他根本不在乎我，華生醫師。可是他有這麼個故事，說他的同伴強尼・布萊克史東殺了那個女孩，而他當時就在附近不遠處。就我所知，這話跟福音書一樣眞確，因為昨天下午在我們喝了一品脫啤酒以後，我又繞了回去，再跟蹤他一次，而這回他直接走到——」

「請見諒，夢克小姐，但首先我想知道，妳到底是怎麼又遇見他的？」

「在我離開他去找你跟福爾摩斯先生的時候，我們就已經約好了。話說福爾摩斯先生怎麼樣了，醫生？」她擔憂地問道。我向她保證，他很快就會康復，並且請求她先繼續說她的故事。

「我們已經訂好兩點鐘在轉角喝杯啤酒，然而在出事以後，他到底還會不會出現我頗微擔心，因爲在這個事件裡，他知道的比他說的還多。不過兩點鐘一到，他就出現了，千眞萬確，而且他看到我的時候立刻露出微笑，還叫了我的名字。騎士軍旗酒店現在變成玩鬥雞的好地方了，女士們全都擠在一起，悄聲說著該做些什麼。採啤酒花的工作差不多沒了，所以就連願意離開市區作生意的姑娘們都買不起麵包跟茶了。所以她們都聚在那裡，跟其他人一樣納悶著到底該怎麼做才好，雖然她們對此事的關心程度，比大多數人都來得強烈。

「唔，後來我們坐到牆角去，他開始說話了，一臉古怪的表情，說：『我很高興妳安然無恙，因爲妳現在一定已經知道發生了什麼事。』

「『整個教堂區爲了這件事，簡直像失火一樣。』我這麼回答。

「他定定地看著我，然後問我有沒有粗心大意害自己身陷險境。我當然說沒有，雖然我不懂他爲什麼要這麼問，然後我們回到原來的話題，那就是要怎麼在最糟狀況再度發生以前，先找到布萊克史東。他鬆口說，他確定自己追到線索了。但是他又說，『可是，我不想妳在黑暗巷弄裡到處亂跑。』

「他這麼一說，我就開始納悶，現在市區這頭的姑娘一想到可能會有把刀劃過自己的脖子，就嚇得瑟瑟發抖，他又何必還要特別警告我。於是我問他，除了偶爾不小心闖進黑暗之中，我還有別的選擇嗎？」

「他抓住我的手，然後說：『先靠妳從西區贊助人手上拿到的收入過活吧。我覺得成功的希望很大，不過我請求妳先保持低調，直到我可以設法撥亂反正爲止。』

「嗯，他這樣一說反倒讓我覺得更古怪。不過，在他答應再度碰面並且離開酒吧的時候，我躲到一間菸草店裡避人耳目，直等到他走遠一段距離以後，我就尾隨他。他走到他以前去過的同一個住處，出來時穿著新行頭。不是他偶爾穿的制服，而是打扮得像個公子哥兒。離開那裡之後，我繼續在一段安全距離外跟蹤他，直到他轉進一條通往幾個大雜院的通道爲止。我先等了好一陣子，然後才沿著通道跟上他，而且我這麼做的時候已經想好，萬一我倒楣被他撞見，我要怎麼自圓其說。我會告訴他，我認爲他在追求另一個女人。在我跟到通道盡頭時，我看到他走進那邊的另外一排一樓出租房間。

「考量到倫敦最近的特色[1]，我猜不會有哪扇門窗開得夠大，能讓我能聽見什麼，不過我還是偷偷接近房子以確定此事。而在我這麼做的時候，我聽到某種聲音，所以趕忙閃到一旁去。你相信嗎？有扇窗戶有清楚的裂痕，而且另一邊完全破了。原來那附近大半的窗戶都是這個樣，上面不過是用一塊破布蓋著而已，所以要是我夠小心，把耳朵貼近破損的部分，我可以聽到裡面傳出來的每個字。

1 她指的是受到污染的濃霧。

「『妳確定他放假期間都留在這裡？』鄧樂維問道。

「『喔，是啊，』一個女人的聲音說，『那是銀行休假日的前幾天，我的兩個女兒都跟她們的阿姨到約克郡去了。我知道會有進城的訪客跟休假的士兵，所以我當然不會把閣樓房間空擺著。』

「『的確不會。不過在銀行休假日的第二天，他就無預警地消失了嗎？』

「『這件事最怪了，』她說道，『我家喬瑟夫才十歲，而那個布萊克史東發誓，第二天早上要表演給他看怎麼操作一把槍。但是後來我們發現他走得一乾二淨。不過他確實留下他該付的錢，全擺在那邊桌上了。可惜他完全沒留下自己的去向，因爲你知道，他算是個很有魅力的人，對小孩子說話總是好聲好氣。』

「『的確是，夫人。如果我能發現他的行蹤，我會很樂意代妳問候他。』」

「然後他們繼續聊了下去，但我已經聽得夠多了，而且我只要碰上詭異的好運就不會過度冒險，所以我就趕緊腳底抹油來了這裡。我想最好把一切交由福爾摩斯先生來判斷。」

「毫無疑問，夢克小姐！」我表示肯定。「回貝格街吧，福爾摩斯會把事情理清楚。史蒂芬·鄧樂維有件事情說對了——我們必須做好所有必要的戒備。」

我們抵達的時候福爾摩斯醒著，但還是面如死灰，穿著襯衫和鼠灰色的睡袍靠在客廳的壁爐架上。他把架上的東西通通掃到地上，換上一張匆促勾勒出來的白教堂區地圖，上面覆蓋著潦草的記號和含糊不清的街道指示。我朋友慣用右手卻無法運用自如的事實，嚴重影響這張地圖的易讀程度。此刻他顧不得儀容不整，只是目不轉睛地瞪著那一團畫得凌亂的偏僻小道。那副樣子不論是把他當成犯罪偵察的最後防線或者瘋人院的逃犯，都說得過去。

「夢克小姐，史蒂芬．鄧樂維把他的手帕收在哪裡？」

「我記得是放在他的外套襯裡裡面。」

「嗯。我想也是。」

她正沮喪地盯著我朋友看。「天哪，福爾摩斯先生，那天晚上從醫生撕裂晚禮服的作法來判斷，我知道你狀況很不好，可是看到你現在這個樣子——」

「我知道，妳已經在考慮要回頭去做點生意了。」

「你怎麼知道？」她倒抽一口氣。

「同樣的思考過程也告訴我，妳最近喝得非常醉，而且有個年輕的女性熟人，可能是一位鄰居，她的幸福對妳來說有幾分重要性。」

「眞是見鬼了。」夢克小姐大喊，她揚起下巴，眼睛裡怒火熊熊。「你高興的話，儘管對你家地毯講話吧，因爲我見鬼了才會留下來聽。」

在她往門口走的時候，福爾摩斯可能使出他的最後一分力，跳到她背後，輕柔地抓住她的手腕。「夢克小姐，請接受我最誠摯的歉意。華生醫師會告訴妳，我向來缺乏推銷我這份能力的圓滑魅力。請坐下來吧。」

夢克小姐懷疑地瞄了福爾摩斯一眼，但她的脾氣來得快去得也快。「那好吧。我不會說你講錯了，只是有那麼一點點……唐突。不管怎麼說，我非常高興看到你還活著。唉，我不該那麼生氣的，不過我本來以爲這整件事都是騙局。」

「親愛的夢克小姐，我永遠不會使用詐術來取得特定的知識。」福爾摩斯邊嘆著氣，邊費勁地走向沙發。躺下來後他用能動的那隻手順了一下頭髮。「雖然妳不是頭一個這樣想的，不過要是我運氣好，妳也不會是最後一個。」

「那你到底是怎麼辦到的？」

他把頭往後仰，閉上了眼睛。「妳口袋裡有四個不同模樣的布娃娃，從不同的角度探出頭來，由此可以看出來妳想開張做生意了。赤貧的母親做了這些娃娃，把這娃娃交給幼小的孩子，讓他們叫賣這些商品。如果妳可以用妳新到手的資金提供材料，妳也可以設法改善妳這幾位朋友的生活，至少是那些有基本縫紉技巧的朋友。」

「那個女孩子又怎麼說？」

「妳已經檢查過，也對每種設計形成定見了。現在這些東西是妳買得起的，但它們實際上並沒有價值，妳卻隨身帶著。可見這些娃娃是禮物。哪種人可能會樂於接受這種好意？」

「那些是給愛蜜麗的。她還不到四歲，可憐的小傢伙。然後呢？」夢克小姐不願多說一個字，只是一個勁地催促道。

福爾摩斯勇敢地皺了一下眉毛就回答道：「妳的鞋子。」

「我的鞋子？」

「右腳的鞋子。」

她迅速低頭看去，然後再度抬頭瞥向福爾摩斯。

「妳最近換掉了妳磨損的舊鞋，而上次我見到妳的時候，那雙鞋還沒什麼刮痕。但是現在鞋面皮革上有明顯的污痕，還不只一處，不過都是在右腳上。可見妳先前踢到某個沉重的東西，而且踢得很用力。」這種實事求是的語氣很快就被一種輕鬆的魅力取代。「我要恭賀妳，雖然酒精的本性促使人尋求身體上的發洩，思考者的本性卻會把她的怒氣限制在一隻腳上。」

「我沒什麼好不承認的。星期六晚上嚇壞我了，我只好從杯底尋找一點安慰。」

「親愛的夢克小姐，我說不出我對妳有多——」

「喔，你們兩個都滿嘴廢話！你們看不出來嗎，我發過神經，現在剩下來的只是一隻磨損的鞋子，然而對我們這種人來說，一隻磨損的鞋子算什麼？」她這麼大喊，同時相當自在地坐在地板上，像印第安人那樣盤腿坐著，就在福爾摩斯的腦袋旁邊。「所以我們要怎麼辦？」

「等一下，」他大笑出聲，「我還沒把所有的資料拿到手。妳還繼續跟鄧樂維大兵見面，不是嗎？」

「見鬼了你是怎麼——」

「所以妳真的跟他見面了。」

「呃，是啊。」

「那麼，妳是不是可以好心地告訴我最近的發展。」

夢克小姐照做了，沒省略掉任何一項她先前告訴過我的事，只是再說一次讓她的敘述變流暢了。

「就是這樣，福爾摩斯先生，」最後她做了結論，「我要拿這傻蛋怎麼辦？」

福爾摩斯稍做考慮。「妳會願意繼續跟他作伴嗎？」

「不反對，只要我知道這樣的目的爲何。」

我的朋友費力地站起身，然後跨越房間。「我向妳保證，不會有什麼危險，只要妳待在公眾場合，太陽一下山就別再冒險，並且把這個東西藏在妳身上的某處——記得要僞裝一下。」他從他書桌抽屜裡摸出一把小小的摺疊刀，然後扔給夢克小姐。

「見鬼了，」她吐出這個字眼，接著就恢復自制回答，「那好。我要跟鄧樂維一起閒逛，尋找一個瞪著眼睛的瘋狂士兵，他眼神茫然，褲子上滿是乾血漬，然後就回報給你，對吧？」

「如果妳願意，就請妳這麼做。華生醫師跟我可以負責大多數的調查路線，但是有人待在現場十分重要。」

「布萊克史東還在逃的狀況下，似乎這樣最好。」她輕鬆地回答，「無論如何，希望我們可以盡快找到他。我可不想跟著鄧樂維在教堂區到處遊蕩，卻沒有個特定的目的。那可憐的小伙子可能會誤解。」

「順便一提，夢克小姐，就妳的經驗來說，妳有沒有任何一位同伴，會隨身攜帶粉筆？」

「粉筆？是指用來寫那些瘋話罵猶太人的那種？」她回想了一下。「我認識的那些女孩子可能會帶著一小段鉛筆，但比例不高。有一半的人根本不知道怎麼用。我想，粉筆是被用來標記長度——也許是一匹布，或者一段木頭的長度？」

「夢克小姐，還有一件事，」福爾摩斯在她走向門口時，補上一句，「我在死去的女人附近發現葡萄梗。如果妳願意好心地進一步研究這件事，我會很感激的。」

「是哪一種葡萄？」

「梗屬於黑葡萄。」

「在那個區域只有幾個商人會賣黑葡萄。別擔心，我會把他們都搜出來。」

「謝謝妳，夢克小姐。請妳小心。」

「當然啦，我一定會的，」她下樓下到一半，還對著背後喊道，「福爾摩斯先生，我雖是為你工作，但我腦袋可沒壞掉呢。」

我關上門後，轉身面對福爾摩斯，他也在這時點起一根菸，「老友，你真的確定你知道自己在幹什麼嗎？」

「你是要問我，是不是確實知道我要夢克小姐去幹什麼。」他回嘴，而我再度察覺到，對他這種天性活躍的人來說，被身體狀況限制住一定備感煎熬。「就現在來說，我因為身體的緣故，無法外出調查。你覺得你能到鄧樂維的住處去質問他，要他說出布萊克史東的行蹤嗎？反觀她幾乎像我一樣在行地玩這種把戲。而且無論如何，至少有一個謎團會被解開。」

「強尼．布萊克史東的行蹤？」

「是史蒂芬．鄧樂維的意圖。」

「起初我們冒險進入白教堂區，不就是為了在他面前保護夢克小姐？」我直率地問道。

「我現在知道的比當時更多了。」

「這樣說還真是讓人滿意啊。但是不管怎麼樣，在塔布蘭謀殺案周遭還有些兜不攏的關鍵性問題。要是這條線索沒能給我們任何頭緒呢？」

「你看這件事的角度完全錯誤，但我幾乎不覺得驚訝了，」福爾摩斯刻薄地回答，「這條線索不會讓我們毫無頭緒，因爲不管它把我們帶到哪去，都會讓我們更了解史蒂芬．鄧樂維，他引起我不小的興趣。而現在呢，華生，你要出門去。」

「什麼？」

「你要到報界操守第一的《倫敦紀事報》去見一位雷斯里．塔維史托克先生。你有個訂在三點半的約會。而且在你從艦隊街回來的路上，請記得經過我們那家菸草店，買些新的雪茄回來，」他說完後便用腳把存放的容器推了過來。「那個煤桶，恐怕已經見底了。」

14 雷斯垂德問案

約定時間都過了一刻鐘，我還在《倫敦紀事報》總部熙來攘往的等候室裡等著。這裡滿是衣著寒傖的特約記者，而且燈光跟煤炭兩者都相當短缺。從我踏進雷斯里．塔維史托克先生辦公室的那一刻起，我就知道這次經驗不會太愉快。這位坐在辦公椅裡的男士，鬍子刮得乾乾淨淨，一臉充滿算計的表情混合了冷靜的漠然與刻意的譏諷。我才做了自我介紹，還來不及多說一個字之前，他半抬起手，做出一種友善的抗議姿勢。

「好啦，華生醫師，」他開口說話了，「我無意問你是爲何而來，那樣怕是侮辱你的忠誠或者判斷力。不過那則報導已經成了倫敦的街談巷議了，我正在繼續追蹤消息來源，以便從不同凡響的福爾摩斯先生身上找出更多引人注目的細節以饗大衆。但同時我也很高興你在這裡。要是不介意，我想問你幾個問題。」

「我肯定會介意。因爲你的報導，福爾摩斯先生遭到最可恥的毀謗，而我今天下午唯一的任務，就是來確定你是想揭露你的消息來源，還是寧可在毀謗官司裡爲自己辯護。」

別說塔維史托克對我的話感到驚訝，連我自己也沒料到我會這麼突然、這麼快地進行正面攻擊。他眉頭一彎，一副非常失望的樣子。

「華生醫師，對於你是否能採取這種行動，我有些懷疑。福爾摩斯先生如果希望繼續他非比尋常的冒險，就必須忍受大衆緊迫盯人的仔細檢視。我這篇文章背後的事實全是眞的。如果描述那些細節的措詞你不喜歡，或許你願意澄清一下福爾摩斯先生不太尋常的先見之明。」

「福爾摩斯一直是嚴懲犯罪分子的重要助力。他參與這個案件的動機應該是夠清楚了。」我激動地說。

「他認爲該由自己來負責懲罰罪犯嗎？」塔維史托克若無其事地問道。

「他打算做他能力所及的每件事，以便——」

「對於那天晚上沒抓到開膛手，以致發生進一步的殺戮，福爾摩斯先生對此有何感受？」

「別說了，先生！這眞是令人難以忍受。」

「我向你致歉，華生醫師，不過考慮到恐怖的肢解已成爲這些罪行最突出的特色，或許該爲這些案件負責的，也可能是一位醫師？」

「請你再說一次？」

「我要說的是，就理論而言，身爲行醫者，你無疑曾經靠著你的技巧與訓練，參與過這種工作？」

「開膛手的『技巧』只是屠殺而已。至於我自己的醫療能力，到目前爲止，我都把它們的用途侷限在治癒病患，不論是在實際上與理論上，都是如此。」我冷酷地回答。

「無疑如此，無疑如此。不過呢，福爾摩斯先生雖然不是醫生，卻有非常周全的解剖學知識。我相信我應該是在你對他工作的描述裡讀到這點的。就是那篇非常吸引人的文章，在去年的《比頓聖誕節年鑑》裡。照你的意見——」

「照我的意見，你罪證確鑿。公眾讀物上出現過許多穿鑿附會的說法，而你是最誇張的一個。」我這麼喊道，同時從椅子上站起來。「別擔心，你很快就會再聽到我們的消息。」

「華生醫師，對此我一點都不懷疑，」雷斯里·塔維史托克露出微笑。「我也可以給你跟福爾摩斯先生同樣的保證嗎？我確定，你會有非常愉快的一天。」

在我回到家裡以前，太陽已經在貝格街的磚牆上刻下長長的陰影。雖然開膛手傑克的罪行讓我厭惡到難以言喻，但胡亂報導、惡意羅織這等程度較輕微的冤屈，對我的影響卻更大，我氣得怒火中燒，難以自已。我進入我們家客廳的動作，一定比我原本想的更粗暴，因爲如今把沙發當成行動基地的福爾摩斯，在我進屋時立刻醒了過來。

「看來你跟塔維史托克先生已經有過愉快的交談了。」他挖苦道。

「福爾摩斯，眞抱歉，應該要讓你好好休息的。你覺得怎麼樣？」

「有點像是一具不平衡的蒸汽引擎裡放錯位置的活塞。」

「如果你想的話，我去準備一些嗎啡。」

「天哪。最好立刻就講吧，華生。」他露出微笑。「這場談話不可能跟其他事情一樣糟吧。」

我懷著強烈的厭惡之情，說出我跟塔維史托克先生之間的對話。在我做結的時候，福爾摩斯伸手去拿了一支菸。他銳利的凝視落在一種沒有焦點的幻夢中，一直到將近十分鐘之後，他才再度開口。

「沒法有好好點燃自己的菸斗，這種事眞是討厭透了。」

天外飛來一筆的抱怨，讓我忍不住笑了。「不管爲時多短暫，總是會發生一邊肢體不堪使用的狀況。」

「說眞的，我已經選好今天最討厭的事了。塔維史托克沒提到任何能透露他消息來源的線索嗎？」

「什麼都沒有。」

「而且在你看來，他也沒有想要懺悔的樣子。」

「這樣說是低估了整個事態。」

我們的對話被遠處響起的鈴聲打斷了。「雷斯垂德來了。」福爾摩斯嘆了口氣。「他要來通知我們新受害者的身分跟相關資料。可是他在來訪前先送了一封預付回電的電報，問我身體到底有多虛弱。我想你應該會同意，這種好心問候不是個好預兆。」

雷斯垂德固執、好管閒事的五官變得更萎靡了，卻也帶著一種堅定的決心，像是打算不計代價看著這件壞事告終。他的堅持很令人欽佩，但我知道這種特色也很折磨人，因爲從我在白教堂區跟他分開以來，他可能還睡不到六個小時。

「福爾摩斯先生，」他說道，一抹微笑短暫地讓他的五官變得活潑了些，「我代表那些在蘇格蘭場的朋友來致上問候之意。」

「你若願意，請把我的謝意轉達給他們。請坐，並且請用最後一批受害者的故事，來娛樂一下療養中的人吧。」

「這個嘛，」雷斯垂德拿出他的警用筆記本，唸道，「我們至少知道她們是誰了，雖然這樣對我們完全沒有積極的幫助。當晚的第一位受害者是伊麗莎白・史特萊德，這位寡婦可能有孩子，也可能沒有。」

我點點頭。「這個不幸的女人全身穿著黑衣。但很偶然的是，就在她被殺之前，我們在那附近看到過她。」

「你們有遇見她？」雷斯垂德急切地回答：「她跟誰在一起？」

我已經聳聳肩膀為自己殘缺的記憶致歉了，這時福爾摩斯開口說：「是一個跟霸道母親同住在諾伍德的釀酒師傅，但是他跟現在這檔事完全沒有關聯。」

「喔。無論如何，她習慣性的服喪應該是為了她的丈夫和小孩，她聲稱他們全都在『愛麗絲公主號』汽船碰撞意外中喪生了，但我們有紀錄顯示，她丈夫約翰．湯瑪士．史特萊德，是在白楊木聯合濟貧院死於心臟病；她一定是想透過這個故事引發更多善意施捨。她在瑞典出生，這是她住所當地的瑞典教堂神職人員說的，他也告訴我們，她是個健康狀況很糟的女人，能活這麼久算是運氣好。我們也拜訪過她的同居人，麥可．基德尼。他顯然習慣用掛鎖把她關在室內。」

「還眞是魅力十足啊。好吧，這至少解釋了那把複製鑰匙。」

「至於另一個可憐人，」雷斯垂德打了個冷顫繼續說道，「她叫作凱瑟琳．艾道斯，她跟一位隸屬於皇家愛爾蘭第十八軍團，名叫湯瑪斯．康威的男人，生了三個孩子。沒有任何跡象顯示他們結了婚，他們就只是從一處遊蕩到另一處，賣唱絞架歌謠。在她開始喝酒以後，她跟他還有孩子們失去聯絡。在她被殺的時候，她才剛跟她的相好做完採啤酒花的工作，再回到這裡。那人叫約翰．凱利。我們花了比本來預期多一點點的時間才找到他，可是在謀殺當晚他們是分開睡的。因為沒錢租有雙人床的房間。」

「雷斯垂德，有任何證據顯示艾道斯跟史特萊德，或者尼可斯跟查普曼，或者到目前為止出現的任何受害者之間，彼此互相認識？」

探長搖搖頭。「福爾摩斯先生，我本來也覺得這似乎是個值得考慮的念頭。好比她們可能都是某個異端邪教的成員，因爲背叛團體而被殺。或者更棒的想法是，她們全都有同一個老相好。但實際上卻完全沒出現這類關聯。她們可能曾經彼此交談過，但她們並不是朋友。」

「那麼我怕我可能想對了。」福爾摩斯喃喃說道。

「福爾摩斯先生，你想對了什麼？」

「雷斯垂德，我必須把我的理論再整理得好一點，但之後你肯定會聽到。你的調查有發現任何線索嗎？」

「唔，福爾摩斯先生，事實是這樣，在蘇格蘭場是有些人認爲我們掌握了一條線索。」雷斯垂德承認。

「那麼，你是認爲他們搞錯囉？」我的朋友會意地說道。

「呃，我是這樣想。先提醒你，這並不是多數探長的想法，不過他們的聲浪眞是該死的大，遠超過應有的程度。」

「我全神貫注準備好要聽你說了。」

「記著，福爾摩斯，依我看，照這條路線問下去徹底是白費力氣。」

「所以這條徒勞無功的線索，絕不會是你想支持的？」這位偵探帶著不尋常的好心情探問著。「或許你對於這個案子的第一手經驗，讓你反對那個做法；或許甚至還包括你自己對嫌犯的特殊了解。」

「呃，坦白說，我的確不打算浪費時間在這上面。其他人也一樣，葛里格森、瓊斯、威克里夫、藍納、郝斯……」

「那麼我很樂意代替你來檢視一下這個狀況。」我的朋友提議道。

「我眞不想浪費你的精力，福爾摩斯先生。」

「別胡扯了，」他奚落道，「我還懷疑我是不是只能在這房間範圍內問案。」

雷斯垂德看起來一副腳下地毯突然被抽走的樣子，但他很快就振作起精神，挫折地握緊雙拳。「該死，我實在是太羞於告訴你，但這是你自己要問的？」精疲力竭的探長喊道，「所有那些話，什麼『你會在左邊第三個馬廄裡找到那把槍』，還有『那封信是一個戴寬邊軟呢帽的男人寄的』，你知道那些你不該知道的事情，還神奇地出現在犯罪現場！今天早上班奈特在我辦公室裡說，以前沒出過這種亂子還眞是奇蹟。」

「哈！這麼說你的確懷疑我了！這眞是最讓人寬心啦。」

「福爾摩斯先生，我向你保證——」

福爾摩斯裝出一種誇張的深思熟慮狀，然後宣稱：「不，拜託你，我只會爲了建立論證起見，稍微勾勒一下這個小小的理論。所以，追溯我自己的行蹤，在銀行休假日的那天晚上，我在瘋狂的激情中刺殺了瑪莎．塔布蘭三十九刀。華生醫師可能會聲稱，當天我上緊我那把小提琴的弓弦，就這樣度過一個寧靜的夜晚，不過——」

「我從來沒說——」

「尼可斯被殺的那天早上，在你把我叫醒的時候，我有沒有洩漏出自己形跡可疑？」

「福爾摩斯先生——」

「我剛想出來，我是怎麼樣設法在發現伊麗莎白·史特萊德屍體之前，搶先一刻殺死她，」他無情地繼續下去，「不過如果醫生對我在銀行休假日的行動撒了謊，他爲什麼不再說一次謊？我眞的必須向你道歉，親愛的華生，因爲我竟然要求你堅持這麼卑鄙的作假行爲。在殺死史特萊德以後，我衝進市區屠殺艾道斯，然後身上沾滿了她的血，回到我的上一個犯罪現場。還有什麼理論比這更簡單的呢？」

「現在你聽好了，」那個脹得滿臉通紅的探長喊道，「我親自來這裡把我們蒐集的所有證據給你看，不是因爲我認爲你跟這檔事有任何關係！在那篇卑鄙無恥的文章顚倒是非以前，從來沒有人質疑過你的人格。我們在報上早就被整慘了，而當你也被惡整的時候，是有這麼一、兩個人發出陰沉的笑聲。很快地，我們之中的某些人會開始針對那篇文章的內容問些笨問題，然後你就麻煩大了。」

「我可以向你保證，曾經有人因爲更少的理由就被送上吊刑臺。」

當雷斯垂德發現福爾摩斯與其說是盛怒，還不如說是覺得好笑的時候，他多少冷靜下來了。「那麼很好，如果我可以帶著你的說明回到蘇格蘭場去，我們就能迴避掉一些不快。如果你願意的話，就說說我來以前的那一小段過程吧。」

「華生醫生跟我剛好碰上一個看起來才剛剛死去的女人。我們開始搜索那個地方，卻太快就找到那名罪犯了。」

「我懂了，」探長一邊潦草地記下筆記，一邊說道，「時間是？」

「接近凌晨一點。」

「我們遇到的某位警員知道這整個故事，」我插口說道，「我相信是蘭姆警員。」

「是的，呃，」雷斯垂德扭怩地說道，「我們有他的報告。可是他是在福爾摩斯先生消失以後才到的，而且我已經毛遂自薦說要聽你親口說這個故事。福爾摩斯先生，在你回來以後沒多久我就出現了，並且把你送進馬車裡。你直接去了倫敦醫院？」

「不，我回到這裡。」

探長看起來失望透頂。「你回來了？」

「這有什麼差別？」

「喔，沒有沒有。只是……好吧，有個特別白癡的說法是這樣，你一搭出租馬車離開，就跑到高斯頓街寫下那些粉筆字。」

福爾摩斯跟我一定是一臉震驚的樣子，因爲探長匆匆向我們保證：「這種惡作劇的時間安排難如登天，不過你看得出來，我爲什麼非得確定這件事。」

「我怎麼想都覺得那個筆跡不像福爾摩斯的。」我說道，同時忍不住愈來愈生氣。

「我知道的，不是嗎？我看到了。可是醫生你也記得，沒有可以留下來做比對的樣本了。而且再加上同樣瘋狂的想法，說什麼血也不是他自己的……」

「如果我的話對蘇格蘭場來說還不夠有力的話，你只要去問貝格街二二七號的莫爾．艾加醫生，就能確認血是誰的！」

「或者你自己看看吧，」福爾摩斯開心地補上一句，「華生？基於醫學考量，你有任何反對意見嗎？」他把他的領帶甩到地上去，然後解開他襯衫前襟的頭兩顆釦子。

「天啊，不要，不用了，謝謝你，我已經有很充分的資料了。」探長這麼說，他因為專業上的尷尬處境而一臉苦惱樣。

「那麼晚安了，雷斯垂德。能見到你真好。」福爾摩斯朝自己房間大步走去的時候，對拋下這句話。

「福爾摩斯先生，就只剩下一件事了！葛里格森跟藍納想要我告訴你，最好是短期內別讓人在白教堂區看到你，至少等到這些醜陋的鬼話都澄清了再說。」

我的同居人桀驁不馴地靠在他房間的門框上，說：「他們只有可能更頻繁地在白教堂區見到我，直到我們之中的一個人或全部人阻止了開膛手傑克的恐怖統治為止。」

我本來以為，我同伴的聲明會讓探長覺得深受冒犯。但是我顯然又再度低估了雷斯垂德探長，對此我很懊悔，因為我突然間明白，對福爾摩斯來說，整個蘇格蘭場沒有比雷斯垂德更好的朋友了。他甚至沒有一點驚訝的樣子，只是帶著疲憊的滿足感微微一笑。

「喔，福爾摩斯先生，對此我毫不懷疑。完完全全不懷疑。可是我非得這麼跟你說，不是嗎？祝你順利康復。華生醫師，祝你有美好的一天。」

15 倫敦怪物

福爾摩斯在雷斯垂德離開以後，還在他房間裡待了一陣子。他再度出來時，太陽已經完全下山了。他出來是要問我：「你願意出門拜訪一下嗎？這次訪問保證比你稍早的體驗文雅許多。」

「福爾摩斯，我願意聽候你的差遣。」

「那麼就幫我穿上外套，然後我們就可以去解決一直困擾我的問題。」

「當然了。我們要上哪去？」

「去請教一位專家。」

「一位專家？」我驚訝地重複了一遍。「可是你是世界上最先進的犯罪偵察專家呀。」

「我不反對這一點，」他伶牙俐齒地回答，「但我們要請教的是完全不同領域的專家。」

「可是你強壯到能出門夜遊了嗎？」

福爾摩斯帶著有點淘氣的微笑，把他的其中一本備忘錄塞在沒受傷的那隻手臂下面。「我很感激你為我擔心，醫生。然而在目前的狀況下，我怕你是擔錯了心。」

一出門接觸讓人精神振奮的寒氣，福爾摩斯就轉身沿著貝格街前進。他走過兩間屋子以後突然止步。「如果你不介意就拉響門鈴吧，華生。跟我相比，恐怕你跟這個人還比較熟。」

我抑制住一抹微笑，照著他的要求做了。我們沒等太久，門就飛快打開，莫爾．艾加醫師鼻子上掛著一副不怎麼相稱的眼鏡出現了。

「噢，瞧瞧這是誰啊！」他快活地喊道，「我還以為是一位病患呢，可是這麼一來更讓人滿意。」

他陪著我們走進一間氣氛愉快、設備齊全的房間，地上鋪了一條有條紋的威尼斯地毯，壁爐柵欄裡燃燒著很精省的爐火，還有數量多過光禿牆壁的書櫃。艾加醫師堅持要福爾摩斯獨享整張沙發，他也殷勤地把我安置在一張扶手椅上，然後帶著毫不掩飾的喜悅站在火爐前方。

「你叔叔是位仁慈的紳士，願意資助你開業。」福爾摩斯說道。

「啊，他要開始施展身手了！」我們的東道主笑了，並且無聲地拍著手表示贊同。「我簡直不敢期望能看到一次示範。如果我沒那麼深思熟慮，可能就會猜測我在星期六晚上，還是星期天早上，曾向你提過我的叔叔奧古斯特，不過我沒有這樣做過。所以你肯定會願意在一位忠誠的仰慕者面前炫耀你的推理過程。」

福爾摩斯有點後悔地笑笑。「我想不起你來訪的任何細節，一點也想不起來。知道這點，你可能會覺得很有趣。」

「福爾摩斯先生，請容我致歉，莫爾．艾加醫師在此聽候您差遣。」他一邊回答，一邊伸出他的左手來握我朋友未曾受傷的那一手。「好了，你是怎麼推論出奧古斯特叔叔提供這個診所經濟上的支援？」

「某些跡象指出你行醫時被迫力行節約。然而你有龐大的藏書大，其中好幾本書相當稀有，而且你的房間設備齊全。你有個贊助人，不過你沒有從他那裡得到定期接濟。所以就是單筆捐贈，出資者的財富無法更頻繁地提供援助。就我的經驗，在沒有金錢後盾的狀況下，世界上只有一種人還會捐助大筆金額，那就是近親。壁爐上的方形照片，顯然是你的雙親，他們的衣著非常簡單。所以，不太可能靠這個來源替一個年輕醫生建立事業。然而，我觀察到你桌子後方有一個裱框文件，證明奧古斯特．艾加醫師是一位有照醫師。看來是你叔叔從醫界退休以後，給了你一筆錢當禮物，我敢說，他同時也給你一大部分他的藏書。而你則是留著他的醫生執照做紀念。」

「這眞是太神奇了！不過你怎麼知道奧古斯特．艾加是我叔叔，而不是我祖父？」

「根據執照上的日期，更不要說那種字體和紙張的色澤，都排除了後面這種可能。」

艾加醫師很快給我欽佩的一瞥。「我承認我暗自納悶過，你對福爾摩斯能力的描述是否過譽了，不過我現在準備相信福爾摩斯先生是個天才了，而你則是個誠實到無可指摘的男人。」

「這種事情只是根據可見資料做出推論罷了。」福爾摩斯用他平常那種疏離的冷靜態度表示異議，不過我可以看出這位年輕醫師的認可讓他頗爲受用。

「嘖！這可不能用『只是』來形容。你在你的領域裡是先驅，這種特質是我相當仰慕的。我也不巧有個特殊的研究主題，但我想你已經注意到，我還沒有以此致富。」

「那麼，你致力於醫學的某個獨特分支囉？」我問道。

「而且恐怕不是非常受歡迎的一支。」他莞爾一笑。「我們這個領域打算涵蓋從病理解剖學到催眠術的所有範圍，各式各樣的骨相學、顱骨測量學和神經學都攪和進去了。我是個心理學家。」

「眞的嗎？」我喊道。

「我在巴黎薩佩提埃醫院的夏考[1]門下讀了一年書。如果奧古斯特叔叔有經費，他肯定會讓我在卡文迪許廣場開業，而我的專業性會因爲這個地理條件而得到保證。貝格街是個因犯罪偵察而受到敬重的地帶，卻不是心理治療的中樞。目前我靠著轉診病人維持生計：神經症者、臆病症者，還有單純身體有病的人。而且當然了，偶爾被刺傷的人也會找上我。」

「是啊，嗯，」福爾摩斯咳嗽著說道，「實際上我需要你協助的，就是這種事情。」

「這眞是好消息！」艾加醫師咧嘴笑了。「我本來就好奇得不得了，但身爲一位紳士，我不方便主動開口問。我能提供什麼幫助呢？」

「根據華生醫師那本《醫界名錄》，我知道你是精神失常的專家，而且一瞥你的書架也讓我明白，你可能正是我要找的專家。《腦部失調教材》、《心理病理學與療法》、《性病態》[2]——如果你是你的藏書標榜的那種醫生，你應該能幫上大忙。」

福爾摩斯簡短地描述他是在什麼狀況下，以那副血腥慘狀初次見到艾加醫生。在他講完的時候，醫生點了點頭，一臉深感興趣的表情。

「當然，我非常仔細追蹤關於開膛手罪行的新聞。從新聞報導裡我看得出，那天晚上我所縫合的傷口就是他的傑作。不過讓我先弄懂你的意思，先生，你是在尋求某種心理學方面的幫助嗎？」

「沒錯，」福爾摩斯證實了這一點。「艾加醫師，我是個顧問偵探，所以很多不同分支的研究都在我的涉獵範圍內，其中大多數都跟蒐集與詮釋實體證據有關。然而我相信，開膛手可能屬於我過去從未追蹤過的一種罪犯，而且能用來指證他的確切證據非常少，這點尤其讓人心驚。我的工作向來是奠定在一個事實基礎上，也就是某個罪行雖然看似獨特，但對於犯罪史的行家來說，凶手的行爲卻幾乎總是遵循著某種既定模式。但是在這個案例中，凶手的行爲模式實在相當罕見，以至於我花了不少時間才辨識出來。但是從三十日的事件以後，我開始比較認識這個人了。雙重謀殺案深刻地腐蝕了他的面具。而我們必須了解的是，屠殺這些女性的樂趣，是僅次於隨後把她們切成碎片。」

在對話過程中，我覺得愈來愈不舒服，艾加醫師卻顯得深深著迷。「意思是，他找出曾經待他不好的女人，然後出於純粹的恨意做出這些恐怖的罪行？」我問道。

福爾摩斯搖搖頭。「我不認爲他認識她們。現階段我的假設是，這個男人殺的是完全不認識的人。事實上，根據線索來看，我相信我們追蹤的是個徹底的瘋子，但他在表面上卻完全是個普通人。」

我嚇傻了，直瞪著他看。我抗議道：「我可以相信那個惡徒瘋了，但是你暗示的事情是不可能的。這些女人死亡的背後一定有另一個動機。瘋子不會在正常人之間來去出入卻無人議論。」

「不會嗎？」他的一邊眉毛往天花板一挑，問道。

---

1 Jean-Martin Charcot（1825-1893），法國神經學專家，他在催眠與歇斯底里症領域中所做的研究，在日漸茁壯的心理學領域中開創了新局。一八八五年西格蒙・佛洛伊德曾經在他門下學習。

2 前述著作分別由卡爾・維尼克、威廉・葛利辛格與理查・馮・克拉夫特－艾賓所撰。

「不會的，」我不耐煩地說，「單單只是性情古怪的話，那人會跟你我一樣神智正常，但是如果一個人毫無理由或其他前提因由，就砍殺我們之中最可憐的一批人——你眞的能夠相信這種惡行會持續出現在日常生活中，卻沒引起任何警覺？」

「別問我。這正是我想問艾加醫師的事情。」福爾摩斯這麼回答，同時把他鋼鐵般的嚴厲凝視轉向，看著那位站在微弱爐火前方的心理學家。「就你的專業意見來說，一個瘋子是否有可能完美地僞裝成理性的人類？」

艾加醫師走向他的書櫃，挑出一本薄薄的書。「我開始猜到你的意思了，福爾摩斯先生。你指的是倫敦怪物。」

福爾摩斯輕快地指向他那本備忘錄。「我指的不只是倫敦怪物，雖然他扮演了一個重要的角色。幾乎一世紀以前——一七八八年四月的倫敦，倫敦『怪物』第一次出現。在八八年到八九年之間，大約五十位女性在街上被刀戳了。嫌犯始終沒被抓到。華生，請注意。後來地點換到歐洲大陸；一八二八年，在茵斯布魯克，有人接近好幾位女性，然後用普通的摺疊刀刺傷她們。這些案子也始終沒解決。一八八〇年，在布萊梅，有位美髮師在被捕以前，在光天化日之下劃傷不下三十五位女性的胸部。我相信這些案例全都可以說是一種極爲病態的瘋狂性癖。」

「先生，你這一連串推論相當嚇人。」艾加醫師說道。

「福爾摩斯，這算哪門子推論啊？」我憂心忡忡地質問道。

「如果我能夠發現串起這些受害者的連結，好比她們都知道某個祕密之類的，我這個假設就會很幸運地徹底粉碎，」他這麼回應，「不過我曾經反覆問我自己，誰會因此得利？問到最後我覺得這幾個字都烙在我大腦上了，但唯一的答案是沒有人。所以現在事情很清楚，任何犯下這麼多無動機罪行的人必定是瘋了。然而爲了繼續隨心所欲地犯案……」

「這名罪犯不可能表現出瘋癲的一面。」艾加醫師說完了這句話。

「所以我問你，艾加醫師，」福爾摩斯嚴肅地做了結論，「這樣的事情有可能嗎？」

「這是個很難回答的問題，我也沒有什麼把握，」他小心翼翼地回應，「但是，追根究柢，心理疾病到底是一種靈魂之病，一種血統的墮落，還是一種腦部的缺陷？你提出的是一種全新形式的瘋狂，一種潛伏在理性心靈之下的偏執，會自行採取幫補、僞裝等步驟。你的想法更接近古典定義上的純粹之惡，而比較不像任何一種拿刀狂揮亂砍的瘋子。你講到的是一種徹底的道德墮落，還有著親切友善的門面與精明的智力相助。」

「正是如此。」福爾摩斯說道。

「我恐怕得說這是完全有可能的。」艾加醫師回答。

「那麼我就沒別的要問了，」我的朋友說道，「多謝你的協助。請容我這就告辭了，我眼前有一大堆工作要做。你先前的服務費用在此，放在桌子上了。」

艾加醫師動作很快地想退還那些鈔票。「福爾摩斯先生，身爲你的鄰居，我做夢也沒想到要爲那一次急救收取報酬。」

「那麼就把這當成顧問費吧。」我的朋友露出微笑。「華生，走這邊。我們不能再占用艾加醫師的時間了。」

「多謝你，福爾摩斯先生。」這個親切友善的年輕人站在門邊。「如果你們覺得有必要再來占用我的時間，請不用遲疑，儘管過來！今天下午我治療了三個病人——兩個人是因爲失眠，另一個則有掩飾得不好的鴉片癮。你們的來訪拯救了這一天。」[3]

我們揮別艾加醫生，然後緩緩走回到自己家。

「你看起來很困擾，華生醫師。」福爾摩斯評論道。

「我沒辦法相信，在寫來驚嚇讀者的小說之外，眞的有這種人存在。」

「我知道這很難理解，因爲就連要考慮這種惡夢的可能性，都花掉我好幾星期的時間。」

「那你確定我們在找的人就是這種類型？」我們拾級而上的時候，我繼續問道。

「我毫不懷疑。」

「我甚至想不到你會採取什麼步驟。福爾摩斯，你形容的是個怪物。」

「他既非怪物也非野獸，而是某種更加危險的東西。既有全然的邪惡又有徹底的堅定信念，我怕這個男人比怪物野獸都更致命。而且我開始害怕，這種人幾乎找不出來。但我會去找的，華生。我會抓到他，我向你發誓我會辦到。」福爾摩斯點頭表示晚安，然後一語不發地進入他的房間。

3 在此可以下個令人高興的注腳：華生醫師在一八九七年〈魔鬼的腳探案〉中，描述莫爾·艾加是「哈里街的心理醫生」，這暗示後來他的業務變得相當成功。

16 白教堂區的問題

第二天早上，我從臥室出來時，就看到福爾摩斯已經用完他的早餐。我猜後來他就把我們所有的椅墊全部堆在沙發下面，同時替自己準備好多到不像話的香菸，然後躺在地板上，身在香菸煙霧繚繞中有如威儀逼人的異教神明。我跟他打招呼卻沒得到回應，所以在八點到九點之間，我一邊慢慢瀏覽著《泰晤士報》跟《帕爾街晚報》，一邊大口吞下一顆蛋跟幾片培根。

「華生，如果你匀得出時間，我要跟你說句話。」福爾摩斯把菸蒂丟在伸手可及的一只茶杯裡，同時喊道。

「當然可以，福爾摩斯。」我離開早餐桌，從煤桶裡面挑出一支雪茄，然後在我的扶手椅上坐定。

「我不會無謂地考驗你的耐心，不過單槍匹馬的調查員碰到的難處是，在某個問題變得太難駕馭、無法自行判斷的時候，缺少盟友來進行討論。你當然了解我們的案件沿著三個方向進行。最主要的，而且請容我這麼說，也是最沒有成果的調查是環繞開膛手實際罪行進行的，而這些罪行留給我們的實體證據少得驚人。雖然昨晚我們跟艾加醫師的會議，大體上來說是有幫助的，但我們的獵物還是沒留下任何一點線索能夠引我們通往一處住所、一個名字或一次逮捕行動。下一個調查方向關係到一個論點：無論開膛手傑克是何許人，他都靠著折磨我們得到了很大的樂趣。這個想法的基礎，在於我去年二月收到的信。看來他寫下恐嚇短信時得到的樂趣，幾乎跟他犯下可怖謀殺案時一樣大；然而事實也可能證明，這種通信的渴望對他來說是非常危險的，因爲最微小的一點實體線索就可以指出發信地點，並且引來他的最後失敗。到目前爲止我講得還清楚嗎？」

「完全清楚。」

「最後還有瑪莎．塔布蘭的謀殺案。」

「你還是相信那是開膛手的傑作。」

「我確實相信，但是塔布蘭被刺殺一案還有另一個謎團，那就是史蒂芬．鄧樂維與強尼．布萊克史東之間複雜到難以理解的故事。夢克小姐幾乎才剛受僱於我們一星期，就有個陌生男子接近她，聲稱知道關於塔布蘭之死的一切。的確，白教堂區人煙稠密，範圍又不是很大，所以在理論上，她完全可能會立刻遇到一個跟開膛手有關聯的人。但在實際上有這種可能嗎？」

「你是什麼意思？」

「這不是很奇怪嗎？在我們構思出一個關聯性的幾天之內，夢克小姐就相當偶然地發現驚人的大線索？要是我們把那個消息來源，鄧樂維先生本人考慮進去，情況就變得愈發難以解釋了。我必須向你坦承，我們在酒吧裡瞥見他的那個可怕夜晚，並不是我第一次看見這個男人，不過我花了好幾天才確定我在哪裡見過他。我是在我們遇見夢克小姐的那一天看見他的，就在我們離開蘭貝斯濟貧院的時候。」

這個意外消息讓我下巴都掉下來了。「你確定？」

「完全確定。你瞧，又多一個理由要夢克小姐仔細監視那個人。」

雖然我常常注意到，福爾摩斯偶爾會像是下棋一樣地指使別人，但我始終沒法適應這一點。我被他的能言善道給惹惱了，只是冷淡地聳聳肩。「或許鄧樂維和夢克小姐涉及某個對抗你的陰謀呢。」

我的朋友就只是莞爾一笑。「你認爲我沒考慮過那種可能性？別擔心了，夢克小姐不可能受僱於他，或者這麼說，當初我請她幫忙的時候並未如此。」

「我可以先把個人偏見擺到一邊，但你爲何能如此肯定？」

「因爲昨天晚上惹出亂子的那雙磨損新鞋。」

「我不明白。」

「她舊的那雙男鞋有兩個對稱的小洞，就在腳弓撐破的鞋背處，在這個濕寒交迫的時節，那種狀況幾乎難以忍受。然而她在我付錢給她之後的兩週，都還沒買新鞋。不，在我請她來與我共事的時候，她假定我是在開玩笑，而且她肯定沒有另一份來自鄧樂維的收入來源可以相提並論。她想，如果我恢復理智、不再付錢給她，她還會有一、兩鎊多出來的錢，這樣就足以讓她遠離濟貧院。」

在這一刻，我們察覺到一陣緩慢、笨重的腳步聲在樓梯上響起。門打開來，大偵探的哥哥，邁克羅夫特．福爾摩斯龐大的身形進入屋內。他在政府中的高位不爲大衆所知，因爲對那個領域來說，保密極爲重要。雖然他驚人的聰明才智再怎麼形容都不爲過，但他堅守習慣的程度也不遑多讓，所以他極少出現在白廳附近、他位在帕爾街的住處或戴奧眞尼斯俱樂部以外的地方。我立刻張羅一把椅子給他，但他卻站在那裡，從他那不得了的高度俯視著他坐在地板上的弟弟。他那雙銳利的灰色眼眸裡夾雜著深刻的關切與不悅。

「這個星期天有封信直接從最高層峰寄到我家來，害我爲你緊張個半死。這眞是太不愉快了。」邁克羅夫特這麼宣稱。「我相信他不會有後遺症吧？」後面這句話是對我說的，我立刻搖搖頭回應。「既然如此，夏洛克，你到底在玩什麼鬼把戲啊？你追著白教堂殺手跑的方式實在很糟糕，有勇無謀。」

「拜託坐下，邁克羅夫特，你會把自己累壞的。光看你這樣都已經累壞我了。」我的朋友回嘴了，他哥哥讓他覺得又好笑又著惱。「事實上呢，我們完全是意外闖進謀殺現場的。」

邁克羅夫特．福爾摩斯心不甘情不願地坐下了，他的視線一如往常，集中在某個空無一物的中等距離；這兩個男人出現這種凝視時，都看似心有旁騖，實際上卻是處於最聚精會神的狀態。

「我想過這個可能性。但你還眞聰明啊，沒帶武器就追過去，周遭又一片漆黑。我推測，你甚至在第一次倒地以後，還繼續追逐他。」

這句評語一定讓我露出困惑的表情，因爲福爾摩斯刻意用誇張的動作推高了衣袖，進一步暴露出另一隻手腕，而我之前完全沒注意到，這一隻的手臂上有跌倒不止一次造成的瘀血擦傷。

「我本來想限制他的行動，可是就如你所見，發生的狀況恰好相反。」他對他哥哥說道。

「親愛的弟弟，你一定要更認眞看待這件事，眞的必須如此。」

福爾摩斯的嘴不耐煩地抽動了一下。「邁克羅夫特，如果你暗示我把五個無助女子的血腥謀殺當成不足掛齒的小事——」

「你故意曲解我的意思。」邁克羅夫特的表情有多慈愛，語調就有多冷淡。「你不再單槍匹馬狂追危險瘋子，會帶來極大的實質利益，更不用說對你唯一的手足有極大的情緒好處。我已經向你釐清過了，現在還有更急切的事情。白教堂在整個大都會區裡是非常次要的一小塊，可是這些罪行的影響力卻及於整個國家……夏洛克，你確定你看出失敗的後果嗎？」

「照固定模式被開膛破肚的妓女，數量會節節攀升。」

「你病態的說法並不得體，」做哥哥的不屑地哼道，「你有沒有看到《星報》上對雙重謀殺案的報導？」

「我仔細看過了。他們呼籲罷免查爾斯．華倫爵士。」

「偶爾那些狂熱分子會打中公眾輿論的靶心。白教堂會粉碎整個帝國，他們是這麼說的。如此過火的毀謗，卻讓我們擔心至極。雖然我知道這無法勾起你任何一點興趣，弟弟，但是白教堂的問題被放大了，用來象徵整個帝國的問題。就在我們祈求著進步的時候，無政府主義者與煽動分子也還在圍攻我們。」

「當然這個兩難困境比較值得你而不是我去費神，」我的朋友如是觀察，「我就不假裝自己是大英政府情報交換中樞的化身了。」

邁克羅夫特神情更嚴峻地抿起嘴。「聽了這事之後，你應該會很訝異。此刻敵人正從四面八方向女王陛下發動攻擊。我無權跟你討論這事，但我或許能有幸得到你的信任。這一切看來都非常糟，夏洛克，而且一直在惡化。愛爾蘭自治問題已經讓國會分裂得厲害，而這個在貧民間流竄的狂人不只會引起激烈言論，還可能會導致激烈的行動。我聽到謠言說有一句挑釁的留言草草寫在牆上，直接衝著猶太人而來。」

「我也聽到同樣的謠言，」福爾摩斯拉長聲音說道，「你知道嗎，你那位查爾斯爵士把它塗掉了。」

邁克羅夫特嘆了口氣，一臉耐性受到極大挑戰的表情。「你能不能想像一下，我不怎麼欣賞你的挫敗語氣？如果我說，不只是我非常急於探望你，同時還有某位重要性高到怎麼說都不誇張的人要求我這麼做，這樣你會稍微考量一下這件事的政治面向。」

福爾摩斯的眼神變得柔和了，但他疑惑地挑高眉毛。「親愛的哥哥，你希望我說什麼？我能給你的就只有信心喊話了。」

「正好相反，你可以回答關鍵性的問題。喬治．拉斯克先生送了一封直陳女王陛下的請願書，要求提供賞金。」

「對，他對指揮系統的概念有非常出色的理解。」

「我想聽聽你的想法。」

我的朋友堅決地搖頭。「不要這樣做。根本不值得花這個力氣，更別提公家單位的人力狀況了，他們已經忙得不可開交，而我會被迫過濾大量無用的殘渣碎屑。」

「那麼我們就有共識了，不要懸賞。其他形式的協助會有效嗎？」

福爾摩斯深吸一口氣。「不管《倫敦紀事報》打算登什麼文章編派我，我要有無可置疑的權限，取得倫敦市警與蘇格蘭場保有的證據。」

「這點我保證做到。」

「我要白教堂區增加巡邏人力，還要確保由能幹的人來調派他們。」

「我早料到會有這個要求，新的人力昨天已經從其他區調過來了。我想，你已經看過關於倫敦怪物的歷史了？」

「親愛的邁克羅夫特，你的主意還眞新鮮啊。」

「你還有其他進一步的需求嗎？」

福爾摩斯突然間看起來非常疲倦。「我需要時間。邁克羅夫特，暫時就是這些了，讓我祝你今天下午順利吧。我必須重新開始進行我的調查了。」

我朋友的兄長從椅子上抬起他相當龐大的身形。「夏洛克，我非常清楚，我們各自的專長有著相反的目的。你沉迷於細節，我則沉迷於整體。你從最微小的細節往回推論，而我卻預測從枝微末節的土壤中生出的大事件。我現在完全仰賴你那種特長了；夏洛克，積極點吧。如果你發現你需要幫忙，請立刻來找我。」

「你可以跟那位貴人回報，說我爲了制止這個人，不管面對什麼都不會退縮。」

「的確如此，夏洛克，說得好。我也一樣。一旦你發現成案了，我就會照應其餘部分。祝早日康復；你沒死在某條陰溝裡，眞是讓我高興得難以言喻啊。」

「多謝你。在這方面，我的觀點跟你一樣。」

「那麼再會了。」

我送邁克羅夫特出門。從我們的住所踏上街道時，他轉過身來，用他的大手抓住我的手臂。「醫生，替他多留意，」他說道，「看到我弟弟捲入這樁不幸事件，眞讓我難受，但他就是不能放過任何一條線索。他必須行動，而且動作要快！我們全部的人都靠這個案子了。」

我站了一會兒，看著他巨大挺直的身形緩慢沉重地沿著貝格街走向多賽街的出租馬車站，並深深吸進幾口秋季午後的清爽氣息。邁克羅夫特的告誡比任何虛情假意的信心喊話更能提振我的精神。我的朋友只要下定決心，就有很卓越的恢復力。這個人在辦完一件艱鉅案件之後，是會精神衰弱到臥病超過一個月，但只要案件還在進行，他就怎麼樣都不會停手。我默默發誓，夏洛克．福爾摩斯再度上路追蹤開膛手傑克的時候，我一定會跟在他左右。

17 穿制服的男人

次日下午將近四點的時候，哈德遜太太出現在門口。

「福爾摩斯先生，夢克小姐來見你。她還帶了一位男士來。」

「太好了，哈德遜太太。請他們上來吧！」福爾摩斯展現出驚人的活力，從座位上一躍而起。「雖然問題重重，我們有進展了，華生。夢克小姐，妳好嗎？」

她一定是跑著上樓的，因爲我們聽到她同伴的腳步還在遲緩地朝上挪動。「我帶他來了！」她興奮地低語道。「從你告訴我關於葡萄的事情以後，我一直在追蹤這條線索，如果我找到的不是他，就打死我好啦。我花了一先令來說服他，不過他總算還是來了。」

進來的男人灰撲撲、乾巴巴，有個突出的鼻子、皺紋深陷的臉頰，表情看起來像是一直在悔恨懊惱，然而我們很快就知道，隨著環境變化，那副表情可以迅速變成放棄一切的失望與深切的輕蔑。在那一刻，他水汪汪的藍色眼睛與頑固的下巴似乎在說，他現在比平常還不開心。

「我的名字是夏洛克．福爾摩斯，」我的朋友親切地說道，「這位是我的同事，華生醫師。」

「我知道你們是誰，」他厲聲說，「我也知道你們是做什麼的。我不知道的是我爲什麼被拖著跨過大半個倫敦，過來向你保證我知道這些事。」

「這是馬修．派克先生，」夢克小姐迅速地做了介紹，「他住在城市另一端，沒錯，事實上就住在伯納街上。派克先生的住處前方有一扇位置很好的窗戶，他就在那扇窗戶對外面兜售水果。

不是嗎，派克先生？」

「我從來沒否認過這一點。」

「派克先生，我很高興能夠見到你，」福爾摩斯充滿熱忱地說，「你想坐靠近火爐這邊嗎？我發現這個時節的寒冷很惱人，而你的風濕病一定讓你更受不了這種氣候。」

「我可沒說我有風濕病。而且我才不管你是怎麼知道的，所以別費事告訴我了。」派克先生走向柳條椅的時候這麼說。

「華生醫師，」福爾摩斯把他的笑意藏在全然無辜的面具之下，「我是不是聽你說過，對風濕病來說，沒別的東西比一杯上好的白蘭地更有益了？」

「福爾摩斯，我說過許多次啦。派克先生，我可以倒一杯給你嗎？」

「可以，然後這位年輕小姐就得要好好解釋，爲啥這個早上不能讓一個老頭安安靜靜地看店。」

「你知道嗎，福爾摩斯先生，」夢克小姐幫忙說明情況，「我正沿著伯納街往前走的時候，看到派克先生窗前有一堆新鮮的黑葡萄。然後我就想到——那個在俱樂部附近被殺的可憐女人！她手裡有根葡萄梗。派克先生，那跟你賣的是同一個品種，」她帶著魅力四射的微笑補充，「不好意思，就是黑葡萄。」

「我想妳的意思是說我宰了她吧，」那個老惡棍輕蔑地說，「然後妳帶我來，是要讓這些紳士審問我。」

「派克先生，絕不是這樣，」福爾摩斯感傷地說道，「事實上，你恐怕根本沒看見任何有用處的事情。」

「我也是一直這麼跟這位年輕的瘋姑娘說。」

「我們要成功，唯一的希望就取決於當晚你有沒有看見一個外套上別著一朵花的女人。紅色的花，後面襯托著白色蕨類植物。不過就像我說的，目前的狀況相當絕望。對我們所有人來說，這個開膛手傑克簡直是太聰明了。」

隨著派克先生一口口啜飲他的白蘭地，他的臉部表情緩緩地從輕蔑變成傲慢。「你說她把一朵紅花別在外套上面？」

「對，」偵探嘆息道，「但是，提這個沒有用，不是嗎？」

「怪的是，我確實模糊記得賣葡萄給一個別了紅花的女人；當然了，是個男人買單，但是整個交易過程她都站在那邊。」

「眞的？這眞是個奇怪的巧合。我猜你記不得任何關於她身材、長相的事情吧？」

「她是個可憐蟲，」派克先生回答，「皮膚很白，黑色捲髮，全身上下都是黑的——黑裙、黑帽、黑色緊身上衣——她外套上還有獸毛做裝飾。」

「眞的？」福爾摩斯冷淡地回答。

「我會形容她有張強悍的臉——如果你懂得我的意思，就是有方形的下巴，還有高顴骨。」

「那她的同伴呢？」福爾摩斯看起來就跟先前一樣態度漠然，不過我看得出來他其實全神貫注。

「他是個普通人——不太瘦，體格滿好的，身高一般。穿著簡單，就像個店員或店主。而且他沒戴手套，身穿長大衣、戴著帽子，卻沒戴手套。」

「派克先生，你說的讓我非常感興趣，」我朋友的熱忱開始滲進他的語調裡。「那麼他的臉呢？你可以形容一下這個人嗎？」

「他的五官很平常，鬍子刮得乾乾淨淨，戴著一頂布帽子。顯然我以前見過他。」

聽到這句話，福爾摩斯忍不住身體一震往前靠。「喔，眞的？」

「他一定是住在那一帶，因爲他看起來很眼熟。」

「你想得起來以前是在哪裡見到這個男人嗎？」

「就在那附近的某處。可能是在酒吧或市場。」

「但是對於他的職業或住處，你毫無線索？」

「我是說以前見過他，又沒說我認識他，我有這樣講嗎？」

福爾摩斯挫折地握起拳頭，不過他的聲調還是保持平穩。「派克先生，你記得你是什麼時候賣葡萄給他們的？」

他聳聳肩。「我想是將近十二點的時候。」

「那麼你有跟警察講過嗎？」

「警察！」他嗤之以鼻。「奇怪了，我幹嘛要跟警察講。他們是跟我講過話——敲我的門，問我看見了什麼。唔，當然我有跟他們說，我在十二點半關門時看見了什麼。答案是，什麼都沒有。」

「你沒告訴警方你看見可疑的事情？」

「我沒看見什麼可疑的事。看在老天分上，普通人買串葡萄有啥可疑的？」

「說得是。唔，派克先生，對於那個晚上或者你見到的那個男人，你還能回想起什麼進一步的訊息嗎？」

「喔，看在這杯白蘭地的分上，我就再多說一句吧，」派克先生趾高氣昂地回答，「就說說這個沒戴手套的傢伙——他們兩人可能不是朋友，不過那女人肯定跟我一樣，以前就見過他。」

「你爲什麼這麼說呢，派克先生？」福爾摩斯問道。

「他買葡萄的時候，那女人說：『所以說，他們今天晚上不會掛念你吧？』『妳說誰不會？』他這麼說，口氣惱怒。『喔，我懂你在玩什麼把戲了，』她這樣說，『好啦，我無意冒犯。可是你穿那些衣服眞的是很好看。』

「她特別提到他的服裝？」

「她是那麼說的，」派克先生表示同意，同時喝光他那一大杯酒剩下的部分。「我想不通這是爲什麼，因爲根本沒什麼好說的。如果你說的是眞的，那眞是可惜，她似乎很喜歡那個小伙子。沒想到，一小時後她就死了。」

福爾摩斯沒有回答，因爲他的心思放到別處去了。我們的客人刻意清了一下喉嚨，然後站了起來。「無論如何……我就只能給你們兩位紳士這點時間了，因爲到目前爲止，我看不出你們有做出什麼貢獻。」

「先生，請你再說一次！」我喊道。

「五個女人死了，卻沒有一個嫌疑犯現身。我覺得那不是什麼太好看的成績。不然，你說咧？嗯，如果有什麼成果，再跟我說吧，但我看是不太可能。我要回店裡去了。」

「請見諒，派克先生，不過我不認為你現在就可以走了。」福爾摩斯若無其事地說。

「是這樣嗎？見鬼了，我能不能問問是為什麼？」

福爾摩斯往前逼近那個老人，然後在離老人大約兩吋的位置停下來。我的朋友俯視著眼前這個急性子的男人。他雖然臉色蒼白，一隻手臂還吊了起來，整個人的身形卻透出強到極點的威脅感。

「雖然我很感激你來訪，但你應該已經聽說，蘇格蘭場也在追捕開膛手傑克。你先前可能還沒察覺到你掌握了重要的線索，但我相信現在你應該已經清楚知道自己的地位了。你跟我會搭樓下的出租馬車前往蘇格蘭場，你會在那裡把你說給我聽的話，一字不漏地告訴我的朋友，雷斯垂德探長。派克先生，請別讓我有任何一丁點懷疑，你竟然關心的是開膛手的利益。」

派克先生掙扎著想回話，卻徒勞無功。

「這樣很好，華生，請你好心幫個忙，把我的外套遞給我。夢克小姐，考量到妳寶貴的時間，我就不請妳陪我們了。為了妳先前想方設法把他帶來，我衷心地恭喜妳達成如此大的進展。你先請，派克先生。」

事實證明，如此展開一天實在相當愉快，即便這給派克先生帶來許多不便。雷斯垂德很熱切地記下他的聲明，然後要他去停屍間一趟，他們要他看的不是伊麗莎白·史特萊德的臉，而是凱瑟琳·艾道斯。在他堅決否認見過艾道斯以後，他們讓他見史特萊德，他這回則是很有信心地說，這就是那位買葡萄的女人。接近傍晚的時候，為了獎賞他正確的指認，他被帶去見查爾斯·華倫爵士，並且第三次發表他的所見所聞。然後我們才心滿意足地跟他告別。

「我得這麼說，」我在出租馬車裡對福爾摩斯說，「你給夢克小姐的情報很快就有收穫了。」

「這讓我們的搜尋範圍大大縮小了。」我的朋友慢吞吞地說道，這時他歪著頭，身子靠著出租馬車的車廂。「我們不用忙著找一個五呎七吋的英國人，應該把範圍限制在『鬍子刮得乾乾淨淨』、『五官平常』的五呎七吋英國人就好。」

「那麼從派克對那個男人的敘述裡，我們到底有什麼收穫？」

「嗯，兩項十分有意思的特徵出現了。」

「沒戴手套？」

「非常好，華生。關於手套的細節縮小了社會階層的範圍，因為我不相信白教堂區最底層的居民會在意戴著手套吃東西。那另一個特徵呢？」

「派克認得他是那一帶的人？」

「我親愛的伙伴，當然我們沒這麼快就忘記這點。這個人對白教堂區有深入認識，這就暗示他先前待過這裡。」

「那麼，如果派克沒聽錯，就是關於他個人穿著的那句古怪評論了？」

「華生，你眞是時時刻刻都有進步啊。對，那句評語讓我非常感興趣。那傢伙似乎認為穿著善良英國百姓的裝扮，就會變得比較不起眼。」

「我想不出為什麼。」

「你想不出嗎？」他微微一笑。「朋友，你眞讓我吃驚。咱們就舉個例子好了。現在呢，如果有人逼我，我也可以對你做出非常詳盡的描述。但如果你對我而言是陌生人，我也沒把辨認人類容貌特徵當成個人職業的一部分，我可能就會把你形容成『五官平常』的人，因爲這段話如果不是指兩兩對稱、間隔平均的五官，還能有什麼別的意思？」

「史特萊德認出害死她的男人，這件事該怎麼解釋，我還是看不出來。」

福爾摩斯突然笑出聲來。「非常好。你在倫敦的那些朋友，他們反應靈敏到足以在見到你時認出你。如果你盡全力打扮成普通的水手，他們還認得你嗎？」

「我想可以。」

「可以嗎？以你現在的打扮，如果你突然到印度去，你在那裡的熟人會認得你嗎？」

「有些人會。有些人可能就認不出了。」我表示同意。

「爲什麼認不出？」

「我的外表有了重大改變，而且我以前總是穿著制服。」

「我已經證明我的論點了。」福爾摩斯這麼說道，他臉上帶著平常那種飄渺的表情。「如果你脫掉制服，你的同僚在人群中就有可能認不出你，那怎麼能期待一個陌生人辦得到這點？在這個世界上有些人特別會認臉，而伊麗莎白．史特萊德就是其中之一。雖然大部分人在脫離原有脈絡的狀況下，都認不出一張普通的臉孔，她卻認得出。可悲的是，她沒辦法活著說出這件事。」

「你說的對，福爾摩斯。」經過一番回想之後，我現在完全清楚我朋友的想法了。「如果一個男人總是穿著制服，平民裝束會明顯地改變他的外表。」

「我現在要投入我全部的資源，去鎖定這位強尼．布萊克史東，」福爾摩斯這麼回答，「不管我們何時動手，只怕都不夠快。」

18 戰利品

十月六日的黎明多霧而寒冷，藤蔓似的霧氣彼此同心協力、曲折迂迴地設法滲透一個個煙囪與窗臺。這時一定接近八點了，我房門傳來一陣簡短的叩門聲，預告了福爾摩斯的出現。他手上拿著一杯咖啡站在我門口。

「怎麼了，老友？」

「伊麗莎白．史特萊德今天要下葬，」他說道，「我在想，你是否願意陪我到東倫敦墓園去，因爲我想她會葬在那裡。」

「我可以在十分鐘內準備好。」

「好。出租馬車會在半小時內到這裡。」

我迅速著裝完畢，接著簡單用過一頓早餐以後，我跟福爾摩斯一起坐上一輛四輪馬車。「你想會發生什麼事？」我問道。

「我親愛的華生，我完全沒概念，我可以補充說明的是，這正是爲什麼我們要去那裡。」

「你懷疑會有事發生？」

「你看，馬里本街街角開了一家新的素食餐館。我聽說這種餐館之所以普及起來，大半是受到我們的印度殖民地影響，但是這種做法在英國也有很長的歷史。艾薩克．牛頓爵士就對血布丁避之唯恐不及。」

我硬生生抑制住好奇心，因爲這世上根本沒人能誘使福爾摩斯違反他的意願透露出情報。我們縮在自己的外套裡，福爾摩斯更是陷入他個人的沉思之中，而我則是暗自咒罵出租馬車的壁板太薄，根本不足以抵禦天候狀況。在我望著一條條街後退的時候，潮濕寒霜很快就讓我的腿發疼了。

一道鐵籬笆把東倫敦墓園跟馬路分隔開來。大門後面有一大片廣闊的草坪，邊緣圍著赤楊與田園槭，還有幼小的無毛榆在霧氣中微微反光。霧懸在空中有如幽靈現身，我把脖子周圍的圍巾攏得更緊了。

「福爾摩斯，禮拜堂在哪？」

「沒有禮拜堂。這個墓園才不過十五年歷史，當初是由這一區的專業人士興建，提供當地居民一處安息之地。華生，這個城市十五年之內膨脹了整整一倍，人口達到四百萬，而忽略這些發展的後果之一就是，我們該拿死人怎麼辦？」

大約十名左右的一群男女在一間低矮棚屋裡等待；他們聚集在一輛運貨推車旁，車裡有一束裹在破粗麻布裡的長條布包。一位警員站在幾碼外，觀察著送葬行列。

「早安，警官，」福爾摩斯向他打招呼，「是什麼風把你吹來這裡？」

「早安，先生。雷斯垂德探長認爲受害者的葬禮上最好有一位警方代表，先生。」

「他想得很周到嘛。」

「是的，福爾摩斯先生，不過這是爲了維持靜秩序，還是只想讓社會大衆看見，我也說不準。」

福爾摩斯笑出聲來。「我想就算只是做做樣子，也對蘇格蘭場有幾分用處。」

「唔，先生，我可沒這麼說，」這位警員謹慎地答話，同時整理了一下他的衣領。「但大家對我們有所期待，如果你懂得我的意思。」

「當然。牧師來了。我們加入送葬行列吧？」

教會的一位雇員傲然走向那輛推車，從他外套底下可以看見神職人員的白領，他狡猾的臉上帶著一副陰沉沉的怒意。我們在一小段距離外跟著送葬行列走，遠到可以避免發言，卻又近到可以聽到其他弔唁者的隻字片語。我毫不懷疑，福爾摩斯憑他更加敏銳的感官，還可以聽到更多。

「不怎麼有看頭，喔？」有個金髮男子說話了，就算隔了好幾碼，他聞起來還是很像條魚。

「你很清楚，麗茲沒有親人，」一個戴著黑色草帽與圍巾的年輕女人回答。

「她向來就沒有多少東西。她總是運氣很背。」

「至少她不像另一個女人，被切得碎碎的。我會說她這樣算是夠幸運了。」

「如果我能有那麼一會兒不去想下一個會是誰，也許我就能睡得著了。」有個更輕柔的聲音說話了，語調中帶著濃重的哭音。「昨晚一隻老鼠從巷子裡跳出來，就把我嚇到尖叫。」

「我可不會。妳不會看到我在黑暗角落裡跟在逃的『刀客』在一起。」

「唉，今天這麼說是可以啦，但明天妳就會想喝點琴酒，然後我會在哪裡找到妳呢？」

「會在懷特路後面，裙子被掀起來蓋在頭上。」

「麥可，別去煩茉莉。」

「他說得很對。茉莉跟我們都一樣，沒辦法徹底脫離街頭。」

我們到了某個範圍，這裡看起來像是一群巨大鼴鼠的傑作，而不是某個掘墓者的工作成果。大半土壤都被翻過了，其中最新翻起的土壤就堆在地面上一個六呎長、六呎深的洞穴旁，但我看不到任何類似紀念碑的東西。這幕景象讓我充滿感傷，我想起之前在戰爭中多次看過這般匆促的葬禮。

「那麼就是這個了，霍克斯？」

「她會葬在這裡，」葬儀業者粗聲說道，「一五五〇九號。」

牧師絲毫不浪費時間，迅速地朗讀給死者的禱詞，同時霍克斯和其中一個在場男性從推車裡舉起包著裹屍布的屍體，扔進墳墓裡。

「伊麗莎白．史特萊德一文不名，」我的朋友平靜地說，「所以她的喪葬費用由教區負擔。不過，想到一位生前遭遇那麼殘酷對待的人類同胞，到頭來竟落得這種下場，這眞是太無情了。」

隨後不久，這些弔唁者開始散去。很快就只剩下一個有著鐵鏽色頭髮、黑色眼眸的中年男人。葬禮過程中，他一直顯得很憤怒，而不是哀傷。到最後他拾起一顆石頭，往葬儀業者霍克斯背後扔去，同時大聲喊道：「那女人對我來說就像皇后一樣，但你剷土的樣子，卻好像她跟扔進河裡的死狗沒兩樣！」

「你滾吧，」霍克斯咆哮著回敬，「我盡到我的責任了，又沒人付錢要我做別的。如果你那麼有心就自己埋葬她啊。」

這個眼神瘋狂的男人掠過我們三人身邊時，瞥見那位警員的圓形頭盔和條紋臂章[1]，然後在凶險不祥的氣氛中，他慢了下來，低聲咒罵：「如果我是那天晚上巡邏教堂區的臭條子，我會羞愧得立刻自殺。」

「先生，你最好離開，」那位警官回答，「我們每一位都已經盡人事了。」

「那就別浪費時間了，乾脆我現在就拿刀戳你那沒用的喉嚨！」

「如果你硬要這樣，我就會用公然酗酒罪名逮捕你。」

「找到殺死麗茲的人，或者你見鬼去，哪樣更好？」那男人冷冷地嘲諷著。

「先生，您是哪位？」福爾摩斯問道。

「麥可·基德尼。」他這麼說，同時努力挺直身體，因爲他似乎失去平衡感了。「我是她的男人，而且我打算趁你們這些豬仔在泥巴裡東聞西嗅的時候，找到殺她的凶手。」

「喔，他就是用掛鎖的人，」福爾摩斯說道，「告訴我，她是在你把她關起來以後愛上你，還是之前？」

「你這個狡猾的魔鬼！」基德尼怒吼道，「她只有在喝醉的時候會想要離開我。你又是誰？你怎麼知道這件事？」

「我名叫夏洛克·福爾摩斯。」

「喔，你就是夏洛克·福爾摩斯啊？」這個訊息讓基德尼更加憤怒。「我聽人說過，你也很有可能就是開膛手本人。」

「我也間接知道這點了。」

---

1 一直以來，警察袖口周圍的條紋帶都是辨識身分的標記。

「那你是有什麼毛病，幹嘛跑來她的葬禮？」

「不勞你費這個心。基德尼，聽我的勸，別管這件事。」

「你是來看你的成就，對吧？」他高聲嚷嚷。「在上帝跟所有愛她的人面前，你跑到她的葬禮上來自鳴得意一番！」

衣著凌亂、情緒狂暴的基德尼對福爾摩斯揮出一拳，但我朋友敏捷地閃向一邊，輕鬆躲過這一擊。我衝過去制住基德尼的手臂，警員也走了過來，他的警棍就指著那惡棍的鼻子下方。

「你再多吭一聲，」警員說道，「我就讓你親娘都認不出你。現在跟我們走，記住！再多說一個字，我就有權隨意處置你。」

我們把這個不斷掙扎的粗漢夾在中間，拖著他到街道上。算我們好運，有第二名警員正在這裡巡邏。我把基德尼交給這些能手，然後回到原地，福爾摩斯還站在草地上，若有所思地調整著他的吊帶，畫著小圈圈轉動著他的手臂。

「那位警員看起來脾氣不小。」我這麼評論。

「不會比基德尼還大，」福爾摩斯挖苦著回答，「還好他沒有認眞要跟我較量。他會受傷的。」

「你就算受了傷也還是個可怕的對手，而我很樂意指出，隨著時間過去，你就愈來愈不像有傷在身的樣子。可是福爾摩斯，我必須知道，你找到你期待中的東西了嗎？」

我們走回外面馬路上的時候，他讓步了：「我想，在這樣討厭的潮濕天氣裡把你拖出門，是該給你某種程度的解釋。這聽起來可能很奇怪，但我跟麥可．基德尼有一樣的想法。這些謀殺案——它們過度張揚，又以獲得報導爲樂——是用人能想像到最明目張膽的方式犯下的。但是還有什麼能比受害者的葬禮更張揚的呢？」

「當然了，開膛手要是現身就太蠢了。」

「我不認爲他會，可是他信裡有一股虛榮的味道，讓我產生一絲希望。或許他變得愈來愈有自信，但很快就會吹噓過頭，把自己逼進死角，」我的朋友這麼預測，「我只希望他在又有人被殺以前就這樣做。」

接下來的星期一，我從俱樂部玩罷一局撞球回來時，在我們家客廳撞見一幕奇異的景象：福爾摩斯攤在長沙發裡，兩腳搭在椅子扶手上，頭部用幾個枕頭撐著，小提琴的琴頸塞在他的吊帶裡。他的左手撩撥出某種詭異、混亂的和弦，讓我回想起他最爲憂鬱的階段。我往臥房走去，因爲他這類抽象的音樂作品會讓我極爲不安，而且我也不喜歡聆聽這些用左手彈奏出來的旋律，但是他用一個問題攔住了我。

「你朋友瑟司頓表現如何？」

我轉過身去，大惑不解地注視著福爾摩斯。「你怎麼知道我是跟瑟司頓在一起？」

他把小提琴放在邊桌上，坐起身來。「你是從你的俱樂部回來。你八個月前有點難過地宣布，你以後不想在俱樂部裡打撞球了，因爲你的對手都敵不過你。你跟我只玩過一次，不過我發現你眞的是相當有威脅性的對手。一個月後，你又從俱樂部回來，坦承說你玩撞球的時候被一個叫瑟司頓的新成員打敗了。從那次的愉快經驗以後，你既沒有放棄打撞球，也沒有再哀嘆自己太過精通此道。」

「但是你怎麼知道我先前在玩撞球？」

「你在家吃午餐，昨天又沒有橄欖球賽可供你跟運動同好討論。」

「我這麼容易看透嗎？」

「對訓練有素的觀察者才是如此。」

「我看，你這個下午都奉獻給音樂了吧。」

「看起來可能是這樣，但事實上我出席了凱瑟琳·艾道斯的葬禮。我親愛的伙伴，這是個相反狀況的研究。如果我算得沒錯，這場葬禮將近五百人出席。閃亮的榆木棺材，有透明玻璃的運輸車輛，弔唁者排列在街道兩旁——移民、本地人、富人、窮人、東區人跟西區人，倫敦市警跟大都會區警力都在，還有一位獨立開業的顧問偵探。你看看，一點錢能給你帶來多少東西。」

我幾乎還沒開口回答，就有一陣唐突的敲門聲打斷了我，哈德遜太太帶著一個小包裹進來了。

「福爾摩斯先生，這可能是最後一班郵差留在樓下給你的。我本來想連同你的茶一起帶上來，不過貓不肯放過這玩意兒，天曉得裡面裝了什麼東西。」

福爾摩斯整個人像是獵犬聞到氣味時的爆發力，跳起來衝向他的化學實驗桌，那裡有一盞很亮的燈，爲研究提供更好的照明。他的右側肢體已經重拾大半力氣，能夠在手臂保持不動的狀態下使用。他用一把摺疊小刀割開紙張，開始用放大鏡仔細察看木盒本身。他發出幾聲滿意的含糊呼喊，兩度用鑷子夾起小小的跡證，然後把這些線索細心地放在一片吸墨紙上，他這樣工作著，到最後我對那個盒子的實際內容，好奇到快要受不了了。

漫長的等待之後，他終於小心翼翼掀開蓋子。露出來的只有稻草，所以他抓起一把細長的拆信刀，撥開那些乾草，直到他終於看見一絲銀光。

福爾摩斯皺起眉頭，用一塊布蓋住他的手，然後把手伸進去，拉出一個小小的菸盒。他在燈光下把菸盒翻過來，尋找金屬表面的蛛絲馬跡，但這個盒子似乎是全新的。他把盒子扔到桌上，然後抽出一張短箋，上面寫著：

福爾摩斯先生

眞遺憾，你弄丟菸盒了。但我沒時間替這個新的打上花呀字母什麼的。可是，如果你想的話，總是能想辦法弄上去。我有一堆工作要做，像是磨利刀子（它們最近用得太凶了）。不過我絕不會忙到無法跟你和你的醫生朋友請安。回到正事上，我希望你不會以爲我已經收工了，因爲還有很多該做的工作。

你的傑克

附註：在你還有最後那個女孩之間，我沒時間清理我的刀。你們二位混合起來的紅色還眞是美妙。

我簡直不敢置信，只能目瞪口呆地看著眼前這封信。「你追凶手的時候，確實是弄丟了你的菸盒！我記得你後來是跟我借的。」

他沒有回答。

「親愛的福爾摩斯，這眞荒唐。爲什麼他要還你一個不屬於你的菸盒？」

「這一頁是從一本筆記本上撕下來的，標準口袋尺寸，黑色墨水，要是運氣好的話……」他拿了一片石墨，然後輕輕擦過紙條表面。有個圖案出現的時候，他發出一聲欣喜的呼喊。

「你發現了什麼？」

他顯然很滿意地把那張筆記紙遞給我。我瞇起眼看他揭露出來的筆跡：

245 ——11:30

1054 ——14

765 ——12:15

「福爾摩斯，這是什麼意思？」

「這是上一頁的拓印。我承認我現在還想不出什麼來，不過那不表示這超越人類想像範圍。紙張或盒子上都沒有指紋，這確實很奇怪，但這表示他要不是從買來的那一刻起就戴著手套，就是細心擦拭過了。他喜歡蒐集戰利品，金髮，性情一絲不苟，而我毫不懷疑他住處附近有個馬廄，因爲這些乾草最近才從一匹馬身旁拿來。他今天出席了凱瑟琳·艾道斯的下葬儀式。打包這個盒子的時候，」福爾摩斯得意地做了結論，「他正在抽菸。菸灰落在乾草裡了。」這位偵探用摺疊刀刮起一片蓬鬆的白色菸灰，放到另一片吸墨紙上，然後他舉起放大鏡。

「我看到你在紙張跟盒子中間發現了髮根，而且郵戳透露出他就在那個墓園附近。那菸灰呢？這有助於我們追蹤他嗎？」

我的朋友用最憎惡的態度放下手中的放大鏡，用拳頭把紙張揉成一團。在非常慢地深吸了一口氣以後，他才回答道：「恐怕沒辦法，老弟。」

「為什麼？」我遲疑地問道。

「因為他抽的是我的菸。」

對於這個令人厭惡的事實，我想不出任何回答，只好放棄。

「至於戰利品，」福爾摩斯用比較平靜的口氣繼續說下去，同時從試管架上舉起一個玻璃試管，然後扭開他的藍焰酒精燈。「就我們目前所知，他已經蒐集到一個子宮跟一個腎臟。而現在我的菸盒肯定在他掌握之中，要不然他怎麼會知道上面押了名字縮寫？」

「福爾摩斯，你在做什麼？」

我的朋友詭異地瞥了我一眼，然後在酒精燈上放好一瓶水，接著從一個皮製的小盒子裡拿出一小瓶雪白的結晶體。他伸手拿起被弄髒的紙，把暗色污漬跟其他地方切開來，然後扔進沸騰的水中。「你覺得這個污漬是什麼，華生？是墨水？泥土？還是染料？」

「我幾乎不願意去想那是……喔，福爾摩斯，肯定是那個了！」我喊了出來，這時他從各個罐子抽了幾滴不同的液體，然後仔細用一根試管混合這些液體。「我怎麼忘得了？在我遇到你的那一刻，你的發現讓你興奮得語無倫次。」

「這是因為夏洛克．福爾摩斯血紅素測試是犯罪科學上無可估量的突破，而且請容我補充，那是我花了將近四個月才達到的完美境界。」他快活地回答[2]。他拔開小玻璃瓶，然後搖了幾顆蒼白的結晶倒進黑色紙張正在瓦解的水裡，同時關掉了酒精燈。「我的朋友，從許多面向上來說，那天都是歷史性的一天，爲了慶祝這一點，我要請你享受這分榮耀。」

我接過他準備的透明液體，謹慎地滴了幾滴到水裡。就在我們眼前，水從透明無色變成充滿威脅感的紫紅色。

「這是血，」他平靜地說道，「我想也是。唔，就公平分享吧。我要到蘇格蘭場去。在雷斯垂德多次爲我們受苦受難以後，還把這個情報留給我自己就太吝嗇了。親愛的伙伴，請幫我這個忙，醒著等我回來吧？我想有某種非常微小的可能性，我會需要一位朋友幫我繳保釋金。」

---

2 福爾摩斯把辨識血紅素的配方修正到十全十美的當天下午，他和華生醫師兩人的舊識史丹佛，把他介紹給華生醫師認識。福爾摩斯當時正在找人跟他分租貝格街的套房。

19 史蒂芬·鄧樂維必須說的事

福爾摩斯沒有被留置在蘇格蘭場，雖說那天晚上不只一位執法警官滿臉懷疑地偷眼瞄他。他沉思著說：「這件事好笑的地方是，如果我真的牽扯進任何一種不法活動，他們之中沒有一個人能破解得了。親愛的同伴，要是我能擺脫文明的束縛，我對自己得逞的機率可沒有任何不實幻想。只怕事實會證明，根本沒有人擋得住我。」

我的筆記寫著，十月十一日，凱瑟琳·艾道斯死因調查庭終結。我出席了死因調查庭，想知道是否有任何與醫學相關的發現。然而，驗屍官除了保證說移除腎臟至少得懂一點基本解剖學，以及這樣的腎臟在市場上是不可能有任何價值以外，根本沒說什麼，就連對開膛手的第二項「戰利品」也沒多談。至於裁定結果，就像其他調查庭一樣，都是「被未知的某人或某些人蓄意謀殺」。

當天，我傍晚時分才回到貝格街，調查庭的事讓我沮喪萬分。就在換上拖鞋時，我聽到一陣狂亂門鈴聲響起。我衝到凸窗前拉開窗簾往下看，但我們的訪客要不是消失了，就是已經進屋了。我才轉身朝向客廳門口，夢克小姐就飛奔進門，然後把門砰一聲關上。

「他到底在哪裡？」她激怒地問。

「福爾摩斯？我不知道。親愛的夢克小姐，這到底是怎麼回事？」

「如果他跟我玩陰的，他會付出代價的！他再也不能靠個人魅力混過關，演得跟真的一樣。

記住我的話，我會給他好看。我可不要替他當間諜又被蒙在鼓裡，一星期一鎊，不，一天一鎊也不幹，一分鐘一鎊都不要！」

「夢克小姐，我拜託妳坐下來，用簡單直接的英語告訴我到底發生什麼事。」

「有人跟蹤我！」她喊道。

「老天爺！被誰跟蹤，妳有概念嗎？」

門打開了，福爾摩斯走進來，一臉陷入深思的表情，但一見到我們的訪客就變成了驚喜之色。

「被史蒂芬．鄧樂維！」她幾乎是在尖叫了。

「妳被人跟蹤了。」福爾摩斯說道。

「老天在上，」她憤怒地叫道，「我想也是。你們可以直接下地獄了，你們兩個都是。」她想從他身邊擠過去，穿過門口，不過他迅速地退了一步，硬是把門關上，同時從夢克小姐的其中一個口袋裡靈巧地抽出一張紙條。

「這是大都會區鐵路的地鐵車票。妳來貝格街從沒搭過地下鐵。出租馬車是非常顯眼的交通工具，特別是在白教堂區，可見妳是想用較不引人注目，甚至是讓自己消失在人群裡的方式。要是妳沒被人跟蹤，怎麼會想採取這種步驟？」

她開口要回答，但福爾摩斯繞過她身邊，大步走向窗口。「妳成功了嗎？」

她閉上嘴巴點點頭。

「從頭開始告訴我。妳幾時發現妳被跟蹤的？」

夢克小姐木然地走到一張椅子旁邊，然後癱坐下去。「我很抱歉，福爾摩斯先生，」她悄聲說道，「我不知道該怎麼想。」讓我很震驚的是，她眼中淚光瑩瑩，還發出一聲疲憊至極的嘆息，然後就把臉埋進手心裡。

「親愛的小姑娘，」福爾摩斯喊出聲來，同時把一隻手放在她肩膀上。「我完全不知道妳這麼難過。」

過了一會兒她抬起頭，然後繃著臉把淚水從她臉頰上用力擦掉。「這一切到底是什麼意思，你愈快告訴我愈好。」

「我進來的時候妳正說到史蒂芬．鄧樂維。就是他跟蹤妳嗎？」

夢克小姐點點頭。「我看到天色晚了，就離開屋子去買點茶，還有看看以前常跟我作伴的幾個女孩子現在怎麼樣了。」

「繼續說。」

「福爾摩斯先生，我曾經在大花園街租屋，所以我想過要去看看某個住在蒙特街過去一點的女孩。傍晚天氣夠晴朗了，我又不急，所以我想先朝那個方向出發，同時去贖回一本我以前典當的書，那時候我窮到一毛錢都沒有。我沿著老蒙太古街走向當鋪，不過在我走過兩條街以後，我發現我忘記帶當票，便轉身往回走。

「有個傢伙在街上跟我擦身而過，全身穿得破破爛爛，帽子拉得很低，還有條圍巾圍住他的臉，你從圍巾頂端只能看到兩隻眼睛從一大片髒污中間往外望。他正走在我想起當票以前走的那條路上。我沒多想那個人，就只是快跑回租屋處，從我塞在一塊地板下面的菸草袋裡掏出那張票。

「然後我又出了門，沿著老蒙太古街走到當舖去，然後我拿回那本書，很快就回到外頭。那個圍髒圍巾的男人還在那裡，不過在白教堂區人總是多得跟跳蚤一樣，我就往回轉，朝著醫院走去，依舊沒多想什麼。

「我又多走了幾步才覺得怪怪的，那個髒兮兮的傢伙剛才並不是在那裡乞討、等人、站著、睡覺，或者做他徹底有權做的任何事。要是那男人身上沒有任何看了眼熟的地方，我可能就不會擔心什麼，總之我下定決心，等我超前一點點就要躲進路邊某個門框。由於我是要往回走，會從相反方向經過自家門口，到時如果他還在我後面，我就知道他在盯我梢。」

「我看到一個可能比較深的門口，還有一群救世軍在我背後，所以我就閃進門的陰影裡。很快那個髒兮兮的傢伙就經過了，不過他東張西望地看，就好像在找啥似的，而且他在經過我身邊的時候轉頭了，就在那一刻我看出他是鄧樂維，那畫面就跟我坐在這裡一樣千眞萬確，半點不假。

「天啊，簡直快把我嚇得要死，福爾摩斯先生。如果我沒回頭，我可能永遠不會看到他，誰知道他是不是從我遇見他開始就在跟蹤我了？妳在跟蹤的人反過來跟蹤妳，這當然不對勁。我從那個門口衝出來，耳朵都聽得到自己的心跳聲，我還把你給我的刀子握在手裡，然後我穿過大花園街到白教堂路去，我一路上都用跑的，直到我抵達某個醫院對面的車站，碰上一大群鬧哄哄的人為止。」

我的朋友從某個抽屜裡拉出一封電報。「夢克小姐，史蒂芬・鄧樂維知道妳住在哪裡嗎？」

「他常看到我進屋。」

「就妳所知，他有沒有瞥見妳尾隨他的樣子？」

「要是在今天早上我會發誓他沒有，但我現在這麼說，聽起來很沒說服力。」

「夢克小姐，我向妳保證，我從來沒料到鄧樂維會有這種躁進的行爲，像是尾隨跟蹤妳之類的。不過我承認，我早就懷疑他沒有表面上這麼簡單。」

「喔，這點清楚得很了！」我皺著眉頭。「一個普通士兵尾隨夢克小姐做什麼呢？」

「他才不是士兵。」福爾摩斯跟夢克小姐幾乎異口同聲說道。

「什麼？」我喊出聲來。我那兩位同伴態度謹慎，彼此面面相覷。

「呃，你們兩位總有一位必須明白告訴我，爲什麼他不是士兵。」我惱怒地說。

我得到的回答如下：「他那樣跨著大步」以及「他的手帕」，這兩句話同時爭取我的注意力。

福爾摩斯清清喉嚨。「任何一個服役超過兩個星期以上的軍人，都會把手帕藏在衣袖裡，而不是放在外套口袋裡，」他這麼解釋，「你自己也是這樣做，親愛的伙伴。夢克小姐，妳剛剛說的是？」

「喔，我——我是說，在你問起的時候，我也想到他把手絹兒放在哪裡了。不過無論如何，士兵不會那樣走路。至少我見過的沒有一個是那樣走。連勤務兵都不是那樣。」

「那敢情好，」我不耐煩地說道，「先把史蒂芬．鄧樂維不是什麼人擺在一邊，我可不可以問問，他實際上是什麼人？」

「明天你們兩個就會知道得像我一樣清楚了，」福爾摩斯堅定地說，「無論結果如何，這封電報會讓事情成定局。我很樂意說的是，此刻雖然還留下些許讓令人迷惑的疑雲，但如果你們兩個都同意明天下午三點在此集合，到時候我會對你們說明一切。夢克小姐，就只有今天請妳繼續搭地鐵，妳是否有異議？」

「我雖然一星期有一鎊的收入，但是還沒淑女到不能這樣做。」

「如果今天晚上睡在妳家以外的地方，會對妳造成不便嗎？我這裡有個地址，妳在那裡會受到妥善照料。」福爾摩斯遞給她一張名片。「這完全是個預防措施，我是不太願意讓妳一個人自求多福。我朋友有一位親切的管家跟一個多餘的房間。」

「喬治．拉斯克，托利街一號，愛德尼路……」她唸出聲來。「去哪對我來說都一樣。我需要的一切幾乎都在我口袋裡了。不過明天會發生什麼事啊？」

福爾摩斯帶著微笑領著她到門口去。「我非常期待明天。在此同時，夢克小姐，妳先待在安全的地方。我很遺憾妳受到驚嚇，不過妳要明白，在這整個調查過程裡，我都非常敬佩妳堅毅的精神。」

聽他這麼說，夢克小姐臉上一陣發熱。「如果我需要忍耐的只是幾趟地鐵，花這點時間是值得的。那麼明天再見了，紳士們。我想這位拉斯克先生見到我會很訝異吧？好吧，沒關係。我會很快就讓他習慣這件事。」

第二天下午兩點半左右的時候，我膝上擺著一本《刺胳針》，試著想讀進一篇談寄生蟲病的文章，成效卻不彰。在差十分鐘三點的時候，我生了火，然後從凸窗往外張望，看看有沒有人來。最後我聽見福爾摩斯貓也似的輕巧腳步在樓梯上響起，接著我的朋友就進來了，還暗自輕聲發笑。

「眞是太完美了，」他說，「我從來沒想到一切會配合得這麼完美。我先提醒你，昨天以前我根本不知道他在跟蹤她，不過這樣對我們來說是再好不過了。哈——鈴響了！夢克小姐已經到了。」

夢克小姐出現時心情比昨天好多了。她開心地向我們招呼；當她在餐具櫃的倒影裡瞥見自己的頭髮時，露出一臉不高興的樣子，還伸手想把它們順得服貼一點。

「就一個女孩子來看，留給拉斯克先生照顧的那些年幼孩子，實在是不忍卒睹。」她從自己口袋裡抽出一根別針，有些得意地評論道，「雖然從麻煩程度來說，大的那四個遠不及小的那三個。但我昨晚到達以後，扮過公主、印度大君的女奴、精靈跟一匹載重馬，所以要是我清醒的時間能長到——」她聽到樓下門鈴響，就截斷了自己的話頭。

「夢克小姐，請妳坐這張柳條椅吧。」福爾摩斯建議她。「華生醫師，就坐你平常的位置，然後爲了讓訪客更舒適些，我們就空出整個沙發的空間。」

我不知道我在門打開以前本來有何期待，不過那個金髮、寬肩的高大年輕人穿著樸素方格長褲和深灰色外套出現時，看起來是在極力克制著他的激動情緒。他的五官很討喜，除了一撇翹八字鬍以外，臉上都刮得乾乾淨淨的，但此刻他卻是一臉可怕的憂慮表情。在下午微亮的光線下，我一下子認不出他，但隨即我就看出來，在那個可憎的夜晚，跟夢克小姐在女王頭酒吧裡相聚共飲的就是此人。

「我冒昧認定，你就是史蒂芬．鄧樂維先生，」偵探這麼宣布，「我的名字是夏洛克．福爾摩斯，雖然我會自認爲你應該已經知道了。你也想起華生醫師了吧？而且我還知道你曾有幸數度得到夢克小姐的陪伴。」

知道福爾摩斯在等他，史蒂芬．鄧樂維看起來絲毫不訝異，但他一看到夢克小姐在場，就放心的喊了一聲，渾然不覺得不好意思。至於表情豐富的夢克小姐則是驚訝地揚起眉毛。

「唉唷，鄧樂維，」最後她這麼說，「看來從我最後一次見到你以後，你好好梳洗過了。」這句話顯然大出我們這位客人的意料之外，但是福爾摩斯一如往常，掌握著整個房間的狀況。

「請坐下，鄧樂維先生，」我的朋友提出要求，「我很高興你出現在這裡，這肯定了我先前對你形成的看法。或許你願意好心地回答我們想問的所有問題。」

「當然了，先生。從你要我來的時候起，我就很想搞懂到底發生了什麼事。」

福爾摩斯露出謎樣的微笑。「我想，我可以把這一連串事件描述給你聽。當然，有幾處枝微末節需要請你補充。」

「我願意聽候你差遣，我很高興看到夢克小姐人在貝格街。」

聽到這句話，夢克小姐跟我困惑地對望，但福爾摩斯不受干擾地繼續說。

「聽你這麼說我很高興。剛開始，我還不確定你是倫敦市的便衣警察或是私家偵探，不過現在我很樂意介紹你跟夢克小姐和華生醫師認識：史蒂芬．鄧樂維，記者，爲《星報》這個恣意散播不滿騷動的溫床工作。」

我訝異地猛吸一口氣。「記者！那失蹤士兵跟遇害女子的故事又是怎麼回事？」

「喔，事情的關鍵就在這裡。」福爾摩斯說著，得意地點起一支菸。「我會從頭說起，如果有任何地方不清楚請隨時發問。

「史蒂芬．鄧樂維用的是他的眞實姓名，他賺取每日食糧的方式，就是撰寫我哥哥最近抱怨的那種聳動文章。簡單說，他是靠暴露白教堂這個英國文明廢墟的實況來維持生計。而且對於報界較爲大膽的成員來說，如果可以取得比較好的新聞故事，僞裝潛入調查並不是前所未聞的手法。

「瑪莎．塔布蘭謀殺案的前一天是銀行休假日，已經夠擾攘的大都會因此湧入了許多閒人、好事者和享樂主義者。預計會出現的街頭市集與煙火，把那天變成勞動階級心中的特別日子，而任何熱心工作的記者都會選擇出席這類場合。鄧樂維先生，你花了幾先令租了一套禁衛步兵團制服，把一本筆記本藏在身上，然後就出門去，希望能採訪到一則引人注目的故事。

「既然他們這群人愛好交際，又很照顧自己人，你很快就混進一群才剛放假的士兵裡。他們沒看破你的花招，只能說若不是你非常小心，就是他們醉得厲害，而我相信是這兩個元素的組合讓你得以成功。你們一起跌跌撞撞逛過一間又一間的酒吧，然後隨著夜色愈來愈深，你發現自己幾乎跟他們一樣爛醉又魯莽了。」

「據說軍團裡最愛交際的傢伙，是一位強尼．布萊克史東中士，他所有的伙伴都知道他服勤時是條好漢，但喝醉以後完全是個流氓。你對他的人格一無所知，所以就算他比較親近的同僚都因爲他惹事生非的惡名而開溜了，你卻還繼續陪了他很久。

「在兩釀造師酒吧裡，你認識了瑪莎·塔布蘭，還有她的某位熟人，珍珠·普爾小姐。珍珠·普爾消失在倫敦的地下世界裡，不過瑪莎·塔布蘭卻得到這分『殊榮』，成爲強尼·布萊克史東在狂怒中殺死的第一個女人。或者說，至少是我們所知的第一個。是什麼事情導致他犯下這個血腥的勾當，我自有一番猜測，不過你或許可以提供更多精確的第一手消息。」

在敘述的過程中，史蒂芬·鄧樂維變得愈來愈激動。在福爾摩斯的暗示下，他用手帕抹了抹額頭，然後用力點了點頭。「福爾摩斯先生，你眞是嚇了我一跳，因爲你說的每件事都完全正確。既然我已經知道你做了什麼，就更難拒絕你。那天等我們到達兩釀造師的時候，都已經醉醺醺了。我們跟幾個女孩子聊了開來。布萊克史東完全就跟你說的一樣，他是個非常瀟灑的黑髮男子，在八二年那時跟冷溪衛隊一起在泰勒凱比爾作戰。就我看來，他將近三十歲了，他身邊的人都很喜歡他。

「後來，我稍稍穿透腦袋的迷霧，看看周遭情況，這才發現我們待太久了。因爲隔壁桌吵了起來，而布萊克史東居然拿一只酒瓶去砸一個男人的手。我們很丟人現眼地離開了酒吧，那時候可能差十分鐘就兩點了。我們沿著街道走，女孩們則在一小段距離之外。布萊克史東很快就替自己找了個藉口，好讓他能夠跟瑪莎一起躲進某個黑暗的縫隙去，我也裝成要如法炮製的樣子，不過那時我已經稍微恢復那麼一點清醒，就用一先令感謝那女孩的辛苦，打發她走了。我想在巷子出入口盯梢，同時等待布萊克史東再現身。

「五分鐘過去了，然後是十分鐘。我回到酒吧去，看看他是不是像我一樣改變主意了，因爲跟我們起衝突的男人已經走了，可是沒看到他在那裡，我就返回原地。等到有個警員從那暗巷裡走出來，幾乎迎面撞上我的時候，已經兩點過一刻了。我當下震驚得不得了，卻想不出別的做法，只能繼續僞裝。我知道要是我坦白跟警員說我不是個士兵，一定會招致難纏的盤問。我只好供稱我的朋友，一位衛兵同僚跟一個女人一起不見了，我正在等他們回來。那個警員說，他會注意有沒有別的士兵出現，同時叫我走我的路。」

「我相信，你接受了他的建議。直到第二天，你帶著宿醉瀏覽報紙的時候，才得知有個女人被刺了三十九刀。」

史蒂芬．鄧樂維猛點頭，同時不經意地飛快瞥了夢克小姐一眼。「就是你說的那樣，福爾摩斯先生。」

「現在我們要來解開更加夾纏混亂的結。無論你的證詞對蘇格蘭場來說有多重要，你都認爲你非但無法確定布萊克史東在命案中的角色，也因爲這種不實的情境，以致你的喬裝打扮讓你不可能去找警方商量。鄧樂維先生，請容我這麼說，這樣的決定不是很有男子氣概。」

「這兩個月我都在設法糾正我的錯誤。」鄧樂維喊道。

「你確實這樣做了，因爲波麗．尼可斯在鄰近地區以同樣狂暴的方式遇害以後，你把找出布萊克史東的行蹤視爲你的責任。」

「塔布蘭被殺的那晚，他回到連營房去了——我相信那是在八月初，八月七日。可是他抱怨有些病痛，行爲舉止又非常不合理，而且還很快地發起低燒。他在那一週就被除役了，同時免除了一切義務。」

「然後你非常精明地認定，他可能跟第二樁謀殺案有點關係。所以你自行展開調查。靠著這個做法，你不但希望安撫你的良心，還可以推進自己的事業，因為如果你設法找到開膛手傑克，你就能創下新聞界前所未有的豐功偉業。

「要跟布萊克史東的軍團搭上線需要時間，要找出他的朋友也需要時間。的確，你甚至還去找珍珠．普爾小姐，好弄清楚她是不是以前就認識布萊克史東。這個調查把你引到蘭貝斯濟貧院，普爾小姐偶爾就住在那裡。但是，因為非常古怪的緣分巧合，你在濟貧院看到我們跟夢克小姐在一起。我必須這麼推論：你認出我來，然後暗自思索我為什麼跟這位年輕小姐在濟貧院的臺階上握手，此外我想不出你有什麼別的理由要在酒館接近她，還提起最惡劣的謀殺案。」

「聖母啊！」夢克小姐大喊。

「我確實認出了她，」鄧樂維勉強承認，臉都紅了。「而且福爾摩斯先生，我聽說過你經常僱用……來自東區的助手。華生醫師寫過這樣的事情。我要坦白的是，我的確希望她是你們的盟友，這樣我或許就能從她身上探聽到什麼。可是直到我發現她做了一件不尋常的事，就是偷走我的皮夾又還回去，這下我才確定你們有合作關係。」

「你從來沒說！」她倒抽一口氣。

「這無損妳的名聲，夢克小姐；妳做得很專業。在我離開酒吧的時候，我總是會確定我的值錢物品還在身上。在妳好心物歸原主以前，我正打算要求妳歸還。」

「所以你就是從那時開始尾隨我？」

「不是，不是的！」他抗議了。「直到雙重謀殺案那一晚以後才開始！你們全都在那裡，深陷其中——我以為你們一定知道什麼我不知道的事。夢克小姐，比起在西區跟蹤福爾摩斯先生，在白教堂區的人群裡尾隨妳簡單多了。而在知道妳唯一固定去的地方是貝格街之後，我就完全停止跟蹤了，除非——我是說，除非出現某些特定情況。」

「就是在你讀過所有報紙，或者喝過茶以後閒閒沒事做的狀況。」她氣呼呼地說。

「無論如何，」福爾摩斯繼續說道，「昨天夢克小姐都靈巧到足以發現你在跟蹤，而我打了封電報給你，我想這電報是確保你今天下午會在此出現。」

「那麼電報的內容呢？」我催促道。

史蒂芬．鄧樂維從他口袋裡抽出一團紙，苦笑著交給我。

「夢克小姐在混沌不明的情況下失蹤了。請在下午三點準時與我在貝格街相會——夏洛克．福爾摩斯。」我大聲唸出來。

紙條裡提到的那位女士難以置信地瞪著那張紙。打從我認識她以來，她第一次茫然到無話可說。

「我確定你會原諒我對你玩這種小把戲。鄧樂維先生，雖然你有諸多缺點，但你對夢克小姐的關切，值得為你記上一筆大功。」福爾摩斯這麼說，同時把他精於算計的目光轉回鄧樂維身上。「不過，有某件事我必須得到滿意答覆。在你待在東區的時候，你一直跟你的雇主保持通訊。你有通知任何報業成員我個人的進展嗎？」

「你指的是那個討厭的粗人塔維史托克？我確實向幾位同僚提到你的參與程度，對此我深感遺憾，」鄧樂維一臉難受的表情，「不過到目前為止，我只說了你很天才地預測到那惡魔的攻擊。」

「但讓我遺憾不已的是，你的假定完全是空穴來風。」福爾摩斯冷酷地回嘴。

「福爾摩斯，他不可能有……」

「當然不可能，華生。鄧樂維先生，請原諒我這麼說，我要你來就是爲了確定你是打算成爲我們調查行動的幫手，還是阻礙。」

「福爾摩斯先生，我就隨你指揮了，」鄧樂維誠摯地回答，「恐怕我唯一眞確的發現，就只有他原來的租屋處，不過在事發第二天晚上，他就徹底拋下那裡了。要是在我能力範圍內還能對你提供任何幫助，那眞是再好不過了。」

「太好了！那麼我就祝你今天下午愉快了。」我朋友簡潔地說，並同時打開門。「你可以期待我這星期之內就會聯絡你。」

鄧樂維先生跟我握了手，然後向夢克小姐一鞠躬。「我衷心爲我使出的騙術道歉，」他這麼說，同時轉向福爾摩斯，「以後我要是再涉入任何臥底工作，會更仔細考慮。祝你們大家今天愉快。」

門關上以後，我大膽開口了：「我親愛的伙伴，我眞心希望你願意告訴我們你是怎麼悟出這一切，就算不爲別的，也爲我們的心理健康著想一下吧。」

福爾摩斯掃開一堆報紙，好清出空間來放他覺得更重要的其他報紙。「很簡單的關聯問題，只要能觀察到不一致的地方，後面就會接連有發現。像我先前說過的，爲什麼一位軍中友人會在一個嚴重事件發生了一個月以後，才開始搜查呢？還有爲什麼一位密友要花上兩個月，才在那天晚上確定他同僚在哪租屋？另一方面來說，要不是眞有某種牽扯，爲什麼一個男人會反覆提起一連串同類案件裡最不起眼的一件？其他部分就只是不辭辛勞地進行研究。他在蘭貝斯濟貧院並無熟人，但是他卻去詢問院內居民。他不認識我，卻接近夢克小姐，還對塔布蘭之死提供了非常驚人的描述。不過事實證明，我仔細讀報的習慣比任何一件事帶來的成果都還要更豐碩。我要請你注意《星報》，九月五日晨間版，然後是十月五日的版本；兩者都貼在我的備忘錄裡，就擺在那邊桌子上。」

那一大本書攤開來放在那裡，用一盒易擊發彈藥匣壓著。我詳讀他提到的那些文章。「〈夜晚之城：連載中的東區日記〉，」我唸道，「作者S．路德文。」

「一位臥底記者極有情報價值的日記。我還找出了幾篇其他的。這個變位文字手法[1]算是夠簡單的了，不過我詢問過幾個辦公室，才確定我是找對人了。」

「你確定新聞是他唯一關注的事情？」

我的朋友一陣怒氣上湧，扔下他收拾起來的報紙。「醫師，我已經聽煩了這種指控，說我安排讓夢克小姐跟倫敦最惡毒的社會渣滓連續約會，」他厲聲說道，「我可以向你保證——」

「請二位見諒，但我昨天睡得夠糟了，這一隻小手抓我頭髮，另一隻小腳頂著我內臟。那間客房人滿為患，但我現在已經沒事了。喔，不是那樣的，」夢克小姐一邊向我們保證，一邊迅速地走到門口，「那張床本來是要給一個人睡的，可是住在那裡的小孩實在太聰明了。總之，我要回家了。紳士們，我會照平常的時間來見你們。堅持下去，福爾摩斯先生。」

1 譯注：鄧樂維的拼法Dunlevy換個位置就會變成路德文（Leudyn）。

門關上以後，我轉回去面對我朋友。「我親愛的伙伴，如果我影射你忽視夢克小姐的安全，請相信我現在後悔了。」我說道。

雖然我的致歉詞直接撞上一堵冷硬的牆壁，但我決定繼續說下去，就算全倫敦最棒的偵探挺起了肩膀，端出自滿的態度。「如果那個布萊克史東是個狡猾的殺人犯，他在鄧樂維的陪伴下還能動手，這不是很奇怪嗎？」

「並不奇怪。整晚不斷灌鄧樂維酒喝，或許根本就是刻意的安排，至於後來把他送進珍珠．普爾小姐滿懷愛意的臂彎，是因爲如此一來，他就不會礙著布萊克史東的事了。」

「我懂了，」我表示同意，「畢竟他不知道鄧樂維是個記者。對，這非常有可能。可是福爾摩斯——」

「華生，怎麼了？」他質問道，同時啪一聲合上他手上握著的那份報紙。

「鄧樂維說，他只有在特殊狀況下才會繼續尾隨夢克小姐。」

「他當然是這樣。」福爾摩斯抽出一本筆記本，然後開始寫下交互參照的指示。「在她叫出租馬車直奔貝格街的平常日子，他就不再跟蹤她。只有在她到處遊蕩，徒步又無人相伴的時候，他才跟著她穿越白教堂區的黑暗迷宮。」我的朋友抬起頭，給我一個譏諷的眼神，然後補充道，「爲什麼他要做這種事，我就留給你無可匹敵的想像力來決定了。」

20 線索

隨著福爾摩斯繼續調查，我愈來愈確定關於他的調查我幾乎一無所知。然而讓我暗自滿意的是，每天他都變得更加活躍，直到十五日那個星期一，他在一陣不耐中把他的吊帶扔進火裡，然後宣布：「親愛的華生，要是艾加醫師跟你的努力成果到現在還沒成效，那麼就只能拜託上帝幫幫英國大衆的忙了，幾乎每天都有新的毛病在荼毒他們。」

第二天早上，在我著裝完畢不久，就聽見福爾摩斯的腳步聲接近我的臥房。在短促的一敲之後，他本人才現身。

「你可以多快坐進出租馬車裡？」

「立刻就可以。怎麼了？」

「喬治．拉斯克用最緊急的措辭要求我們幫忙。親愛的同伴，請快一點，因爲他不是會大驚小怪浪費我們時間的人！」

當我們到達托利街時，福爾摩斯立刻下車，連跑帶跳衝上臺階，靠在門鈴上。我們立刻被請進跟上次一樣舒適的客廳，裡面有著跟上次一樣的棕櫚植物與派頭十足的貓。

「我眞高興你們兩個都來了。」喬治．拉斯克說，同時堅定地握了握我們的手。他活潑的眉毛籠罩在焦慮陰影中，下彎的鬍鬚更強調了他的不安。「當然了，這整件事都是令人反感的騙局；我毫不懷疑，對於那些爲大衆刊物工作的禿鷹來說，這是個好事，但我還是認爲最好先請你來。」他指向那個捲蓋式書桌。

福爾摩斯立刻走到那裡，然後舉起板條桌蓋。一股強烈的異味滲進空氣中，而我隨即察覺這房間本來就隱約浸漬在那股氣味中。我立刻認出是酒精的味道，各地都以此做爲醫學防腐劑，我自己在大學期間也常常用到。

我朋友自己在桌子旁落坐，仔細檢視放在棕色包裝紙上面，小小的普通紙板盒子。拉斯克先生跟我挨著肩膀圍到他旁邊，好見證他打開那個容器。裡面是一團微微發亮的生肉。

「呃，醫師？」福爾摩斯說著抬頭瞥了我一眼。他從長大衣口袋裡掏出一支摺疊刀，打開來以後連同那個陰森的盒子一起遞給我。我小心地探查那個物體。

「這是部分的腎臟。」

「從切割角度和這一邊的弧度來看，我會說是幾乎半個。人類的嗎？」

「毫無疑問。」

「性別？年紀呢？」

「我沒辦法告訴你。要是如你所說，這是半個腎，那麼這個腎臟屬於成人，但除此之外，幾乎很難進一步用它來辨識身分。」

「看來這個腎臟並沒有注入用在解剖器官上的福馬林[1]。組織只保存在酒精裡，免不了會因爲沒有定色劑而品質劣化，應該很快就沒辦法在課堂上使用，所以我們可以確定這不是大學生的惡作劇。不過，保存這顆腎的乙醇就很容易拿到。」

「這封信是跟這個器官一起送來的。」拉斯克先生指出。

我朋友首先檢查容器本身，然後是包裝紙，接著才伸手接過文件。信中用我生平所見最邪惡的字眼與最低劣的筆跡，解釋了那個恐怖盒子裡的內容。

寄自地獄
拉斯克先生
格下
我寄給你半個甚 那是我從某個女人身上弄來的
還替你泡了仿府計 另一半我炸來吃掉，非常好吃
我可能會寄給你用來取甚的那把血刀 只要你多等一會
有本事的話 就來抓我 拉斯克生生

「黑色墨水，最便宜的大張紙，沒有指紋或其他痕跡，」福爾摩斯輕聲說道，「『寄自地獄』，說得沒錯！什麼樣狂亂的想像力，才能夠寫成這樣的垃圾？」

「當然，這是個惡作劇，」拉斯克先生堅持，「畢竟人人都知道凱瑟琳・艾道斯的腎臟被拿走了，福爾摩斯先生。這是一條狗的器官吧。喔，華生醫師請你見諒——但如果像你說的，這是人

1 更常用的說法是甲醛。

類的腎臟，或許就是某個惡劣驗屍官搞的惡作劇。」

「邏輯上可能，」福爾摩斯說道，「但我不認爲是這樣。看看這個筆跡：我察覺到它跟我們持有的其他樣本極爲相似，可是他寫下這封陰森書信的時候，是處在什麼樣的狀態啊！我曾經特別研究過筆跡，或稱『筆跡學』[2]，現在法國人是這麼稱呼的，不過我從沒看過像這份樣本這麼拙劣的筆跡。」

「憑這份筆跡你就認爲這是她的腎臟？」

「這塊肉不是從學校或大學來的，也不是從附近的倫敦醫院來的。」

「你是怎麼確定的？」

「在必要的時候，他們會把有機物保存在甘油裡。」

「噢，這樣啊，可是這不一定是來自東區。也可能是在西區了，許多機構——」

「那個郵戳，如果用放大鏡來看，就會顯示出極其模糊的『倫敦東區』幾個字。這是從白教堂寄出來的。」

「不過，任何停屍間都可以提供這種東西。」

「白教堂沒有停屍間！」福爾摩斯厲聲說道，他的耐性用完了。「這裡有的只是一間棚屋。」拉斯克先生一臉震驚的樣子。「可是想想白教堂區的犯罪率！這裡的不健康與疾病……只有一半的孩子得以長大，福爾摩斯先生。沒有一區比這裡更需要一個停屍間了！」

「雖然如此，還是沒有。」

「老天在上，如果這個世界知道這一區的種種困難……」拉斯克先生靠著顯而易見的意志強逼自己冷靜下來，然後用一種相當哀傷的表情望著我們。

「華生，我們眼前還有工作要做，」偵探簡短地宣布，「拉斯克先生，我可以把這個任務託付給你，請你通知蘇格蘭場嗎？」

「當然了，福爾摩斯先生。喔，還有請代我向夢克小姐致意！」拉斯克先生在我們轉身要走的時候喊道，「我怕她受了不少我家孩子的折磨，不過我相信應該不會對她造成長期傷害。」

等我趕上福爾摩斯時，他只剩下一半路途就走到街上了，他的步伐長度不只彌補了他身體上殘存的任何弱點，甚至還猶有過之。以我對他的了解，我並不期待他多說一個字，但我驚訝的是，話語簡直是從他憔悴的身形裡榨出來一般。

「我不會這樣給人玩弄！好像我們還沒跌到難以忍受的最低點似的，他竟然還利用倫敦皇家郵政把一個防腐器官送來，真是替這個調查敲下棺材上最後一根釘子。」

「我親愛的伙伴，你到底是什麼意思？」

「在此有人提供我們一個又一個的線索、一封又一封泡在血裡的書信，而那個惡棍都已經把刀插進我胸膛，他卻還是沒有進一步透露他的身分，」他厭惡地啐了一口，「當然了，那次唯一透露的是，那把刀是六吋雙刃解剖刀。」

「福爾摩斯，」我心生警覺，出口抗議道，「你已經做了所有能預料到的——」

---

2 graphology，這個詞彙來自尚・伊波利特・米尚（Jean Hippolyte Michon）於一八七一年發表的文章。筆跡學在英國還要再過很多年才會有人研究。

「這是葛里格森、雷斯垂德或者其他搞笑傻瓜能預料到的，他們這些人之所以加入蘇格蘭場，是因爲他們沒有強壯到可以做苦工，或者有錢到可以買到一個像樣的軍銜。」

我被他激烈的情緒給嚇著了，只能勉強擠出一句：「我們當然有進展。」

「我們身邊都是流沙！沒有腳印，沒有明顯重要的特色，沒有可以追蹤的線索，唯一能確定的就是他正在享受他偷到的器官跟我的菸！」

「福爾摩斯，我們要去哪啊？」

「去解決一筆債務。」他不悅地吼道，隨後我們從哩尾地走到白教堂路這個活躍的交通動脈，再沿著一連串街道走到一面骯髒磚牆上的綠色大門前。這二十分鐘路程裡，他沒再多說一句話。福爾摩斯粗魯地敲敲門，然後開始用他的柺杖頭輕叩他自己高聳的前額。

「福爾摩斯，誰住在這裡？」

「史蒂芬．鄧樂維。」

「他眞的住這裡？你以前到過這裡？」

他回以憤怒的一瞪，這帶來莫大的痛楚，以至於我決定另擇黃道吉日再進一步追問這問題。

有個年紀不小的邋遢女子，戴著整理得一絲不苟的女帽開了門，然後用那種墮落已久之人的呆滯態度打量著我們。「我能幫你們兩位紳士什麼忙？」

「我們來找妳的房客，史蒂芬．鄧樂維先生。」

「你們是誰，先生？」

「我們是朋友。」

「紳士們，這裡是私人住宅。先生，如果你懂我的意思，我不能就這樣讓街上來的人跑來騷擾我的房客。」

「非常好。在這種狀況下，我們在此要控告妳替妓院看門，違反刑法修正案第十三款規定。當然了，除非妳沒有想起來我們是鄧樂維先生的朋友，才會導致這種結果。」

「唉呀，當然了！」她喊道，「一定是光線亮得讓我眼花了，兩位這邊請。」

我們爬上一個蓋滿一層層蜘蛛網與泥沙的樓梯，然後穿過走廊到一個沒有記號的門前。女房東敲敲門。

「現在過來吧，因為有人要見你。是你的朋友，至少我是這麼聽說。」她賞給我們一個幾乎看不見牙齒的微笑，然後才下樓去，走出我們視線之外。

福爾摩斯沒等人應門，就打開門衝進去，自己坐在附近的一張椅子上，而我們震驚的東道主站在他房間敞開的門旁，隔了一會兒才敢大著膽子跟我們打招呼。

「鄧樂維先生，雖然查明你身分的任務吃力不討好，又拖慢了我們的速度，不過我已經追溯到強尼·布萊克史東的出生地、他父母的鄉間農場、他讀的小學、他最初加入的軍團、他如何轉調單位、他在埃及的軍旅生涯，還有他的失蹤。我想知道的是他在哪裡。他的軍團、他的父母和他親愛的姊妹都跟我一樣，相當急著要找到他。接下來，你要告訴我你初次遇見布萊克史東的每個細節，不管多瑣碎，任何細微的面向都別漏掉。事實上，我要請你盡量強調瑣碎細節。」福爾摩斯點燃一根菸，然後緩緩地吸了一口。「鄧樂維先生，這個行動就是靠細節運作，而你必須提供我燃料。」

訊問就這樣持續了將近四個小時；然而在我看來（而我毫不懷疑，鄧樂維也這樣想）這像是持續了好幾天。福爾摩斯一次又一次要求他重述他的故事。鄧樂維不知怎麼地竟能設法維持他的好性情，但我看著他變得愈來愈懊惱，因爲他當晚的輕率舉動大大損害了他的觀察力。

我靠在門上抽菸，鄧樂維陷進椅子裡，用手托著下巴，福爾摩斯則懶洋洋地掛在另一張椅子上，他的雙腳撐在低矮的壁爐架上，這時他重新開始另一輪我以爲早就已經窮究到底的問話。

「從布萊克史東遇見瑪莎．塔布蘭，到你們離開兩釀造師爲止，他們之間的對話你還能想起多少？」

「福爾摩斯先生，就只有我告訴過你的了。每個人都在大聲嚷嚷，而且沒有人注意任何一句話。」

「這樣不夠好！請你用心回想。鄧樂維先生，你眞的必須努力嘗試一下。」

鄧樂維專注地瞇起眼睛，用疲憊的手磨搓著鼻梁。「布萊克史東恭維她的帽子。他說那頂帽子非常適合她。他堅持要替她付酒錢，而她知道他們能建立堅定的友誼。他們一起捉弄另一個男人——那個神經兮兮的大兵，盯著一個女人快要一小時，卻還沒跟她說話。」

「然後呢？」

「他講起了埃及的戰役。」

「他用的字眼是？」

「我沒辦法確實想起來。他用的是異國語言，提到鮮明的圖像……有個關於三隻眼鏡蛇的故事，似乎讓她覺得非常有趣。我幾乎只能勉強想起——」

福爾摩斯從他椅子上坐起來，一臉興致高昂的樣子。「你剛剛說三隻眼鏡蛇？」

「聽起來像是這樣。」

「你確定這個數字？」

「我準備好發誓是三隻了。他竟然一次碰到這麼多隻，眞是很驚人，不過我承認我對埃及地區毫無了解。」

福爾摩斯跳起來，在嘴唇前面合起雙手手指，比成一個尖塔狀，他的表情凝結，整個人像是在勉強克制住的精力影響下微微顫動著。「鄧樂維先生，我現在要問的問題無比重要。請盡可能精確地形容布萊克史東的眼睛給我聽。」

「那對眼睛是藍色的，顏色非常淡。」鄧樂維躊躇了一下，他嘗試改變他的五官表情，這樣才不會顯得像在暗示我朋友失心瘋了。

「他有沒有表現得像是被燈光困擾的樣子？」

「我們造訪的那些隱匿巢穴已經夠暗了。我印象中白天鵝酒吧裡有一盞非常明亮的燈。我記得他坐在那裡，背向那盞燈，不過那雙眼睛還是沒有失色。即使在最陰暗的琴酒舖裡，你還是可以看見他那雙淡色眼睛對著你閃閃發光。」

福爾摩斯發出一聲無比歡欣的叫喊。他往前衝，開始擰著鄧樂維的手。「我就知道你闖入我們的調查路線，絕不會只是爲了折磨我們！」他拿回他的帽子跟手杖，然後很戲劇化地一鞠躬。「華生醫師，我們必須到別處去了。鄧樂維先生，祝你今天愉快！」

我跟在我朋友背後飛奔出去，在轉角趕上了他。

「Nibil obstat[3]。這眞是天大的幸運。史蒂芬・鄧樂維剛剛把我們要知道的都告訴我們了。」

「我衷心爲此感到高興。」福爾摩斯大笑。「我承認我今天早上發了點脾氣，可是如果我告訴你，我們會在哪裡找到強尼・布萊克史東，你肯定會忽略早上那些事。」

「我承認，我想像不出一個男人的視力跟他在埃及的戰功，有何關係。」

「你就像鄧樂維一樣，認爲講到三隻眼鏡蛇就是跟海外作戰有關？」

「要不然還能是什麼意思？」

「身爲醫界人士，他在極低度照明下的瞳孔收縮狀況，應該對你有某種意義。」

「正好相反。眼鏡蛇毒是一種作用在隔膜肌上的神經毒素，跟感光性毫無關係，實際上也跟任何眼部症狀無關。」

「一如往常，我親愛的伙伴，你說的既正確又產生誤導。」他吹了一聲尖尖的口哨，叫來一輛剛才正好駛進視野內的出租馬車。「幾分鐘內你就會一清二楚了，到時候我會向你介紹『三隻眼鏡蛇』，那裡可能是整個萊姆豪斯區最令人不快的鴉片窟。」

---

3 Nibil obstat：拉丁文，意思是「現在我們別無阻礙了」。

21 千鈞一髮

從白教堂區沿著商業路到萊姆豪斯小小的碼頭區，路程並不長，不過近來轉而完全倚賴航海的相關事務，以致這裡有著非常不同的景觀。車夫被水手所取代，市集腳夫成了碼頭工人，而隨著我們愈來愈接近河岸，種族也變得愈來愈多樣化。當太陽慢慢沉入緩緩流動的泰晤士河時，我從窗口瞥見威爾斯來的碼頭工人、非洲來的裝卸工跟印度來的腳夫，全都朝著爐火和家的大方向流去，他們中途會在酒吧停下來喝個兩、三杯琴酒，以便維持繼續上路的力氣。

我們突然轉進一條街，身邊變成全都是來自中國的男女，他們穿著無懈可擊的英國服飾，在寫著祖國文字招牌的店鋪裡閃進閃出。有個年輕人用一個裝上兩只前輪、後支架和光滑把手的茶葉盒，推著一個孩子，而他的長髮辮是塞在一頂整潔的無邊布帽下面，他戴的無指手套只能在寒風中給他一點點溫暖。

福爾摩斯用他的手杖敲敲出租馬車的車頂板。車夫就把車停在一個店面前方，那家店是用簡單的一幅畫當招牌，畫中只有一個冒著熱氣的碗。我的朋友敏捷而急切地跳下車，頭朝左側一點，那裡有一道我生平所見最潮濕、最多煤灰結成硬殼的拱門。拱門兩邊的店家誇耀似的用油膩棕色紙張補上破玻璃窗，他們在做什麼買賣，我連猜都猜不出來。

「就是這邊。謝謝你，車夫。現在呢，華生，我們最好隨機應變。」

在拱門下，我們走上一段長著青苔的石階。在一排木板條跟陰森的磚牆之下石階陡然往下降，延伸到一個古怪的庭院，算起來大概比河面等高的街道還要低三層樓。座落在那裡的七座房子圍成半圓形，全都是用腐朽的灰色木材蓋的。我的朋友走近其中一棟房子凹陷的門框，伸手敲了三下。

門打開的時候，一個有著成簇銀白眉毛、表情漠然得很詭異的駝背中國人禮貌地一鞠躬。

「我想知道，這裡是不是『三隻眼鏡蛇』？」福爾摩斯恭敬地探問。

我認定是屋主的那個人點點他的頭。「先生們，如果你們想抽，我們有好幾個舖位。」他用幾近完美的英語說道。

「眞是幸運啊。」福爾摩斯露出微笑。

「我是李先生。請往這邊走。」

外門打開來引入一條走道，這條走道在經過由三個臺階構成的一段階梯之後變成一條狹窄的通道，旁邊有嵌進牆壁裡的床鋪，看起來就像是船艙的舖位，在走道兩側各有六張床鋪排成方形。有個老女人，雙眼像是凹陷的兩口井，留著一頭鉛灰色的長髮辮，她剩下的生命力看來就只足夠繼續抽那邪惡的東西。

「福爾摩斯，你到底是怎麼知道這種鬼地方的？」我低聲嘟噥道。

「我認爲了解大量特殊的事物是我的責任。」他悄悄說道。

李先生揮手請我們上前，因爲這條長廊在遠處擴大成一個較大的公共空間，床被推到靠牆，地上還鋪著草席。掛在空中如薄紗似的破布條，過去無疑曾給這地方帶來有一絲神祕氣息，但現在卻跟煙霧一起懸在那裡，油膩得像是一面浸滿了泥巴的船帆。我看見這個房間裡還有其他的英國人。兩個水手躺在那裡，長長的煙管從他們癱軟無力的手上垂下，還有一個耷拉著下巴的海軍軍官，他的手在他頭上濃滯的空氣中懶洋洋地畫著某些圖案。

李先生招呼我們到一對蓋著破舊布匹的草席鋪位。福爾摩斯說我們只有抽四便士大煙的時間，李先生就退到爐子旁邊，那裡有個裝著少量水的鍋子，上面有一大堆分成一條條的鴉片，架在篩網上用小火慢慢煮著。

「親愛的福爾摩斯，請向我保證我們沒打算眞的抽這種廢物。」我盡可能輕柔低聲地說道。

「別擔心，華生，」他同樣輕聲回答，臉上卻帶著一抹頑皮的笑，「你知道的，我毒害自己的品味走的是相當不同的方向。」

在李先生烘好兩小份松香似的琥珀色物質，然後裝進煙管的時候，他把煙管交給我們後，就消失了。讓我憂心的是，福爾摩斯用牙齒咬著煙管，可是我很快就看到他這樣做只是爲了讓雙手自由活動。他解開了錶鍊。一枚金鎊從錶鍊末端垂下，這是先前某次案件的紀念品[1]，然後在一瞬間，他就把那個悶燒著的團塊從他煙管裡挖出來扔到地上，然後又把煙管塞回嘴裡，接著伸手把我的拿過去。他對我的煙管重複了同樣的過程，然後他抽出手帕，很有條理地把女王金色的臉龐恢復原先毫無瑕疵的狀態。最後，他用手帕撿起涼下來的團塊，然後放進他口袋裡。

「我想這樣就能掩飾過去。醫生，想再來一管，或者我們該結束這趟考察？」

「如果你已經看過所有必須看的，那就選後者吧。」

1 華生醫師把當時的狀況記錄在〈波宮祕聞〉中。

「那咱們就上路吧。喔，這裡有我要的人。我可以跟你簡短聊幾句嗎？」福爾摩斯這麼詢問眼皮沉重、沉默寡言的李先生。

我們的東道主點點頭，然後我們就跟著他到入口旁的側間去，書籍跟草草寫滿謎樣文字的帳本蓋滿了那裡唯一的一張小桌子。

「你知道嗎，先生，」福爾摩斯懶洋洋地開口，「我們的朋友對你的生意幾乎是讚不絕口，而他的話眞是非常有理。你常常跟士兵們做生意不是嗎，李先生？」

「如你所見。」

福爾摩斯在一頁發黃的帳本頁面上放下一張五鎊鈔票。「事實上，在我們跟你結帳的時候，我想特別一提，有些名聲非常不好的人物——你懂吧，就是經營錢莊的——在追捕我的朋友，他正在避風頭。要是我知道他在哪裡，我非常希望能幫助他。我想知道，如果下次他到這裡來，你能不能找個空檔通知我一聲？當然，你花費的時間與心力會得到回報。」

「先生，請問您的名字？」

「巴索。我以前幹過船長，不過現在我擁有一個小船隊了。」福爾摩斯一邊說，一邊在一張紙條上寫下他的地址。

「那你的朋友是哪位？」

福爾摩斯詳細地描述布萊克史東，卻沒提到任何名字。

李先生在他的紙上多做了一點筆記，然後嘆了口氣直起身子。「你的朋友確實偶爾會來這裡。他總是一個人來。不過他很受歡迎。巴索船長，我很盡力協助我的顧客。但我只有一個要求，就是眞相。你這位士兵朋友惹上的事情，有可能導致暴力嗎？」

「這種可能性是有的。」福爾摩斯表示贊同，短暫地露出一點微笑。

「我懂了。」他又做了另一道筆記。「在這種狀況下，巴索船長，我必須警告你，在我這個地方發生的任何暴力行爲，都會讓你欠我一筆。」他也對我的朋友回以微笑。「我不認爲你會想欠我一筆。」

我沿著濕答答的樓梯朝街道的方向往上爬，還沒走幾步，福爾摩斯就說話了：「你不喜歡我們的新朋友。」

「如果你非得知道的話，我認爲這整件事都證明他狡猾又貪財。」

「喔，對於圈外人來說，當然如此。不過我知道整個關於暴力的討論完全是眞實的。李先生，是個相當奇特的人物。我曾經跟他打過好幾次交道，雖然不是親自出馬。他是個慈善家，鴉片供應商，佛教徒，也是個難纏的敵人。這個男人在北京是一位知名學者。四年前有個小女孩在這一區被殺；李先生找到凶手，那人是萊姆豪斯四十大盜的幫衆；我不想告訴你那傢伙後來怎麼樣了。李先生在這五年內解救這一區免於幫派困擾，他做的比蘇格蘭場在二十年內能做到的還多。」

「那麼他是一位盟友囉？爲什麼要有那一段關於煙管的荒唐無聊插曲？」

「那是正經事，親愛的華生，正經事啊！我從來沒見過他本人。在那種特定惡習的奉行者之間，有很強烈的伙伴情誼。如果我是一名顧客，我就跟布萊克史東有同樣的立足點。要不然我就只是個趕時髦的人，或者是個便衣警察。無論如何，我希望能夠瞥一眼那些顧客。」
我們在街燈亮起的那一刻再度踏上街道，雖然我注意到，這個地區的街燈少得可憐。
「我們最好費點力走回倫敦充滿出租馬車的地區，」福爾摩斯說道，「我應該付錢要那個人等我們的。你的腿還能走吧？」
「當然。」
「那麼就快馬加鞭吧，我親愛的朋友，靠著家園、爐火和未來勝利的滋味來激勵自己一下。」
這位偵探不敗的方向感，很快就導向一個雖不熟悉，建築側面卻誇耀著英國特色的地區。陷入沉思的福爾摩斯大步向前，他鷹似的側面既沒有偏左也沒有偏右，但我就像任何進入未知領域的人一樣，好奇地左右張望那些廢棄的倉庫，而這些倉庫很快又讓出位置給破敗的出租公寓，而公寓的木板窗後面正有一百種晚餐的味道飄送出來。
我一定是太專注於這些景象，以至於沒有注意到用破鑼嗓叫賣著最後一點商品的疲憊小販。然而第二個小販，是一個長得像牛頭犬的沉默年輕人，他堅定地把報紙頭版舉得老高，所以我一眼就瞥見頭條標題了。在震驚的叫喊中，我停下腳步，摸索著口袋要找出一枚銅板，這時福爾摩斯也從他的白日夢中清醒，回過頭來看是什麼嚇著了我。

夏洛克・福爾摩斯逍遙法外

從開膛手傑克血腥恐怖的「雙重謀殺事件」後，雖然白教堂區的警力加倍部署了，但是說來遺憾，我們可能還是要怪罪大都會區警方，造成一個嚴重的公共安全誤判。毫無疑問，市民們也會發現此事很令人震驚：頭號嫌犯（而且，確實是目前為止身分已獲確認的唯一可能人犯），自命為「顧問偵探」的夏洛克．福爾摩斯，仍然逍遙法外，而且極其頻繁地在東區出沒。讀者要是考量到福爾摩斯出席了兩位死者的葬禮，而且蘇格蘭場又很積極調查他在事發當晚的行蹤，就應該不會覺得對這位偵探產生疑心有何不妥。再加上距離邪惡的艾道斯謀殺案現場幾條街外，又發現一把看似無關的刀子，前述那些旁證就顯得更加可疑。眾所周知，福爾摩斯先生那天晚上在某種方式下受了傷，而那把被丟棄的刀子——顯然不是凶手自己的，因為那把刀不可能在她身上留下那樣可怕的傷勢——讓人起了疑心：艾道斯可能在自己身上藏了一把武器，並且在終於屈服於凶手邪惡的計謀之前，能夠揮出一刀。雖說毫無疑問，警方正以應有的勤奮調查福爾摩斯先，但我們還是忍不住覺得，要是能夠更嚴格約束他的自由，街道會更安全些。

「那惡棍真該死！」福爾摩斯邊喊邊把那個惡毒的文章摺起來免得礙眼。「這個論證還真迂迴啊！一個想法錯謬的記者引發了警方的調查，然後又引用警方的調查當成進一步的根據。」

「但是他怎麼知道你出席了葬禮？」

「如果史蒂芬．鄧樂維在這件事裡也插了一手，老天就幫幫我吧，我會把真相從他那可悲的脖子裡扭出來。」

他再度出發，沿著街道往前走，他的步伐加倍快了。

「福爾摩斯，我們要怎麼做？」

「我們要盡快進入室內。」

我的憂慮立刻讓我明白了他的意思；我們每天都讀到東區暴民暴動的新聞，他們赤裸裸的憤怒直衝著任何剛好路過的移民或者閒逛的路人而來。有過多起幾乎演變成私刑處死的事件報告。如果在晚間的白教堂區，有任何心存懷疑的市民認出福爾摩斯，我不敢想像會有什麼後果。

「我相信這是塔維史托克幹的好事，對吧？」

「還會有別人嗎？」

「喔，要是他現在落在我手上！」我喊道，「我會讓他後悔自己進過任何一間報業辦公室！」

「這卑鄙的傢伙把眞相用完全相反的方式報導出來，讓每件事實都上下顚倒了。」福爾摩斯怒吼道。突然間他停下腳步。「小子，看這邊，這聽起來可能很奇怪，但此刻危險是在人群之中。」

他轉進一條小徑，官方說法必定會說這是一條巷子，但我覺得最好形容成一條縫隙。起初我們唯一碰見的生物就是某些鼠輩，還有盯著我們看的半瘋野狗，牠們黃色的眼睛裡有一股邪惡的飢渴。

「福爾摩斯，你打算怎麼做？」

「你提出的主意，用拳頭來表達意見是很有吸引力，可惜不能這麼做。我們必須確定這個傲慢的卑鄙小人是怎麼拿到消息的。」

我們走過了半個街區，這裡處處都有風化的岩石讓周遭看來更醜惡。這時我發現我們左側火車的鏗鏘響聲，跟另一種聲音混在一起了，現在那聲音更是跟我們的足音互相呼應了。我知道最好別回頭看，但是瞥了福爾摩斯一眼，我就知道他也聽出我們有位如影隨形的同伴。我的朋友閃進一條小道，改變了我們的方向，不過還是聽到那奇怪的拖曳腳步聲在暗處跟著我們。

「我們在曼索街往北走，接著隨時會通過火車站，」他低聲嘟噥道，「我們必須走阿爾蓋特大街，再過一會兒就會在市區內了。」

「我寧願去西敏區。」

「貝格街距離我們不過只有一趟出租馬車錢的距離。」

我們從阿爾蓋特大街就快要變成白教堂大街的地方冒出來，一時之間我們的麻煩似乎已經結束了。接著，我們背後的男人就開始讓我們更強烈地感受到他的存在。

「那是夏洛克．福爾摩斯先生嗎？」他喊道。

這個照明較佳、往來人口較多的寬敞大道，似乎在一瞬間變得充滿敵意，因爲每個聽得見這話的腦袋都轉了過來，面對我朋友那張人人認得的臉。

「就在這裡！」那男人喊道，「那就是夏洛克．福爾摩斯，沒錯！在黑暗巷弄裡大搖大擺地走來走去，什麼都不怕！」

有幾個旁觀者，有著粗魯臉龐又沒其他事好做，他們也來加入那位尾隨我們的人，從後面一起大步走上前。

「喂！你啊！對於這些事情，你應該要好好說明一下！」

一陣不祥的贊同聲從聚集起來的人群裡爆出來。

「轉過來對我們所有人說，你見鬼地跑來教堂區幹什麼，你這隻該死的豬！」

這番話是拿他跟蘇格蘭場的警探們相提並論[2]，福爾摩斯爲此翻了個白眼，但除此之外別無反應。

那傢伙高聲嚷嚷，他的聲音開始讓我作嘔：「你以爲你可以逃過懲罰嗎？拿刀殺死那些美人兒，你就以爲我們沒一個人有刀可以戳你嗎？」

「華生，如果你正好比我先看到一位警官，就出聲叫他，行嗎？」福爾摩斯這麼說，他的右手放在口袋裡，另一隻手則握緊了他那把特別加重的枴杖。

「所以幫個忙吧，我們該保護自己的社區，大家說對不對？」我們那位對手喊道。

「你的手臂怎麼樣？」

「最多只能打個一、兩拳。要是有你的左輪手槍，我會很歡迎的。」

「我們只能靠我的拳頭勉強應付了。」雖然我的眼睛搜尋著街道要找警察，卻極其不幸地沒看到半個。

「我們夠靠近阿爾蓋特地鐵站了。」福爾摩斯注意到這件事。

「我們用跑的過去，機率多高？」

「很低，我們要考量到你的腳。我們已經走了——」

「福爾摩斯，他們要的不是我。」

「如果我眞這麼認爲，我可能就會拔腿就跑。以現況來說，你必須再忍耐我一陣子。」

就在我們到達十字路口的時候，我們背後那幫人裡有幾個衝了出來，從前方包圍我們。我緩緩轉身。讓我氣餒的是，幾乎有三十個男人加入這個荒謬的隊伍，另外還有十個人排成一排，阻擋我們前進。

「我想，我們不可能跟他們講道理吧？」我用盡可能輕鬆的語氣問道。

「讓我們用他們對付凱瑟琳．艾道斯的辦法來對付他們！」那個惡毒的小惡魔喊道。

福爾摩斯終於轉過身去，他那雙鐵灰色的眼睛裡有一種殘酷的決心。「你明白嗎，這種計謀不可能成功的。」

「可是，既然沒有比較好的計畫……」我用氣音說道。

「紳士們，」福爾摩斯大聲宣布，「我完全不知道你們在追什麼，但顯然這對你們來說非常重要，我願意盡全力提供協助！」

這句話並沒有安撫暴民，可是有顯著的效果——他們迷惑了。有一、兩個人發出病態的咯咯笑聲，其他人則揚起了拳頭。

「你們很清楚我們在追什麼，要不然你們就會走得更慢，你這該死的偵探。」

「看來你們是在追我，」福爾摩斯愉快地回答，「但我想不出你們有任何理由要這麼做，除非你們打算找我幫忙。我是以我在偵探這門藝術上的技巧而聞名。我會說一遍，而且就這麼一遍。曾經有人在開膛手身邊看見我，這是因為我當時設法盡全力替你們的街坊剷除他。」

人群裡的幾位成員在這番桀驁不馴的宣言之後，用全新的興致打量著福爾摩斯，但事實證明

2 譯注：維多利亞時代的下層社會俚語把警察叫成豬。

他們的同情很短暫。

「有人看見你！」有個揮舞著棍子的流氓嘲弄地學舌，他開始往前走。「一個冷血殺手的話有啥好聽的？」

「先生，照我看來，你是從西約克郡來的。」

那粗漢走到一半停了下來。「好了！你他媽的怎麼知道這個？」

「我想，你以前獵過兔子？」

「要是有又怎樣。」他拉下臉來。

「你獵兔子的時候會非常靠近牠們。但你有沒有被當成其中一隻呢？」

這個隱喻很貼切，在這一大群人裡面引發一陣笑聲，但其他人察覺到這裡頭拐彎抹角的侮辱，於是更握緊了他們臨時湊合著用的武器，一邊對我們迸出一句句詛咒，一邊靠上前。

「或許該講點比較有安撫性質的話。」我這麼提議。

「你眞的覺得我可以替我們講出一條生路？」福爾摩斯質問我，同時橫跨一步，這樣我們就背對背了。

「不，」我輕聲回答，同時轉過頭去，「不過他們現在讓出一條小縫了。我要去對付那個拿著鏟子的痲臉小伙子。等我放倒他，我希望你能全力衝刺。」

我們慢慢地轉動，我們的眼睛直盯著充滿敵意的包圍者。「你瘋了，」福爾摩斯輕聲說道，「如果你以爲我是——」然後突然之間，他的話語跟動作同時突然打住，他抓住我的衣袖，莫名其妙地露出輕快的微笑。

「曼傑克！」他喊道，「你是著了什麼魔，加入這批混淆是非的人？」

我驚異地瞪著眼。一個身形巨大無比的男人從人群裡往前走出來；他臉上有條鮮明的疤，從他的太陽穴筆直地延伸劃過他的鼻子，深陷到臉頰。

「現在呢，我只知道一項事實，」他用隆隆作響的男中音說道，「那就是，今天晚上夏洛克・福爾摩斯不適合出門在教堂區。」

「曼傑克，我真是太高興見到你了。」

「福爾摩斯先生，我不能說我也這麼覺得。」

「報紙說他就是刀客！」有個粗暴的年輕人大吼。

「今天晚上我們就送他進地獄！」

「你怎麼說呢，曼傑克？」我的朋友問道，「這其實是瞎掰出來的小故事。」

「你跟我一樣清楚，那男孩識字的，」他輕蔑地咆哮道，「現在滾吧。要不然下次我就不會花這麼長時間講話了。」

「他在這裡安全得跟羔羊一樣，」引發這一切事情的惡棍喊道，「我們已經閒扯夠久了。我這裡有刀，對付他正合適！」

「我也有！」另一個人喊道。

「你們沒有一個適合做警察的工作，」曼傑克說話時很冷靜，但他的聲音在建築物之間迴盪著，「你們那邊的人！讓這些人過去。現在就走，福爾摩斯先生。他們神智還在的時候會聽我的，不過到他們失心瘋的時候，只有神才能幫助那些他們怨恨的對象了。」

「多謝你。華生，走這邊。」

雖然他們滿面怒容，而且還有幾個人，包括那個約克郡粗漢在內，大著膽子朝我們的方向吐口水，我們的對手卻分向兩旁，就像是布幕被拉開來一樣。

「天啊，那個人到底是誰？」我驚異地問道。

「曼傑克嗎？他是個職業拳擊手。」

「那麼，我猜你是在拳擊場上認識他的囉？」

「不盡然，親愛的同伴。你對運動的了解夠多，所以你知道我的量級跟他的可不能混為一談。」

「我看不出他有什麼理由救我們脫離這場可怕的打鬥。」

「這是因為你不知道他的全名。曼傑克．霍金斯有位家庭成員就是我的雇員。我親愛的伙伴，我必須坦承，多年前我慢慢召集那批雜牌軍的時候，從來沒想過其中任何一位的父母會被召來為我的好名聲作保。雖然上帝知道，他們之中沒幾個人真有父母。」福爾摩斯嘆了口氣，這時一波疲憊感似乎傳遍他全身。「小霍金斯才剛剛贏得另一筆可觀的額外獎賞。親愛的朋友，那裡有輛出租馬車，如果我們衝向他，我想他會剛好看見我們的。」

22 福爾摩斯失蹤了

第二天我一直沒見到我的朋友，直到將近八點鐘爲止。那時來了一個外表極端凌亂不整的人物，穿著骯髒油布雨衣和高筒靴，看起來像是爲了幾塊銅板賣命疏通下水道的男人，他向我打過招呼，就消失在福爾摩斯的臥房裡。半小時後他又出現了，穿著灰色的花呢外套，拿著他的菸斗，然後在桌邊坐下，看起來就是個樂陶陶享受眼前工作的男人。

「那麼今天清潔工做了些什麼呢？」

「他踏進夏洛克．福爾摩斯至少一時不敢涉足的領域。晚餐吃什麼？」

「哈德遜太太提到羔羊肉。」

「了不起的女人。親愛的伙伴，就拉鈴吧。從今天凌晨以後我還沒想過食物呢，因爲那時有太多的事要做。」

「你先前在東區？」

「呃，今天的部分時間。我還做了其他的事。好比說，我在蘇格蘭場逗留了一會兒。」

「穿成那副德行？」我大笑。

「我要求見雷斯垂德探長。我說我有緊急資訊要告訴他，對他會有莫大的好處。他的同僚猶豫不決。然後我只好迫威脅他們，如果我帶著我的消息去找報社，他們就會顯得很愚蠢。這個暗示改變了他們的情緒，過了一會兒我就進了雷斯垂德的辦公室。我揭露我的身分之後，那位好探長相當惱怒，然後我問了他幾個關鍵問題。」

「像是？」

「首先，警方對那個雜種塔維史托克的理論非常感冒，不過他們也很想避開有所偏袒的指控。某些比較活躍的傢伙甚至建議，要爲了整體考量跟社會觀感逮捕我。」

「老天爺啊，憑什麼證據？」

「很難以置信的是，眞的有人發現一把染血的刀子棄置在凱瑟琳．艾道斯陳屍處的幾條街外，不過雷斯垂德沒跟我們提起這件事，因爲那把刀跟開膛手用的雙鋒刀實在太不一樣了。發現這把刀純屬巧合，可是雷斯里．塔維史托克或者他那個可惡線人的歹毒心腸卻愉快地想到，艾道斯可能曾經爲了自保而揮舞那把刀。在這種人心惶惶的時刻，就算任何一位英國陪審員能一眨眼就把整個故事駁回，那也沒什麼用。我甚至不能告他毀謗，因爲他沒有寫下任何一句謊話。」

「可是他太過分了啊！」我抗議道。

「華生，如果只因爲報紙做了推測就懲罰他們，英國發行的任何一本刊物都會很快就破產了。在我離開蘇格蘭場以後，我去了白教堂區，並且去探望史蒂芬．鄧樂維一下。他用最強烈的字眼聲明他的無辜。」

「這完全是意料中事。」我口氣緊繃地說，同時暗暗想著，如果鄧樂維繼續躲在瞎編的藉口底下糊弄我們，又努力想要贏得夢克小姐的青睞，我除了把他扔進泰晤士河以外，實在沒多少別的選擇。

「我傾向於相信他，」福爾摩斯沉思道，「說眞的，我更加篤定了，有個充滿惡意的力量在運作，決心阻礙我的進展。或許我心中察覺的陰謀根本不存在於任何地方，但這些小小的迫害讓我施展不開，而這事正中開膛手下懷。」

「我很難認爲這些只是小小的迫害。」我的朋友敷衍地揮揮他的菸斗。「對於這個主題我沒什麼好多說的，因爲在我們見過塔維史托克以前，我們很難知道更多。」

「我們要跟塔維史托克見面？」

「十點鐘我們會在辛普森餐館跟他一起抽雪茄。」

「到時候你就能夠聲稱，你認識全倫敦除了開膛手傑克以外最低賤的生物。」我繃著臉說道。福爾摩斯大笑。「好啦好啦，我們是帶著好好工作一天以後的舒適心情去的。」

「但是福爾摩斯，你還做了什麼別的事？你今天早上很早就出門了。」

「我向你保證，我並沒有虛擲光陰。啊！哈德遜太太來了，請你見諒，我要把注意力集中在她帶來的那個托盤上了。」

當天晚上，就像那年十月的許多其他晚上一樣，街道籠罩在一層味道刺鼻的濃霧裡，我們用圍巾緊緊圍住我們的臉，縮著腦袋走路，就好像我們是迎著一陣強風似的。雖然有那種同伴在等待，但是當我透過幽暗的空氣看出前方大約五碼處辛普森餐館微微發亮的門面時，內心還是由衷地感到高興。

擦得晶亮的桃花心木，還有水晶與銀器輕碰的聲響提振了我的精神，至少維持到我們進入壁爐生了火、角落還有氣派棕櫚樹的私人接待室爲止，因爲那時候我再度見到了雷斯里．塔維史托克。在他辦公室裡，我幾乎沒注意到他的體型，但現在我看出他站著的時候遠低於平均身高。他銳利警醒的棕色眼睛透出來的不是智慧，而是狡猾。他往後梳得光滑的淺棕色頭髮，與動作豐富的雙手，都像是在說：這男人是透過他認爲必要的所有手段，才爬到他今天的位置。

「福爾摩斯先生，眞是榮幸能見到您本人。」他大聲喊道，同時伸出一隻手來走近我的朋友，我朋友則刻意加以忽略。「喔，好，」他繼續說下去，手腕一動，就把這個失敗的招呼變成諒解一切的揮舞動作，「我幾乎不能怪你。公衆人物太習慣聽到崇拜的群衆對他們歌功頌德，所以任何責備都可能讓他們感到窘迫。」

「尤其是在那些所謂的群衆打算宰了你的時候。」福爾摩斯冷淡地回答。

「天哪！」塔維史托克喊道，「你沒再冒險進入東區吧，有嗎？你知道的，那一帶不安全。不過福爾摩斯先生，我眞是對你很感興趣。你是否願意說說你爲什麼出現在這裡？」

我的朋友徐緩而冰冷地露出猛禽似的微笑。「塔維史托克先生，除了你是個單身漢，用鼻煙，提倡工會運動，又是個賭徒這些事實以外，我對你一無所知。然而我確實知道，如果你拒絕向我透露你這些該死文章的消息來源是誰，你很快就會後悔的。」

雖然我夠熟悉福爾摩斯的方法，因此也留意到那名記者一身凌亂不整的服裝、袖口的細微菸灰、樸素的別針，還有在桌上攤開來的兩份賽馬雜誌，但是那位記者卻不知道這點，因此他在倒出三杯白蘭地的時候，企圖用一聲笑來掩飾自己的懊惱，但臉上卻藏不住那一陣突如其來的恐懼。

「所以你眞的能夠針對別人做些聰明的猜測。我還以爲那是華生醫師用欽佩恭維的風格創造出來的形象呢。」

「你的這些『猜測』，事實上是這位好醫師在文學創作中最缺乏的風格元素。」塔維史托克交給我們兩小杯白蘭地，我們接下了，雖然我這輩子從來沒有這麼不願意跟人共飲。「福爾摩斯先生，你心裡似乎認定我做了大錯特錯的事情。我向你保證，雖然我不足掛齒的小文章，可能帶給你某些暫時的不便——對於此事，請相信我，我衷心感到抱歉——但我的責任就是告知大眾。」

「你眞的希望爲了大衆利益而採取行動嗎？」福爾摩斯問道。

「毫無疑問，福爾摩斯先生。」

「那麼就告訴我是誰聯絡你。」

「你必須了解，這是不可能的，」這個極其惱人的男子沾沾自喜地說道，「因爲保護他，就等於保護大衆，也就是說我要保護他們免於你的進犯。」

「如果你敢當著我們的面，影射我朋友會做出這種野蠻行爲，我就要你負起責任。」我忍不住憤怒地插嘴。

「我們要走了。」福爾摩斯平靜地說道，同時把他沒動過一口的玻璃杯放下。

「等等！」塔維史托克叫道，他聰明伶俐的表情籠罩了一層焦慮。「福爾摩斯先生，我是個公平的人。如果你答應給我個專訪，我就向你保證，我們下一期刊物會以非常不同的角度來呈現你。」

「塔維史托克先生，你應該不會驚訝聽到我這麼說吧，關於那個主題，全倫敦我最不願意放心透露意見的對象就是你。」我的朋友冷淡地回答。

「請見諒，福爾摩斯先生，但這太荒謬了。你有機會從污泥中冒出頭來，變成再純潔不過的人物。」

「你做夢。」

「這是數十年來最扣人心弦的新聞故事啊！」他喊道，「夏洛克·福爾摩斯，正義的高貴哨兵，還是色慾薰心的變態禍源？你要做的就只是給我幾個突出的細節。」

「如果你不揭露你的消息來源，你對我來說就連一點用都沒有。」

塔維史托克的眼睛狡猾地瞇了起來。「如果白教堂區的居民認爲你就是凶手，你眞的認爲你的調查還有機會成功嗎？」

福爾摩斯聳聳肩，但我可以從他繃緊的下巴看出他心裡掠過同一個念頭。

「現在就開始吧。」這記者從他外套口袋裡抽出一本筆記本。「只要幾句聲明，我們就可以製造出你生平所見最聳動的頭條。」

「晚安，塔維史托克先生。」

「但是你的職業生涯呢？」塔維史托克情急地抗議，「你看不出來嗎？只要我繼續寫這個故事，你的事業會如何對我來說根本不重要！」

福爾摩斯搖搖頭，這位報人坦白的談話，讓他的眉頭籠罩在厭惡的陰霾之下。「華生，我想外面的空氣比較清新。」

在戶外，充滿刺激性的空氣還是那麼濃稠，又有點讓人噁心。出租馬車在這種氣候下無法運作，所以我們沉默地朝攝政街走，各自落入不安的深思之中。我不得不同意塔維史托克恫嚇性的宣言：如果針對福爾摩斯的反感繼續像前一天晚上那樣高漲，不只是他的調查，連他的生命都有危險。

我們在快到達貝格街的時候，福爾摩斯才打破沉默。「你完全正確，我親愛的同伴。在塔維史托克的詆毀之詞仍然有力的時候，我無法平安無事地在白教堂區活動。在前五分鐘，你已經偷瞄我的側臉四次了；你觀察到《倫敦紀事報》上的插畫精確得令人困擾，這個想法沒錯，我們兩個人昨晚都嚐到苦果了。」

我忍不住笑出來，福爾摩斯則悔恨地嘆息。「幸運的是我只有這麼一個親近友人。我幫自己澄清，只會在我用石頭打造的名聲之上敲出許多小洞。」

「你的名聲——」

「現在確實有比較大的問題。無論如何，我很高興我親眼見到塔維史托克。我很樂意接受你的說法，他是個惡棍，不過沒什麼能夠比得上直接見到本人。他說溜嘴，冒出了一句奇怪的話。」

「他有嗎？」

「他說他的消息來源希望保護大眾。如果他認爲沒有我會對大家比較好，他要不是個瘋子，就是個——」我滿懷希望地等著，但很快福爾摩斯就搖搖頭，繼續說下去。「我們可以先拋棄塔維史托克是爲了某種理由要迫害我的這個假設。他的表白清楚得讓人噁心，我上臺當首相或者慘遭五馬分屍、腦袋被挑在尖棍上都可以，只要准他詳細描寫就行。」

「福爾摩斯，有沒有我能夠做的事？」

我們已經抵達自家門口了，雖然在幽暗中只能勉強分辨。「沒有，沒有，我親愛的伙伴。恐怕必須行動的是我。而我會行動的。」

那天晚上福爾摩斯縮在他的扶手椅上，一邊膝蓋收到下巴底下，定定地瞪著從開膛手的禮物菸盒上拆下的紙上的數字。超過一小時，他一直維持同一個姿勢，眼睛幾乎閉上了，就像個神諭使者一樣安靜孤獨，抽掉好幾碗粗菸絲，後來我告退上床睡覺，卻很難不去想我們眼前的試煉。

第二天早上我發現一張紙條，是用我朋友清晰、一絲不苟的字跡寫成，夾在奶油碟下面。

親愛的華生：

這只是一種可能性，不過我的調查可能讓我短時間內無法回到貝格街。你會了解時間就是精髓所在，而我在東區的種種調查，屬於單獨進行比較有效果的那種。我請你不要憂慮，而且不管倫敦變得多骯髒，都別遊蕩到太遠的地方去，因為我希望很快就會有需要你幫忙的地方。如果把信寄到白教堂郵局支局我就收得到，收信人要寫傑克．愛斯科特。

夏．福

附註：因為我的新調查已經有了比較危險的轉折，你應該會很高興得知，我已經指示夢克小姐可以支薪放假。

不用說，那段附註對於福爾摩斯先前的指示——不要擔心他個人的安危——起了反效果。雖然我承認，他獨自一個人確實能夠更有效率地工作，而且在我們兩人共同偵辦的許多案件裡他都是這麼做，但不請自來的念頭飛快在我腦中閃現：事實證明，在某些場合單獨行動太危險了，即使那個人是夏洛克·福爾摩斯也一樣。

哈德遜太太從門縫邊緣探出頭來。「華生醫師，夢克小姐要見你。」

我們的調查伙伴表情豐富的五官因爲憂心忡忡而顯得沉重。她脫掉一副新的手套，然後把手套藏進口袋裡。

「午安，夢克小姐。」

「哈德遜太太剛剛說要拿茶來，雖然現在不是我通常喝茶的時間。但她眞是不可多得，不是嗎？」

「請坐，我很高興能見到妳，因爲考量到——」

「考量到我已經被開除嗎？」她臉上帶著一絲微笑問道。

「老天爺啊，不是！」

我把紙條交給她，她流露出警戒之意的眼睛飛快瞥向我。「那麼，他一個人想幹什麼？」

「憑我遊歷過三個不同大陸的經驗，夏洛克·福爾摩斯恐怕是我遇過最孤僻的男人。他在做什麼，我不會比妳更清楚。」

她咬著嘴唇，靠近我先前刻意任之熄滅的爐火，然後充滿鬥志地用撥火鐵棒戳刺著。「今天早上在早餐前，我收到他打的一封電報。但我可不是靠著坐在酒吧裡跟醉醺醺的姑娘們閒扯淡賺錢的。」她這麼宣布，同時挺直身體。「所以，我們能做什麼？」

「上次妳坐在酒吧裡，確實把我們導向某些很有意思的結果。」

「這是天賦，我不否認這一點。不過靈感有點乾枯了。前幾天我以爲我碰到一條好線索，不過她認爲刀客可以透過電流把自己傳送到別處，這個想法在某種程度上，讓她那個故事的其餘部分變得沒那麼有趣了。可憐的蕾西小姐。我向你保證，她都是被鴉片酊害的。還有別的嗎？」

「夢克小姐，就算我們覺得有些神祕難解，但我知道福爾摩斯大致上對此案了然於心，」我指出這一點，「倉促行事可能會壞事。」

「要是我們不能做點什麼那才奇怪呢，就算是戴著撕成小條的腕帶在街頭巡邏都好。」

「這個嘛，」我緩緩回答道，「讓雷斯里．塔維史托克失去信用，確實會對福爾摩斯有利。」

「那個記者？我願意付大錢看他的臉被壓在泥巴裡。」我的同伴再度直起身子，在地毯上轉了一圈，她長著雀斑的額頭專注地繃緊了。

「夢克小姐？」

「這樣可能沒有用。但如果有效的話……」

「親愛的夢克小姐，你想到什麼了？」

「醫師，如果我們能夠發現塔維史托克是怎麼挖到他那些垃圾，對福爾摩斯先生會有極大的幫助，不是嗎？」

「我想確實是這樣。」

「我知道我可以辦到。」

「妳現在到底想到什麼了？」

「我不想現在馬上告訴你，因爲這樣可能毫無成果。不過要是有效，就可能引起大量的注意。或許我必須稍微祕密策畫一下，不過要是他可以弄到那個東西……」她興奮得喘不過氣，只得停了下來。「我告訴你，我會把那樣東西帶來這裡給你，到時候你可以決定要不要做。」她重新拿出她的黑色手套，然後在門口對我揮揮手套。

「親愛的夢克小姐，在這件事情上我完全不許妳冒任何危險！」我喊道。

這樣說根本沒用。因爲才一眨眼，她就下樓下到一半了。我只能聽到她好聲好氣地爲了午茶的事情向哈德遜太太致歉，然後她就輕快地從前門走進霧氣裡，像是乘著微風的一段旋律。

23 艦隊街冒險

實際上，我一直到十月十三日星期二才再度見到夢克小姐，在那段讓人心焦的時期裡，我沒有從福爾摩斯那裡接到隻字片語。根據雷斯垂德的說法，蘇格蘭場的人馬都非常氣餒。猶太人的瘋狂屠殺者與心智錯亂的醫生，這類的謠言在整個地區傳得如火如荼，以至於他們最多只能做到維持和平而已。因爲無法鎖定開膛手的身分，他們承受來自四面八方的毀謗中傷，但就像這樣還不夠似的，他們現在還要多面對一個重擔：十一月九日，星期五，大半警力要被調去保衛市長大人華麗壯觀的年度遊行隊伍。

可以想像的是，隨著白教堂區疑案加諸於我的重擔，以及福爾摩斯令人不安的缺席，白天時間我得致力於抒解我的心理騷亂，但又不能晃蕩到離貝格街太遠的地方，免得事態突然惡化。我讀不下小說，俱樂部裡的氣氛也引不起我興趣，一切都讓人厭煩。在那個失眠的星期二晚上，我企圖違反我朋友的禁令，記錄一宗我歸檔爲〈第三根蠟燭的冒險〉案件；我才剛決定，喝杯紅酒對我來說好處比壞處多，就聽到樓下急切的門鈴響。

我知道哈德遜太太早就上床睡覺了，所以我一身穿戴整齊地匆匆奔下樓——而我此刻之所以衣著整齊，是因爲我本來就還沒有睡覺的意思。等到我把門閂拉開時，我驚訝地發現是夢克小姐和史蒂芬·鄧樂維。

「華生醫師，請原諒我們這麼晚了還來打擾，」鄧樂維開口說，「不過夢克小姐決心打鐵趁熱。」

「非常歡迎你們。無論如何，我本來就期待夢克小姐到訪。」

一到樓上，我就打開紅酒，多拿出兩個杯子。鄧樂維坐在柳條椅上，夢克小姐則驕傲地站在爐火前，一副像是要發表宣言的演說家架勢。在我也坐下以後，她把杯子放到壁爐架上，然後從內衣裡抽出一個小東西。

「醫師，這是給你的一份禮物。」她開朗地咧嘴笑著，同時把一小片金屬隔空丟過來，我接住以後，打開手掌，看著那玩意兒。

一隻鑰匙。「好吧，」我說著大笑出來。「我加入了。這把鑰匙可以開什麼？」

「雷斯里．塔維史托克的辦公室。」

「親愛的夢克小姐！」

「我有心要看看這位鄧樂維除了跟蹤正派好人以外，還有沒有別的用處，」她坐在沙發扶手上，並開心地說道，「不過我知道，在沒有福爾摩斯先生的狀況下採取任何步驟都會讓你擔心，而你的擔心也是有道理，所以我們一拿到鑰匙，就直接跑到這裡來交給你。」

「鄧樂維先生，你願意詳細說明這個東西怎麼落入你掌握中嗎？」

這年輕人清清喉嚨。「呃，夢克小姐賞臉，上星期四時出現在我家門口，然後向我解釋，她相信既然我是個記者，記者這種人又生性熱愛交際，總是爭先恐後要得知最新發展，所以她無法想像我在《倫敦紀事報》沒有任何熟人。夢克小姐的猜測並不完全正確，不過也可以說是對了，因為我在《星報》有位朋友，他跟另一個叫哈定的人關係非常親密，而那人就是《倫敦紀事報》

雇員。」

「我懂了。然後呢？」

「這位年輕女士的點子——如果可以的話，我要說這眞是個非常聰明的點子——就是迫使哈定去複製一把塔維史托克的鑰匙。實際上，我們根本不需要脅迫他。」

「塔維史托克是個徹底的無賴，」夢克小姐插嘴說道，「從他追著福爾摩斯先生不放的樣子，就可以知道了。」

鄧樂維很快地克制住一個幾乎要綻放出來的溫柔微笑，然後繼續說道：「如同夢克小姐所說的，在《倫敦紀事報》，沒有人像雷斯里．塔維史托克這樣人見人厭。花了幾天工夫之後，我在我們共同朋友的陪伴之下，跟哈定碰面喝了一杯啤酒，然後提出惡搞報界人緣最差者的主意，這個建議為我贏得堆積如山的讚美。」

「惡作劇，」我複述了一次，也看出了他們這個計畫有種福至心靈的單純。「你們打算進行哪種惡作劇？」

「喔，我敢說我們會用顏料完成某件好事，而且總是可以考慮死老鼠什麼的，」夢克小姐秉持著一種歡樂的冷靜態度說，「離鄧樂維在東區的住處不遠，有個馬肉屠夫。而且當然了，我們一進了辦公室——」

「這個小小的玩笑，可能會花掉比我們想像中更多的時間。」我做了結論。

「他所有的文件都擺在旁邊，如果不瀏覽一遍很可惜喔，醫生？」

「等等。我們根本不知道塔維史托克的工作時間，或者講得更確切點，連那棟建築物本身的開放時間都不知道。」

「哈定已經非常熱切地提供所有資訊，」鄧樂維解釋道，「他似乎曾經調查過一個事件，但塔維史托克風聞此事之後，就偷走了他的報導。他複製塔維史托克的辦公室鑰匙，而這把複製鑰匙一天後送到我手上。在週間進入那棟建築物不可能無人察覺，因為你必定知道的，報社隨時開放。星期六晚上是唯一淨空的時間，因為他們星期天不出刊。哈定說，他們那些人會四散到那一區附近的酒吧去，或者回家跟家人團聚。」

「在建築物關閉的時候有什麼保全措施？」

「因為我們的使命如此崇高，哈定準備把他打開外門用的鑰匙借給我們。至於保全措施，辦公室方面不覺得需要僱用夜班警衛。毫無疑問，附近會有某些值班巡更的警官，不過那很容易搞定。」

「像這樣洗劫他的辦公室，會顯得我們很不道德。」我出言警告。

「可能是吧，但理由正當，抱不平也師出有名。福爾摩斯先生有權知道誰製造了那些誹謗謠言，而且雖然他似乎接受我堅稱清白無辜，我還是很希望能證實這一點。」

「如果我們被逮到，想想塔維史托克會採取什麼行動，就讓人很擔憂了。」

「我知道，醫生，」夢克小姐同情地說道，「可是，如果你去重讀那兩篇連包死魚都不配的文章，你就立刻會勇氣滿滿了。」

我可以不卑不亢、不怕自相矛盾地說，在關係到同伴的利益時，我從來不是會逃避危險的那種人。「星期六，」我沉思道，「這讓我們有整整三天可以讓計畫臻於完美。」

「而且誰知道福爾摩斯先生那時候會不會就回來了呢！」夢克小姐喊道。「但如果我們還是連他的影子都看不到，至少我們可以試著清除這一片該死混亂裡的一個小黑點。」

「夢克小姐，鄧樂維先生，」我說著從我的椅子上站起來，「我要敬你們。這一杯是為了夏洛克．福爾摩斯，祝他身體健康。」

深陷在這樣令人麻木的不確定感之中，光想到有個任務要進行，就忍不住心情振奮。那天晚上更晚一點的時候，我終於吹熄床邊蠟燭，但心中卻開始納悶，對於像我朋友那樣光輝燦爛的心靈來說，無所作為是不是真那麼折磨人，以至於一支針筒與一瓶百分之七的溶液，似乎是唯一能熬過去的手段。

我們的計畫發展得很快。夢克小姐好心地到那棟建築物附近叫賣幾條手帕，直到有個警察來警告她離開為止。隨後她靜靜地跟著他，發現他的巡邏路線會領著他直接通過出入口。一個初出茅廬的竊賊有理由為此焦慮，但對於手上有一組鑰匙的人來說，卻幾乎無須擔憂。更有甚者，熱心的哈定還通知我們，塔維史托克的辦公室不是直接面向街道，所以在那裡可以放心點燈，因為包在周圍建築物的黑暗中，那些亮光是永遠不會引起注意的。

起初對於誰來嘗試進行這項任務，我們有過一些討論，但夢克小姐不肯被留在後頭，而我們又認為鄧樂維的出席同樣必要，我正視現況，闖進雷斯里．塔維史托克辦公室，最好是由勇敢三人組來分工合作。我們在星期五會面，編出一套應急用的故事，然後訂好第二天晚上十一點，是我們夜間冒險事業的起始時間。

那個星期六晚上十點過一刻的時候，我往南走到遠至牛津街的地方，然後招來一輛出租馬車，因爲空氣變得乾淨許多，最後幾絲霧氣纏繞在車窗邊，就像孩子的玩具緞帶一樣充滿玩興，誘惑著看不見面孔的路人踏進夜色更深的地方。我們借道乾草市場駛近史全德街，然後我從出租馬車上下來，距離約定時間還有十分鐘。我轉向一條小道，走下一個小酒吧的臺階，然後向夢克小姐與鄧樂維先生打招呼，他們占據了角落裡的一張小桌子。照我看來，點亮那張桌子的油燈從來沒清理過。

「各位女士，各位先生，」史蒂芬．鄧樂維這麼宣布，在我們舉起酒杯的時候，他留八字鬍的嘴邊掛著一個微笑，「敬阿利斯特．哈定，一位懷恨在心，卻又精力十足、充滿熱情的人。」

「夢克小姐，妳帶了那個袋子嗎？」我問道。

她用她的靴子尖端踢踢某個小小的粗麻布包。

「既然如此，咱們上路吧。夢克小姐，我們會在十分鐘後跟妳會合。」

留下坐在桌旁那一抹燈光下的夢克小姐，鄧樂維和我大步走過史全德街上最後一棟莊嚴的建築物，穿過一度屹立著一座石砌大拱門的聖殿門分界，然後就此進入艦隊街，英國報業吵鬧刺耳的核心。在星期六這麼晚的時候，這個地方很平靜，而且路人整體的動向似乎是要離開，而非進入。

鄧樂維走近艦隊街一七四號的前門，冷硬的黑體字宣布這裡是《倫敦紀事報》的家，接著他就把哈定先生的鑰匙插進鎖孔裡。幾秒鐘後，我們就進了前廳，鄧樂維從他寬鬆的外套裡拿出一支遮光提燈。

「我沒看到有人在的跡象。」他小心謹慎地用無聲的口形說道。

「我們到了樓上，就可以確定這一點了。」

踩著費心維持的無聲步伐，我們推進到前往三樓的樓梯上，在這裡除了我們自己的提燈燈光以外，我們沒看到其他的光線。我知道該往哪走，在通過公共空間以後，我們直接走向第二辦公室，這裡只有單獨一個鎖來保護。我從我的口袋裡抽出鑰匙，然後打開了那道門。

鄧樂維完全打開那支遮光提燈的孔眼，頓時這個房間就充滿了亮光。桌子到處都是紙張，書架上放了檔案夾，還有一些打開來放在參考用的書本上。我們開始翻閱那些四散的文件書籍，並小心地維持它們的擺放順序，免得我們這趟夜訪的真正目的被看破。有好幾分鐘，我們讀遍所能拿到的每一張紙，這時鄧樂維低低吹了聲口哨，引起我的注意。

「哈囉！這裡有某樣東西。」

我拋下我自己拿的那一頁雜亂無章的塗鴉，轉去看鄧樂維拿到的那張紙，上面寫著：

> 從福爾摩斯負傷以後就沒別的謀殺案了，這不太可能是純屬巧合。在過往的案件中，他表達過對警方的輕蔑。持續在東區頻繁出入。

然後，在這一頁的底部有著潦草的字跡：

福爾摩斯失蹤了。表示認罪？

「老天爺啊，華生醫師，我從沒料到他還在炮製更多像這樣的垃圾。」

「我承認我就怕會這樣，但這一份比其他文章加起來都更醜惡。」

「不過你看看，這一頁不可能是塔維史托克寫的。筆跡不一樣。」我聽見外門的吱嘎響聲從樓下傳來。

「那些是什麼樣的文件？」我問道。

「這是一篇文章的開頭，而這裡是一封信，上面有塔維史托克的簽名，還沒寄出。這些文件是用同樣筆跡寫的，就跟桌子裡大部分的檔案一樣。關於福爾摩斯先生的字條，一定是來自那個粗人的消息來源。」

夢克小姐進來了，並關上她背後的門。「那麼現在如何？」

「這張字條似乎是由這一切困擾的源頭寫下的。」我說道。

她從我背後探頭看。「一個男人的筆跡。福爾摩斯先生會從中看出些什麼來。」

「我會把這張字條拿給他，但不能讓人知道這裡有任何東西失蹤了。」我一邊考慮著，邊把那段令人厭惡的文字抄進我的筆記本裡。

「那裡面有信封嗎？」夢克小姐問道。我們從塞滿縐巴巴紙張的籃子裡翻出了一個。她則是很快從桌子底下冒出來，得意地滿面紅光。

「日期是二十日星期六。紙張符合信封，是寄給《倫敦紀事報》的雷斯里．塔維史托克。這是同樣的字體！我們可以拿走這個信封，因爲不會有人記得它的下落。」

我們搜出更多文件，卻沒有新的情報。同樣的男人寫過另外三封信給塔維史托克，一次是安排會面，兩次是轉達福爾摩斯的新消息，但是這些訊息早就已經造成災難性的後果了，所以我們並未獲得什麼新資訊。到最後，隨著時間迫近凌晨一點鐘，我建議大家離開。

鄧樂維跟我最後一次環顧房間，確定我們沒有留下任何足以辨識身分的痕跡，這時夢克小姐拾起她靠牆放的粗麻布袋，然後用一種舉行宮廷典禮似的氣度，把袋子裡的內容放到桌面上，最後她的腦袋一揚，把那個袋子扔進垃圾桶裡。

我們尋路下了樓。在我的手握著門把朝門外的世界推過去時，我被靠近的腳步聲嚇了一跳。我示意同伴們退後。但我自己幾乎喘不過氣來，默默祈禱能聽見同樣的腳步聲離去，但讓人氣餒的是，有人試試門把，然後小心翼翼地推開。

在這一刻，史蒂芬·鄧樂維打開提燈的遮光片，然後跳到門前，他舉起手就像是要開門的樣子，這時一個留灰色鬍子的警員手拿警棍進屋了。

「喔，我說，警官先生，你眞是嚇到我了。」鄧樂維喊道。

這粗壯的男人把他的警棍放回腰帶，一臉懷疑地注視著我們。

「你們是否能告訴我，你們三個在這裡做什麼？星期六的這種時間，這棟建築物裡從來沒有人在。」

「確實是，好心的先生。不過我要承認，你讓我們大受驚嚇。」

「毫無疑問，」他的答覆很簡短，「你有一組鑰匙，對吧？」

「的確是。先生，我必須說，如果你在巡邏的時候總是檢查鎖上的門，我會很景仰你如此貫徹警務工作的執行。」

「我綁好上鎖的門，我們大多數人都這樣做。但繩索斷裂了。」

「喔！工作非常細心啊，這位警官怎麼稱呼……？」

「布瑞爾利。」

「好，那麼布瑞爾利警官，我的同事跟我希望能夠徹底保有隱私，以便訪問這位年輕女士。」

「爲什麼要這樣？」

「她聲稱對於開膛手謀殺案握有非常寶貴的資訊。」

夢克小姐羞怯地點點頭，半個身體藏在我肩膀後面。

「那麼爲什麼非得在大半夜沒有人的報社大樓裡見面？」

「警官，這是非常危險的情報。」她悄聲說道。

「唔，小姐，如果妳有關於開膛手謀殺案的情報，妳必須告訴我妳怎麼會知道的。」

「拜託您，先生，」她顫抖著說道，「他們會來追我，我知道的。」

「誰會來追妳？」

「他的朋友。他們會在我睡夢中謀害我。」

「好啦，親愛的，」那位警官用平靜的口吻說道，「如果妳有任何危險，我們會保護妳。」

「你不認識他們！要是我跟蘇格蘭場的人多廢話，會害我送命的。」

「雖然如此，我必須堅持這一點。」

「好吧，」夢克小姐在痛苦萬分的折磨中說道，「我知道凶手是誰。」

「那麼是哪一位呢？」那位很有耐性的警官追問道。

「亞伯特．維克多王子。」

我盡全力裝成一個極度失望又非常惱怒的記者，注視著夢克小姐。不過，這點很難做到。布瑞爾利警官重重地嘆了口氣。「眞的是他嗎？我會把這個令人震驚的消息告訴我的上司。至於現在，你們三個最好去做你們該做的正事。我強烈建議你們把正事帶回家做，一刻都別耽擱。」

我們靜靜地沿史全德街往回走，一路經過三個街區，我們都沒說話，直到我們完全擺脫背後的布瑞爾利警官爲止，這時史蒂芬．鄧樂維放心地仰天大笑。

「亞伯特．維克多王子？」

「我確定他會很高興知道，他的名字一下子就跳出來了。」夢克小姐這麼評論。

「夢克小姐，妳眞是妙得無與倫比。唔，華生醫師，我誠心希望這個信封會對福爾摩斯先生有點用。」

「你可以放心，我會讓你知道後續消息。」

「無論如何，這個晚上一直非常讓人滿意。夢克小姐，希望我有這分榮幸，邀妳跟我共乘出租馬車回到東區。」

「我答應你。喔，華生醫師，我眞的希望我們幫到福爾摩斯先生的忙。」

「不管怎樣，我們已經幫了阿利斯特．哈定一個忙，」鄧樂維開心地宣布，「早上我會把鑰匙還給他。我毫不懷疑，當他聽到消息時，他會是全倫敦最快樂的男人。」

24 東區分界

第二天早上我坐在早餐桌前，志得意滿的程度不只有一點點，這時我把那個信封拿在手裡翻來轉去，思索著把它交給福爾摩斯的最佳方式。毫無疑問，他早就做了絕佳安排，因爲他經常突然奔赴鄉間或者歐洲大陸，而就我所見，他的緊急郵件從沒斷過。然而，或許是因爲對我們的成就有些隱隱然的驕傲，或者也可能是基於某種確實機敏的警覺心，我發現自己在下午過半的時候，仍然把拚命掙來的物件擺在內側口袋裡，不過我也理解到自己的不理性，竟想親自把這個東西交到我朋友手上。但是，到底要怎樣才能辦到這件事，我幾乎無法想像，不過很快就發生某些情況，把這個才智上的負擔徹底從我肩膀上移開了。微弱的光線開始消退，鬥志旺盛的秋風吹動了最後一批枯葉，這時聽差帶著福爾摩斯手寫的字條抵達。信件上寫著，「約翰．華生醫師本人親啓」。

追上我們那個獵物的味道了。立刻到商業街跟紅磚巷交叉的街角來跟我會合，請步行，同時帶上你的醫療器材袋，因爲我擔心我們可能會用得上。

夏洛克．福爾摩斯

不用說，不只是我的黑色醫藥袋，我連清潔過又裝上彈藥的左輪手槍都立刻拿在手上，而且我馬上大步跳到街上去招來一輛出租馬車。我出發時才剛過晚上七點，而那些無動於衷、像是粉蠟筆畫出來的房子，在漸漸變暗的模糊暮色中掠過我身邊。我從出租馬車上下來的時候，夜晚剛好正式戰勝了白晝，而我只好在黑暗中到處尋找正確的方向。

幾乎立刻就讓我心灰意冷的是，我的方向感很快就因為某個奇特的事實而變得扭曲混亂——福爾摩斯信中指示的街道是彼此平行的。在思索一陣子以後，我決定跟著紅磚巷走，看看這條巷子是否會與任何一條跟商業街同名的路交會，因為倫敦幹道的名字常常彼此重複，所以在轉彎走出史東尼街時，發現自己置身於史東尼巷，也沒什麼好驚訝的。以夏洛克．福爾摩斯詳盡的記憶力，出這種錯並不尋常，不過我沒別的說法能解釋這一點，只好下定決心要找到真正正確的那個十字路口，就算要花上整晚也在所不惜。

在前半小時，我要忍受的不過是旁人隨口奚落幾句，但接下來我回溯自己的來時路，沿著紅磚巷前行，經過希伯來人宗教聚會所，在炸香腸的氣味中難受地想著我可能因為簡單的地址錯誤，而在福爾摩斯工作到緊要關頭的時候讓他失望，這個同時我開始察覺到當地人縮小了包圍，他們的叫嚷聲愈來愈頻繁。

「喂，醫生！你是出診要幫某個妓女縫合是吧？」

「你想找個新鮮貨，把她拼起來對吧，還是你要自己來拆解她？」

這些嘲弄很快變得敵意濃厚，因此我閃進一條僻靜的巷子，打算想出個辦法聯絡福爾摩斯——如果有這個可能的話。我靠在一個大桶子上，繃緊神經努力回想白教堂區地圖的每個細節，然而還待不到兩分鐘，就有五個男人從左側靠近我。由於路邊只有一盞泛著病態黃色的燈，勾勒出他們充滿惡意的身形側影，所以就算我還沒習慣突如其來的危險，我的直覺也警告我要注意他們的姿態，還有他們漫不經心隨手握著的棍棒。

起初我希望他們有別的目標，會從我身邊走過，不過這幫人的領袖，一個頭髮剛硬、下巴寬大又身形魁偉的男人點頭示意其他人後退，然後朝我這裡靠近，他的棒子輕拍著他多肉的手掌。

「晚安，」我開口說道，「有什麼問題嗎？」

「喂，大夥兒？你們怎麼說？我猜安德希爾會認爲這裡有裡問題，不是嗎？」

他那四個攔路強盜似的同伴放聲笑了，同時拍拍另一個男人的背——一個眼神惡毒的瘦子，嘴巴猶如一道邪惡的割痕。「就是這樣！安德希爾！他心裡可不平靜了，他放不下。」其中一個人咯咯笑道。

「聽著，先生，」我試著跟他們解釋，「我是——」

「給我等一下，大爺。我們現在處於一個危險時期。所以就這麼說吧，我們注意到有人看見一個傢伙，一個學醫的傢伙，他在這個區域裡逛來逛去，就好像他是……唔，如果你懂得我的意思，他看起來一副在暗中找尋獵物的樣子。」

「現在請注意，好心的先生——」

「再讓我們進一步假定，我，以西結．漢默史密斯，身爲一個品格正直的男人，我從酒吧叫來我的哥兒們，這樣才能好好看清楚這個學醫的傢伙——他在距離我妹妹租屋處不到十碼的暗巷裡埋伏等候。」這粗漢露出邪惡的微笑，然後抬頭一瞥某個紅磚蓋成的陰暗破屋。

「這樣不成、不成啊，大爺，」他口氣悲傷地繼續說，「天黑以後，你們這種人可要有非常強烈的理由才會待在這一帶。」他降低了他的聲音，變得隱約，還帶點粗啞。「我對神發誓，等我們收拾你以後，你會希望你以前從來沒見過任何妓女。」

我伸手拿左輪手槍，想嚇阻他們來一場五對一的徒手打鬥，不過有個皮膚黝黑、左耳少了一大半的傢伙往前一跳，用一隻枴杖劈向我的手臂。他嘗試多來兩記結結實實的攻擊，其中一次只差一點就打中我的前臂，瞄準脖子的第二擊我設法用肩膀接下了，這時他靠近到讓我有機會使出左勾拳，在許多年前，這招曾經替我在爭鬥激烈的預科學校裡贏得徹底的行動自由。

就在此時，有個非常纖瘦的男人從我背後走進巷子裡。他吹著口哨，並且把一支長柄刷子扛在左肩上。他的臉跟他一身黑衣，都被煙灰弄得髒兮兮的，我看出他是個煙囪清潔工，剛做完工作正要回家。在我內心某個遙遠的角落，我留意到他吹的是華格納的《帕西法爾》。此人在看到這麼多蠻橫人物擠進這條窄巷，而停下腳步的時候，我滿腦子的念頭都暫時擱置了。

「出了什麼事？」他問道。

「如果你不想分杯羹的話，就走你的路吧。」漢默史密斯這麼回答，同時踏到一旁讓他過去。「這邊這位紳士對妓女的態度不佳，我們正在幫忙他向她們賠不是。」

命運，就如我經常反思省視的一樣，始終是那麼變化無常、難以捉摸。這一刻，是五個武裝暴徒欺壓兩個毫無罪過也不想打架的男人。下一刻，五個人中的兩個就倒在地上痛得哀嚎，在長柄煙囪清理棍的打擊之下，他們的肋骨成了衝突犧牲品。漢默史密斯千鈞一髮地逃過攻擊，怒吼著把他的棍棒扔到地上，伸手到他長褲褲腿裡，抽出一把邪惡短刀衝向我跟我的新盟友。

雖然我終於抽出左輪手槍，卻完全不必派上用場。煙囪清潔工往他的心窩來一記壓倒性的戳刺，然後用氣音說道：「走那條通道，跟著我的腳步。」接著夏洛克．福爾摩斯就拉住我的手臂，我們穿過那條通路逃進一連串的小巷弄，越過一堵較低的圍牆，然後遁入多風的秋夜。

雖然我們跑了可能有十分鐘，我卻覺得我們沒有跑得太遠。福爾摩斯做了幾次巧妙的閃躲，有一次還停下來專注聆聽追兵動向，然後帶著我穿過一連串彼此相連的小巷，地上到處散落著木頭跟破掉的船運板條箱，到最後讓我大為驚訝的是，他躲進一個低矮的門口，然後推著我進去。

踩著黑暗的階梯急忙往上衝時，我更在意速度而顧不得謹慎，要不是有福爾摩斯及時拉住我，免得我從一個爛穿的空隙栽落，我很可能會直接掉到下面的地板上。到最後，通過兩層肯定有考古價值的階梯之後，我們到達一條短走廊盡頭的門口。我朋友用炫耀似的動作，用力打開門——至少是以這種粗糙的板條組合物能夠被「用力」打開的程度。

「請容我以最高規格的歡迎儀式，展示貝格街私家顧問偵探社東區分部，開膛手案件調查的脈動中樞。」

只要財務狀況允許，夏洛克．福爾摩斯在整個倫敦維持的藏身處不會少於五個，甚至可能多達七個。雖說某些地方的設備不過就是一個臉盆加上一個衣櫃，但在他為了喬裝或者追蹤而必須立刻用到私人空間時，他就會動用這些隱匿處。在我跟福爾摩斯合夥的這些年來，我總共見過三個這樣的住所，這是因為我朋友生性樂於保密，以致我無法看到其他地方。

這個驚人的白教堂區避難所，是由一個四方形的房間所構成，長度略大於寬度，沒有窗戶，四壁全貼滿了地圖跟新聞剪報，還有兩個新而結實、形態不同的內側門閂，福爾摩斯很有效率地關上門鎖後，帶著探詢的關注表情把目光集中在我身上。

「我親愛的伙伴，我本來想在更輕鬆的情境下爲你介紹我們的第二分部，但無論如何你已經看到它是多麼有用了。目前我們在史卡波羅街，就在白教堂路的南邊。你會注意到，我們手邊已經蒐集了盡可能多的相關情報，我們還有完整裝備，可以維持每種衛生與文明的需求，而且還有瓶相當好的白蘭地放在邊桌上。你想利用任何設備，就請自己動手吧。」

那張「邊桌」指的是一個倒置的大桶，上面黏著一塊乾草墊和一堆乾淨卻磨得很舊的灰色羊毛毯。這房間裡沒有別的毯子或家具，只有一個看起來很危險的爐子，放在壁爐旁邊，另外還有一張破爛的書桌跟兩張椅子。其中一個家具的前世，可能是一只裝橘子的板條箱。

「福爾摩斯，你到底在這個洞裡做什麼？」我一邊問，一邊毫不猶豫地走向臨時邊桌上的酒，同時對我朋友特立獨行之舉搖頭。福爾摩斯坐在橘子板條箱上脫掉他的外套，並拿一條濕布用力擦他變黑的臉。

「我一直在跟女王陛下軍隊中許多墮入罌粟花魔咒的成員交朋友。事實上，我很有機會在明天發現布萊克史東的租屋處。」雖然看起來喜氣洋洋，又抹去了面具似的煙灰，但我朋友的臉卻明顯透露出他已經快到累垮的臨界點了。

「但這眞是太神奇了，福爾摩斯！」我喊道，「順便一提，我想我誤解那些指示了，不過你到底是怎麼剛好找到我的？」

福爾摩斯臉上很少露出這麼明顯的困惑表情。「我發現自己今天晚上沒事，就在街頭巡邏，而我敢大言不慚地說，我的洞察力勝過你熟悉小巷弄的程度。我親愛的華生，我相信現在全世界的人裡我最樂意看到的就是你，但我還是得問，你到底爲什麼手上拿著醫藥袋在白教堂區遊蕩，還一臉鬼鬼祟祟的表情？」

「是你叫我來的。那不是你留的信息嗎？」

福爾摩斯瞥了那封短箋一眼，然後表情憂慮地看著我。

「今天下午我沒有跟任何人通信。」

「那麼你沒有送信給我了？」

「沒有。你什麼時候收到這封信的？」

「下午五點半的時候。」

「這不是透過郵局送來的。」

「不，是聽差送來的。」

「你有沒有問比利，他是從什麼樣的人手上拿到的？」

「我一認出你的簽名，就認爲這無關緊要了。」

「那麼，你完全不知道這張字條的源頭了？」

「一無所知。」

最後他喊了出來：「我想像不出你心裡有什麼目的才會追隨這些指示，可是這封書信肯定是一位對手寫的。」

「我心裡有什麼目的？」我立刻回嘴，「你需要我的幫助啊！」

「不對不對，華生，全錯。這些確實是我會寫的 t、y 跟 m，大寫 A 也模仿得非常好，可是到底是什麼誘使你照著紙條的指示做，這上面寫著這樣極端不精確的q啊？」

「我要很遺憾地說，我受過的訓練是醫學訓練，要我做筆跡分析力有未逮，」我口氣更加粗暴地回應，「而且我認爲那是在某種壓力之下寫的。」

「本來該有一千條小小的線索暴露出事實！舉例來說，你跟我已經彼此相識超過七年，然而在這張簡短字條裡，我不知怎地還是把你的尊稱、名字跟姓都寫出來。」

「如果送信的人不認識我，那當然沒什麼好奇怪的。」

「再說那張紙呢！我的文具——」

「既然你不在家裡，那就不相干，」我生氣地迅速反駁，「無論如何，要是你這麼期望，將來我就會用懷疑跟不信任的態度對應你所有緊急的召喚。」

在明顯的努力之下，福爾摩斯的態度軟化了。「說到底，我只是擔心你的安危而已。我很遺憾在巷子後面發生那個小事故，不過現在我們有了這個東西，這張紙條……這張紙條非常有意思。紙條的作者用非常細膩的手法寫下我的簽名；然而其他的字母都寫得非常緩慢，這是仿造的確切跡象。不過事實還是很明顯：無論是誰寫下這封信來陷害我們，都是因爲他有辦法拿到我筆跡的眞正樣本。」

「他到底要怎麼樣才能弄到那種東西？」

「喔，但我們還可以得到更多結論：他手上掌握的文件，雖然在最後有署名，卻較少顯示出我的其他特色。所以我敢賭五十鎊，他拿到的那張簡短紙條，裡面完全沒有出現字母q。」

「某個惡棍有辦法拿到你的書信？」

「我幾乎看不出是怎麼辦到的。」

「你的銀行？」

「首都郡縣銀行是以他們的可靠程度而聞名。」

「唔，那麼會不會是你曾經匆匆寫過一張字條給你的律師，或者寫下一封回信給某位客戶。我們怎麼可能知道那個樣本是從哪來的。」

「我不會說你錯了，」我的朋友回答得很抽象，「可是從機率來看，非常不可能是某個心懷惡意之人正巧走運，拿到我的筆跡。反倒更有可能是他從某位當事者手上偷走一封信，我們可以假定這位當事者有一份我的手稿。這個範圍立刻大大縮小了。要考慮的對象有你、我哥哥、幾位蘇格蘭場的探長，還有你已經非常聰明地提及的那些人，好比是我的銀行或律師。」

「不過稍等一下，福爾摩斯。請原諒我這麼說，但是今晚我會特別想見你，是有很好的理由。」

我的朋友頭一歪，表現出他的興趣，而我接下來就把我們在他缺席時完成的一切告訴他。我如今還可以愉快地回想，當我爲我的陳述作出總結時，夏洛克·福爾摩斯一臉驚訝得非同小可的樣子。

「那麼你們的形跡完全掩蓋住了嗎？」

「這會被當成一個孩子氣的惡作劇，衝著英國報業特別壞的榜樣而來。」

福爾摩斯頑皮地瞇起眼睛。「什麼樣的惡作劇？」

「夢克小姐策畫的天才奇想。我們可以肯定這完全匿名，而且不會造成任何長期傷害。唯一有意思的事情是那張紙條。紙條是裝在這個信封袋裡送來的。」

讓我震驚的是，我朋友那張缺乏血色的臉竟變得更加蒼白。

「福爾摩斯，到底怎麼回事？」

他衝到一張張字條參差不齊地釘成一排的牆邊，然後扯下據信來自開膛手傑克的最後兩封信的完美摹本。

「我知道他有動機，但考慮這個似乎太異想天開了。當然我是在理智的侷限下，才會認為這是某個受僱的傭兵，或者一個政治投機分子……」

「我親愛的伙伴，到底是什麼？」

「看看這個！」他叫喊著舉起信封旁邊的一封信。「這些信經過偽裝，沒錯，但是全世界都再無疑問，這些信是出自同一個人手筆！」

「你是要告訴我，一直追蹤你動向、設法讓這個記者找你麻煩的惡棍，就是開膛手傑克本人？」

「跟那個腎臟包裹一樣，用的是沒有特徵的信紙，」我的朋友喃喃說道，「日期是在我離開貝格街之後僅僅兩天。郵遞區號是E一——白教堂、史皮塔費爾茲跟哩尾地。」

「福爾摩斯，這其中有什麼含意呢？」

我朋友的眼睛迎向我的眼睛，臉上出現一種我前所未見的表情，像是被追捕的獵物。「這表示白教堂殺手決心看我為他的罪名背黑鍋。這也表示我的行動，包括我離開貝格街之前的那些，在他面前都公開得像是一本翻開的書。華生，這件事情想起來並不怎麼美妙，但我更擔心的是，這些謀殺案的幕後黑手把毀滅我視為他的任務。」

我駭然地盯著他看。「我真心感到抱歉，沒能帶給你比較好的消息。」

「親愛的伙伴，我永遠感激你。」

「那我們能做什麼？」

「還不能做什麼。我必須想想。」他這麼說，同時坐在床緣，縮起雙膝靠近他精瘦的身形。

我點點頭。「在這種狀況下，我本不該妄想打擾你。」

福爾摩斯懷疑地瞟了我一眼。「你不能留下。」

「別瞎扯了，」我說道，「我要幫助你進行你的工作。」

我的朋友一躍而起。「這是不可能的，」他喊道，「不管之前有多像個夢魘，現在這個任務已經變得更加危險了。」

「確實如此。」我表示同意，同時為自己裹上一條羊毛毯。

「我必須禁止你加入！要是我被人發現了，你也會承受極端嚴重的後果。」

「那我們就盡最大力量藏好我們的身分。」在福爾摩斯最專橫跋扈的時候，要忽視他幾乎是不可能的，不過我這輩子也從來沒這麼堅持要採取特定行動。

「華生，就我所知的範圍，你是最不適任的偽裝者：事實上，我這輩子幾乎再沒碰過比你更坦蕩的人了。」

這番批評讓我覺得臉都脹紅了，但接著我就想起來，福爾摩斯也承受過我在那條暗巷裡碰上的類似威脅，不過他卻是天天如此，而且不只是在一條巷子裡。

「福爾摩斯，那你就像個紳士一樣對我發誓，我對於身在白教堂的你毫無幫助。」

「這不是重點！」

「既然你向來心智能力高人一等，我認定你應該明白，這正是重點。」

在相當尖銳的瞪視之後，福爾摩斯認命地露出微笑。

「好吧，好吧，如果我無法勸退你，我想我就必須感謝你了。」

「這是我的榮幸。」

他回到他的床墊上，把自己的身體舒展開來，然後把腳跨在水桶上。「我敢說，你會發現這個環境很難適應。」

「福爾摩斯，我打過第二次阿富汗戰爭。我想這兒對我來說，應該夠舒服了。」

聽到這句話，我的朋友發出一聲開心的叫喊，再度坐直了身體。「你正中要點了！而且毫無疑問，你完全不知道你剛剛做到了什麼。阿富汗戰爭……真是做得太好了。」

「我很高興能夠派上用場。」

「晚安，華生，」他喊道，同時轉小了油燈，並且替他的菸斗裝進許多廉價菸絲。「我必須請你明天早上別用我的剃刀。我想不剃鬍子會好得多。還有啊，華生？」他補上這句話。我可以從他的語調裡聽出來，他已經大大恢復他的好心情了。

「是？」

「我不該冒險進入靠右手邊的角落。恐怕從布局上來說，結果不怎麼令人滿意。總之，好好睡吧。」

25 篝火之夜

第二天早上我醒來的時候，發現福爾摩斯穿著他的水手式厚呢大衣和粗布紅領巾俯視著我，同時把一堆破舊衣服扔到角落裡。他苦惱得靜不下來，而我從他眼睛底下的深色印記就知道，他的夜晚是個不眠之夜。

「什麼時間了？」

「將近八點。」

「你出去過了？」

「我已經在城裡溜達過一圈，還僭越地替你買了幾樣東西。」

「眞的？你吃過了嗎？」

「喝了杯咖啡。現在呢，華生，我相信你不介意採取某個小小的預警措施，我在這些圈子裡遊走時也被迫這樣做。要是你穿上左手邊那些極端破爛的衣服，再套上那件舊外套，我會很感激。請原諒我扯壞了幾個地方。就現在來說，你看起來太過富有，不可能跟傑克．愛斯科特扯上關係；但是那個快活好人會在十分鐘後跟你在樓下相見，而我們會在十鐘酒吧喝著酒度過我們的早晨。但在那之前，可以先來一趟生氣蓬勃的散步。」

還不到限定的時間，我就跟福爾摩斯（或者該說是福爾摩斯喬裝成的討海人，我想名字是傑克．愛斯科特）在樓下會合，而我們在早晨粗疏的米黃色光線下出發了。二十分鐘過去後，小酒館出現在教堂街的街角，門口兩側是簡單的柱子和招牌；用白色字母標出「十鐘」的黑色牌子在微風中輕輕搖曳著。酒館裡面散放著椅子跟有刀痕的桌子；四壁上貼的繪圖磁磚，都因爲一層黏稠的砂礫而敗壞到近似廢墟狀態。

「你正在懷疑我們有什麼意圖。」雖然我什麼都沒說，福爾摩斯還是輕聲回應。「別擔心——只要確定在每次轉折都跟我保持口徑一致，我們很快就會出去了。」

在這個時間，這間酒吧比我本來猜想的更繁忙，當地人在出發去完成他們今天各自的勞動或享樂以前，就勤快地乾杯了。一小群濕答答、髒兮兮的領半餉放假士兵很快就瞥見福爾摩斯，然後從他們的桌邊懶洋洋地對著我們揮手。

「愛斯科特，那你是從哪裡撿到這一個的？」打招呼的是一個中年矮個兒，留著一般的落腮鬍，而眼睛紅通通的狀況，顯示這個男人即使曾經擺脫大量飲酒的影響，也鮮少成功。

「這是米多頓，我的一位老友，才剛剛回到城裡。墨菲！給這桌來一輪波特酒。」

「你好嗎，米多頓？」在一杯杯酒被倒出來的時候，那士兵問道。我正要編造出一套回答的時候，我的朋友插嘴了。

「喔，別管他啦，凱托。你知道的，他待過阿富汗。比我們之中任何一個都有見識得多，甚至超過應有的程度，或者至少我是這麼了解的。他只有在喝多了的時候才會開口，而且就算那時候談的也都是伊斯蘭戰士，願上天保佑他。」

「那麼，是哪場戰役？坎大哈之戰？」

福爾摩斯大笑著用他的手背抹嘴。「不是那麼愉快的戰役。是梅萬之戰[1]。你最好隨他去。」

先前那個衛兵同情地斜睨一眼。「嗯，那麼，你還好嗎，愛斯科特？今天晚上會回三隻眼鏡蛇去嗎？」

福爾摩斯像做夢一樣地瞇起了眼睛。「我有這麼想過。這邊的米多頓是那玩意兒的鑑賞高手，我們已經閒聊了整個晚上。他湊巧遇過布萊克史東那傢伙，那是幾年前在埃及的事。」

「強尼·布萊克史東？到現在我已經超過一星期沒遇到他了。你的朋友可以在這裡裝啞巴裝得比平常久，但這狀況也比那個布萊克史東的鬼話安詳多了。」

「是鴉片劑的效果。他無意造成任何傷害。」

「我敢說你是對的。不過上次我看到他的時候，他心情正惡劣。」

「上星期我本來打算到他租屋的地方看看——在他比較懂得跟人相處的時候，他答應了。可是我那麼說的時候，手裡肯定拿著菸管。現在我還能記得是在史皮塔費爾茲就不錯了，地址什麼的就別提了。」

「他住在山帝路，在寬門街區那邊。大多數時候他自己一個人過日子，不過我曾經順道去喝個睡前一杯，那一定是上個月的事了，雖然我從那時開始就沒再回去過。他是在那棟建築物的後面，窗戶全部都用碎布塞住了。難怪他的訪客那麼少。」

「也許他就喜歡那樣。無論如何，如果布萊克史東在那個垃圾坑裡陷得太深，沒辦法從裡面爬出來，我還有米多頓可以分享早晨的一支菸。」我的朋友聳聳肩，喝完他最後一點啤酒。

---

1 華生醫師的確在梅萬之戰中服役，在戰鬥中受重傷以後返回英國。

「你不是說你現在就要順路去一趟吧，是嗎？」凱托問道。「上天知道他是躲在什麼樣的小洞裡。他那麼古怪——在淩晨一、兩點開始他的漫遊，然後直到第二天很晚了才會想到他的房間。如果你想在那裡找到他，今晚午夜以前去探探吧。」

我們說完再見，從容走出門外。我可以看到我們對街的史皮塔費爾茲市集擾攘的東側，還有牲口與剛挖出來的新鮮洋蔥沿街飄送的氣味。在我們漫無目標地動身沿路前行時，我的朋友像是壓抑著精力的緊繃韁繩。

「解決了。」福爾摩斯輕聲說道，但他清脆的男高音之中包含著追捕的興奮感。「昨天我靠著三杯琴酒，從一個叫威克斯的人那裡問出那間房子在幾號。」

「你這段日子裡全都在找布萊克史東的落腳處嗎？」

「確實是。要滲透一個人際關係網絡，還要透過專家的操縱手段，傳達出你已經在這張網絡邊緣存在許久，久到大家都不復記憶。這可不是開玩笑的。」

「他們對待你的方式讓我很震驚；你像是已經認識他們好幾年了。」

「在剛開始的五天裡，我每天花不下十八小時，混跡於白教堂區跟萊姆豪斯區之間最受歡迎的各個飲酒場所，我的大腦不過就是個大型海綿而已。我自認為我相當快就摸清楚整個狀況，我觀察到多少，就推論出多少，種種模式開始浮現。在我覺得夠有自信，而且那些人開始習慣看到我的時候，我就開始提幾個名字——某位重新入伍的兄弟，某個死去的朋友，某個好幾年沒見的女孩。我建立起無可置疑卻也無從證明的連結。到最後，我自己的故事出現了。我以前在哪裡？過去四年都在海上。很快我就得到極其普遍的信任，因此可以誘導出情報，卻不怎麼需要害怕被逮到。

「在李先生轉達布萊克史東出現在三隻眼鏡蛇的消息以後，我到得太晚，差幾分鐘失之交臂，但他的離開很容易就在他的相識之間引起討論。我就像是在拼起一個砸碎的阿比西尼亞寶甕，有個形象慢慢出現了。他在這個區域並沒有住很久，而且在八月以前沒有人認識他。他獨居，通常穿著制服出門，雖然他已經解職了。他是一團矛盾的組合：雖然他有種豪放的帥氣外表與譏諷的魅力，卻總是迴避女性的陪伴。雖然他的心情幾乎總是不好，總是暴烈，他聰明的言談與慷慨的態度卻讓他廣受其他男性的歡迎。

「我最想知道的莫過於他的住處，不過很快事情就變得很清楚，這個狡猾的惡魔幾乎不接納訪客。華生，事情不可能更難辦了——這樣一來，我要比事先預期的更細膩地結合推論思考與步步為營的談話，可是你自己見證到了最後一步，還有就擺在我們面前的搜查尾聲。我坦承，在你抵達的時候我曾經擔憂過，你的出現會瓦解我編造的小故事。值得感謝的是，我幾乎達到我的目標了，現在一位可以信賴的同志會有無可估計的價值。」

「沒有人能夠像你完成這麼多事，又不引起一點懷疑的。」我親切地說道。

福爾摩斯一揮手就打發掉我的稱讚，但那個手勢很輕柔。「你的信封是最讓人擔心的東西。這是十月二十日星期六投遞的。到目前為止，塔維史托克手上掌握這該遭天譴的情報已經超過兩週了。他隨時都可能刊登另一篇措辭漂亮的誹謗之詞。然後還得考慮開膛手；既然他打定主意要恐嚇白教堂區的所有風塵女子，他絕不會暫停這麼久不進行他褻瀆神明的工作。如果犯案日期的模式持續下去，在十一月八日以前，他就會再度出擊。」

「爲了她們，希望我們今晚就可以逮住那個惡棍。」

「親愛的伙伴，這是爲了全倫敦，」他嚴肅地回答，「但最重要的是爲了她們。」

我們在那個搖搖欲墜的房間裡輕鬆地度過一天，福爾摩斯漫無章法地閒談著小提琴與它們在十六世紀義大利的起源，直到太陽下山爲止。在附近的小酒館享用完一碗燉菜跟一小杯威士忌以後，我們在久違了的晴朗夜空下出發。我的朋友領著我往北走，而在我們通過火車站，越過阿爾蓋特大街的時候，我很快認出我們走的路。一群街童正打算在一個舊水槽裡點燃一大堆爆竹，而在一陣金色火花下雨似地落在倉庫屋頂上的時候，我想起今天是十一月五日，蓋·福克斯節[2]。

「要趁一個幾乎神智不清的醉鬼完全昏迷以前問出房屋的門牌號碼，對我而言眞是說不出的惱人。」火藥劈啪作響的聲音隱沒在遠處的時候，福爾摩斯這麼表示。「不過，雖然拖了點時間，我們也從凱托那裡得知街道名稱了，因爲他比任何人都更了解布萊克史東的習慣。」

「福爾摩斯，你想會發生什麼事？」

「這麼說吧，我們最好準備面對任何狀況。無論如何，我不認爲我們之中有任何一個人會再忘記十一月五日。」

我們沿著一條濕滑的小路大步前進，路上有各種形狀古怪的垃圾集中成一堆又一堆，而我漸漸看出來，那些東西其實是要拿來賣的。破菸斗、破廚具、裂開的靴子、生鏽的鑰匙、被灑在鵝卵石地上的扭曲餐具，還有三番兩次縫補過的衣物氣味瀰漫在空氣之中。福爾摩斯從這個失物煉獄之間輕鬆地走出一條路，最後我們走在另一條開闊的小道上，道路兩旁都是透過煙囪把黑色氣體排進夜空中的倉庫。此處有許許多多的篝火在熊熊燃燒，上面烘烤著做工粗糙的蓋・福克斯芻像，當地居民則一邊隨著遠處爆炸的轟隆聲響歡呼，一邊轉動碳火上的串烤馬鈴薯。

我的朋友停在一個角落裡，並且毫不猶豫地指向一個看來不牢靠的建築物，它年事已高，靠在鄰居身上尋求支撐力量。雖然在這個時候，這條街道看來不起眼，但我毫不懷疑，福爾摩斯有如百科全書的知識已經直接把我們帶到布萊克史東的住處了。

「你把武器帶在身上了吧？」

「我的勤務用左輪手槍在我口袋裡。」

「非常好。」他就這樣衝出人行道，然後我們走近那個凹陷的灰門。偵探敲門的動作製造出的只不過是一個空洞的鈍重聲響，一出現就立刻消逝。

「一樓似乎沒有人，」他悄聲說道，同時砰一聲打開他的遮光提燈鏡片。「讓咱們來看看上面的樓層有沒有人跡吧。」

我們試探過門，然後發現上了門閂，不過福爾摩斯在他的摺疊小刀幫助下，只花了幾秒鐘就打開了門。一隻老鼠在角落吱吱叫著，然後在一道道斑駁月光下，逃到牠在樓梯底下的避難聖殿裡。我的朋友躡手躡腳地朝樓梯走去，然後往上爬，我則追隨他的腳步，我們兩個都豎起了耳朵，要聽聽我們接近的樓層有沒有任何人在的跡象。

2 譯注：Guy Fawkes Day，也叫英國煙火節。一六〇五年的這一天，福克斯與其同黨發動叛國計畫，企圖炸毀國會，但因事前消息走漏被逮捕。

兩道門都微微開著，在下一個樓梯平臺上展示著房裡的內容。比較遠的那間座落在陰影中，比較近的房間上面則有一道道銀光劃過，是從我們頭上高處的破裂屋頂上灑下的。福爾摩斯沒發出任何聲音，穿過比較近的房門，進了房間。

擺放在裡面的是一個家庭起居空間的完美畫面，火爐上有個鍋子，地上有一堆摺了一半的衣服，甚至還有一串小心收集好，色澤明亮的破玻璃片，從一個角落蓋著毯子的小籃子上垂下。一層薄膜般的灰塵覆蓋著整個房間。我抓住福爾摩斯的手腕。

「出去，快點。」我下了命令，接著走了幾步我們就回到走廊上。在福爾摩斯推論出這個奇異場景背後的原因時，他犀利的表情迅速地散去了；身爲醫生的我，以前也曾經見識過這種場景。

「是霍亂還是天花？」

「似乎已經沒必要弄清楚了。」

我的朋友點點頭，然後立刻把他的注意力轉向另一個門，他輕輕一推打開了，然後才探頭進去。

「這一間住不了人，至少在冬天不行。似乎幾年前的一場火災把外牆燒掉了。我們要的人住在三樓。」

我緊緊抓著我的左輪手槍底部，跟在福爾摩斯身後爬上最後一層樓梯。雖然灰塵更多，顯得更加年久失修，我卻不需要他細膩磨練過的感官來告訴我，有人常常走這條路線。

單獨一扇沒做記號的門出現在三樓走廊盡頭。我的朋友沒回頭看一眼就大步往前走，然後猛然打開最後一個沒門上的門。

雖然因爲有一條條布縷掛在那兩扇小小的窗戶上，光線很貧乏，我還是立刻看出沒有人在。福爾摩斯打開提燈的全部亮度，然後把提燈交給我。我留在外面，免得踩到對他的調查而言至爲重要的某些碎片，同時我把我的手槍重新放回我口袋裡，並且從走廊上檢視著這個房間。每一處表面都髒到結了一層殼，還有一股噁心的甜味，就像是燒焦的糖被放到腐敗的味道，滲進這個地方的四壁之中。

福爾摩斯帶著一種極端肅穆的表情，立刻著手探查這房間的每一吋空間，而我很快就確定是爲了什麼。除了一張毯子與一張破椅之外，這個房間裡沒有別的東西。而除了有害健康的空氣以外，我沒瞥見菸管，或者任何可能裝著鴉片的袋子。

「有某些惡行在這裡進行過，」福爾摩斯用他最冷淡、最無情的語調說道，「進來吧——地板上沒有什麼可以得知的情報了。」

「我們的鳥兒似乎是飛了。」我這麼評論道。

「但是看在老天分上，這是爲什麼？我很小心細節。我可以發誓，甚至沒人有那麼一丁點想法，認爲我在找他。」福爾摩斯氣餒地用他瘦削的手臂，大範圍地掃了一圈示意。「一張毯子，一張椅子。這些東西什麼都沒告訴我們。然而……在某個意義上來說，這非常奇怪。他顯然帶走了他所有的東西。爲什麼這張毯子竟會留下來？沒有洞，沒有老鼠咬過……其他每樣東西都不見了。爲什麼就把這個留下來？」

「或許他決心減輕他的負擔。」

「那是有可能。可是其中有某種我不喜歡的成分。咱們離開這個可悲的地方吧。」

在我們往回走的時候，我朋友的表情凝然，不見情緒，然而不知怎麼地，這卻是我見過最頹喪的模樣。不過我們在這間屋子裡的時間，並沒有如我們先前所想的那樣快告終，因爲在我們下最後一層樓梯的時候，外門往前一甩，出現一個眼眶深陷的女人，身形單薄細瘦，卻有一頭火紅的頭髮，旁邊還有兩個孩子相伴，他們薄如紙張的膚色大聲宣告，他們的健康狀況不佳。

在此要爲福爾摩斯記上一筆功勞，他舉起提燈，好讓她能清楚看見我們，然後立刻恢復成那個有魅力的水手，就是他先前努力了好長時間才建立的身分。

「喔，親愛的上帝啊！」那女人看見兩個陌生人在應該是她房間的地方，就喊了出來。

「唉，別這麼生氣啊，」福爾摩斯用他最能催眠別人的聲調開口了，「我們是來這裡看一位朋友，但我們可沒打算傷害你們。他不在這裡，所以我們正要再離開這裡。」

「晚上偷偷摸摸跑進這裡，你們到底有什麼打算？」

「我們做得不好——請接受我們的道歉，女士。我的名字叫作愛斯科特，這邊這位是米多頓。」

「提摩西、麗貝卡，現在進房間去，」她用北愛爾蘭當地人那種唱歌似的聲調悄聲說道，「拿你們的那一包，吃你們的份。」在孩子們抓著一個小布包跑走以後，她把凝視的目光轉向我朋友。「那你到底有什麼事？」

「我們只希望能見到妳的房客。」

「他欠你錢，是吧？」

「不是那種事，女士。」

她交叉起雙臂。「所以你們眞的是他的朋友囉？或者你們是親戚？」

我朋友微笑了。「我向妳保證，我們兩個沒有一個想闖進妳房子裡傷害妳。我們想要跟他說句話，然後就沒事了。」

「唔，那你們現在不可能跟他說到話了。」

「剛才在樓上看來是這樣，」福爾摩斯承認如此，他的眼睛像刀一樣銳利地往上看。「可是爲什麼不可能呢？」

「因爲呢，」她語氣平淡地說道，「不管你是不是強尼．布萊克史東的朋友，沒有一個人能從墳墓的外頭跟他說上話了。強尼．布萊克史東死了。」

26 謊言

幸好福爾摩斯跟我裝成是布萊克史東的朋友，這樣一來激動地掠過我們兩人臉上的震驚表情，就用不著解釋了。

這女人的薄唇同情地打開來。「我是昆恩太太。我沒有什麼東西可以款待你們，因為我們最近的日子不太好過。不過如果你們不反對坐一會兒，我會盡可能向你們說明一切。」

於是我們置身在一個整潔卻極端貧乏的房間裡，坐在一張長椅上，與昆恩一家待在一起。同樣的長椅排在另外三張牆壁旁邊，有些地方都燒焦了，看起來像是從火場中救出的，還有一個袍子燒掉一半的聖母瑪麗亞塑像，莊嚴地坐在房間一角。

「你對我家的擺設很好奇，」昆恩太太注意到了。「幾年前附近一間禮拜堂起了大火，那時候昆恩先生還活著。大部分的椅子都堆起來準備燒掉了，不過我家的柯林說，上帝看到我們連顆可以坐的石頭都沒有，就會心生憐憫，而祂賜給我們長椅，每天提醒我們祂的良善。

「這五年少了昆恩先生，日子慢慢變得愈來愈糟，而我起了這個念頭，要多招些房客。願上帝寬恕我這麼說：從他死後，這房子似乎受到詛咒，就跟我以前在老家聽到的一樣。第一戶人家在樓上住得夠幸福美滿了，但後來他們的長女生了病。他們是康納利家，一家子有六口人。沒過多久凱蒂就把天花傳染給其他人，我能做的就只有在不讓我家人接觸病患的狀況下，提供他們熱水跟床單。他們死了四個人以後，另外兩個就這樣在晚上失蹤了。我一直想再把房間租出去，因爲他們已經離開好幾個月了；但要清掃這裡很困難，因爲我比誰都清楚這裡發生過什麼事，而且我還有生死交關的恐懼，就怕把病帶給提摩西跟麗貝卡。

「在一盞煤油燈從桌上栽下來以後，另一個房間就差不多接近全毀了，不過我還有閣樓房間，去年八月我就把那個房間租給你的朋友，強尼．布萊克史東，就在康納利一家全都消失以後。我想他喜歡這棟房子，因爲他在這裡要獨處很容易，就連我都幾乎沒怎麼見到他。有幾次我們遇到的時候，我背後都有孩子，他每次一見到他們就眉開眼笑。他會在樓梯腳留下給他們的小玩意──沒什麼害處的東西，他做的船或者紙娃娃之類的。不過他總是看起來很急著擺脫我們，還會出門去他常去的幾個地方之一，要不就是跑到樓上去抽他那臭死人的菸斗，所以他在上星期死掉的時候，我足足過了三天時間才注意到。願上帝原諒我。」

「昆恩太太，他到底怎麼死的？」

「愛斯科特先生，他自己上吊了。」她這麼回答，她圓圓的榛子色眼睛淚光瑩瑩。福爾摩斯跟我臉上帶著毫不虛假的恐懼盯著她看，但她迅速地恢復她的沉著。

「教會的人帶走他的屍體，然後進行一場給窮人的葬禮。我稍微四處打聽了一下有沒有人認識他，不過沒人認識，而我開始想到他先前遲交房租，我接下的洗衣工作一直都不太夠，冬天又才剛開始。愛斯科特先生，我今天送完我洗的衣服以後，把他大部分的東西當掉了。什麼都當了，只有毯子除外，因爲我們還需要一張。」

「昆恩太太，雖然我不想要求妳回想這種事，不過有沒有任何跡象顯示，爲什麼像布萊克史東這樣一個年輕人會自我了斷？比方說，在妳典當掉的那些物品裡有嗎？」

「沒有像那樣的東西，只有一封信。我相信是寫給他姊妹的。我本來會更快把信寄出去的，不過我才剛我典當東西換得郵資。」

她拿出那封信，然後放到桌子上。福爾摩斯沒看那封信一眼，反而注視著昆恩太太，很令人敬佩地做出一副深藏著哀痛的表情。

「請原諒我——妳必須了解，布萊克史東的死對我們來說是很大的打擊。我知道他有些日子不好過，但他從來沒抱著自戕的念頭……唔，我的同伴可能沒有救了，昆恩太太，但我至少還能把他的後事處理好。除了妳典當他財物拿到的錢以外，他還欠妳多少？」

「三鎊六便士，愛斯科特先生。」

「那麼這裡有個克朗，付他的房租還有利息。至於他的家當，妳替我們省下處理那些東西的麻煩。」在我們起身跟昆恩太太握手的時候，福爾摩斯的眼睛終於落在那封信上。「昆恩太太，我能不能有這個榮幸寄出這封信？當然，他那些家當的所有處理費用都應該歸妳自己。」

「要是你願意這麼做，我會很高興的。多謝你們兩位的好心。我確定布萊克史東先生要是知道這一切，一定會很感激的。」

我們離開昆恩太太破敗的屋子，外面的空氣染上了四散的火藥與柴煙味。我的朋友把那封信塞進他的衣服內袋裡，我們彼此沒交換一句話，就這樣大步走回史卡波羅街，爬上那岌岌可危的樓梯，回到福爾摩斯的房間。

雖然我可以從這位偵探對信封地址的第一瞥裡，看出有某件事情讓他深感困擾，他進行工作時卻有一種機械化的沉穩，他在徹底檢視過信封以後才小心地劃開信封。他掃視信裡的筆跡，接著突然把信交給我，然後坐在橘子板條箱上，他的指尖壓在他幾乎閉起的眼睛上。

「讀這封信。」

這封信是用大而強勁的字跡寫在四張單面信紙上，內容如下：

最親愛的莉莉：

妳一定非常生我的氣，因爲我這麼長的時間裡都在躲藏，可是我怕我一旦告訴妳藏匿的理由，妳就會爲自己不必再看哥哥一眼而感到高興。我多麼想妳啊，還有彼得，還有那幾個小的。不管妳要怎麼做，都請不要告訴孩子們有這封信。就說我必須回去打仗。說什麼都好。如果他們害怕他們的舅舅，我會受不了的，即使我已經做了那樣的惡行。我希望他們記得的我，會一直是我想要的那個樣子——不過妳不能告訴他們，莉莉。這對我來說是一種安慰。也許這是我還剩下的唯一安慰。

妳記得，在我們都還小的時候，我偶爾會失去控制。我甚至打過妳，我親愛的妹妹，那次我下了重手，而那時候妳才六歲。妳還記得那一次嗎？妳的嘴唇流血了，而且妳躲著我，在爸爸處罰過我以後，我把所有閒暇時間都花在穀倉裡，替妳用乾草做娃娃，好讓妳原諒我。我那時發誓，絕不要再落入同樣的暴怒之中。

在埃及的時候，有一個人——別管他了，到後來他完全沒事，不過我們本來是好朋友，後來完全不一樣了。在我們回到普利茅斯以後還有另一個人，他打算在玩牌的時候作弊騙我。我想鴉片幫助我變得平靜一些，不過很快我就看出它沒有眞正的好處。

我就要講到我寧可割斷自己手臂也不願告訴妳的部分了，但如果妳有一天會原諒我，在我走了以後還會帶著善意想念我，妳就必須知道全部的眞相，因爲我再也無法忍受這種欺騙了。有個女孩子。我們一起走進一條小巷，在事情發生的時候，我們待在那裡幾乎還不到十分鐘。她對我說了某句邪惡的話——沒有一個女人應該這樣對男人說話。我喝醉了，而且我所能感覺到的就是黑色的憤怒在我胸口燒出了一個洞，而且因爲某個惡魔作祟，我的刺刀就在我手上。事情一下子就完了。對於我所做的事情，她看起來幾乎像是有點悲傷。我聽到腳步聲朝著我們過來，而我一直跑個不停，直到我跌進一條溝渠裡爲止；我在那裡躺到天明，從此之後我就住在一條溝渠裡，身體和靈魂都是如此。

我不配再見妳一次，而我跟女孩子在一起的時候是不可信賴的。也許從那件事發生以後，我已經在夠深的地獄裡待得夠久了，神會原諒我的——或者也許那裡什麼都不會有了，只有寂靜，也許那就是我最想要的。

強尼

我們在沉默中坐了一會兒。我完全不知道福爾摩斯在想什麼，不過我自己的心靈飛快地旋轉著。這是個可怕的自白，一個充滿罪咎與自責的夢魘，但是對於福爾摩斯和我這樣知道許多的人來說，這篇文字也極爲不精確。布萊克史東有可能進入這樣心醉神迷的謀殺衝動狀態，以至於忘記他全無理智地連連戳刺了瑪莎．塔布蘭？我提醒自己，他妹妹的看法對他來說至關重要，不過他承認了一樁謀殺，然後又匆匆幾筆含糊帶過謀殺的方式，這於理不合。

還有，如果他錯亂的心智還記得有其他案件，他又為何不提到其他殺戮呢？我的朋友一有機會就暗示，他認為這個叫作布萊克史東的男人就是開膛手傑克。他堅持塔布蘭案就是我們的起點，他全心關注制服的事，他容忍鄧樂維的刺探，他花在東區的這幾個星期，這種種努力全都無可轉圜地指向設想中屬於布萊克史東的罪過。但如果他就是犯人，我們的麻煩現在就結束了嗎？如果五個血腥謀殺都算在他頭上，那我還無力地握在手上的這份自白不啻就是個漫天大謊，再不然這封信就是一個錯亂到極點、甚至忘記自己大量罪過的男人在胡言亂語。這些對我來說很清楚了，但還有空間可以容許另一個更難以忍受的情境自動浮現。假如夏洛克．福爾摩斯一直弄錯了呢？

我暗自一驚，盯著我的朋友看，他卻仍然分毫不改地維持著我開始讀信時的那個姿勢。在身體放鬆、動也不動的狀態下，他可以連續幾小時完全靜止，外表看起來像是緊張性僵直，同時他的心靈卻卯足了勁，要把經過純化的資料轉化成紮實的事實。但此刻他反而開口了。

「你知道這是什麼意思，不是嗎？」他問道，他的口氣仍然反映出一個純粹理性思維者冷淡、銳利的措辭。

「我幾乎搞不清楚這是怎麼回事。這封信讓事情變得複雜太多了。」

「正相反，這封信讓事情變單純了一千倍。」

「但親愛的福爾摩斯，那怎麼可能呢？」

「因為現在我們知道了，」他輕聲說，「有人在說謊。」

我想不出別的話好說。福爾摩斯重新陷入沉思，他長長的手指打鼓似地互敲著，直到一個震驚的表情迅速掠過他的五官。

「刺刀的致命一戳，然後是另外三十八個用普通摺疊刀刺的傷口。親愛的上帝啊，這眞是昭若白晝。夢克小姐在哪裡？」

「我不知道。鄧樂維昨天護送她回家了。他比過去更迷戀她了。」

「她還跟鄧樂維在一起嗎？」

「我說不上來。她對那個人的厭惡似乎已經稍微降低了。不過福爾摩斯——」

福爾摩斯沒有回答，他已經穿上他的外套，當他朝門口走去的時候，他的圍巾看起來像一團紅色漩渦。他這麼倉促，讓我在匆忙跟上他的時候，覺得脊椎有一絲尖銳的不安感直往下竄。

我們踩著急促的步伐沿著街道出發，狂歡慶祝的篝火到處留下斑駁的橘色光芒，但我們到底是走向史蒂芬．鄧樂維的住處，還是夢克小姐的房間，我實在說不上來。在我們步行的時候，福爾摩斯瞪著眼卻視而不見，他低下頭貼著胸前，同時我努力要自己不去想像夢克小姐睜著眼睛，冷冰冰地躺在巷子裡的樣子。在幾分鐘內，我們經過如今已然很熟悉的里曼街警察局；燈光穿過他們窗戶上的海軍藍玻璃，投射出一道道冰藍色的光芒。除了女王陛下認爲弓街警局離歌劇院很近而需要更標榜張揚一點之外，其他的大都會區警局都用閃閃發光的鈷藍燈宣揚這裡是個避風港。都用閃閃發光的鈷藍燈宣揚這裡是個避風港。

「要是把東區的警力部署考慮進來，眞難以想像有這麼多生命葬送在這個瘋子手裡。」

我本來沒注意到我的喃喃自語有這麼大聲，但讓我驚訝的是，福爾摩斯突然間停下腳步。

「華生，你是什麼意思？」

「呃，」我結巴了，「目前白教堂區的安全警戒一定是史上最嚴格的。每個派得上用場的人手都被調來保護這個地區。任何時候這裡應該都有幾十個警察——不過當然了，我不知道他們如何安排巡邏路線。」

「巡邏路線長度在一哩到一哩半之間，先不考慮任何會消耗時間的突發事件，通常需要少則十分鐘，長則十五分鐘，才能走過一遍。巡邏者彼此互不重疊，雖然他們的巡邏路線確實會讓他們在邊緣地帶碰上其他巡官。此外，除非有犯罪正在進行的嫌疑，否則規定明確禁止他們為了任何其他理由停下來，雖然許多警員會在他們巡邏路線上的某處煤氣燈下放壺茶保溫。」

他開始慢慢走到警察局旁邊，一隻手輕輕拍打著相鄰的磚牆。「華生，一個神智錯亂的男人殺死五個不同的女性，全都在倫敦的同一個小範圍裡。他沒逃離現場，反而在徹底冷靜的狀態下留在屍體旁邊，把她們剖開來。一完成他的任務，他就逃到安全地帶，像鬼魂一樣無影無蹤……不，不，不。就我剛才說的狀況來看，這是不可能的。我真是傻瓜！」他喊道，「為什麼我沒立刻看出來這不可能？那些巷子，那些偏僻小路，籬笆上的破洞，貓食用的碎肉，血跡斑斑的屠宰場跟惡劣的光線，所有要素似乎都容許這個瘋子高枕無憂地幹活。然而他採取的行動，不可能只是因為環境容許他這樣做。一、兩回或許說得過去，運氣可能站在他那邊，但是他到最近這些日子裡還這麼成功，讓人難以置信。他很狡猾又殘忍無情。他為什麼要冒搞砸一切的危險，訴諸運氣？」

他又出發了，這次是用跑的。一個個木板封起的店鋪櫥窗全部模糊成一團，這時我們莽撞地衝向逐漸變窄的甬道，最後冒出頭來，進入白教堂路十一月五日夜晚讓人悸動的熱鬧景象中。

小販們揮舞著上面標示蓋．福克斯與開膛手傑克姓名的粗糙芻像，我們一邊閃避著他們，一邊衝進車流之中，驚險地避開堵住幹道的板車、出租馬車跟貨車。就在我開始覺得無法跟上我朋友那種快得要命的步調時，他往左側急轉彎，我則認出夢克小姐所住的廂房木門。福爾摩斯大步走到門口，他的額頭出現不安的深刻印記。

「我們面對兩種可能性。一個就快要得到證明了，另一個則幾乎站不住腳。不過我親愛的華生，現在甚至連你都相當清楚的是，我以前也曾經犯過錯。」

他敲了兩次門，然後迅速地進屋。雖然門沒有鎖，我們從壁爐裡微弱的火光可以看出來，這個整潔的房間是空的。

「她可能在任何地方，福爾摩斯，」我這麼說，比較像是對自己講的，而不是對我朋友說的。「畢竟這是——」

「十一月五日。」他摸了一下擺在她桌上的粗蠟燭頂端。「蠟油還是軟的。她是在三十分鐘內離開的。」

「現在什麼時候了？」

「照我的錶來看，將近兩點。」

「福爾摩斯，她有危險嗎？」

「如果我的假設是對的，她並不比你或我更有危險。然而我沒有任何一點實際證據可以支持我，唯一合乎邏輯的另一選擇卻不怎麼討喜。」

我盡全力試著回想夢克小姐先前提過的酒吧名稱，那裡是她展開探查行動的第一站。「福爾摩斯，在她家旁邊的街角有一間酒吧。」

「騎士軍旗酒店，在老蒙太古街。醫師，這個想法很棒。」

我提到的酒吧是個歡樂氣氛很濃厚的酒窟，有兩個壁爐，在天花板低得不可思議的長方形房間裡各占一側。越過菸草燃燒形成的濃霧，我瞥見一對男女坐在一張樸實桌子兩側的破舊扶手椅上，而那位女性看來幸運地擁有一頭黑色捲髮。

「她在那裡！她沒事。」我喊道。

「感謝上帝。」

「我相信那是鄧樂維。」我強力補充，因爲我忘不了福爾摩斯對於他接近夢克小姐深感興趣，而且我看不出我朋友在想什麼的事實，讓我感到焦躁。

「那麼一切都跟我想的一樣了。」福爾摩斯說道，但我本來期待會出現的歡欣鼓舞，在他語調平板的聲音裡全然付之闕如。我沒時間質問他，因爲夢克小姐已經瞥見我們了，而且朝我們這裡打量，好像不確定是該叫我們還是忽略我們。

「我們該跟他們說話嗎？」

「現在幾乎不重要了。」他用同樣讓人發寒的平淡語調回答道。

在我們開始朝他們走去的時候，夢克小姐再也無法抑制住她的喜悅，這時她衝向我們，並且用她的手臂環抱住福爾摩斯。

「喔，福爾摩斯先生，我本來好擔心呢！你到底躲到哪兒去啦？可是你看起來蒼白得嚇人啊，福爾摩斯先生。別告訴我又有另一樁謀殺案發生了——」

我的朋友往後一退，客氣得讓人訝異，然後清清喉嚨說道：「沒有那種事，夢克小姐。」我注意到，他去掉了所有裝出來掩飾身分的方言俗語。

「我們非常高興看到你毫髮無傷，福爾摩斯先生。你找到布萊克史東了，不是嗎？」鄧樂維問道，他清澈的藍眼睛關懷地細看我們的臉。「發生什麼事了？」

在我簡短而猶豫地敘述已發生的事情時，我的朋友又開始瞪著爐火。夢克小姐的臉慢慢地變得更充滿希望。

「那麼……那麼，你的意思是……如果他真的死了，這整件可怕的事情就結束了？」

「我想是結束了，」我這麼回答，同時我的眼睛定定地看著福爾摩斯。「畢竟他可能不知道自己在做什麼。而且那種罪惡感想必是說不出口的；或許這種創傷就足夠讓他心神錯亂了。」

「不過福爾摩斯先生不是這麼想的，對嗎？」鄧樂維給我們兩支菸，同時問道。

偵探機械化地接受了那個刺激物，然後從他的水手厚呢大衣襯裡中抽出小筆記本，連同一支短鉛筆一起交給鄧樂維。「寫幾句話。」

鄧樂維毫無異議就接下那些東西，但他滿腹疑問地看著福爾摩斯。「我要寫什麼？」

「什麼都好。『記得，記得十一月五日，火藥叛國陰謀。』」

鄧樂維寫完以後，他撕下那一頁交給我朋友。「這對你來說有什麼用嗎？」

瞥了一眼以後，福爾摩斯把紙張揉成一團扔進火焰裡。「足以蓋棺論定。如果你們見諒，我必須去看看我能做什麼了。」

「可是福爾摩斯先生——」

「如果你跟夢克小姐可以好心幫忙，我有任務要交給你們。立刻到喬治．拉斯克在哩尾地的住所去。叫他跟他的人馬會合。他們已經安排好巡邏班表，還配備了警方的哨子跟警棍，不過請傳達我的聲明，他們必須組織緊密、毫無缺陷，並且維持最高警戒狀態。接下來，夢克小姐，請務必待在室內。」

一出了門，福爾摩斯就走向白教堂路。我碰碰我朋友的肩膀，本以為會遭遇抵抗，但他立刻停下腳步，很期待地注視著我。

「你預料會有另一樁謀殺案。」

「我希望能夠阻止。這會需要超乎尋常的努力。我需要雷斯垂德的協助，不過……我必須想出個辦法。或許我哥哥可以——我不知道。或許這是不可能的。」

我驚異地瞪著福爾摩斯，因為我從來沒見過他這個樣子，像是深深害怕自己所知道的事情。

「你擔心可能是鄧樂維。」

「他曾經是其中一個可能性。我們剩下的是另一個選擇。」

「那麼你確實知道凶手是誰了。」

「我的確知道。現在事情徹底清楚了。不過我眞希望上帝證明我錯了。」

「但這是為什麼？」

在他用一隻手拂過眼前的時候，我回想起來，他在過去七天裡可能只睡了不到二十小時。從我認識他以來，夏洛克．福爾摩斯第一次看起來像是被工作而非閒散弄得精疲力竭。

「因為如果我是對的，」他喃喃說道，「我根本不知道該怎麼辦。」

27 凶手

我朋友福爾摩斯面對敵人時的魯莽，總是讓我大吃一驚。在我們長年的交往之中，我知道他的勇氣從來沒讓他失望過，而他在當晚稍後，或者該說是第二天清早的行動，反映出我開始期待他表現的那種無畏韌性。至少敢在早上四點鐘叫醒邁克羅夫特．福爾摩斯的人，是很勇敢的。

我們在貝格街停留以便梳洗更衣，不過福爾摩斯從他臥房出來的那一刻，就立即宣布他打算再度出門。

「好友華生，要是我說愈少人衝進我親愛大哥的房間，對女王與國家就愈好的時候，你應該不會認為這是在說你不好吧。無論如何，我相信他會比我還清楚該採取什麼步驟。」

「我能在你缺席的時候做點什麼嗎？」

「在我的所有書信抵達的那一刻就立刻讀：我會在郵局開門的時候經過那裡，以便更動我的收信地址。然後休息一下吧，我親愛的伙伴。如果我還沒完全失去理智，我確定你會需要休息。」

起初我覺得休息這個想法很荒唐，然而在洗過熱水澡後，我想到如果不稍微休息一下，當晚我將會毫無用處，光憑這點就說服我遵從福爾摩斯的建議了。我在當天早上將近九點的時候醒來，搖鈴要求送早餐來，卻沒料到哈德遜太太出現在我門口時的氣憤程度，遠超過我本來認為這位善心女士能及的範圍。她告訴我，兩位房客接連在據說身陷險境的狀況下神祕失蹤，讓這位重感情的房東太太煩惱得不得了。但我很快就編造出適當的理由交代過去。

我知道福爾摩斯執著於一次呈現完整的案件，所以我對於自己還在五里霧中，一點都不覺得驚訝。在問題的結論出現以前就加以解釋，不是他的風格，就好像在案件尾聲留下懸而未決的線索也不像他所爲。我在作戰期間的某種超然態度，滲進我的骨髓；有一場戰爭正在進行，福爾摩斯就是領導攻勢的將軍。就算我無法獻策，現在既然我朋友已經回來了，我至少可以遵從命令。

第一封打給福爾摩斯的電報在下午一點半的時候送到，上面寫著：「你問起的那些警官，巡邏區域在白教堂區與史皮塔費爾茲交界，亞伯萊[1]。」第二封是來自中央新聞社的范德溫先生，要求立即在他辦公室進行訪問，如果還是找不到福爾摩斯，我一個人出席也可以。

事實證明范德溫的顧慮毫無必要，因爲我朋友在下午稍微超過三點的時候到家了，他看來心情十分惡劣。

「我相信政府的唯一任務，就是發明種種精巧的障礙來阻擋迅速的行動。」他厲聲罵道，同時把他的帽子扔在沙發上做爲強調。

「我懂了，你哥哥帶著你兜圈子。」

「去了地獄一趟又回來。無怪乎他們要這麼倚重他。」他立刻著手通知適當的溝通管道，我幾乎不用告訴你，這件事花掉的時間比應該花的還多了三小時。不過馬修斯先生對於問題所在倒是

1 Frederick Abberline（1843-1929），這位探長對於開膛手案的調查涉入甚深，最後在一八九〇年被擢升到總探長的位置。

有一定的理解。」

「內政部長！」我喊道，「狀況眞的有這麼糟嗎？」

「恐怕如此。有任何消息嗎？」

福爾摩斯嚴肅地讀著他的電報，然後草草寫下另一封。我瞥見那張表格上有喬治・拉斯克的地址。

「毫無疑問我必須如此。不過我們也必須找輛出租馬車，因爲你不會想要激起范德溫先生的憤怒。我以前見識過。」

「福爾摩斯，你眞的該吃點東西。」

「我想知道的是，你認爲你無助地躺在醫院裡會對誰有好處。」

他不理睬我。「現在來吧，我親愛的華生，因爲照你收到的字條看來，我們非常有理由相信范德溫的消息不是小事。」

中央新聞社辦公室坐落在倫敦市區的新橋街上，雖然我從來沒見過這個地方，但經歷過《倫敦紀事報》辦公室裡勉強抑制住的混亂氣氛以後，我還是對這裡山雨欲來的氣氛有所準備。花呢外套繃巴巴、領子末端鬆開來的記者在大房間裡到處來回飛奔，比對著文件，同時一根接一根地抽著菸。起初在滿室喧囂中鮮少有人曾向我們這邊，但那些確實往這裡看的人卻停下來瞪著我們，對話也進行到一半就戛然而止。

「我說，福爾摩斯先生——」有人開口了，但有個旋轉托缽僧似的人物，像揮舞矛桿一樣地揮舞著枴杖出現，打斷了他的話。

「如果你竟然妄想這是向夏洛克．福爾摩斯先生提問的好機會，我就會試試看打字機充當致命武器有多大的潛力。」范德文這麼高聲宣稱。他滿頭白髮的腦袋一揚，就領著我們到一間私人辦公室裡，然後用手肘把門關上。

「謝天謝地你回來了，福爾摩斯先生，」他這麼說著，同時把一堆新聞剪報從椅子上重新安置到地板上。「我本來決心要跟華生醫師見面，不過你們兩個人都在這裡更好。坐下吧，紳士們。」

「范德溫先生，恐怕我們沒多少時間。有些最近的發展——」

「我想通知你一個你所說的『發展』，此事還沒公開。雖然我盡了最大努力去封鎖，用上的手段包括施恩、懇求、威脅，還有我個人不小的魅力，但明天一早還是會曝光。」

范德溫先生找出看來是一篇文章最後的完稿。他自己輕快地一躍坐上他桌子的邊緣，把文章唸給我們聽。

種種事件有了最令人痛心的轉折，就在本報披露官方針對夏洛克．福爾摩斯先生產生疑慮之後，狀況變得很清楚，這位行爲脱軌的私家偵探，已經從他位於貝格街的住處逃走了。就在他不告而別之前，有人觀察到他在東區耗費大量時間，據信是在尋找開膛手傑克，並進一步調查他的案件。專家已經注意到，自從在恐怖的雙重謀殺之夜，福爾摩斯先生受到嚴重削弱體能的傷勢以後，就再也沒有發生其他案件，雖然這樣強烈的消極證據，幾乎無法當成決定性的證明，用以對抗像福爾摩斯先生這樣的公眾人物；但是，蘇格蘭場應該明白他們的責任就是要盡快確定這位非正統執法者的行蹤，因爲從某些觀點來看，他擅離職守的時機等於承認了最糟糕的可能性。

福爾摩斯佩服地吹了聲口哨。我重新升起一股瘋狂的欲望，想用報紙當火種，燒掉此文作者的住處。

「你知道的，我已經安排好要隨時得知這無賴最得意的計畫，」范德文繼續說下去，「毫無疑問，這篇珠玉之作已經送到印刷廠去了。我想事先警告一下，這總比什麼都不講來得好。」

「照這樣下去，我得小心不要到頭來站上被告席。」

「這惡棍眞大膽！」我氣得七竅生煙。「這不會比我料想的糟糕，但一樣都很惱人。」

范德溫的眉毛驚訝地揚起。「你們已經料到這下流東西會再度發起攻擊？」

「華生醫師跟我認爲，塔維史托克一旦發現這個案件是他自我表現的沃土，就絕不可能放棄他的努力。」

「哈，」范德溫充滿疑慮地說道，「唔，我毫不懷疑，這位老兄會有這麼純粹的惡意，大半是因爲上星期六發生在他辦公室裡的惡作劇。」

「眞不尋常啊。是什麼樣的惡作劇呢？」偵探很平靜地問道。

「到現在你應該已經聽說了吧。照我看來，那些人應該要受封爵位才對。在黑夜掩護之下，沒留下蛛絲馬跡就闖進塔維史托克的辦公室，然後留下一大堆冰雹似的雪白雞毛。這些羽毛的來源是一隻毛拔得精光的瘦小傢伙，牠被人發現坐在塔維史托克的辦公椅上，在那裡監督他那些下流的報導計畫。」

在福爾摩斯拍著我的肩膀，發出宏亮笑聲的時候，我很快地低頭去檢查我的鞋子怎麼樣了。「所以有人亮白雞毛給他看啦。我想特別感謝那個犯人。當然，是在他的身分竟然不小心被揭露的狀況下。」

「嗯，既然我們全都惹上很多麻煩，我就不再占用你更多時間。」范德溫要我們離開。「如果你們需要任何協助以便逃離這棟大樓，請讓我知道。外面那些豺狼虎豹，巴不得趁著夏洛克．福爾摩斯被捕前的一、兩小時咬上一口。如果你們想聽到一輪掌聲，就在往外走的時候提一提膽小雞這個字眼。」

第二天早上，塔維史托克的文章張揚地出現在《倫敦紀事報》頭版上。不管福爾摩斯在范德溫的辦公室裡多麼冷淡地面對這個消息，在我們早上收到的郵件裡看到這種人身攻擊的文章，還是足夠讓他把整份報紙扔進我們的火爐中。

「我必須離開你一陣子，華生，不過我請求你今天晚上待在這裡，」在享用咖啡、吐司跟他早晨的菸斗以後，他說道，「照我本來的計畫，我們今晚應該去蘇格蘭場拜訪雷斯垂德，但再仔細想想，我最好還是別實際出現在警場門口誘惑他們。八點的時候，探長會到這裡來，我們會看看能做什麼。」

「我非常樂意這麼做。我們已經被一個陰影欺凌得太久了。」

「華生，我向你保證，他相當有血有肉，我沒有意思要讓你一直心懸在半空，不過我必須非常確定我掌握的事實。今晚我會盡可能釐清每一件事。」

「我會在這裡。」

「我親愛的華生，在這整個悲慘的事件裡，你一直表現得既堅定又無畏。你知道，你這些特質相當寶貴。」我抬起眼睛，企圖回應這個史無前例的尊重表現，但他已經突然站了起來，戴好他的帽子。「告訴哈德遜太太，晚餐時間會有五個人。如果我沒在八點回來，毫無疑問我是被捕了。當然，在那種狀況下，晚餐會是四個人。」

在我第二次看錶，向自己保證現在只差一刻就八點的時候，我聽到有人走到我們家窗戶下的劈啪響聲。長時間抑制著好奇心的緊繃感讓我精力充沛，我在門鈴響起以前就打開了客廳的門；看到夢克小姐和史蒂芬．鄧樂維爬上樓梯的時候，我露出微笑。

我領著他們進屋的時候，我注意到夢克小姐在平常那件深藍色合身外套下面，穿著一件剪裁簡單的深褐色羊毛混麻洋裝，上面的細條紋是鮮明的翡翠綠，就跟她間隔很寬的眼睛同一顏色。

「夢克小姐，妳看起來很美。」

「喔。這樣穿在舊裙子外面比較溫暖。我的意思是——謝謝你。」

「他是對的，妳知道的。」鄧樂維很天真地說道。

「我相信，我記得你也這麼說。在出租馬車上。或者是在我住處外面？我想是都有。」

「這個論點經得起重複。」他開心地聳聳肩。

「福爾摩斯先生在哪裡？」夢克小姐問道。

「他隨時都會回來。喔，雷斯垂德！請進，探長。」

勇敢的雷斯垂德站在我們家門口，看起來就像是整個星期都被瘋狗追著跑，只有換假領子的時間。他握了我的手，然後向我們的客人點點頭。

「夢克小姐，對嗎？我不可能忘記那一晚的任何一刻。先生，那您是？」

「鄧樂維先生是一位記者。」我解釋道。

「眞的？」雷斯垂德冷眼質問道。

「他一直在協助我們。瑪莎．塔布蘭八月被謀殺的那一晚，他在白教堂區。」

「瑪莎．塔布蘭！眞奇怪，福爾摩斯怎麼沒有重啓楚博爾案[2]的調查，那個案子一定也跟開膛手傑克有關吧。我想他很快就會回到這裡了？」

「我確實希望如此。」我回答道。

就好像變魔術一樣，夏洛克．福爾摩斯猛然開了門，把他的帽子掛在掛勾上。「大家晚安！我發現哈德遜太太又突破她個人的成就了。請坐下。」

「在此就是這張迷人字條的作者：『不管你在做什麼，在七點半就歇手，以便在八點到達貝格街。』」探長這麼宣讀。

「雷斯垂德，你看起來非常需要喝一杯。」

「福爾摩斯先生，」雷斯垂德探長不耐煩地說，「我毫不懷疑，不管你要對我們說的是什麼，

2 華生醫師在小說《暗紅色研究》之中記錄了此案。

都事關重大，但目前我在蘇格蘭場的工作已經多到可以讓我挑燈夜戰了。除了加強巡邏以外，我們還有幸在星期五的市長遊行裡維持治安。從市政廳到法院，然後再回頭，我們要維持秩序、阻止示威、壓制暴動，同時還要在白教堂區的中心地帶監督發放給三千位貧民的晚茶。這樣就足以說明，我們倆沒一個應該出現在這裡。照理說我們應該都在蘇格蘭場，我在牢房外面，你在牢房裡面。」

「那麼我們可以先來吃點晚餐嗎，或者我該馬上開始講？」

「如果可以的話，請馬上講。」雷斯垂德充滿期待地坐好，我們也全都跟他一樣，只有福爾摩斯例外，他從壁爐架上拿來他的菸斗，然後靠在邊桌上點燃它。

「那麼非常好。首先呢，雷斯垂德，你得要重劃白教堂西北角與史皮塔費爾茲相接部分的巡邏路線，明天就生效。」

「別鬧了。」

「我非常認眞。」

「但這是爲什麼？」

「因爲自稱開膛手傑克的人對那些路線熟悉得很，甚至摸清了這些路線的確切規畫、駐點的警員，還有每條路線所需要的時間。」

「這是我聽你講過最荒唐可笑的話。」

「就你所知，我講過多少其他荒唐可笑的話？」

「多得是。」

「那其中有多少是眞的？」

「我完全不想重劃巡邏路線，就只因爲你想像有人偷走了勤務名冊。」

「他不必偷走勤務名冊。我講到的那個人是大都會區的警官。」

一陣可怕的沉默籠罩著房間。福爾摩斯沉重地嘆了口氣。「華生，可以請你倒杯酒給探長嗎？我想你會同意他需要來一杯。

「我打算跟你們說的話，不能出這個房間。我要告訴你們我所知的事情，因爲我需要你們的幫助。在我講完要講的話以後，你們想問什麼問題我都歡迎，但我最好用我的方式把我們的牌攤在桌上，這樣你們才能夠像我一樣看出事情端倪。

「這一切的起點其實是因爲這位史蒂芬．鄧樂維先生。在夢克小姐答應當我們在白教堂區的線人以後不久，她就遇見鄧樂維先生；他向她坦承，他就是在塔布蘭被謀殺那一晚等待朋友回來的那名士兵。因爲環境條件讓另外那位衛兵涉有重嫌，而且同樣也因爲我自己對鄧樂維先生選擇的職業有所懷疑，他的故事立刻引起我的興趣，特別是還有其他女性開始遭遇同樣無法解釋又暴戾的人生終點。靠著自己以身犯險進入白教堂區，我努力了解更多，這就是爲什麼華生醫師跟我在純屬巧合的狀況下，碰巧撞見開膛手在幹他的邪惡勾當。以小馬的行動爲基礎所做的推論，把我引進達特菲院；如你所知，開膛手逃走了，他沒有成功了結我的性命，隨後又開了殺戒。

「在第五件謀殺案以後，事情對我來說變得很明顯，我們在對付的不是普通罪犯。他不是一個完全錯亂的瘋子，因爲如果他是的話，已經死了這麼多風塵女子，誰還會願意跟他作伴？他不是個小偷，也不是在找機會做精心算計的報復，因爲雖然我試著找出這些可憐人的關聯，他的受害者卻沒有任何模式可言，只是像我先前說過的一樣，她們都是風塵女子。值得感謝的是，因爲我有兩、三個較早案件的紀錄，符合這些特殊條件——對不知名的受害者進行毫無動機的詭異屠殺——所以我能夠做出結論，這個自稱開膛手傑克的男人是個嚴重病態的偏執狂，雖然如此，他習慣的舉止風度一直保持得相當親切。」

「這是我聽說過最駭人聽聞的想法了。」雷斯垂德低聲抱怨，但福爾摩斯不管他。

「由於我們已經提到開膛手傑克的名字，我就先談談那些信。在他描述我個人菸盒的確切細節，還有拉斯克先生接獲半顆人類腎臟時，我有了最後的證據，說明謀殺五名女性的男子正在寫這些信件吊我們胃口。我毫不懷疑，另外一張寄給華生、號稱由我寄出的字條，也是開膛手的傑作。一開始這些信件對我們沒有任何幫助。但到最後，我發現一串奇怪的數字，在頁面下方留下印記。事實證明，在缺乏任何脈絡的狀況下，這些數字實在無法轉譯，所以我把這些數字放到心靈深處，等到能確定它們的意義時再說。

「在我確定鄧樂維眞正的職業以後，鄧樂維先生坦白說，雖然他可能在銀行休假日的晚上打扮成士兵，他實際上卻是個記者，他坦白的報導通常是在僞裝的協助下完成的。他通知我，他觀察到強尼·布萊克史東，這是另一位士兵的名字，帶著瑪莎·塔布蘭走進一條小巷，過了半小時以後，驗屍官就向我們保證她死透了。鄧樂維先生重回那家酒吧等他這位新朋友，而在他這麼做的時候，他遇到了班奈特警員。鄧樂維先生後來放棄等布萊克史東，回到他自己家裡，後來才發現有不幸的事情發生了。

「我有最強烈的直覺，這一連串恐怖謀殺案就是在瑪莎·塔布蘭死去那一夜開始的，所以我出飄忽不定的強尼·布萊克史東變成至關重要的事。他因爲古怪又擾亂秩序的行爲被除役以後就失蹤了，而據說他躲藏在白教堂區，這一切都讓我非常想逮到他。畢竟任何能夠戳刺女人三十九次然後冷靜走開的男人，肯定是非常危險。」

「夠危險了。」夢克小姐陰沉地說道。

「然後，另一個比較含糊的線索落到我身上。馬修·派克聽到伊麗莎白·史特萊德評論跟她在一起的男人，而所有證據都顯示那個男人就是殺她的人，但她卻說他沒穿著他習慣穿的服裝。這時一項假設變得很吸引我，也就是布萊克史東以不穿制服當成某種僞裝。大多數人辨認偶然認識的人，不只是看臉孔，也會透過服裝儀態來認。所以只要布萊克史東脫掉他的制服，改變一、兩個他身上的重大特色，他就能夠不引起旁人注意，在社區裡四處遊走。」

福爾摩斯的眼睛猛然投向我們的壁爐，那裡是塔維史托克最近一次攻擊文章化成灰的餘燼。「在這時候，惡名昭彰的雷斯里·塔維史托克先生也開始發動那令人不安的媒體宣傳戰。正當我納悶那個記者的報導爲何如此接近實況，我才知道原來他的精確性應該歸功於這位鄧樂維先生。因爲是他把我的行動，分享給他在倫敦報界的朋友知道。我差一點就要說服自己，任何其他假設都是不理性的，但這時候我的同伴們策畫了一個冒險行動，行動結果是華生醫師通知我，塔維史托克的消息來源握有關於我的情報。我的這些消息只有盟友才知道，除非他跟蹤我，但就我所知，並沒有人跟蹤我。此外，他還取得我的手寫文件，模仿我的筆跡。因此，根據推斷，這個消息來源跟寫那些信的作者，也就是開膛手傑克，根本是同一個人。」

「老天爺啊，」史蒂芬·鄧樂維輕聲驚呼，「所以聲稱自己獵殺妓女的人，也同時致力於把罪名賴到你頭上。」

「你看得出來，難怪這樣詭異的理論以前沒引起我的注意。」福爾摩斯口氣嚴肅地說道。「然而事後回想，這個惡魔還眞是聰明得可惡，找出一個沒有道德感的記者，把可以成就事業的醜聞當成誘餌在他面前晃蕩，然後藉此牽制住我的行動，甚至讓我有幾次受到生命威脅。

「在我把開膛手、信件作者跟塔維史托克的消息來源連起來以後沒多久，華生醫師和我就發現強尼．布萊克史東變成了什麼樣子。他自殺了，因爲他的罪咎沉重地壓在他身上，讓他無法再活下去。」

「那麼當然他就是兇手，我們的麻煩結束了！」雷斯垂德喊道，「如果我竟能做出這種行爲，我應該也會盡快了結自己的性命。」

「好雷斯垂德，這裡有個內在的邏輯錯誤，」福爾摩斯和善地說道，「你沒有能力做出這種行爲。事實上，強尼．布萊克史東也做不到。在他寫給他妹妹的信裡——後來我已經寄出去了——他承認在一陣激怒之中，用刺刀刺死了塔布蘭太太，然後坦承自己被這個罪行徹底毀滅了。」

「可是偏執狂是一種我們還不太了解的疾病；我們沒有理由假定他記得那樁可惡罪行的任何一部分細節。」

「起初，我的想法跟你一樣，」我的朋友繼續說下去，同時把更多粗菸草塞進他的菸斗裡。「但扭曲事實來符合理論，而不是扭曲理論來符合事實，是最大的錯誤，或者你要說是無可原諒的罪行也可以。我自問，如果布萊克史東的信完全屬實，那會有什麼意義。我這麼做的那一刻，一切對我來說就清清楚楚了，就好像我自己親眼看見一樣。

「考慮一下這份陳述。布萊克史東說，他跟塔布蘭進入巷子之後幾分鐘，他就用他的刺刀刺殺了她——這個事實由驗屍官證實了——然後，他聽到有腳步迫近，就逃走了。鄧樂維先生告訴我，他走回酒吧幾分鐘，然後班奈特警員告訴你，雷斯垂德，他在巷子裡什麼都沒看到；幾小時以後，有個男人走近他，對他說起有屍體的消息。當然塔布蘭太太並不是立刻死於倉促刺下的單一創傷，而且同樣可以肯定的是，她當時是處於驚慌失措又很容易尖叫的狀態。但是，卻沒有人看見任何事，再加上布萊克史東又因爲聽見腳步聲而逃跑。那麼肯定是有人在說謊，而我立刻明白關鍵就在找出是誰說謊。鄧樂維先生，雖然猜想是你眞的是非常牽強，但恐怕我不能把你排除在外。因此我立刻就去看夢克小姐是否安好，畢竟如果一直都是你用謀殺指控毒害我，同時還在白教堂區造成重大破壞，要說你的下個目標就是夢克小姐，也不算過分。」

他繼續平穩地說下去，雙眼凝視著那位記者。「讓我大大放心的是，夢克小姐平安無事，但我還是進一步測試你，取得你的筆跡樣本。但我發現信不是你寫的，這就表示雖然你起初編造謊言藉口，卻怎麼也不可能是開膛手。因此，我知道了，班奈特說他在巷子裡什麼都沒看見是在撒謊。在白教堂區的深夜裡，不管一具被殺的屍體看來多像是一堆破布，也不可能視而不見。所以，就在班奈特走近你以前，鄧樂維先生，瑪莎．塔布蘭仍然是活生生的。」

28 狩獵團

福爾摩斯停下來抽了一口菸斗，並沉思一會兒。這是他熱中分析性格裡的一項特徵，也就是他會像是化學家闡述生物鹼方面的重大發現那般，用一種抽離的語氣來釐清這樁恐怖案件的始末。

「為什麼班奈特警員要對他在巷子裡的經驗撒謊呢？」福爾摩斯用徹底冷靜的語氣問道。「他從陰影裡現身，那裡有個受了重傷的女人，她肯定曾經求助。我不會假裝知道他們之間發生什麼事，他們是否曾經是戀人，或者是什麼喚醒了先前一直躺著沉睡的惡魔。我能夠肯定的是，在班奈特剛好發現瑪莎．塔布蘭的時候，她已經被刺刀刺傷一次，而在他離開她，剛好就跟史蒂芬．鄧樂維撞個滿懷的時候，她已經被另一種完全不同的武器——一把摺疊小刀，就像任何警員，或者其實是任何倫敦人都會帶在身上的那一種——刺了三十八刀。

「還有什麼其他的暗示能告訴我，我走對路了？其一是高斯頓街的文字。那時我表示了我的訝異：凶手竟然剛好口袋裡有粉筆。在值班期間，蘇格蘭場警官用會粉筆來讓他們袖口上的白色線條更亮眼，免得惹火他們的上級長官。」

「就是這樣！」夢克小姐喊道，「他在褲子口袋裡擺了一些粉筆。」

「然後還有制服的事情。我本來以為史特萊德在凶手身上沒看到的制服是屬於軍隊。但如果她以前曾經見過他穿警察制服，還有警察慣戴的高頭盔呢？他穿著街頭便服看來會非常不一樣，而她奇特的評語也就完全合理了。

「我出席了伊麗莎白·史特萊德的葬禮，因為這些罪行這麼惡毒又這麼公開，所以我推想，殺她的人可能也希望估量一下他的惡行效果如何。出現在那裡的人沒有一個出乎我意料，只有一個單槍匹馬的警員例外，他告訴我說，事實上是你，雷斯垂德，指定他在史特萊德的葬禮上維持秩序。」

雷斯垂德苦惱的五官困惑地皺成一團。「我沒下過這種命令。」

「現在我知道了。你的部門也這樣證實過。」

探長閉上了他的眼睛。「我想我們必須聽完剩下的部分。」

「我已經浪費許多小時思索，怎麼會有記者能夠知道雙重謀殺案之夜發生在我身上的不幸，更不要說我出席了死者的葬禮、一把不相干的小刀丟在艾道斯屍體附近被發現，或者是我離開貝格街去東區研究案情。蘇格蘭場知道這些事實中的每一個。」

「所以他有豐富的資料。」我評論道。

「正是如此——他利用塔維史托克，當成散布他那些誹謗之言的管道。再加上其實我經常草草寫下給你的短箋，雷斯垂德，還寫許多類似的書信給其他許多位探長，因此偽造我筆跡的謎團也就瞬間解開了。他可以輕輕鬆鬆地從許多辦公室裡偷走這樣的字條。不過我仍然沒做出最後也是最決定性的推論，直到你，華生，說出一句見解深刻的評語，終於引燃長期沉睡的演繹推論火焰。」

「我幾乎想不起來我說了什麼。」我坦白承認。

「你只是觀察到，開膛手竟能在一個擠滿員警的區域裡不露破綻地行動，此事很令人震驚；如果我像你在故事裡呈現的一樣，是臻於完美的邏輯機制，我就應該先發現這一點。他之所以成功，極其明顯的理由在於他知道他們什麼時候會經過，而且會在哪條街上。不過，當我自問在那個不尋常的雙重謀殺夜發生了什麼事的時候，另一個看似無關的事實又乾脆俐落地到位了。」福爾摩斯詳細地解釋，他本來就很急促的說話速度，又加快到可以跟他的熱忱並駕齊驅。

「開膛手殺死伊麗莎白．史特萊德的時候，完全沒想過會被打斷，因爲他知道蘭姆巡警的值班路線不會走進達特菲院。在我們打擾到他的時候，他逃往倫敦市方向，然後爲了阻止我的追趕，他嘗試取我性命。但是讓人相當難以理解的是，他冒了很大危險，繼續割裂另一個女孩的咽喉，根據推測，這是因爲他所有思維行動背後的邪惡衝動——損毀屍體——因我們的介入而受到阻撓。但是他畢竟不可能事先知道到底會在何時、哪條街道上，碰到那些執法同僚。不過拉斯克的守望相助協會成員曾經隨口提到，艾道斯莫名其妙被人殺害，就死在一位大都會區警官住處對面的廣場上。班奈特住在那些建築物裡。當然，他知道自家附近的道路。他怎麼可能不認識那些路？」

雷斯垂德就像個明白最壞狀況的人一樣，態度沉重而鎮定地搖搖頭。「他對你太生氣了，艾道斯對他來說一定像是天降的大禮。」

「不過我們要做什麼呢？」夢克小姐痛苦萬分地喊道，「福爾摩斯先生，你是對的。這一切都符合了，每一小塊都拼上了。但是空談這個有什麼用，現在他隨時都能夠——」

「我最盼望的莫過於讓那個惡棍受制於我們，夢克小姐。」他嚴肅地對她保證。「然而愛德華·班奈特巡官辭職了，聲稱工作過度、疲勞不堪，他在十一月五日星期一之後就失蹤了。」

「他辭職了？」我難受地嚷道，「塔維史托克就是在那天被人闖進他的辦公室。」

「華生，說得很好。我已經得到相同的結論了。不管塔維史托克是否只是向他的巡警朋友哀嘆他的不幸，或者還敦促班奈特找出是誰羞辱他，結果都一樣：班奈特得到警告逃走了。他不能冒險，讓自己跟《倫敦紀事報》的關係曝光。」

「可是福爾摩斯先生，」夢克小姐大膽發言，「如果班奈特沒有逃走，會發生什麼事？」

我的朋友跨過房間走向窗戶，俯視著街道。「從各種可能性來看，都是完全的災難。在我負起責任，立即逮捕他歸案的時候，我本來會對蘇格蘭場所有的好人們大發雷霆。想想看——殺手一直就在他們中間，在短短兩個月裡屠殺五個女人，卻沒激起任何一丁點懷疑。更糟的是，我還沒有半點實質證據可以對付那個男人。我們能讓他定罪的機率只有萬分之一。矛頭指向我的資料跟指向班奈特的一樣多，這就清楚勾勒出間接證據的價值。指出罪魁禍首，無疑災難就會降臨在我們頭上——對抗警方的暴動，街頭陷入混亂。甚至現在，查爾斯·華倫爵士已經提出他的辭呈了；馬修斯先生隨時都會接受。這個案子已經毀了他。班奈特已經毀了他。」

福爾摩斯轉而面向雷斯垂德。「我不能讓他毀了蘇格蘭場。」

有一段時間在寂靜中流逝。「唔，既然如此，」這位小個子探長就只是這麼說，「我們要怎麼做？」

讓人意外的是，福爾摩斯大笑出來。「我差點就說服自己了，認爲你一個字都不會信。」

「別鬧了，福爾摩斯，」雷斯垂德斥責道，「我一直都知道你走偏鋒，不過你確實偶爾會歪打正著。」

「確實如此。」我的朋友露出微笑。「至於我們的計畫，此刻我們是有一個優勢，而且恐怕是唯一的一個。我向你提到的文件，就如同我先前說的，顯示出一道拓印。我這裡有正本，用鉛筆畫出痕跡了。」他把文件交給雷斯垂德，我們兩個人一起檢視。

245 —— 11:30

1054 —— 14

765 —— 12:15

「這到底指的是什麼意思？」

「我親愛的探長，這些數字就跟地圖一樣好。這些是三位巡警領口上的勤務編號，後面是他們完成一趟巡邏的時間。」

「了不起！」雷斯垂德喊道，「我希望你已經找出他們是誰了？光是在白教堂區就有將近五百個巡警，還不包括那些經過重新指派的。」

「親愛的雷斯垂德，我當然找出來了。他們是森波、雷瑟跟懷爾丁，他們的巡邏路線限定的是一個相當小的區域，一半在史皮塔費爾茲，一半在白教堂區。在我找出他們的名字以後，我打電報給亞伯萊探長，他好心地寄給我一份地圖。」

「你有告訴他為什麼嗎？」

福爾摩斯斷然地搖頭。「除了我哥哥，還有他選擇諮詢的高階官員以外，只有我們五個人知道這個狂人的身分。白廳非常希望避免重大醜聞，他們也知道我對這種案件的謹慎考量。我想讓你們全部人都清楚知道，除了雙重謀殺案之後的幾週——此事必定讓開膛手的神經惶惶不安——他犯罪都遵循某種日期上的模式。我無法向你們保證，他會在明天市長遊行日再度出擊，因為現在他已經曝光了，又在逃亡。但即便如此，我還是相信他會出手。他已經表現出對蘇格蘭場的輕視，對我的憎恨，而這種情緒不會只因為他拋棄過去的假面就止息。雷斯垂德，你跟我是最後一道防線。如果我們密切合作，又交上好運，班奈特永遠不會知道針對他的警報已經響起。」

「那些警場的人幾時會開始工作？」夢克小姐問道。

「三個人都是值夜班，從十點到六點。亞伯萊一告訴我他們的值勤範圍，我就打電報給喬治．拉斯克。今晚跟明晚，拉斯克已經決定把守望相助協會的一半人力轉移過來協助官方警力。當然這是祕密行動，探長。」

「福爾摩斯先生，我沒那個能耐抗議你要做的任何事。」

「雷斯垂德，這真是一句嚇人的實話。」我的朋友愉快地注意到。「我非常希望，你能夠迅速從我加諸於你的所有震撼中恢復。」

「我也希望如此。」雷斯垂德露出微笑。「你還有更多事情要告訴我們嗎？」

福爾摩斯搖搖頭。「你知道我所知的一切了。」

「那我就要回去工作了，」他說著站了起來。「我現在有必須重劃的巡邏路線，這是第一要務。」

「如果你不跟我們共進晚餐，我只希望你回到蘇格蘭場的時候能夠碰上好運。明天十點我會在白教堂區見到你吧，雷斯垂德？」福爾摩斯一邊跟他的同事握手，一邊問道。

「福爾摩斯先生，能跟你一起狩獵是一種榮幸，」探長這麼回答，「我不會錯過的。祝你們大家說晚安。」

我們四個人坐下來吃晚餐，雖然在晚餐餐盤清乾淨、品嚐過白蘭地，夢克小姐還昏昏欲睡地讓鄧樂維替她圍上披肩以前，福爾摩斯拒絕對這個案件再多說一個字。我們都已經道別了，這時候鄧樂維才挺起肩膀，走近我的朋友。

「福爾摩斯先生，我很感激得知關於這些恐怖罪行的眞相，我要爲此感謝你。可是我還是很好奇——爲什麼今晚你要我來這裡？毫無疑問，夢克小姐是一位盟友，雖然我很希望你知道你可以信賴我，不過還是一樣……你不像是會盲目信任的人。」

「我向你保證，我不是那種人。」

「那我就不懂了。」

「不懂？唔，我確實希望你明天會陪我們到白教堂區，如果有必要，我們打算在那裡爲了捍衛當地居民而拚命奮戰。」

「當然了，不過——」

「你希望我講得更清楚些。非常好，」他說著，擺出發號施令的架勢。「夢克小姐，我要妳在不過度驚動那一區的情況下，盡妳所能多通知一些妳認識的人，明天晚上可能會出事。別去暗巷，別單獨跟人約會。我知道妳無法通知每個人，因為她們為數眾多，而且到處都充斥著誇張的臆測，不過妳就盡量做吧。」

「福爾摩斯先生，我今晚就會開始。」

「謝謝妳。至於你，鄧樂維先生，你知道，你是比較稀有的資產。明天晚上我們會在龐大人力的協助下，嘗試阻止一樁謀殺案，但不能容許他們任何一個人知道我們在找的男人是什麼身分。華生跟我在伊麗莎白．史特萊德的葬禮上見過他。剩下來的就是雷斯垂德探長，最後還有你，曾經見過我們這個獵物的臉孔。就說我是一時興起吧，不過我寧可這麼想：讓我這邊有三個完全知道實情的人，不算是謹慎過頭。」

第二天晚上又濕又冷，黑矛似的雨水敲打著我們的窗戶，屋裡屋外感覺都一樣嚴寒，我把更多煤炭堆到火爐裡，多到超乎必要或合理的程度。我從凸窗往外望進樓下的街道，我的視野被眼前的玻璃遮得看不清楚；我憂慮地想著，在白教堂區的幽暗光線中清楚看見臉孔的機率，對我們極端不利。

我的朋友在將近八點鐘進來了，全身濕透又深感疲憊，不過他那張鷹也似的側臉燃燒著狂熱的決心。他從臥房裡出來的時候，再度披上了傑克．愛斯科特的破舊打扮。我看出這種預防措施的智慧，就無聲地上樓依樣畫葫蘆。從我的臥房裡，我可以聽見福爾摩斯的小提琴音上下起伏，這是一首讓人難忘的肅穆小調，從這曲子高亢的顫音，還有乍聽會誤以為簡單的樂句轉折裡，我聽出這是他的創作之一。我再度下樓的時候，福爾摩斯已經把史特拉第瓦利琴收進盒子裡，並把他的左輪手槍收進粗羊毛外套口袋裡。

「福爾摩斯，那首曲子很美。」

「你喜歡嗎？我對中段的終止式還不滿意，不過最後一個樂句的滑音效果相當好。如果你準備好了，我們就出發到東區去。我已經安排好一輛出租馬車。」

「福爾摩斯？」

「是，米多頓？」他帶著一絲幽默回應道。

「如果今晚我們真的認出前巡官班奈特，我完全不知道我們該怎麼處置他。」

「我們會逮捕他，然後把他交給雷斯垂德，今天早上他見過馬修斯先生本人了。」

「那如果我們沒找到他呢？」我逼問他。

「那我就會把他找出來。」

「如果——」

「我不打算讓這種事情發生。來吧，華生。我們必須忍耐這一切。嚴峻的條件與偉大的性質是孿生子。你有帶你的左輪手槍吧？」

「而且我口袋裡有把摺疊刀。」

福爾摩斯頭往後一仰，笑了出來，同時把一條厚厚的領巾圍到他脖子上。「那麼我就完全放心了。」

我們按照安排跟雷斯垂德在十鐘酒吧見面，就靠近亞伯萊地圖上描繪出那個地區的中心點。這個忠實可靠的人，看起來就像擠滿其他桌子的任何一個工人一樣憔悴，而且完全專注於他的那一大杯啤酒。

「一切都已經安排好了嗎？」福爾摩斯頗爲急切地問道，他把聲音壓低到沒入周遭對話的嗡嗡聲以下。

雷斯垂德極端不情願地從他那杯酒上面抬起頭來。「除了經過擴編的補充人員以外，還從派丁頓區的F分隊調來五十個便衣，班奈特不可能認識其中任何一個人。我重劃過巡邏路線了。福爾摩斯先生，如果你講的這個誇張故事搞錯了，我發誓會親自逮捕你。」

「如果我錯了，歡迎你這樣做。」

「你說這些守望相助協會成員有警方的哨子？」

「我確定。」

「這些業餘人士在這裡也好。」探長嘆了口氣。「今天早上四點我失去了一半的人力，因爲他們必須在八點鐘去支援市長遊行。」

福爾摩斯一拳砸在桌上，憤怒地表現出他多麼難以置信。「我是不是應該諒解，避免爛蔬菜砸中倫敦市長明天要搭的那輛醜陋鍍金怪胎，比阻止開膛手傑克替他的收藏品補充更多器官還重要？」他用氣音說道。

「我今天早上吼到喉嚨都啞了。我沒辦法阻止。那個叫鄧樂維的來了，」雷斯垂德懷疑地補上一句，「信任一個記者到這種地步有點過火，不是嗎，福爾摩斯先生？」

「我看出你平常那種有益健康的懷疑主義又完全復活了，」我的朋友狡黠地回答，「我本來擔心我已經大大動搖你的心智了。」

「那就繼續吧，」探長嘟噥道，「如果你同意，我派了個人在這裡駐紮整晚上，做為一種試金石。巡警們得到的指示是，如果他們瞥見任何可疑人物就要猛吹哨子，因為呢，福爾摩斯先生，上次看到你跟他徒手搏鬥以後的樣子，我很不喜歡。」福爾摩斯顯然生氣了，不過隱忍著沒回嘴。「我跟記者往紅磚巷走，你們兩個去主教門。我們每個小時在這間酒吧碰一次面。我這裡有兩個提燈，要是沒有這個東西，我們幾乎看不見自己的腳。各位紳士，祝你們有最好的運氣。」

探長跟我拿起提燈。經過鄧樂維身邊時，我們向他點頭致意，然後走向滂沱大雨中。

29 盒子與心臟

在半小時內，我們就全身濕透又冷得刺骨，在我們沿著大雨洗過的巷道前進時，我的腿隱隱作痛，我們的腳步聲在暴雨中變得含糊不清。當晚的惡劣天候下，外出的居民比平常更少，雖然確實一直有人匆匆經過，披肩跟圍巾緊緊包裹著他們的頭，他們腳下漩渦似打轉的泥巴都濺起來了。

「真是該死的鬼天氣。」在我們跟雷斯垂德還有鄧樂維的第一次會晤結束，再次回到雨中時，福爾摩斯口氣激動地嘟噥著。「這麼濕的天氣裡，幾乎不可能指認出三碼外的人，更不要說配合這種天候條件的必要服飾，多麼有利於隱藏身分。」

「現在有夠多的便衣警察可以巡邏每條通道。如果在這種夜晚他還真的冒險出門，他做什麼都不可能沒人看見。」

「他會在這裡的。」

「但是考慮到這種強風——」

「我說他會出現在這裡，」福爾摩斯激動地重複，「沒別的話好說了。我們必須拿出我們全副的才智。」

四點鐘來了又去，閒蕩的人變少說明了這一點，這時疲憊的便衣警察也回家去洗澡，趁著市長遊行把他們召回服勤以前補眠一、兩個鐘頭。街道開始充滿了零星的工作者和風塵女子，在白晝破曉以前先閃進琴酒舖裡。

那天早上六點鐘，福爾摩斯跟我在十鐘酒吧與雷斯垂德還有鄧樂維最後一次碰面。我們每個人都用凍僵的手指抓著酒杯，大口喝了一杯威士忌。有好一陣子，沒人開口。然後我的朋友從桌子邊起身。

「我們必須搜尋每條巷子跟庭院。」

「福爾摩斯先生，我們什麼都沒漏掉，」雷斯垂德呻吟道，「如果真有什麼好說，那就是我們已經完全遏阻他的行動了。」

「就算如此，我還是要自己發現真是這樣才能滿意。他標出來的巡邏班次已經結束了；我們也許最好一起去。如果有任何事情發生，現在也來不及阻止了。」

我們踏出十鐘，進入教堂街，同時沿著馬路往前走。福爾摩斯急匆匆走進甬道裡，不過鄧樂維、雷斯垂德跟我，這時候都已經氣餒到鮮少努力跟上他的每一個衝刺。在我們經過又一個無名庭院塗了石灰塗料的入口時，黎明冰冷的灰色光芒才剛開始讓微微發亮的磚造建築物邊緣看起來柔和一些。我的朋友衝進院落深處，我們則在街上等候。

「如果我要撐過這一天，我就需要一頓熱早餐跟一杯茶。」雷斯垂德哀嘆道。

「你會出席倫敦市長遊行嗎？」我同情地問道。

「我確實要。」

「探長，我很同情你。」

「這不是我第一次為了福爾摩斯先生一夜沒睡了。」

「很有可能我們已經靠著這一晚擊退邪惡的陰謀了。至少我可以提醒你，福爾摩斯是最不可能陷入妄想的人。」

「或許是這樣吧，華生醫師，」雷斯垂德酸溜溜地低語道，「但他對這個理論陷得夠深了，要是他能自己找到一條出路，就稱得上奇蹟了。」

「奇怪，是什麼絆住他了。」鄧樂維打著哈欠說道。

「福爾摩斯！」我喊道。沒有人回答。我穿過通往院子的破舊拱門，通往出租房間的一道道出入口排列在狹窄的走廊上。右邊第二個門敞開著，既然我沒看見通道尾端有偵探的影子，我就走進去了。

往後在我跟夏洛克·福爾摩斯彼此爲友的所有歲月裡，除了那個特殊的早上，我們從沒有一次向對方提起那個房間。從那天以後，如果我偶爾需要想像地獄的情景，我就會想起那個廂房。一道道裂縫，出現在這棟石造建築潮濕的四壁上；有個蠟燭放在一只破酒杯上，一盆爐火在壁爐裡即將熄滅，還有一張普通的木頭床架放在角落。空氣中充滿了血液與內臟如金屬般的氣味，因爲床上躺著一具屍體。更精確地說，床上跟桌上擺著許許多多曾經是一具軀體的碎片。

福爾摩斯的背靠在牆上，臉色死白。「門敞開著，」他支離破碎地說道，「我剛才經過這裡，門敞開著。」

「福爾摩斯。」我在恐懼中悄悄說道。

「門敞開著。」他又說了一次，然後把臉埋進手裡。

我聽到背後的腳步聲。「你們兩個到底在——」雷斯垂德開口了，然後在他看到出了什麼事的時候，一聲哽住的吶喊從他喉頭逸出。

「他不能在戶外作案，」我說道，「所以他帶她到她的房間去。」我逼著自己瞪著曾經是她臉龐的地方，但除了眼睛以外，沒多少部位還保持完好。

探長搖晃不穩地抓住門框上的木料，他五官上的血色褪盡。

鄧樂維緩慢地走進來，像是在夢遊的人。「親愛的上帝啊，」他用分岔的聲音悄聲說道，「他把她扯碎了。」

「你必須離開。」我的朋友動也不動地說道，這時他的臉還埋在手裡。

「什麼？」

「你必須去發一封電報給我哥哥。他的名字叫作邁克羅夫特．福爾摩斯。告訴他出了什麼事。他住在帕爾街一八七號。告訴他你看到什麼。」

「福爾摩斯先生——」

「看在老天分上，快點去啊！風險大到無法估計了！」

鄧樂維衝進雨中。

我的朋友使勁讓自己從牆邊離開，然後開始檢視那個可憎臥房裡的東西。我呆站在門邊好一陣子，才走向屍體，然後注視著好幾堆被切下來重新安排過的血肉。

雷斯垂德加入我。「華生醫師，你怎麼看？」

「幾乎不可能知道是從哪開始的，」我口氣遲鈍地回答，「我看過一次像這樣的狀況，是一場煤氣爆炸事件。」

「福爾摩斯先生，你說門是敞開的？」

「對。門可能開了有二十分鐘了。」

「你怎麼能——」

「雨水已經滲透地板了。」

「喔。在火爐裡有什麼值得注意的東西嗎？」

福爾摩斯臉上帶著憤怒不耐煩的表情，從他的工作上轉過身去，但雷斯垂德發出的第二聲刺耳吶喊，制止他本來準備要說出口的任何斥責。

探長想都沒想就從堆在桌上的人體組織裡抽出一個閃爍著銀光的物體。他瞪著那個東西的時候，濃稠的血液從他手上滴落。

「雷斯垂德，那是什麼？」

雷斯垂德只是搖著頭，繼續凝視著那個物體。

「我相信這是你的菸盒，福爾摩斯先生。」他用非常小的聲音說道。

福爾摩斯短促地吐出一口氣，就好像當胸挨了一拳。探長開始恍惚地用他口袋裡的手帕擦掉上面的血。「我看到縮寫S．S．H。對，毫無疑問是你的。你在雙重謀殺之夜弄丟了這個東西，不是嗎？」他用右手掌把菸盒遞給福爾摩斯。「拿去。」雷斯垂德用機械化的動作擦著手，在深思中皺起眉頭。我的朋友用他細緻的手指翻動那個盒子，就像他從沒見過這個東西似的。

到最後，雷斯垂德比較有力地開口了。「你差不多檢查完這裡了嗎，福爾摩斯先生？」

我朋友搖搖頭。「我還需要多幾分鐘。」

探長點點頭。「非常好。接下來，福爾摩斯先生，我想你最好離開。對，我必須請你用非常快的速度離開。這是最重要的。當然你也是，醫生。然後如果我辦得到的話，我就會把這道外門鎖上，或者無論如何關上它，然後到遊行路線去。我有義務要在那裡出現。接下來，我們很快就會聽說這件事。」

「你不是認眞的吧！」我驚訝地喊道，「你誠心建議我們把這個可憐人留在這裡，像現在這樣，然後等別人來發現她嗎？」

「我是認眞的。如果她今天下午還沒被發現，我會有某種安排，不過福爾摩斯先生必須有時間——」我的朋友眼神銳利地抬頭瞥向探長。「也就是說，誰知道還有什麼別的東西可能刻意被安排在這房間裡。我們無法詳細檢查每一片遺體，我們這麼做的話會干擾物證。華生醫師，我知道這很困難，但是你認爲這場……屠殺……是什麼時候發生的？」

「因爲她的屍身受到這樣的毀損，完全改變了常態下的屍僵過程。我會冒險猜測是早上四點鐘。如果門只開了二十分鐘，那他跟她在一起將近兩小時。」

雷斯垂德點點頭，不安地摸弄著他的錶。「快好了嗎，福爾摩斯先生？」

「只能先這樣了。」我朋友回答，同時從四肢著地的姿勢起身，他剛才就是以這個姿勢檢查地板。

「你檢查完火爐了？」

「檢查完了。」

「華生醫師，你沒有別的發現了？」

「在幾分鐘之內沒有什麼能做的。或許你可以把她完整的驗屍報告送到貝格街？」

「當然。」

「等你得空的時候，你也必須找出鄰居是否聽到任何聲音，並且確定有沒有我們的人馬剛好看到這女孩進房間。」福爾摩斯說道。

「當然了，我會這麼做。還有別的事嗎？」

「沒有了。」我的朋友用非常輕柔的聲音回答。他從他口袋裡拿出菸盒，再看了一次。「雷斯垂德，我已經看夠了。我們所有人看到的都已經超過負荷了。」

「那麼看在老天分上，快點走吧，」雷斯垂德冷靜地說，「現在是警方的事了。別提任何關於菸盒的事，其他的事我會照應。」

我們回到倫敦西區的時候，雨繼續打在我們臉上，但我不相信福爾摩斯或我還感覺得到。的確，我們一癱進一輛出租馬車後，我就發現要有任何感覺還需要一番掙扎。就算時間還這麼早，零散徘徊的群眾已經沿著計畫中的遊行路線聚集，在這些地方，工人在滑溜溜的鵝卵石上努力要豎起滴著水的沉重旗幟。

「福爾摩斯，」最後我說話了，「我們有任何成功的希望嗎？」

「華生，你指的是在哪條戰線上？」

「我想我指的是任何一個。」

在那一刻，我朋友在我以外的任何人眼中，看起來都是徹底冷靜的，不過對於一個熟悉他習慣的人來說，他此刻的樣子會引起最大的驚恐與不安。他的眼睛激動地閃爍著水銀般的光芒，他的高顴骨上還有些狂熱的紅點。他開始用乍看穩定得可以騙人的手指，數出幾個論點。

「我是否抱著逮到開膛手傑克的希望？毫無疑問。我到底有沒有可能因爲他令人作嘔的罪行被起訴？雖然這樣的苦難不會比我應得的還糟，但我並不是白癡，我已經證明過了。我們對這個惡魔的追獵已經接近尾聲了嗎？我確定是。那個可憐女孩的屍體已經像許多堆肥那樣，散布在整個房間裡了，對她來說這件事還重要嗎？事實上她不但已經悲慘地死去，而且她的死就只是爲了讓一個墮落怪物可以褻瀆她的屍身，直到體無完膚的地步——追捕那人對她會有那麼一丁點的好處嗎？」

「我親愛的伙伴——」

「不，」他把話說完，「這對她連一丁點好處都沒有。而這應該要怪我。」

「福爾摩斯，這樣說太過分了！」我抗議道，「你眞的不能把所有過錯都扛到自己肩膀上。你已經做了這麼多……」

「我在這個案件結尾已經失敗得這麼徹底，應該有權結束這個荒唐的職業生涯。」

「福爾摩斯，你要合乎邏輯——」

「我已經這麼做了！」他憤怒地咆哮。「看看邏輯把我們帶到哪裡了！車夫！」他用枴杖敲敲出租馬車車頂，然後跳了出去。

「留在這裡，華生，我不會待太久。」

我困惑地環顧四周，發現福爾摩斯帶著我們到了帕爾街，我只能假定這裡是他哥哥的住處。

他在其中一棟氣派的奶油色建築物裡待了將近半小時，然後他再度從沉重的門裡出現時，他的表情完全無法解讀。

我無言地伸出一隻手，幫助他回到車裡。我好奇地看著他，但我們在沉默中繼續走完回到我們住處的剩下幾個街區。出租馬車在二二一號對街幾乎還沒停妥，福爾摩斯就跳下車，然後定定地站在人行道上。

「唉呀，唉呀！」他拉長語調，同時他的五官滿是一種讓人退縮的輕蔑表情。「站在我們家門口那個萬惡之源、百病之母，叫什麼名字啊？」

我把腳放在馬車下客處的金屬支架上，抬頭一瞥，差點失足。靠在我們家門口，舉起手臂像是要拉鈴的人，就是雷斯里．塔維史托克。我的同伴迅速地穿過街道，停在距離我們前門臺階幾呎遠的路邊石上。

「塔維史托克，你到底以爲你在做什麼？」他質問道。這個衣衫凌亂的傢伙猛然轉身面對我們，然後攤開雙臂衝過來，他棕色的眼睛因爲恐懼而顯得狂亂。

「喔，福爾摩斯先生，是您嗎？當然是了。華生醫師——福爾摩斯先生——你們一定要幫我！我這趟訪問緊急的程度，幾乎是再怎麼說都不爲過。」

福爾摩斯擦過他身邊走向門口，他的鑰匙已經握在手中。「恐怕我現在工作非常忙碌。我的時間表不可能配合你。」

「可是你非如此不可，福爾摩斯先生！我的性命危在旦夕。眞是可怕，可怕到不敢想啊！」

「眞的是這樣嗎？恐怕我一點都不覺得你的生命受到威脅有什麼好怕的。*De gustibus non*

disputandum[1]，你懂吧。」他把門猛然打開。

「你一定覺得我冤枉你了，」塔維史托克懇求著，同時絕望地摩擦著雙手。「別管那個了。我準備付出任何代價，只要你願意救我一命！」

「我告訴你最後一次，你的要求是不可能的。」

「福爾摩斯，我會登出道歉啓事——你在這個案件上的作爲，在每個街角都會有人大力宣傳！」

「從我的臺階上滾開，要不然你會後悔的。」福爾摩斯冷酷地說道，同時轉過身去，準備要進屋了。

「福爾摩斯先生！」塔維史托克再度喊出聲，同時抓住他的左肩，努力要留住他。在那一刻，我朋友轉移他的重心，左腳一旋，就用力一拳打向那個記者的側臉。塔維史托克往後跌下臺階，撲倒在人行道上喘著氣，他肺裡的空氣都被擠出來了。福爾摩斯立刻重新走上通往我們房間的臺階。

我極其希望就這樣跟上他，同時把他留給我的敞開大門用力摔上。然而我做爲醫生的直覺占了上風，我走近那個四仰八叉躺在我們窗戶下的可悲人物。

「看來你的鼻梁斷了。你站得起來嗎？」我伸出一隻手給他，然後半扶著他在我們臺階上坐好。

「喔，我完了！」他喘著氣說道，同時摸索著他的手帕。

「這裡。」我給他我自己的。「我必須說，在你那樣對付過福爾摩斯以後，我幾乎認爲你是罪有應得。」

「罪有應得！這只是爲了我這一行的利益，別無其他動機。」他哀怨地說道，同時試圖堵住從他鼻子裡流出的滾滾血流。「但現在我所有情報的來源已經被發現是出自一個墮落的瘋子，福爾摩斯先生不會同意讓——」

「等一下，」我打斷他，「之前你根本不願意向我們透露你的消息來源——的確，你甚至宣布永遠忠於他——現在你卻說他是個瘋子？」

「他是最低賤的那種變態。我知道的，我見識過了！你明白嗎，我跟蹤他。我跟蹤他到他家去。」

「那你發現了什麼？」我小心翼翼地問道。

「那裡有些罐子，放在——不不不，那眞是太噁心了。我會當衆受人取笑的！我的人格毀了，我的職業生涯完蛋了。」

「眞可惜啊，」我這麼說著，刻意站起身來。「順便一問，你是著了什麼魔，去跟蹤你的線人？」

「我起了疑心。我向上天發誓，我眞希望我從沒想過要跟蹤他，但我想知道他到底從哪裡得到那麼神奇的情報。」他開始對著他的外套袖口啜泣，弄得一片血污狼籍。「如果他找到我，他會宰了我的，我知道的！」

1 拉丁文，意思是「講到品味，爭辯無用。」

「你什麼時候跟蹤他的？」

「昨天晚上。在他到我辦公室短暫拜訪，拿回他的信件以後。他說如果警方發現他洩漏消息給媒體，他們會來捉他。」

「警方？」我重複了一遍，希望我的語調向我期望中那樣隨意自然。「他們跟這件事有什麼關係？」

「他是個巡官。他的名字是愛德華・班奈特。華生醫師，你不知道這有多可怕。上帝救我！我完了。」他的頭再度垮到他手臂上。

「立刻上樓。」我說道。

「喔，感謝你，感謝你，華生醫師！」

「你控制一下自己，跟著我來。」我朝著樓梯前進，然後走進我們的客廳，一股新希望帶來的興奮感在我胸膛中閃爍。

「華生！」福爾摩斯聽到我進來時喊道。他已經脫下自己身上噴濺著泥巴的衣服，現在就跟平常一樣外表無可挑剔，雖然同時他很謹慎地磨搓著他的肩膀。「你到底把那個放在——老天爺啊！」他看到誰站在我旁邊的時候就吼了出來。

「福爾摩斯，他發現他的消息來源是什麼身分了。他知道班奈特住在哪裡。」

「班奈特已經拋棄他在倫敦市內的住處了。」福爾摩斯迅速回嘴，仍然在到處找著某樣東西，我不知道是什麼。「如果他還沒拋下，我現在就不必被迫搜索他的銀行帳號、他過去的辦公室、他的家族世系，還有他偏愛的菸草商。在狗欄裡有個菸蒂——」

「他知道班奈特昨天晚上待在哪裡，福爾摩斯，就在他——他做那些事之前。」我很笨拙地補充。

「哈。在這裡。」這位偵探抓住火柴盒，同時停下來點燃一根菸，然後用冷淡的鄙夷表情注視著那位報人。「事件的轉折真是非常有趣啊。你被好奇心給壓垮了，是吧？你想看看班奈特在研究的是哪種線索？你跟蹤他到他的住所，然後看著他再度離開，對於有你這種心理準備的人來說，這根本就是邀請你闖進他家。你的右手腕下方有個割傷，業餘竊賊就是會被窗戶玻璃劃傷那個部位，這就告訴我你用的是玻璃切割器，而不是撬鎖工具。然後你點燃一段沒有燭臺的蠟燭頭，看了周圍一遍。蠟油滴在你袖子上，弄髒兩處。接下來，我想你看到班奈特過去在冒險中得到的一、兩項紀念品，你稍微明白他爲何有那樣古怪的先見之明了。在你手背上的紅色傷痕，是熱蠟油不經意間滴在裸露皮肉上的結果，這證明無論你有什麼發現，都很不尋常。接下來你就逃離那棟房子了。我說得很接近眞相嗎？」

我們這位訪客敬畏地睜大眼睛盯著看。「就像你說的一樣。看在老天分上，福爾摩斯先生，請幫助我，這超過一個人的忍耐範圍了。」

在此之前，我從沒見過福爾摩斯臉上出現這樣厭惡的表情，而且我希望我永遠不會再見到。不過他的額頭隨即同樣迅速地舒展開來，他踏著審愼的腳步走近我們的訪客。

「塔維史托克先生，你知道嗎，我確實有心幫助你。我會就此大致列出我的小小提案。如果你告訴我這隻鼠輩藏在哪裡，我就不會告訴全倫敦你是開膛手傑克的盟友，不會看著你因爲侵入民宅而被逮捕，而且也不會把你扔出那扇窗，讓你在下面的人行道著地。」

雷斯里．塔維史托克目瞪口呆地望著福爾摩斯，然後悄聲說道：「我不知道他在哪裡。」

「別鬧了，先生。」福爾摩斯這麼說，他的聲音極端沉靜。

「這就是說——我的意思是——我跟蹤他，對，不過我對自己身在何處根本沒概念！那些巷子全都曲裡拐彎的——」

「塔維史托克先生，」我的朋友打斷他，「你現在完完整整地告訴我，你到班奈特家的那趟路上還能記起的每一件事。請牢記在心，你眼前的這個人已經用掉他最後一絲耐性了。」

這個儒夫轉向那扇窗戶，對我們藏起他那張還在滴血的臉，同時閉上眼睛，拚命要集中精神。

「那是個黑暗、骯髒的地方。那些房子很矮，又非常陳舊。」

「磚造還是木造？」

「木造的。」

「有個別獨立的門，或者有走廊通往不同入口，像是佛勞爾迪恩街一帶的大雜院？」

「有許多門跟走廊。除了班奈特家以外，沒有獨門獨院的房子。」

「有任何倉庫嗎？」

「沒有，就只有那些可怕的住所。」

「有任何攤販或者露天市場嗎？」

「沒有，沒有那樣的東西。」

「那裡的交通狀況如何？」

「我請你——」

「有四輪馬車、救護車、乾草貨車、兩輪貨車嗎？」福爾摩斯厲聲逼問。

「沒有救護車，不過有貨車。」

「那麼你並不是在靠近醫院的地方。你有聽到任何火車嗎？」

「不，我不認為——」

「你能聽到鐘聲嗎？」

「可以，福爾摩斯先生！」他喊道，「對，我可以聽見鐘聲！非常大聲，幾乎就在我們頭上。」

「那麼你是在跟基督教堂相鄰的地方，而且距離鐵路很遠。你有經過任何地標嗎？」

「那裡有家酒吧，門上方有破舊的金色字體，位於一個夾角很尖銳的角落。上面畫了個女孩子——」

「那是愛麗絲公主，那家店在商業街跟溫沃斯街夾角。你走哪條路？」

「我不知道——」

「在右邊，或是左邊？」福爾摩斯咬著牙質問。

「右邊。」

「你是先經過那棟建築物靠近比較窄的街角那邊，還是街區更前面比較寬的那邊？」

「比——比較窄那邊，我確定。」

「那你就是往北走。你有留在那條路上嗎？」

「就我記得的，我們往右轉了。」

「你轉彎以前有經過另一家酒吧嗎？」

「我不認爲有。」

「那你就沒有經過女王頭，而且你要不是在斯羅街就是在佛勞爾迪恩街。街角有沒有一家藥房？」

「沒有，先生——我想那是個馬舍。」

「養馬的地方？」

「對——他進去的屋子跟那裡的房舍都不一樣，前面有一塊區域，還有一個獨立出入口。在我走路的時候，那棟房子在我左手邊。」

「那麼他是住在斯羅街二十六號或者二十八號。」福爾摩斯在他的筆記本裡寫下註記。「那麼很好。現在呢，塔維史托克先生？」

「是的，福爾摩斯先生？」

「我建議你忘記你所知道的事情。如果你努力忘記這件事，那我也會努力忘記。我的意思夠清楚嗎？」

「完全清楚，福爾摩斯先生。」

「現在呢，」我的朋友這麼說，他壓低的聲音聽起來很危險，「滾出我的房間。」

塔維史托克喘著氣講了幾句不連貫的話，然後逃走了。

「福爾摩斯，」我喘著氣說道，「眞是了不起啊。」

「胡說，」他一邊駁斥，一邊深吸一口菸。「這是一連串初級的推論。」

「不，不是那些推論。是那個右直拳。」

「喔，那個啊，」他說著低頭看他的手指關節，開始瘀青了。「謝謝你。那相當了不起，不是嗎？」

不久之後，我們在清晨的報紙裡挖掘消息，同時精疲力竭地啜飲著加了很多強勁酒精的熱咖啡時，一封給福爾摩斯的電報來了。這張細長的黃色紙條內容如下：

在史皮塔費爾茲的米勒大院發現了謀殺案。凶手的身分毫無線索。初步的驗屍完成了，死因是割喉。屍體受到的損傷多到無法表列。最有可能用的是先前用過的同一把六吋雙鋒刀。她的心臟失蹤了。願上帝幫助我們。

雷斯垂德

我的拳頭自動伸出去握住那篇文字。我把那張紙丟進火焰裡。在我從壁爐旁邊轉身離開的時候，一定是我自己眼睛一陣濕潤造成的錯覺，讓我想像我朋友臉上也有著同樣的表情。

30 天賦

那天下午大半的時候，福爾摩斯都坐在他的扶手椅裡，除了他抽菸斗所需的細微動作以外，完全靜止不動。雨在上午過半時停了，天空裡的霧氣也被抹去了，此時貝格街上的污泥隨著出租馬車與貨車車輪到處噴濺。

過了許久，隨著夜晚迫近，聽差終於帶著他托盤上的一張黃色長紙條進來了。我瞥了福爾摩斯一眼，卻看不出他在徹底的疲憊之中是不是已經睡著了。我輕輕搖了一下他的肩膀。

「華生，可以請你讀給我聽嗎？」

我拆開電報。「我很抱歉，夏洛克。別無辦法。你有完整的處理權限。親愛的弟弟，祝你好運。邁克羅夫特。」

福爾摩斯繼續沉默了一陣，同時心不在焉地按著他的肩膀。「那麼這就是最後決定了。」

「福爾摩斯，」在他從椅子上起身舒展身體，同時搖鈴要人送他的靴子來時，我沉重地問道，「『完整的處理權限』是什麼意思？」

「恐怕在政府最高層峰的要求下，我要承擔一項小小的任務。」

「我懂了，」我說道，「我能不能問你，他們希望你執行的任務是非法的嗎？」

福爾摩斯看起來很震驚，但很快就恢復過來。「你跟我有好幾次抓獲一位犯人，結果卻發現正義完全站在違法者的那一邊。在那些例子裡，我們除了放他走以外，沒有更公平的做法了。我們是在大英法庭之外運作的。這個案子……也是一樣。」
「所以『處理權限』這個字是用來取代『豁免權』。」我這麼斷言。
「我親愛的華生——」
「他們不再希望我們逮捕他了。」
「沒錯。」他簡短地說道，接著走到對面我們收藏手槍的桌子前，把他的槍塞進他的口袋。
「我懂了。有可能你是出於無私之心，也有可能你只是孤僻成性。」
「我親愛的伙伴，以我的良知，我不能期望你陪伴我。」
「我必須做我非做不可的事，不過我拒絕對你提出同樣要求。」他往後靠著壁爐架，同時望著我的臉。我靜靜地等著。
「他們要我殺了他。」
我同情而沉默地點點頭。
「你會這樣做嗎？」
「我一點概念都沒有，」他輕聲說道，「邏輯似乎讓我失望了；在其他過失之外又添一樁。」
「福爾摩斯，這根本稱不上是你的錯，」我堅定地表示，「但你會做他們要求你做的事嗎？」
「我想如果我們去查閱決鬥規範，那卑鄙小人肯定已經給我充分的理由這麼做。然而我不能就這樣……我親愛的華生，當然你不會希望跟這種注定徹底有罪的勾當扯上關係吧？」
雖然我從沒見過福爾摩斯這樣堅定，卻也從沒見過他這般茫然。爲了這個理由，還有許許多多其他理由，我不能就這樣輕易在他有需要的時候拋棄他。

「我無法心安理得地留在後方，」我這麼考慮。「如果這個晚上的發展跟我們掌握之外的力量所期望的一樣，那麼在這一夜結束以前，肯定會有一個或者多個人需要醫療照料。」

福爾摩斯露出肅穆的微笑，然後跟我握手。

我的朋友挺起肩膀，大步走向門口，然後把我的帽子從掛勾上取下丟給我。「你知道的，他們的立場站得住腳。我們無法想像就這樣讓他在街頭肆虐，所以我們至少應該剝奪他的自由。像以前一樣武裝你自己吧，不過我不認爲今晚我們需要任何僞裝。對一個調查員來說，喬裝通常極爲有用，不過對於一個刺客來說，這樣有詐欺的味道。不能期待我在一天之內就失去所有的自尊；那樣我會永遠無法再接另一個案子。」

福爾摩斯追捕世界知名的凶手「開膛手傑克」的過程，剩下來要講的部分不多了。然而有鑑於周遭狀況如此非比尋常，結果又如此戲劇化，我還是必須照我的方式繼續說下去。福爾摩斯可以隨他高興責備我故事裡增添的色彩與生命力，但要是在某個冬夜，我們無法離開貝格街，他又看完了他的人事廣告欄，他還是會讀這些故事。但就像他常會批評的一樣，我又岔題了。我應該盡我所能，把握住重點。

出租馬車在斯羅街的街角把我們放下來，這個地方在惡名昭彰的佛勞爾迪恩街以南，深藏在那片錯綜複雜的擁擠地區裡。夜晚加深了我們頭頂上天空的顏色，變成一種霧濛濛的藍寶石色。我們沿著一條旁道往前走進一個小巷弄，有零碎的廢紙在暗處的微風中飛舞。

「那裡——我相信就是我們要找的巢穴了。」偵探對著一個凹陷的木製門框點點頭；屋裡有盞油燈，昏黃的燈光由內而外，照亮旁邊用油膩紙張貼補的窗戶。「你準備好了嗎，醫生？」

我的朋友靠著門，他的手按在門閂上。他猛然打開門，我們踏進了房間。

一個年紀非常大的女人裹在一條披肩裡，坐在爐火前方，火焰的餘燼雖然漸漸在熄滅，還是讓房間有了相當高的熱度。我一時之間很擔心，我們這樣抽出武器衝進房間，會讓她大為震驚，不過看著她固定不動、朦朧不清的注視，我立刻知道她已然全盲。

「你是誰？」她質問，「你在這裡做什麼？」

「我的名字是夏洛克．福爾摩斯，夫人。」我的朋友答話了，同時眼睛打量著整個房間。

「我不認識你。不過當然了，你一定有事要找我兒子。過來靠近爐火吧；爐火很舒服。」這個小房間悶熱得幾乎讓人覺得窒息。「通常我住在樓上，會有個女孩子帶食物過來。不過樓上的窗戶已經都破了，你懂的，尤其晚上更待不下去。」

「都破了嗎？」福爾摩斯問道。

「是啊。我兒子修補過這層樓的窗戶，不過他說樓上的必須更小心處理。」

「我希望沒造成傷害。」

「喔，沒有。我不認為那麼一點小事會傷到愛德華。」她微微一笑。「要是換成別人可能會，不過我兒子相當了不起。」

「這是眞的，我毫不懷疑。班奈特太太，他剛好在家嗎？」

「他剛出去一會。不過誰跟你在一起？」

「這是華生醫師。我們兩個都很急著要跟你兒子談話。」

我從我在門口的位置，環顧這個房間。那裡有個骯髒的爐子，上面擺著幾個罐子跟平底鍋，一張很舊的沙發，還有擺滿塵封巨冊和幾個玻璃瓶的書架。在這些書卷之間的縫隙裡，躺著一隻沒有尾巴的老貓，牠清澈如黃色池塘的眼睛迅速在我們兩人之間移動。

「感謝你們來這裡找他。你們知道，他不住這裡，甚至在他爸爸死後也一樣。他住在倫敦市裡。不過他最近比較常待在我這邊。」

福爾摩斯也注意到那個架子，就往那裡走過去，同時把他的左輪手槍留在桌上。在他伸出手要拿貓旁邊的瓶子時，那隻貓用一種粗啞、哀傷的聲調尖聲嘶叫，然後逃到樓梯中央去了。

「別在意『海軍上將』，」老女人笑著說道，「牠不該害怕你的。畢竟牠很安全。」

「爲什麼妳說這隻貓很安全？」福爾摩斯專注地問道。

「嗯，很明顯不是嗎？他沒有尾巴了。」

我的朋友很有方法地把罐子擺回那些壯觀厚書的旁邊，同時說道：「你兒子是個學者。」我剛好能夠看出那玻璃瓶內容物的輪廓，並且做出結論：雷斯里．塔維史托克的恐懼，並不像我本來假定的那樣缺乏男子氣概。

「你們是愛德華的紳士朋友嗎？」

「在過去幾星期裡，我們各自的工作讓我們常常湊在一起。」

「我懂了——我本來以爲你認識他。我兒子不是個學者。那些書屬於先夫。」

「而愛德華對他的研究毫無興趣？」

「就是這樣。實際上，他們兩個人的差異大到不可能再大了。」

「這非常有意思。我總是以爲父親跟兒子通常都是一模一樣。」

我不太明白福爾摩斯爲什麼這樣沉迷於跟這位小老太太的談話，不過他讓人心安的語調跟這個房間的悶熱，開始對我產生某種催眠似的效果。

「我也已經聽人這麼說過了。但是在這個狀況下並非如此。如你所說，我丈夫是一位學者。這是一個差別。他的身材非常魁偉，這又是一個差別。而我先生在情緒上也非常脆弱。」

「在哪方面？」

「如果你非知道不可，就是他始終無法好好控制自己的脾氣。在他還活著的時候，我一直因爲他的弱點而受苦。」

「但是愛德華沒有吃這種苦？」

「喔，他沒有。」她驕傲地說道。

「那時候他在外上學？」

「不，其實不是。最糟糕的時候他也在這裡。不過沒有不良後果。你懂嗎，愛德華不可能受到傷害。」

「我不確定我明白妳的意思，夫人。」

「他有那種天賜福分。喔，他起初會哭，在他非常、非常小的時候，不過他很快就有了氣力上的天賦，他的苦難也就結束了。我每天都祈禱上天賜與他那種天賦，最後我的願望實現了。那時候他八歲——我記得那天本來是相當可怕的一天。我想海軍上將就是在那天第一次失去一小截尾巴。不過愛德華現在有那種天賦了，他不可能再受苦了。」

「有時候我眞希望我也曾經爲海軍上將祈禱得那麼多，」她若有所思地說道，「要是牠也有那種天賦，就會讓牠免去大量的痛苦。不過就像我說的一樣，那個可愛的生物現在不用擔心了。」

她爲此滿足地笑了，同時伸出手來靠近即將熄滅的火焰。

她的行動讓我的朋友注意到煤桶，裡面滿滿的都是燃料。「班奈特太太，妳有另外一個煤斗嗎？」

「沒有。爲什麼我會想要另一個煤斗呢？」

「妳兒子在他離開以前重新塡過煤桶嗎？」

「我相信沒有。你可以看得出來，他替我們點燃了相當旺的爐火。但如果我們還需要更多煤炭，地下室有庫存。你明白吧，只要穿過樓梯底下的那個活門就可以了。」

福爾摩斯跪下來摸索地板，然後就好像被燙到似的身體一縮。

「他到底做了什麼？」他喊道，「華生，快點開門！」

我的朋友把班奈特太太從她椅子上抱起，然後我們三個人衝到外面去，站在寒冷的夜空下。我們走出房間還不到五大步，就有一聲轟然巨響朝我們襲來，像一陣壓倒性的巨浪，擊打著被暴風雨撥弄的船身側面。衝擊力把我拋到冰冷的地上。

我有好幾分鐘動彈不得，但我無法準確地判斷時間。我知道有人喊了我的名字三次，每次都變得更粗暴、更緊急，不過聲音都在非常遠的地方。或許在我設法坐起身以前，只過了幾秒鐘，但在我坐起來的時候，我感覺身體側面有一股突如其來的刺痛，在這股痛覺的震撼之下，我猛然睜開眼睛。

我環顧四周，隱約注意到閃爍的光線讓整個院子泛著紅光。我跟福爾摩斯四目相望，他躺在距離我幾呎外的地方，還沒設法從地上站起。班奈特太太仰躺在石頭上，沒有動彈。

「我的朋友，你還好嗎？」福爾摩斯低聲說道。

「我想還好。」我這麼回答。我開始爬向他們。「福爾摩斯，你沒受傷嗎？」

「沒有什麼要緊的傷害。」他說著，就靠前臂撐起身體，雖然我可以在詭譎的燈光下，看出他頭上有條緩緩的血流；但他要不是用手碰過那裡，就是他的手也在流血。

「出了什麼事？」

「地下室著火了。在活門解體的時候……」

「福爾摩斯，他到底在幹什麼？他毀掉他自己的避難所了。」

「他確實是，」我的朋友口氣空洞地說道，「從中我們可以得出唯一的結論。」

一股冰寒入骨的絕望，隨著那個免不了的推論吞噬了我。

「他再也用不著它了。」

福爾摩斯的眼皮絕望地垂下一陣，然後他把注意力轉向那位女士。「班奈特太太？」他說著碰碰她的肩膀。她茫然的眼睛睜著，但沒做任何表示。「班奈特太太，妳聽得到我嗎？」

她微微顫抖著。「我們在哪裡？」她問道。

「有一場爆炸。妳能不能移動？」

「我不想試。」她喃喃說道。

「那麼就別嘗試了。」

「我想知道那女孩是不是還好。」

「什麼女孩?」我的朋友問道。

「溫柔一點,福爾摩斯,」我悄聲說道,「畢竟她相當不正常,我們絕不可以讓她受驚。」

「班奈特太太,妳可以告訴我妳說的女孩是誰嗎?」

「我沒辦法說得很準確,」她嘆息道,「我兒子有個朋友。我不知道他們在做什麼。樓上沒有什麼東西好看的。他或許想讓她看星星吧,透過破掉的窗戶看出去。透過破窗戶,星星看起來會不太一樣。」

我的朋友搖搖晃晃起身,再度走向門口,我現在看出那扇門已經有一部分從鉸鍊上被轟下來了。房間內的四壁都染上了橘色的火焰,煙霧從沒有玻璃的窗戶冒出來。

「福爾摩斯!」我喊道。我想辦法站起來了,不過這樣做需要極大的努力。我的朋友把他的圍巾綁在臉上,但就在我到達他身邊的時候,他轉身面對我,用強有力的手擋在我胸前,阻止我的行動。

「到窗口去!」他大叫道。他轉身走進火焰。

我驚訝地看了房間一眼,就明白福爾摩斯完全正確。不管他在樓上房間裡發現什麼,都不可能從他的來時路折返。我在院子裡到處找尋一張梯子,或者其他有用的東西,卻什麼都沒看到,只有一個被棄置的水桶。我拚命朝那破爛東西踉蹌走去,然後相當艱困地拖著桶子回到屋子另一側的巷子。

事實證明在那裡我比較有可能幫得上忙。除了桶子以外,還有幾大捆乾草可以聽我發落,而在一瞬間我回想起來，福爾摩斯曾經預測，開膛手寫下某封信的地點就在一個馬廄旁邊，這件事彷彿已經是好久以前的事了。我可以看見那扇完全沒有玻璃的窗戶，冒著巨浪般的煙霧；在我頭上好幾呎高的地方，還有一條水管從建築物側面往下延伸，進入或許相隔一碼的一個高聳蓄水槽。我把兩捆乾草一起排在水槽旁邊，然後再堆上第三個，以便形成一個臨時湊合的樓梯，然後把水桶抬到最上面，盡量忽視我腰際那股火燒似的痛楚。

一會兒以後，我朋友的黑色腦袋從牆壁高處的洞口出現了。

「水管，福爾摩斯！」我喊道，「那是唯一的路了！」

他消失了。像幾小時那麼長的幾秒鐘過去了。我拚命努力不要倒下去，卻不了解為什麼。我靠在對面牆上，設法保持站姿。如果你繼續站著，我瘋狂地想著，他就會出來。

最後福爾摩斯又出現了，他脖子上綁著什麼東西。他側著頭跟肩膀探出窗外，手臂完全伸展開來，才勉強搆到水管。他用水管當成支撐物，把自己拉出去，然後用水管擺盪著自己，在靠近蓄水槽的時候跳向水桶跟乾草堆，然後落到地面。以我當時昏昏然的狀態，我記不得當我看見夢克小姐癱軟地掛在他肩膀上的時候，我到底有沒有覺得驚訝。

我摸索到綁住她雙手的結，所以就解開了那個結。那雙手是用福爾摩斯的圍巾綁住的。在我抬起夢克小姐，輕柔地把她放在地上時，她的頭往後仰。她的脖子上完全沒有任何痕跡。

「她還活著嗎？」福爾摩斯刺耳地喘著氣。

起初我無法分辨，她的呼吸如此輕淺，不過最後我終於辨識到一絲緩慢的脈動。

「她還活著。她被下藥了。福爾摩斯？福爾摩斯，看在老天分上，躺下來深呼吸，你受到煙霧的毒害。」

他癱靠在牆上。「眞令人驚訝，」他設法從顫抖的呼吸之間擠出話來，「我本來以爲我完全習慣這種物質了呢。」

我大笑，同時感覺到我脖子後面有一種癢癢的感覺。我伸手摸我腦袋後面的癢處，抽回手指時看見上面有凝結的血。

「福爾摩斯，我們必須離開這個地方。這棟建築物還在燃燒。」

「那麼我們就——」福爾摩斯開口了，但接下來他的眼睛定定望著我背後的一點，位置高過我們兩個的頭部。

「你們還不該出現在這裡的。」一個輕柔的聲音說道。

我回頭打算起身，卻只是跌落在我同伴旁邊的石頭上。

「我讓地下室浸滿了煤油。然後我用窗戶破了當藉口，把媽媽帶下樓。」愛德華·班奈特若有所思地繼續說下去，我在葬禮上認識他，似乎是很遙遠的事了。「你們怎麼這麼快就知道這女孩失蹤了？你們趕到的時候，這裡應該已經燒成白地了。」

「塔維史托克把我們引到這裡。」福爾摩斯掙扎著吸了口氣以後說道。

「喔，我懂了。我本來不知道是誰砸破窗戶。他已經爲我發揮最大的用途了。就他那種人來說，他夠聰明了。當然，沒有你聰明，福爾摩斯先生。」

「不，他及不上我。」

「你知道，對我的工作來說，你是唯一眞正的威脅。」班奈特評論道。他的臉跟身形都很中等，看上去很讓人放心。他有著一頭金髮，還有沉鬱得奇怪的藍眼睛。就算他站在我們面前，我還是不知道怎麼形容他，雖然那也有可能是因爲爆炸影響到我的感官知覺。「如果你還想得起來，我跟你一起偵辦過藍斯頓男爵案。那片消失的草皮。葛里格森並沒有像我們一樣看出來。當然，你撒謊騙他。你騙了所有人。你以爲自己是最後審判者，不是嗎？驚人的自負。我不能忍受自負。承認吧，你說謊了。」

「我不知道你在說什麼，」福爾摩斯冷冷地吐出這句話，「再說，這世界本來就相當混沌不清。」

「那眞可惜。我認爲我不能容忍你繼續在其中多活一會兒了。」

「你母親——」

「喔，你也把她救出來了，對嗎？」班奈特的嘴角往下撇，扭曲成一個讓人不舒服的殘酷形狀時，他的臉完全變了。他的五官扭曲成憎恨的化身。我看到那位信件的作者，寫下「寄自地獄」這句話的那個男人回瞪著我們。但一瞬間那副表情就不見了。「你想讓我分心，不過這樣是沒有用的，福爾摩斯先生。你現在了解一切了。」

「我並不了解，」福爾摩斯咳嗽了，微微地乾嘔。「我從來沒有假裝我懂。我始終不了解任何一點。」

「別鬧了。你知道的遠超過我認爲你該知道的。」

「我不知道你爲什麼殺死瑪莎．塔布蘭。」

「瑪莎．塔布蘭？」他驚異地複述一遍。「瑪莎．塔布蘭啊。我記起來了，第一個女孩。她身上有那麼多血。她沿著街道走來的時候在大喊大叫。這提醒我某件事情。」他停下來思考。「她們全都讓我想起某件事情；我不知道那是什麼。她在哭喊，我就讓她靜下來。最後那個女孩，在你們逼我離開街道的時候——她在唱歌，然後突然之間她就哭起來了。我也讓她靜下來。對，我想那是部分原因。

「現在呢，福爾摩斯先生，我想我們應該停止談話了。」要保持專注變得愈來愈難。我的眼瞼自顧自地闔上了。我逼著它們再張開。

「你是個傻瓜。」福爾摩斯用一種可怕又粗啞的聲音喃喃說道。我朋友看起來還是不能順暢地呼吸。「再一下下警察就會——」

「我不是傻瓜，而且警方是一群頭腦不清的蠢蛋，」尖銳的回答來了。「我知道的。他們到處亂跑，像螞蟻一樣荒唐地兜著圈子。就以我寫在街上的留言爲例吧。我留了個字條給他們，然後他們做了什麼？他們把字跡擦掉了。」他開心地笑了。「我想過他們會這樣做。但我沒試過就不能確定了。我本來要把那些字寫在達特菲院，就在所有那些猶太人聚會的會堂旁邊，那樣就有熱鬧可看了。可惜那次你來得太快。」

班奈特從他外套裡抽出一把刀。「福爾摩斯先生，我不想結束這一切，但恐怕我非如此不可。你懂吧，我必須離開。我不能繼續待在倫敦了。不過我答應不傷害你。我從來沒有傷害她們任何人。」他緩慢地朝我們靠過來，同時悄悄說道。

左輪手槍響了兩次。班奈特跌倒了，他的刀鏗鏘一聲落在他身旁。從樓上窗戶冒出的火焰映照著那把刀，閃閃爍爍。我低頭看著手裡的槍，心想，這把槍必須清理一番了。然後我也像班奈特一樣倒了下去，這個世界迅速變得一片漆黑。

31 蘇格蘭場致敬

我在房間醒來的時候，看見蒼白的十一月陽光落在我窗外的懸鈴木上。我困惑地摸著頭上的繃帶，只覺得異常飢餓，同時我聽見某處有人在拉小提琴。

在我試著坐起身的時候，一股火燒似的劇痛淹沒了我的左半邊。我用指尖輕輕觸摸那塊地方。那裡沒有用上繃帶，不過有一塊壓布——應該是有一根肋骨斷了，也許是兩根。我用手肘支撐，慢慢設法讓自己慢慢往前傾，直到我坐在床鋪邊緣為止。我剛完成這項壯舉，就看出這樣做完全沒必要，因為一只叫人鈴已經擺在我伸手可及的邊桌上了。

叫人鈴擺在《倫敦紀事報》的某一頁，版面上最醒目的位置用顯著字體寫著大大的標題〈英雄式的救援行動〉。

因為一個戲劇化的驚人轉折，大無畏的私家調查員夏洛克．福爾摩斯先生勇敢地進行了一場救援行動；在白教堂謀殺案中，他毫不鬆懈的警戒，曾一度讓他在此區的行動備受懷疑。但在斯羅街，某棟建築物的地下室發生一場可怕的火警，導致整棟房屋全毀。要不是有福爾摩斯先生與他的搭檔兼傳記作者約翰．華生醫師在場，這場火災可能導致多人死亡。福爾摩斯先生大膽展現他的勇氣，把兩位女性從煉獄般的火場揹出，其中一位當時無助地被困在樓上。值此非常時期，本區的女性有太多理由覺得畏懼沮喪，而我們就需要這種展現英雄氣概的行動。福爾摩斯先生與華生醫師都當場受到重傷，雖然他們救援的兩位女士都活著送到醫院，但較年長的一位，班奈特太太，不幸因爲爆炸中導致的嚴重內傷而過世。大火很快就被大家稱讚不已的精良消防隊所撲滅，只造成另一人死亡。死者是前蘇格蘭場警官愛德華・班奈特先生，因爲火焰突然從地下室燒到一樓導致爆炸，讓他的胸部受到大範圍重傷。他本來肯定是希望能保護他母親脫離這棟致命的建築物。我們熱烈期望，福爾摩斯先生能夠早日康復，他的精力能夠再度用來保護及捍衛人民，他就是以此聞名，且實至名歸。

這番描述讓我頭一仰，哈哈大笑起來，雖然我又被迫停止，因爲我肋骨的疼痛漸漸超過我得到的樂趣。把那頁報紙重新放回叫人鈴下面以後，我下了床鋪。事實證明著裝過程眞是折磨人，以至於我只穿上褲子、襯衫跟睡袍，就下樓去了。

福爾摩斯坐在他的桌子邊緣，即興拉著一首帕格尼尼的曲子，但加入的變化之複雜，幾乎讓人認不出原狀了。他看見我的時候，和弦立刻爲之一變，換成一首凱旋之歌，以一連串快得讓人暈眩的狂喜裝飾樂段做結尾，同時他跳起身來。

「感謝上蒼。我親愛的伙伴，看到你在這裡，我眞是說不出的高興。」

「不會比我見到你更開心。」我溫暖地回應。

「我會立刻解雇護士。這兩天眞是個考驗，她一直在叨唸些安慰人的俗套廢話，用口哨吹流行的歌廳小調還會走音。」

「那麼我很慶幸我才剛醒來。」我笑著說道。

「你也眞是花了好一段時間才醒，」福爾摩斯嚴肅地補充說明，「你知道吧，你有腦震盪，而且艾加醫師認爲你的肋骨斷了。」

「我也有同樣的看法。我讀到你也受了殘酷的重傷。」除了他眼睛周圍深陷的紋路跟手上的一道小傷口以外，福爾摩斯看起來健康得很。

「喔，所以你已經讀了？雷斯里·塔維史托克裝出一副卑躬屈膝的忠誠模樣，不過他那簡短的美德名單裡，還沒加上『誠實』這個項目。」

「確實沒有，因爲他說愛德華·班奈特是死於爆炸。」

「事實上，這個神來一筆的謊話是雷斯垂德的主意。」

「是這樣嗎？」我嘟噥道。

福爾摩斯灰色的眼睛熱切地細看我的臉。「我親愛的伙伴，過來這裡坐下吧。那場爆炸雖然對你來說有嚴重的後果，到頭來卻滿足了更高的目的。屋裡的每個紀念品跟加工物都燒光了，我知道這一點，因爲我親自搜過其他房間，裡面什麼也沒有。」

「而且班奈特太太死了，」我回想著，「她的兒子——」

「他已經下葬了，」我的朋友很快說道，「回歸塵埃，他的來處。我們所知的開膛手傑克，已經一點都不剩了。」

「我不敢相信這件事已經結束了。」

「你必須給它一點時間。你才醒過來十分鐘而已。」

「而且看來在英國政府以外，只有五個人會知道事實眞相。」

福爾摩斯的眼睛本來輕快愉悅地望向我，但隨著這句評語，那雙眼睛裡的火焰變得黯淡了。

「就這個時候來說，只有四個人。」

「四個人？有你、雷斯垂德、鄧樂維、夢克小姐還有我，這是五個人。」

我的朋友突然間極端專心地看著天花板。他的下巴在挪動，但過了一會兒他才有辦法讓自己開口。

「四個人。恐怕夢克小姐已經不是她原來的樣子了。」

「你是什麼意思？」我喊道，「她那時候活著。她還活著！」

「我親愛的華生，請你冷靜。」

「那篇文章裡面沒有提到——」

「班奈特對她下了很重的藥，然後把她偷運到他媽媽房間裡。我相信他是在一家酒吧裡發現她，在她酒裡下藥，然後拿她醉倒了當藉口，帶著她離開。不管那鴉片的劑量有多少，再加上她吸入的廢氣以及這一切帶來的精神緊張，都造成了深刻的影響。」

「別告訴我她已經——」

「華生，我求你別給自己太大的負擔。她沒有瘋。她的記憶力受到影響，有些空白。她認得她身邊的許多人，她的理解力也完整無缺，不過她非常安靜，而且常常覺得困惑。」

福爾摩斯跟我在開膛手魔掌下，已經吃過太多苦頭。然而這個消息帶給我的打擊之大，在我人生中難得一見。

「這太殘酷了，福爾摩斯，」我透過哽住的喉嚨，悄聲說道，「真是太過殘酷了。她現在在哪裡？」

「她昨天出院了，跟喬治．拉斯克先生還有他的家人同住，住在他們多出來的房間裡。」

「他們希望把他們的善意延伸到她身上？」

「完全不是這樣。是我安排的。」

「你覺得你有責任，」我在麻木中說道，「我不怪你。」

直到今天，我還是不知道我爲什麼這樣說。這種評論不可原諒。我的同伴沒有回答，而我想像不出他怎麼能夠忍住。他就只是把兩手手指撐成尖塔形狀，然後閉上了眼睛。

「我親愛的伙伴，請原諒我。你完成的事情不啻是奇蹟。你本來不可能——福爾摩斯，拜託你，不要露出那種表情。」在混亂的心緒之下，我的眼睛落在邊桌上。漫不經心的手指把一根針筒拋在它落下的地方，而通常擺在抽屜裡的濃度百分之七瓶裝古柯鹼溶液，大剌剌地放在旁邊，已經空了。附近放著一個看似來自官方的大信封，上面有一大塊封蠟，還蓋上了紋章戳記。

「誰寫信給你了，福爾摩斯？」我很苦惱地想要轉移話題，就這麼問。

「沒什麼。我哥哥一時突發奇想。他突然犯傻了，一心認爲我應該要封爵。」

「不過這樣很棒啊！」我倒抽一口氣說道。「在英國沒有人比你更夠格了。我致上最深的祝賀——」

「我已經拒絕了。」他從他的椅子上站起來拿菸斗跟菸草。

我完全無法置信地瞪著他看。

「你拒絕了爵位。」

「別這麼傻，我親愛的伙伴。我說我拒絕了爵位，那就表示我已經做了這件事。我幾乎不必補充了，我是恭恭敬敬婉拒的。」他這樣表示，同時把廉價菸草塡進他的菸斗裡。

「但看在老天分上，你爲什麼要這樣？你隻手揪出現代英國史上最惡名昭彰的罪犯，而且沒有人會知道這件事。至少你應該得到——」

「如果說就算用最扭曲的邏輯標準，我還是應該得到一個爵位，我肯定就會接受。」他口氣凶惡地厲聲說道。

接下來，福爾摩斯比較溫和地補上一句：「我告訴邁克羅夫特你應該有一個。在這個主題上，我可是相當口才便給。不過我覺得他沒聽進去。」他收回他的手錶。「現在差一刻鐘就一點了。在我的指示之下，夢克小姐會在今天下午兩點半跟艾加醫生見面，做她第一次的後續療程。他覺得她有希望恢復康復。如果你覺得身體夠健壯了，我想不出任何理由反對你走過去探望她。我確定她也會很高興見到你。」

「我最想做的就是這件事。不過你當然會跟我一起去吧？」

「除非你需要我的幫助，否則就不了。你明白嗎，她認不得我。」他把他用藥的證據收進晨袍口袋裡。「毫無疑問，鄧樂維會在那裡。他眞是最專注的男人——更不用說他有多偏執了。」

「大多數人會說那是愛，福爾摩斯。」

「你的理論也不是毫無優點。不過我親愛的華生啊，你一定餓壞了。」他猛然打開門，走到階梯頂端。「哈德遜太太！麻煩妳送兩人份的冷食午餐來，還要一瓶紅酒。」我聽到遠處有一聲開心的叫喊，然後抗議很快就跟著來了。「親愛的女士，妳這樣說是什麼意思？我已經退回一頓飯了？」在哈德遜太太的聲音更有信心、更有力量地揚起時，我藏住一抹微笑。

福爾摩斯嘆息了。「華生，我過一會兒就回來。我想在這個狀況下，投降是比較有勇氣的表現。」

過了大約三週，成群找刺激的粗人與狡猾的記者都從瑪麗・凱莉——開膛手傑克刀下犧牲的最後一位風塵女子——的舊居消失以後，在某個下著點點白雪的晚上，我小心翼翼地漫步下樓，走出我們的前門。等到我敲開艾加醫師住所的門，被帶進乾淨得毫無瑕疵的門廳時，凍得刺人的空氣成功送進我肩膀裡的，已經不只是精神一振的感覺。就算我還需要方向指引，我也免不了會聽見那位好醫師的諮商室裡，傳出那一陣陣宏亮的笑聲。在我推開門的時候，我觀察到夢克小姐跟艾加醫師正興奮地交談著，在她身旁的是史蒂芬・鄧樂維，他的眼睛親切地朝我這裡一瞥，又立刻回去看著他鍾愛的對象。

「那就是歇斯底里的治療方法，你發誓就是這樣？」她正在追問此事，她的手很難以置信地摸著她的額頭[1]。

「我向妳保證，在本診所不會這樣做。」艾加笑著說道。

「我明白他們爲什麼會很享受這個，不會錯的，不過在教堂區有個地方比較便宜——喔！華生醫師，」她打斷了自己的話頭，跳起身衝過來握住我的手。「你治療過女人的歇斯底里症嗎？」

---

1 女性歇斯底里的治療方式有很多種，不過許多方法在本質上都有高度情慾色彩。

「不怎麼有機會。」我答道。這時她自己又坐下來了。「夢克小姐，妳看起來好轉十倍都不止。我要恭喜妳，還有妳那位有劃時代成就的醫師。」

「她做了所有的工作，卻由我接收所有的功勞，」艾加醫師露出微笑。「這樣滿可恥的，不過話說回來，許多個人事業就是這樣建立起來的。」

「你在貶抑自己，」鄧樂維插嘴了，「華生醫師是對的，還有，我能不能趁這個機會告訴你，我這輩子從沒有對任何人這麼感激過？當然，除了福爾摩斯先生以外。」他補上這句話，同時嚴肅地朝我這裡看了一眼。

「福爾摩斯先生怎麼樣了，醫師？」艾加醫師問道。

我回答的時候一定猶豫了，因爲夢克小姐勇敢地開口說道：「對於那個人，我已經想起別的事了。要是一直像這樣忘記這麼多事情，他會覺得我頭腦很簡單；但他是不是有種習慣，幾乎把房間裡的任何東西都當成椅子一樣地對待？」

「對，他有這種習慣。」我微微一笑。

「我差一點就要想起來了，然後就——」她吹了聲口哨，然後手往空中一揮。「不過我有最棒的助力。」讓我暗暗高興的是，她接下來不是望著艾加醫師，而是準確無誤地直視著史蒂芬·鄧樂維。

我把帽子握在手裡，宣布道：「我只是來打聲招呼。福爾摩斯知道妳進展這麼好，會很放心的，夢克小姐。」

「他離開你們的公寓沒有，華生醫師？」艾加醫師輕聲問道。

「還沒，」我回答，「不過他會的。」

「我知道他會的，」艾加醫師向我保證，「他有一位非常優秀的醫師。」

我怒視著我們家的前門，心中的不滿可能超過那玩意該承受的，同時轉動我插在鎖孔裡的鑰匙。然而實際狀況是，我這一晚注定不用去嘗試逗一個沉浸於最糟回憶的同伴說話——更讓我心痛的是，先前他是一直靠著菸草、茶跟麻醉劑過日子。就在我打開客廳的門時，我意外地擦到雷斯垂德探長的腿。看來他不久前才剛到，而且是帶著堅定的振奮態度，來面對我那位憔悴的朋友。

「華生醫師，你看起來比我上次見到的時候好多了，而且我很高興自己能這麼說。」他一邊握著我的手，一邊大聲說道。

福爾摩斯從他的扶手椅上揮手叫我們過去，然後沿著一個優雅的弧線，把一個火柴盒丟給那位一本正經的小個子警探。「邊桌上有雪茄，玻璃瓶裡有酒。」

「謝謝你。」

「所以你那天晚上在那裡嗎？」我催促雷斯垂德說話，因爲無論福爾摩斯在不在，我都有自己的問題要問。我不敢逼迫我朋友重溫那個充滿痛楚回憶的時刻，也不想問他我們如何逃出生天。

「當然了，」探長立刻回答，「消防隊到場的時候，福爾摩斯先生已經把你跟夢克小姐移回院子裡了。你們在那裡就脫險了，至少暫時如此。這時福爾摩斯先生警告警方，有一具屍體在房屋側面，然後你們全都由警方救護車送到倫敦醫院。現場的巡官即時把我叫來。在我看到那是誰的時候，想到前一晚我們還追著他跑，便驚訝得幾乎站不穩了。」

「我讀到他在爆炸中受傷了。」

「確實如此。」探長咳了一聲。「我很快就設法把那個惡棍送到停屍間去。驗屍官並不打算忤逆我的看法：爆炸中從窗戶飛出的玻璃碎片，造成了班奈特的致命傷。當然了，我們還在調查這次謀殺。」

福爾摩斯本來一直盯著熊皮毯子看，但我驚慌的表情暫時讓他振作起來。「跟你無關，我親愛的華生。從任何標準來看，那幾乎都不能算是謀殺。雷斯垂德指的是瑪麗．凱莉。」

「喔，我懂了。」我如釋重負。

「既然知道你們已經把殺她的人送進地獄，我很難繼續花心思在上面，醫師。」雷斯垂德一邊啜飲著他的酒，一邊平靜地說道。「不過蘇格蘭場有責任提升安全感。」

「我不會羨慕你的這種責任，」福爾摩斯口氣嚴峻地說道，「要花上一段時間，人們才能夠相信開膛手已經消失。」

「正好相反，在警探之間有個謠言，造成了同樣的效果，」雷斯垂德反駁道，「他們說，夏洛克．福爾摩斯不會毫無理由地衝進著火的建築物。」

我的朋友顯得很尷尬。「這個想法有很大的潛在危險啊。」

「你可能會認為，我最好撲滅這點流言，」雷斯垂德點點頭說道，「唔，我不會的。已經有一大堆探長來找我。他們似乎認為，如果有人可能稍微知道內情，那應該就是我。喔，我還沒告訴他們任何事情，不過如果他們暗示你結束了這起不幸事件，福爾摩斯先生，我可能就會握握他們的手，同時心照不宣地對他們眨眨眼。」

福爾摩斯憤怒地從椅子上坐直了。

「聽好，福爾摩斯先生，試著從我的角度來看這件事吧。據我們所知，班奈特痛恨警方跟警方所代表的一切。他可能是瘋了，不過這個人確實犯下了他想得到最邪惡的勾當，然後又用這些勾當來對付我們。我們甚至不明白為什麼，不過他盡了全力要讓我們看起來像傻瓜。兩位，他讓我們全都看起來很傻，如果你問我有什麼意見，我會說如果沒有你，他已經成功了，福爾摩斯先生。我對這點可沒有任何錯覺。你做了一件非比尋常的大事，蘇格蘭場有愈多人猜出你有所貢獻就愈好。全倫敦都欠你一筆，先生，如果我竟然還願意抬起一隻手指來替此事保密，那就奇怪了。」

「說得好，說得好。」我說道。

雷斯垂德站起來。「事實上，我們這些探長已經自行決定，送你一個信物表示我們的讚賞。我想你可能已經處理掉舊的那個，所以我們希望這一個能派上用場。」

我的朋友打開雷斯垂德拿出來的小盒子。裡面躺著一個美麗的銀製菸盒，有押字寫著福爾摩斯的縮寫，下面還有這行字：「蘇格蘭場致敬，一八八八年十一月。」

夏洛克．福爾摩斯坐在那裡，他的嘴唇分開來了，卻沒發出聲音。

「謝謝你們。」他最後設法說出來。

雷斯垂德堅定地點頭。「這是我們的榮幸，福爾摩斯先生。嗯，我已經說完我要說的話了。

恐怕我必須走了。」

探長很有決心地大步走向門口，但在到達門口時卻停住了。「如果有任何不尋常的事情發生了，我希望我還可以來拜訪你？」他問道。

「我最近還不是很想接案，」我的朋友猶豫地回答，「不過，你知道要是你需要任何幫助，我很歡迎你來諮詢我。」

雷斯垂德微笑了。「你確實偶爾會歪打正著，我一向都承認你有這樣的優點。嗯，既然時候不早了，我就不占用你時間。」

他才踏出門外，我朋友就喊道：「雷斯垂德！」

探長的頭又冒出來。「是，福爾摩斯先生？」

「漢斯洛的那樁入屋行竊案——根本沒有什麼入屋行竊。你必須找那個外甥算帳。」

雷斯垂德咧嘴對我露出大大的笑容。

「我會把話交代下去。多謝你的情報。晚安，福爾摩斯先生。」

我的朋友從他的椅子上起身，然後把窗簾從凸窗上撥開。風才剛剛止息，外面的空氣爽利清淨。福爾摩斯回頭看我一眼。

「你覺得漫遊倫敦一趟怎麼樣？」

我謹慎地微笑。「你是指沉默的長途跋涉，還是解析我們剛好遇上的每個路人？」

「看你囉。」

我考慮了一下這個問題。「你的演繹方法總是讓我覺得非常有意思。」

「既然這樣，我別無選擇，只能多多磨練我的技巧了。」他聳聳肩回答道。

「會順便來點晚餐嗎？請注意，是我們兩個人都要吃。」我補上這句話做爲強調。

「這完全有可能，」他同意，「如果我們達成共識了，咱們就出發吧。『下面全是屬於魔鬼的；那是地獄，那是黑暗，那是火坑……』[2]」

「我親愛的伙伴，我不認爲莎士比亞本來打算用那段話形容我們窗下的景色。畢竟他從來沒見識過。」

「他沒有嗎？」福爾摩斯微微一笑。「那麼我想你必須替代他，你對戲劇性的文字也有強烈興趣。等你設法寫出更好的東西以後，就讓我知道。來吧，我親愛的同伴。」他消失在樓梯下。

2 譯注：這一段話引自莎劇《李爾王》第四幕第六場，這些是李爾王的瘋話，本來他在胡亂抱怨女人的「下半身全都屬於魔鬼」。

致謝

首先我要感謝我的父母，John與Vicki Faber，他們對文學，特別是夏洛克．福爾摩斯系列推理小說的興趣，直接引致我厚著臉皮寫下這本書。我能夠厚著臉皮，認定我只要下定決心就能做到任何事，也應該歸功於他們，他們實在是慈愛得不尋常。也要給我已故的舅舅Michael Dobbins記上一筆關鍵性的大功，他曾經把他的精裝紅色麂皮版《福爾摩斯冒險記》與《福爾摩斯歸來記》拿給一個十歲大的女孩。我想念他，而且會一直懷念他。

感謝戰鬥場面設計者兼「爲了對所有正派事物的愛，請堅守劇情主線」部門的總裁，Johnny Faber，我的兄弟，我的第一個編輯，也是我的第一個合作者。我會給他一筆報酬，但我可能負擔不起。

對於我眞正的編輯Kerri Kolen，還有Simon & Schuster的整體團隊，包括Victoria Meyer跟一群英才，你們把我的書變成現在這副模樣，我打從心底感謝你們。我對於「編輯」這個字眼的模糊概念，被Kerri轟成一塊塊小碎片；她在批評的同時，有著無盡的仁慈。我不可能找得到比她更敏銳、更直率的總指揮了。

就我所知，Dan Lazar的奉獻精神是所有文學經紀人中的最高標準。他可能會睡覺，但我沒見識過，不然也可能是他的睡眠時間跟福爾摩斯差不多。同樣來自Writers House的Josh Getzler，他是第一個看到我的書以後覺得想爲它做點什麼的人。他們兩個對我都好得不可思議，而且Dan

應該得到一枚獎章才對。

我對福爾摩斯相關產品的愛根基深厚，不過我必須特別舉出幾位學者。在多到讓我無法列舉的福爾摩斯學者菁英之中，William S. Baring-Gould的注解本合集是無價的必備寶典。Leslie Klinger的*New Annotated Sherlock Holmes*，也同樣提供了各式各樣的答案，我很感激他的研究工作，還有許多他在作品中引用過的作者。

我要對柯南．道爾遺產管理有限公司的珍貴協助與支持，致上深切的謝意，而且要特別感謝其代表Jon Lellenberg。身爲夏洛克．福爾摩斯世界的終生仰慕者，我能獲得他們的祝福是一項驚人的榮譽。我對亞瑟．柯南．道爾爵士筆下的人物有著最高的崇敬與愛，柯南．道爾遺產管理有限公司鼓勵我撰寫本書，對我來說，意義之大遠超過我的表達能力範圍。除此之外，我還受惠於熱心福迷寬廣的跨國網絡，他們的慷慨與眞誠的熱情讓我深感訝異。他們與我分享他們的生活，爲這位大偵探寫下新故事的重點就在於此。就像約翰．勒卡雷說過的一樣，沒有人寫到夏洛克．福爾摩斯的時候不是滿懷愛意。

爲了這本書，我挖出一大堆開膛手的研究資料，而這些研究者應該得到的遠遠不只是我個人的謝意。不過該具體說明的時候還是要具體。Stewart Evans是讓這本書稍微能免於錯誤的唯一理由，而任何還剩下來的錯誤都要怪我。Donald Rumbelow、Martin Fido、Paul Begg、Keith Skinner、Philip Sugden、Stephen Knight、Philip Rawlings、Peter Underwood、Peter Vronsky、Scott Palmer、Roger Wilkes、Patricia Cornwell、James Morton、Harold Schechter、Jan Bondeson、Colin Wilson、Andrew Maunder、Brian Marriner、Paul H. Feldman、Melvin Harris、Paul West、Peter

Costello、Nathan Braund、Maxim Jakubowski、Eduardo Zinna，還有www.casebook.org詳盡的媒體報導資料庫給我極大的幫助，讓我能掌握這樁依舊令人心驚的罪案中種種關鍵細節。

我也想感謝紐約市的餐廳Osteria Laguna解僱了我，要不是隨後導致的一連串事件，我永遠不會寫下這本書。

最後要感謝你，Gabriel，你激勵了我。你樂意拓展更大的可能性，讓我更努力奮戰。感謝你對這本書有信心。